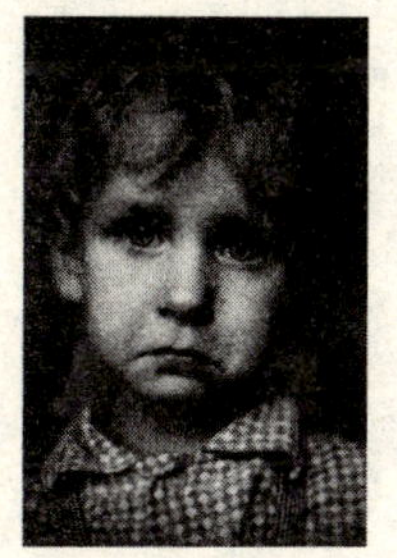

死亡回声

[瑞典] 约翰·希欧林 著

辛可加 译

Echoes from the Dead

Johan Theorin

CNS 湖南文艺出版社 HUNAN LITERATURE AND ART PUBLISHING HOUSE 博集天卷 CS-BOOKY

献给厄兰岛的耶尔洛夫·戴维松一家

目录　CONTENTS

楔子

厄兰岛[1]
1972年9月

那堵由覆着灰白色苔藓的硕大圆石砌成的墙，和男孩一样高。穿着凉鞋的男孩踮起脚才能勉强看到墙的另一边。那边的一切都笼罩在灰蒙蒙的雾霭之中。男孩仿佛置身于世界的尽头，但他知道，其实恰恰相反——墙的另一边才是世界的开端。那是宽广无垠的世界，是在外祖父家花园之外的世界。探索墙那一边的世界，这个念头诱惑了男孩整整一个夏天。

他两次试图翻过墙头，两次都没能抓紧粗糙的石块，两次都跌回到湿漉漉的草地上。

男孩没有泄气，第三次终于成功了。

他深吸一口气，用力撑起身体，牢牢抵住冰冷的石墙，总算爬上了墙头。

对他而言，这不啻为一大胜利——他差不多六岁了，有生以来还是第一次爬到墙头上。他在墙头小坐了片刻，俨然一位高居王座之上的君主。

墙那边的世界如此辽阔，无边无际，但也同样灰暗阴沉，朦胧不清。这天下午，岛上弥漫着浓雾，男孩无法看清花园外的世界究竟是怎样的景

① 瑞典第二大岛，隔着卡尔马海峡与瑞典本土相望。

象，但他发现墙根下是一小块黄褐色的草坪。更远处依稀可见低矮不平的杜松子树丛，长着青苔的小石子钻出地面。前方的土地和他身后的花园一样平坦，但那边的一切看上去都要宽广得多，新奇而充满诱惑。

男孩的右脚踩在半露出地面的一块大石头上，然后从墙头爬下，踏上围墙另一边的这片草坪。这是他第一次彻彻底底置身于那花园之外，谁也不知道他的去向。妈妈今天到岛外的某个地方去了，外祖父刚才也去了海边，而当男孩穿上凉鞋、蹑手蹑脚溜出房门时，外祖母睡得正香。

他可以随心所欲了，他的探险旅程就此拉开序幕。

他松开墙上的石块，一脚踏进野草丛中。穿过稀稀落落的草丛并不难，他又朝前走了几步，前方的世界慢慢变得清晰了些。他渐渐看清了草坪尽头杜松子树丛的轮廓，便朝那个方向走去。

土地十分松软，四周一片寂静，他的脚步只在草尖上掠起轻柔的沙沙声。他蹦蹦跳跳，又使劲跺脚，但地面的回应也只有轻轻的砰砰几声，草叶在他的脚跟后次第合拢，于是他的所有足迹都迅速消失得无影无踪。

他一蹦，砰的一声，又一蹦，又是砰的一声，就这样蹦出了好几米远。

男孩离开草坪，来到高高的杜松子树丛脚下，不再两脚并用蹦蹦跳跳了。他长吁一口气，深深吸入冷冽的空气，环顾四周。

当他跳过草坪时，飘游于前方的浓雾已悄然四下流转，占据了他身后的空间。草坪那头的石墙已经模糊难辨，而那座深褐色的村舍更是完全消失了。

有那么一会儿，男孩盘算着要转身穿过草坪，再从墙头翻回去。他没有手表，精确的时间概念对他也没有意义，但头上的天空现在一片暗灰，周遭的空气也变冷了许多。他知道，白昼即将过去，夜幕马上就要降临。

他只在柔软的土地上多走了一小段。他心知自己身在何处：外祖父家的房子虽然已经看不见了，但其实就在身后不远，外祖母还在屋里睡觉。他继续朝着那堵迷蒙缭绕的雾墙走去，而他每走近一步，雾墙也像故意和他开玩笑似的后撤一步，只让他看得见、摸不着。

男孩停下脚步，屏住呼吸。

万籁俱寂，仿佛一切都凝固静止了。但男孩突然有种感觉：这里并不是只有他一个人。

他是不是听见了浓雾中传来的什么声音？

他转过身。现在再也看不见围墙和草坪了，只能看见刚才还在身后的野草和杜松子树丛。一棵棵杜松子树一动不动地环绕着他，他也明白，它们不是活的——它们的活法和他不一样——但他忍不住思忖着，它们究竟有多大？漆黑的树干将他围在中间，一言不发，说不定正趁他不注意时步步进逼。

他又回身，眼前是更多的杜松子树。杜松子树和浓雾。

他再也分不清外祖父家在哪个方向，但恐惧和孤独感仍驱使着他继续前行。他握紧拳头，在野草间奔跑。他想找到那堵石墙，找到石墙后的花园，但不断映入眼帘的一切，只有野草和树干。最后，他连这些也看不清了：奔涌而出的泪水将世界淹没。

男孩停住脚，深深吸气，止住眼泪。雾中的杜松子树越来越多，但其中一棵长出了两条粗壮的枝丫——突然，男孩发现那棵树在移动。

那是一个人。

是一个男人。

他从灰色的雾中走来，停在区区几步之外。这个男人个子很高，肩膀宽阔，穿深色衣服，他也看见男孩了。他穿着笨重的靴子，在草丛中站定，俯视着男孩。黑色的帽子拉得很低，帽檐挡住了额头。他的样子有点老，但没有男孩的外祖父那么老。

男孩呆呆地站着。他不认识这个男人，妈妈说过，要当心陌生人。但最起码现在不再是只有他孤零零地在浓雾中和杜松子树做伴了。如果这个男人不怀好意，他再扭头逃跑也不迟。

“你好啊。”男人的嗓音很低沉，呼吸十分粗重，似乎刚在雾中走了很长一段路，或是之前一直在快速奔跑。

男孩没回答。

那男人迅速扭头看看四周，然后又望向男孩，脸上不带一丝笑容，平静地问道：

“只有你一个人？”

男孩默默地点了点头。

“你迷路了？”

“我想是吧。”男孩答道。

“不要紧……在灌木林里任何地方我都能找到出路。”那男人上前一步，“你叫什么名字？”

“延斯。”男孩说。

“名叫延斯？姓什么？”

“延斯·戴维松。”

“很好。”男人略一迟疑，又说，“我叫尼尔斯。”

“你姓什么？”延斯问道。

有点像做游戏。男人的笑声转瞬即逝。

“我的全名是尼尔斯·坎特。”他一边说一边再上前一步。

延斯依然没动，但他不再东张西望了。浓雾中除了野草、石头、杜松子树，什么也没有。而这个名叫尼尔斯·坎特的陌生人正朝他咧嘴微笑，一副两人已经是好朋友的模样。

浓雾将他们裹得严严实实，四周听不到哪怕一丁点儿的动静，就连鸟儿的啁啾也绝迹了。

“不要紧的。”尼尔斯·坎特伸出一只手。

现在他们靠得非常近。

延斯觉得他从来没见过尼尔斯·坎特这么大的手，而且他意识到，要逃跑已经来不及了。

第一章
善妒

十月的一个星期一晚上，朱莉娅的父亲耶尔洛夫一年多以来第一次打来电话。这令朱莉娅想到了骸骨，被冲上礁石嶙峋的海岸的骸骨。

骸骨洁白得犹如珍珠母，历经海浪的荡涤，在水边灰色的鹅卵石之间光芒夺目。

那是骸骨的碎片。

朱莉娅不知道岸边究竟有没有那些骸骨，但二十年来，她每天都在等待它们的出现。

这天早些时候，朱莉娅和社会福利处进行了一次长谈，至于结果，和这个秋天的一切一样糟糕。

她一如既往尽可能推迟和他们联系，只因不愿听见他们的叹息。最终她还是拎起话筒，电话那头的自动应答机请她报出身份证号。她输入一串数字，得以被对方接入迷宫般的电话网的下一关，而那个地方和无尽的虚空几乎没有区别。她只能站在厨房里，望着窗外，线路另一端轻微的杂音在耳畔回旋，正如遥远的潺潺流水声一样微弱难辨。

倘若朱莉娅屏息静气，让耳朵紧贴话筒，有时她竟能听见灵魂的声音在远方回响。它们时而细若游丝、浅吟低回，时而高亢尖锐、悲恸决绝。她被困在鬼魅般的电话网中，她还偶尔在抽烟时听到厨房排风扇里传出苦苦哀求的声音，顿时不知所措。那些含糊不清的声音在大楼的通风管道中循环往复——她几乎无法辨认出任何一个发音，但她仍会聚精会神地倾听下去。只有一次，一个女人的声音异常清晰地对她说："真的是时候了。"

她伫立于厨房的窗前，任由那些杂音倾泻入耳内。望着窗外的马路，外头起风了，很冷。金黄的白桦树叶奋力从被雨水淋湿的路面上跃起，在风中左右飘闪。人行道两边有一堆落叶被泥土裹成了黑灰色，又惨遭汽车轮胎碾压，那些泥浆状的残躯，已经无力再挣脱大地的束缚。

她心想，不知会不会有认识的人从外面经过。延斯也许会从街角信步走来，西装革履，像律师那样系着领带，拎着公文包，头发是新剪过的。他的步子很大，目光中充满自信。延斯看见窗前的她，他会惊讶地在人行道上驻足，然后一边挥动手臂一边朝她微笑……

话筒里的杂音忽然消失了，取而代之的是一个紧张的声音：

"我是社会福利处的英格。"

她不是本该负责朱莉娅这案子的那个新人，那人的名字是玛格达琳娜，或者是玛德琳？反正她们从没见过面。

朱莉娅做了个深呼吸。

"我的名字是朱莉娅·戴维松。请问你能否……"

"你的身份证号是多少？"

"是……我已经在电话键盘上输入过了。"

"但我的屏幕上没有显示。请再报一次号码可以吗？"

朱莉娅又念了一次号码，电话那头沉寂了片刻，就连杂音也听不见了。难道他们故意挂断她的电话？

"朱莉娅·戴维松？"那个声音像是根本没听见朱莉娅刚才的自报家

门，“请问有什么可以为您服务的？”

“我想延期。”

“什么延期？”

“我的病假。”

“您在哪里工作？”

“哥德堡的东区医院，整形外科。”朱莉娅说，“我是个护士。”

她还能算护士吗？这几年她请假的时间太长，估计整形外科没人会惦记着她了。当然，她也并不惦记那些为了可笑的小毛病没完没了长吁短叹的病人，他们根本不了解真正的痛苦是什么样子。

“您有医生开具的处方吗？”对方又问。

“有。”

“昨天您去看过医生吗？”

“不，是上星期三。我的心理医生。”

“您为什么不早点来电话呢？”

“嗯，从那时起我就觉得不太舒服……”朱莉娅一边说一边想：在那之前也一样。渴望带来的疼痛感始终在她心头萦绕，从未退却。

“您当天就该来电话……”

朱莉娅听见了来自远方的呼吸声，说不定对方是在叹气。

“好吧，那就这么办，”对方说，“我进电脑系统，为您破例一次。就这一次。”

“真是麻烦你了。”朱莉娅说。

“等等……”

朱莉娅依然在窗前望着马路，一切都静静沉睡着。

但紧接着就有人从侧面更热闹的那条街的人行道走了过来，是个男人。朱莉娅顿时觉得胃部被冰凉的手指攫住，然后她才意识到，这个男人年纪未免太大了，是个秃子，看上去有五十多岁，粗棉裤上还溅了零星的泥点。

“您在听吗？”

她远远看见那男人停在街对面的一座房子门口，输入密码，打开门，走进去。

不是延斯。只是个普普通通的中年男人。

“还在吗，朱莉娅？”

那个声音又在喊她。

“什么？我还在。”

“好的，我在系统里记录一下，就说您的处方正在寄来的路上。”

“太好了，我……”朱莉娅沉默了。

她再次望向外头的马路。

“您还有其他事吗？”

“我想……”朱莉娅攥紧话筒，“我想明天会很冷。”

“好的，”对方的声音听来一切如常，“您是否修改过账户信息？还是和从前保持一致？”

朱莉娅没有回答。她拼命想挤出两句正常的话。

“我有时候会和儿子说话。”最后，她说。

短暂的沉默，然后对方又说：

“按刚才商量的结果，我记录一下……”

朱莉娅迅速挂了电话。

她依旧站在厨房里凝望窗外，马路上的落叶仿佛正拼成某种图案，传递着无论她注视多长时间都无法领悟的信息。她依旧无望地等待着，等待着延斯放学归来。

不，应该是下班归来。延斯好多年前就该毕业了。

你长大后会做什么工作呢，延斯？消防员？律师？教师？

那天晚些时候，她坐在床上，对着摆在这单间公寓狭小客厅里的电视机，看了一会儿关于蝰蛇的教育节目，然后换台到烹饪节目，一男一女在电视里烤肉。看完后，她回到厨房，检查柜子里的酒杯需不需要清洗。哦，是的，对着厨房里的电灯，可以看到杯子表面有细微的白色灰尘。朱莉娅有二十四个酒杯，轮流使用。她每晚都喝两杯红酒，有时三杯。

那天晚上，她躺在电视机旁边的床上，穿着衣橱里唯一一件干净的衬衫，厨房里的电话响了。

电话铃声响第一遍时，朱莉娅眨了眨眼，没动。不，她不想接。电话并不是非接不可。

然后电话又开始叫唤。她决定，自己不在家，出去办要紧事了。

她无须抬头就能望见窗外，虽然进入视野的无非是沿街的屋顶、还未放光的街灯，以及在它们上方伸展开来的树顶。太阳沉到城市背后，天空渐渐暗淡下来。

电话第三次响了。

暮色降临。是黄昏了。

电话第四次响了。

朱莉娅没有起身去接。

电话最后又响了一次，终于归于沉寂。窗外的街灯开始闪烁，准备将它们的光芒洒向柏油路面。

很愉快的一天。

不。没有哪天是真正愉快的。不过有几天时间会过得比其他时候快一点。

始终只有朱莉娅一个人。

如果再要一个孩子，也许有用。迈克尔本来想再给延斯添个弟弟或妹妹，但朱莉娅拒绝了。她从来都没真正死心，当然最后迈克尔也就放弃了。

通常，朱莉娅不接电话之后，都会收到语音留言，这天晚上，当电话终于偃旗息鼓，她下床拎起话筒，但听到的只有忙音。

她放下话筒，打开冰箱上方的柜子。今晚要喝的那瓶酒立在那里，和平时一样，还是一瓶红酒。

准确说来，这是今天的第二瓶酒。因为午饭时她喝光了昨晚开的那一瓶。

“砰！”她开了酒瓶，瓶塞轻轻跳了出来。她倒了一杯酒，马上把瓶塞塞回去，满满一杯。

红酒的热度流遍周身，现在她可以转身望着厨房窗外了。夜色沉沉，街灯只在柏油路上照亮了几个圆形。灯光中的一切都如此静谧。但阴影里藏着什么？看不见。

朱莉娅转身喝干第二杯。她暖和多了。和社会福利处谈话之后，她一直有点紧张，此刻才镇定下来。她倒了第三杯，但这一杯要对着电视慢慢喝。她还可以放点音乐，萨蒂①的曲子，吃一片药，零点前躺下睡觉。

过了一会儿，电话又响了。

响到第三声时，她从床上坐起，头往下一沉。响到第五声时，她下了床。响到第七声时，她总算进了厨房。

在第九声响起之前，她拎起话筒，低声说：

“我是朱莉娅·戴维松。”

---

① 萨蒂（1866—1925），法国作曲家。

回应她的并不是杂音，而是一个平静、清晰的声音。

“朱莉娅？”

她知道是谁了。

“耶尔洛夫？”她平静地问道。

她不再喊他爸爸了。

“是的……是我。”

又一次无言，她不得不把话筒紧贴耳朵，才能听清。

“我想……我有点明白出什么事了。”

“什么？”朱莉娅瞪着墙，“什么出什么事？”

“嗯，就是……延斯的事。”

朱莉娅瞪圆了眼。

“他死了？”

这就好比你手里攥着一张印有号码的门票来回转圈，终于有一天这个号码被喊到了，你终于可以进门聆听你想要的信息。虽然延斯其实很怕水，但朱莉娅还是想到了那些洁白的骸骨碎片，被浪花冲上斯滕维克[1]的海岸。

“朱莉娅，他肯定……”

“可他们到底发现他没有？”她打断耶尔洛夫的话。

“没有，不过……”

她眨眨眼。

“那你为什么打电话来？”

“没人找到他。可我……”

“那就别打电话给我！”她怒喝道，砰地放下话筒。

她闭上眼，留在电话旁边。

---

① 作者虚构的一个位于厄兰岛西北部海岸的村子。

一张印有号码的门票，队伍里的一个位置。今天不行，朱莉娅不想让今天成为发现延斯已死的一天。

她在餐桌旁坐下，目光移向窗外的暗夜，思维一片空白，然后又盯着电话。她起身走到电话旁边等候着，但它一直没响。

我这么做全是为了你，延斯。

朱莉娅拎起话筒，看了看几年前贴在面包箱上方瓷砖上的那张字条，按下号码。

刚响了一声，她父亲就接听了。

“耶尔洛夫·戴维松。”

“是我。”她说。

“朱莉娅，嗯。”

沉默。朱莉娅鼓足勇气。

“我不该挂掉电话。”

“噢，没……”

“那样于事无补。”

“没什么，唉，”她父亲说，“不怪你。”

“厄兰岛天气怎么样？”

“很冷，天很阴，”耶尔洛夫答道，“今天我没出门。”

又一次冷场，朱莉娅深吸一口气。

“为什么来电话？”她说，“肯定有什么事。”

耶尔洛夫回答之前踌躇了一阵。

“是的……这里发生了几件事，”他说，然后又补充，“但我什么也不知道，还和以前一样。”

也就是我已经知道的那些，朱莉娅心想。对不起，延斯。

“我还以为有新情况。”

“不过我一直在思考，”耶尔洛夫说，“我觉得可以采取一些行动。”

“行动？为什么？”

“这样才能有进展啊。”耶尔洛夫话音刚落就急忙问道，“你能来吗？”

“什么时候？”

“马上。我想这样比较好。”

“我不能说走就走。”她说，但其实难度没那么大——她已经不做长期的固定工作了。她又说：“你总得先告诉我……告诉我你想干什么。难道不能说？”

她父亲沉默了。

“还记得那天他穿什么衣服吗？”半晌，他才问。

那天？

“记得。”那天早上是她帮延斯穿的衣服，后来她才意识到延斯穿的是夏天的衣服，而当时已经入秋了。“黄色短裤，红色棉帽，”她说，“帽子上有个小妖精，是他表哥的，那种东西自己也可以做，用铁片和薄塑料……”

“你还记得他穿的是什么鞋？”耶尔洛夫问。

“凉鞋，”朱莉娅说，“棕色皮凉鞋，黑色的橡胶底。右脚脚趾部分的一条带子有点松，左脚也有好几条带子松了……过完夏天都这样，不过我帮他缝好了……”

“用白色的线？”

“对。”朱莉娅马上回答，随即又想了想，“对，我记得是白色。怎么了？”

电话那头沉默了几秒钟。然后耶尔洛夫答道：

“我书桌上有一只旧凉鞋，用白色的线缝过。看样子差不多是五岁孩子穿的……我正坐在这里看着它。”

朱莉娅身子一晃，靠到工作台上。

耶尔洛夫又说了几句，但她已经切断通话。四周又归于寂静。

那张印有号码的门票——这就是她拿到的号码，很快就要喊到她的名字了。

她冷静下来。过了十分钟，她把手从叉簧上拿开，按下耶尔洛夫的号码。耶尔洛夫似乎一直在等她，铃声刚响过一次就接了。

“你是在哪里找到的？”她问道，“在哪里，耶尔洛夫？”

“说来话长，”耶尔洛夫说，“你也知道，我……我的腿脚不太方便四处走动，朱莉娅。越来越难了。所以我才想让你过来。”

“我不知道……”朱莉娅闭上眼，只能听见话筒里的杂音。“我不知道能不能去。”她依稀看见岸边的自己，走在大大小小的鹅卵石间，小心翼翼地捡起所有能找到的骸骨碎屑，将它们紧紧贴在胸前。“也许吧。”

“你还记得些什么吗？”耶尔洛夫问。

“什么意思？”

“那天的事？你记不记得有什么特殊情况？”他问，“你真得好好想一想。”

“我记得延斯失踪了……他……”

“现在我考虑的不是延斯，”耶尔洛夫说，“还记得别的事情吗？”

“你指什么？我不太明白……”

“记得弥漫到斯滕维克的大雾吗？”

朱莉娅没说话。

“记得，”最后她总算开口，“那场大雾……”

“好好想想，”耶尔洛夫说，“回忆一下那场大雾。”

雾……在关于厄兰岛的每一滴记忆中，都有那场雾的影子。

朱莉娅想起了那场雾。北厄兰岛被浓雾覆盖的时候并不多见，但在秋天，有时雾会从海面上飘来，又冷又湿。

可是，那天在雾中发生了什么？

发生了什么，延斯？

厄兰岛
1936年7月

那个后来将无边的悲伤与恐惧传遍厄兰岛的男人，在20世纪30年代中期还是个十岁的男孩。他拥有一处礁石嶙峋的海岸和一大片宽广的海峡。

男孩名叫尼尔斯·坎特，盛夏的酷暑中，他被晒得通红。他穿着短裤，头顶烈日坐在一块大石头上，俯瞰斯滕维克的房屋和船库。他在沉思。

这一切都属于我。

这是真的，因为这片海岸的所有权属于坎特家族。北厄兰岛的大片土地都归属他们家族。几百年来，坎特家族一直是厄兰岛的主人。自从三年前父亲去世时起，尼尔斯就感到照管这个岛的责任落到了自己肩上。尼尔斯并不思念父亲，在他的记忆中，父亲只不过是个高大、沉默、严苛，有时还很凶残的男人。尼尔斯觉得，在岸边那间木屋里等着自己的只有妈妈维拉，真好。

不需要其他人。他不需要朋友，他知道，那些都是住在岸边各个村子里的孩子，年龄大小不一，他家附近年纪稍大些的男孩们已经在采石场工作了——但这段海岸线只属于他一个人。磨坊的工人们，还有使用那些一字排开的船库的渔民，都算不上什么威胁。

尼尔斯准备从石头上跳下去，他想再游一会儿，回家前最后再游一会儿。

“尼尔斯！”一个男孩尖着嗓门喊。

尼尔斯没回头，但他能听见身后这道海边的斜坡上，有些沙砾和鹅卵石立足未稳，缓缓滚下坡去，随即，急促的脚步声越来越近。

“尼尔斯！妈妈也给了我太妃糖！好多太妃糖！”

是他的弟弟阿克塞尔，比尼尔斯小三岁，活蹦乱跳的。他手里攥着一个打了结的灰色布包。

“看！”

阿克塞尔三步并作两步爬上大石头，兴奋地仰视尼尔斯，解开包裹，把里面的东西摊在布片上。

里面是一把小刀，还有太妃糖，黑得发亮的太妃糖。

尼尔斯数了数，有八颗糖。他出门前只从妈妈那里拿到五颗，现在已经吃光了。一股怒火猛然蹿上心头。

阿克塞尔捡起一颗糖，看了看，塞进嘴里，望着波光粼粼的海面。他心满意足地慢慢咀嚼着，仿佛他拥有的不仅是这些糖，还有这海岸、海峡，以及头上的天空。

尼尔斯把头扭向一边。

“我要去游泳。”他朝着海面说道。然后他跳下石头，脱下短裤，在石头上放好。

他背对阿克塞尔，走进海水中，踩在水下长着海藻、亮晶晶的小石子上。海藻褐色的卷须伸进他的脚趾中间。

尼尔斯往前走了十来步，海水被太阳晒得暖洋洋的，在海滩上泛起泡沫。这个夏天他学会了潜泳。他深吸一口气，一个猛子扎进水里，朝着礁石密布的海床下潜，然后反身猛然浮出水面，又沐浴在阳光下。

阿克塞尔还站在海边。

尼尔斯在水中来回穿梭，拍击着周遭的海浪，不时翻两个筋斗，脑袋四周的气泡闪闪发亮。他又游出几米，脚已经踩不到水底了。

有块巨石静静躺在水面下，宛如一只昏昏欲睡的海怪。尼尔斯爬到巨石背上，让海水刚好漫过脚面，然后再次下潜。他没能潜到水底，便踩着水随波逐流，看见阿克塞尔还站在水边。

“你还不会游泳吗？”他喊道。

阿克塞尔没回答，但他垂下眼帘，暗淡下来的表情中交织着羞耻与愤怒。他脱下短裤，放在石头上那包太妃糖旁边。

尼尔斯安静地绕着巨石游来游去，先是面朝下，然后仰泳，展示着这对会游泳的人是多么简单。他两腿一蹬，又躺到巨石上。

“我来帮你啊！”他对阿克塞尔喊道，一时间，他真的打算今天要当个好哥哥，教阿克塞尔游泳。但要教会他可得花不少时间。

他挥了挥手。

“来吧！”

阿克塞尔哆哆嗦嗦往水里迈了一步，小心翼翼地踩过那些鹅卵石，两手不停摆动，仿佛在无底深渊的边缘竭力平衡身体。尼尔斯默默地看着他的弟弟摇摇晃晃从岸上下了水。

走了四步之后，水漫过了阿克塞尔的大腿。他看着尼尔斯，神情僵硬。

“你够不够勇敢？”

这是开玩笑，他只是和弟弟开个小玩笑。

阿克塞尔摇摇头。尼尔斯迅速从巨石上跃入水中，往岸边游去。

“很安全的，”他说，“可以踩到水底。”

阿克塞尔倾身向前，把手伸过来，尼尔斯往后一退，他弟弟便不由自主地前进一步。

“很好。”尼尔斯说。这时海水已漫到他们的腰部了。“再来一步。”

阿克塞尔遵命又迈出一步，抬头看着尼尔斯，紧张地笑了笑。尼尔斯也笑了笑，点点头，于是阿克塞尔再向前一步。

尼尔斯往后一躺，张开双臂缓缓向后漂去，告诉弟弟海水是多么轻柔。

“谁都能学会游泳，阿克塞尔，”他说，“我就是自己学会的。”

他蹬蹬腿，缓缓游向巨石。阿克塞尔紧随其后，脚一直踩在水底，胸口以下都浸在水中。

尼尔斯又跳到巨石上。

“再来三步就可以了！”他说。

其实这不是实话，七八步还差不多。但阿克塞尔当真往前一步、两步、三步，使劲伸长脖子才能让嘴巴保持在水面以上。他离巨石还有三米远。

“你得呼吸啊。”尼尔斯说。

阿克塞尔大喘着匆匆吸了口气。尼尔斯在巨石上坐下，静静地把手伸向阿克塞尔。

他弟弟连忙扑过来，但很快就后悔了，因为他正大口呼吸，冰凉的海水顿时灌进嘴里，直呛入喉咙。他直瞪着尼尔斯，双臂慌乱地拍打着，够不到巨石了。

尼尔斯眼看着阿克塞尔在水里挣扎了一两秒钟，才猛地俯身把弟弟拉到巨石上，脱离了危险。

阿克塞尔紧紧抓住尼尔斯，拼命咳嗽，呼吸短促而凌乱。尼尔斯在他身旁站起，说了一直铭刻在自己心头的那句话：

“这是属于我的海岸。”

随即他纵身跃下，箭一样笔直插进水中，径直蹿出好几米，展臂稳稳划了几下，就触到了岸边的鹅卵石，这下算是把玩笑开够了。到了享受的时间。他甩甩头，耳朵啪啪作响，走向阿克塞尔刚才打开布包的那块大石头。

阿克塞尔脱下的短裤也在那儿。尼尔斯捡起短裤，想象出一只跳蚤爬过短裤上的针脚的情形，一扬手把它扔到岸上去了。

然后他弯腰看了看布包，那一小堆奶油太妃糖在阳光下闪烁着光芒。尼尔斯捡起一颗，慢慢塞进嘴里。

他听到海里那块巨石上传来恼怒的吼声，却不以为意。他细细咀嚼，咽下，又捡起一颗太妃糖。

水花溅起的声音。尼尔斯抬头一看，弟弟总算从巨石上跳进水里了。

尼尔斯按捺住前去帮助阿克塞尔的冲动，开始在太阳下晒干身体。他从石头上的布包里捡起第三颗太妃糖。

水花的声音没有停歇，尼尔斯远远观望。阿克塞尔果然踩不到水底，正绝望地想爬回巨石上去。他的双臂使劲扑腾，但只是徒劳。

尼尔斯嚼着太妃糖。想爬到那块石头上，速度得快。

阿克塞尔无法加速，唯有竭力游回岸边。他慌不择路地拍打双臂，周身水花四溅，却始终在原地打转。他的双眼瞪得大大的，惊骇地遥望着尼尔斯。

尼尔斯迎上他的目光，吞下糖果，又捡起一颗。

水花的声音很快减弱了。他弟弟喊了些什么，但尼尔斯听不清。旋即，海浪没过了阿克塞尔的头顶。

这时尼尔斯往水里迈了一步。

阿克塞尔的头又冒了出来，但已不像之前露出水面那么多。尼尔斯能看清的只有湿淋淋的头发。然后阿克塞尔又沉了下去。水面上泛起几个气泡，立即被浪头轻轻抹平。

尼尔斯匆忙跃入水中，两脚蹬出一串泡沫，双臂奋力划动，视线锁定那块巨石。但没有发现阿克塞尔的踪迹。

尼尔斯迅速游向巨石，近在咫尺时又潜入水下，但他在水下难以睁开眼睛。他紧闭双眼，在冰冷的黑暗中摸索，一无所获，只得上浮，迎向阳光。他两手扒住巨石，咳嗽了一阵，挺身爬了上去。

举目望去，四周除了海水，别无他物。浪尖上闪烁的阳光碎片，遮蔽了水面下的一切。

阿克塞尔不见了。

尼尔斯在风中等了又等，什么也没有发生。最后，直到寒意袭来，他才下水慢慢游回岸上。没别的办法。他从水中起身，呼着气，靠到那块大石头上。

尼尔斯在太阳底下站了很久很久。他等待着水花溅起的声音，等待着阿克塞尔熟悉的喊声，但他什么也没听到。

天地万物都那么平静，不可捉摸。

阿克塞尔的布包里还有四颗太妃糖，尼尔斯盯着它们。

他思索着必将接踵而来的问题，妈妈会问些什么，其他人又要问些什么，他要如何对答。然后他又回忆起爸爸去世时，玛纳斯教堂里那场冗长的葬礼上，一切是多么阴郁无望。所有人都穿着黑衣，吟唱着关于死亡的圣歌。

尼尔斯试着啜泣了一下，听起来还不错。他要去找妈妈哭诉，说她的阿克塞尔还待在海滩上。阿克塞尔还没玩够，但尼尔斯想回家了。然后大家都会去找阿克塞尔。他可以想象得到爸爸的葬礼上那哀伤的风琴，还有妈妈的哭声。

尼尔斯马上就要回家，他很明白，到家时自己会说什么，不会说什么。

但在此之前，他把阿克塞尔的太妃糖吃光了。

2

耶尔洛夫·戴维松坐在玛纳斯养老院自己的房间里，望着窗外的夕阳缓缓落下。开饭的铃声刚响过一次，马上就该吃晚饭了。他得起身去餐厅。他的人生还没到尽头。

如果他还住在故乡，那个渔村，斯滕维克，此刻他应该坐在岸边，目送太阳悠然沉入卡尔马海峡[①]。但玛纳斯位于厄兰岛东岸，所以每个黄昏，他都只能看着太阳消失在西方那片位于养老院和玛纳斯教堂之间的桦树林后。每年十月这时候，桦树的叶子几乎都已掉光，只剩光秃秃的树枝，宛如一条条纤细的手臂，伸向那橘色圆盘般的夕阳。

夜幕降临——到了讲恐怖故事的时间。

当他还是斯滕维克的一个小男孩时，这个时间，田里和船库一天的工作都已结束，人们三三两两聚在农舍间，暮色渐深，煤油灯却还没点燃。老人们总爱在黄昏时分围坐着谈论白天的所见所闻，以及村里其他地方的新闻琐事。他们还不时会给孩子们讲个故事。

耶尔洛夫一直觉得，最吓人的故事才是最好的。鬼故事、不祥的预兆、巨怪的传说，还有厄兰岛荒野中游荡的恶魔，又或者是航船怎样不由自主地驶向暗礁密布的海岸边，在礁石上撞得粉身碎骨。

开饭的铃声第二次响起。

受困于暴风雨中的船只如果漂流到离海岸太近的地方，船长迟早会听见海底的礁石在脚跟下剐蹭的声音，越来越响，那么大难临头的时刻也就

① 卡尔马是瑞典东南部港口，正对厄兰岛中部。

不远了。偶尔也有技艺高超、红运当头的船长在抛锚之后，可以慢慢逃离暴风的魔掌，重返安全水域。但绝大多数船只一旦搁浅，就寸步难行。通常情况下，船长为求自保，也为了船员安全起见，不得不当机立断弃船逃生，奋力穿越惊涛骇浪游上陆地，然后他们站在岸边，顾不上全身湿透、寒气彻骨，眼睁睁看着他们的船被狂风肆意玩弄于股掌之间，最后被巨浪无情地撕成碎片。

一艘搁浅的小货船被抛弃在海滩上，好似一具挤扁了的棺材。

开饭的铃声最后一次响起，耶尔洛夫抓紧木头桌边，支撑着站起身。斯耶格伦综合征[①]似乎已经侵入四肢了，他能感觉得到，很疼。轮椅就靠在床尾，但他在室内从不使用，现在也不想用。不过他还是用右手拿起手杖，紧紧握住，朝门厅走去。他出门穿的衣服就挂在门厅的衣架上，鞋也摆得整整齐齐。他停下来，靠手杖稳住身体，打开门，走进外头的走廊，环顾四周。

走廊里尽是杂乱的脚步声，他的邻居们一个个也出门了。他们动作很慢，拄着拐杖或者借力于助行架。玛纳斯养老院的居民们集合用餐了。

有几个人平静地打招呼，其他人的眼睛从头到尾都盯着那扇门。

这条走廊里会聚了多少知识？耶尔洛夫融入走向餐厅的疲惫队伍时，心里这样想。

“晚上好，很高兴和大家见面！”他们这一区的管理员波尔站在厨房外盛着饭菜的几辆手推车之间，笑呵呵地大声说。

大家都在餐桌旁各自熟悉的位置上小心地坐好。

多少知识啊。坐在耶尔洛夫旁边的有一名鞋匠、一位教会委员和一个

---

① 又称“干燥综合征”，一种慢性炎症性自身免疫性疾病，主要破坏唾液腺和泪腺，可能引起继发性类风湿关节炎等症状。

农夫，再也没有人对他们的经验和知识感兴趣了。还有耶尔洛夫自己，他还能闭着眼睛用短短几秒钟打好一个漂亮的绳结，可那又有什么用呢。

“今晚会很冷，耶尔洛夫。”玛雅·努曼说。

“是啊，刮北风了。”耶尔洛夫说。

玛雅紧挨他坐着，她又瘦又小，满脸皱纹，却比其他人都开朗活泼。她对耶尔洛夫笑了笑，耶尔洛夫也还以微笑。能读准他名字的人少之又少，玛雅是其中之一。“耶尔洛夫”的发音，其实也不难。

玛雅来自斯滕维克，一九五八年嫁给了玛纳斯东北的一个农夫，在耶尔洛夫当上船长后，他们搬去了博里霍尔姆[①]。他和玛雅在养老院重逢之前，已经四十年没见过面了。

耶尔洛夫拿起一块薄脆饼吃起来。一如既往地，他感谢老天让他还有力气咀嚼。头发掉光了，视力衰减了，有力而酸痛的肌肉也退化了——但至少牙齿还在。

厨房里传出卷心菜的香味。今天的菜单上有卷心菜汤，耶尔洛夫拿起汤匙，等着送菜的手推车过来。

晚饭后，大多数老人会用看电视来打发夜晚剩下的时间。

时代不同了。厄兰岛的海边再也没有搁浅的船只，天黑以后再也没人讲故事了。

吃完晚饭，耶尔洛夫回到自己的房间。

他把手杖靠在书架上，又坐回桌旁。窗外夜色已深。如果他趴到桌上，鼻子顶着窗玻璃，就能看见玛纳斯以北的田野，再往北就是海岸线，

① 厄兰岛上最大的城镇。

以及黑魆魆的大海。波罗的海，从前他工作的地方。但这对他而言简直就是不可能完成的体操动作，所以，他的目光仅仅只能延伸到养老院后面的这片桦树林。

那些管理人员早就不把这里称做养老院了，但养老院就是养老院。尽管他们安上这样那样更新鲜、更好听的名字，这里也依旧是打发老人、把他们收留到一起的地方。很多来这里的老人无非只是枯坐等死。

一个黑色的笔记本躺在桌上那叠报纸旁边，他伸手拿了过来。刚来养老院时，耶尔洛夫整整一个星期都坐在桌前凝视窗外，后来他才打起精神，到村里的小杂货店买了这个笔记本。他从那时起动笔。

他既用笔记本来记录想法，也用来备忘。他写下计划要做的事情，完成之后便把它们画去。“刮胡子”例外，他把这条提示写在第一页开头，从不画去，作为每日例行的任务。刮胡子很有必要，今天早些时候他也记得按提示做了。

笔记本里的第一个想法如下：

不轻易发怒的，胜过勇士；治服己心的，强如取城。

这是从《旧约·箴言篇》第十六章摘抄下来的警句。耶尔洛夫从十二岁就开始读《圣经》，至今不辍。

笔记本后面有三行没画去的字：

付这个月的账单。

星期二晚上朱莉娅要来。

找恩斯特谈谈。

要付的钱有电话费、订报费、他的妻子埃拉在教堂墓园的墓碑维修费，还有到上星期为止按月应支付给养老院的费用。

朱莉娅要来，她终于答应要来了。这件事绝对不能忘。他希望朱莉娅在厄兰岛多留几天。过了这么多年，她依然沉浸在悲伤中，而他想带她走出来。

最后一条备忘也很重要，而且和朱莉娅也有关系。恩斯特是斯滕维克的石匠，当初一年到头都住在斯滕维克的人寥寥无几，他是其中之一。恩斯特和耶尔洛夫，还有两人共同的朋友约翰，每星期都会通电话。有时他们还在天黑以后聚在一起讲老故事，虽然那些故事耶尔洛夫早就听过，但仍然乐在其中。

但是，几个月前的一天晚上，恩斯特来到玛纳斯，带来了一个新故事：耶尔洛夫的外孙延斯是被谋杀的。

耶尔洛夫毫无心理准备——他不愿意再去想小延斯——但恩斯特坐在床沿，非把故事讲完不可。

“对于事情的经过，我有了一些想法。”恩斯特平静地说。

“是吗？”耶尔洛夫坐在桌旁。

“我就是不相信你的外孙跑去海边，然后溺水了，”恩斯特说，“我想他可能在大雾里去了小树林。而且我认为，他在那里遇到了凶手。”

“凶手？”

恩斯特沉默了，长满老趼的双手按在一边的膝盖上。

“是谁？”耶尔洛夫问道。

“尼尔斯·坎特，”恩斯特说，“我想他在雾中遇到了尼尔斯·坎特。”

耶尔洛夫瞪着对方，但恩斯特看起来是认真的。

“我的确认为就是这么回事，”恩斯特又说，“我想尼尔斯·坎特从海外回来了，重回故地，带来了更多的不幸。”

他没有再说下去。只是一个晚间小故事，但耶尔洛夫无法忘怀。他盼望恩斯特很快还会来，再多说一些给他听。

耶尔洛夫继续翻看笔记本。记下的想法远不如备忘来得多，很快就翻到最后了。

他合上笔记本。在书桌旁边他没什么可做的，但至少坐在这里，还能眺望那些桦树在黑暗中摇曳。这令他依稀回忆起在狂风中航行的经历，由此，他又记起了自己站在甲板上，迎着这样的秋风，凝望着厄兰岛的海岸悠然流过，无论那道海岸是近在咫尺的礁石和村舍，抑或只是远在海天相接处的一道黑线——他的脑海中正勾勒那一情景之时，桌上的电话突然响了。

在静谧的房间里，电话铃声显得尤其尖厉刺耳。耶尔洛夫让它多响了一声。通常他都能预感到来电话的是谁，但这次却没有把握。

响过第三声后，他拎起话筒。

“我是戴维松。”

没人回答。

线路还处在接通状态，他能听见线路里轻微而有规律的信号传输音，但另一头握着话筒的人一个字也没说。

耶尔洛夫觉得自己明白对方的意图了。

“我是耶尔洛夫，”他说，“我收到了。如果你打电话来是为了那只凉鞋的话。”

他似乎听见了另一头那人平静的呼吸。

“前几天收到的邮政包裹。”他说。

沉默。

“我想应该是你寄来的，”耶尔洛夫说，“你为什么要这么做？”

只有沉默。

“在哪里发现的？”

还是只能听见刺刺的背景音。耶尔洛夫把话筒压在耳朵上的时间一长，就仿佛无边宇宙中只有他一人孑然独坐，聆听着万籁俱寂的黑暗太空，或者，聆听着海洋。

过了三十秒，有人低沉地咳嗽了一下。

然后是嗒的一声，另一边挂断了。

第二章 迷雾

朱莉娅的姐姐莱娜·伦德奎斯特紧攥着钥匙，几乎是目不转睛地盯着那辆车。她匆匆瞥了朱莉娅一眼，目光又转回两人共用的这辆小汽车上。

这是一辆体型小巧的红色福特车，车身的油漆光泽可鉴，配的夏季轮胎也很不错。莱娜和她丈夫理查德住在托斯兰达[①]，房子很高，是砖砌的，车就停在房子的车道旁边。他们还有个大花园，虽看不到海景，但离海也不远，朱莉娅仿佛闻到了空气里咸咸的水汽味道。一扇敞开的窗户里传出尖锐的嬉笑声，她才察觉孩子们都在家。

“我们不太想把车借出去……你上次开车是什么时候？”莱娜问道。

她仍然把钥匙攥在手里，双臂在胸前紧紧交叠。

“去年夏天，”朱莉娅说，然后立刻提醒道，“但这也是我的车……最起码有我一半。”

一阵又湿又冷的风从海边吹来，扫过街道。莱娜只穿了一件薄薄的开襟毛衫和裙子，但她并没邀请朱莉娅到屋子里暖和暖和，继续商量——就算她开口了，朱莉娅也绝不会同意。理查德肯定在里面，她既不想和他打照面，也不想见到他们那几个十几岁的孩子。

理查德好像是沃尔沃公司的什么大老板（至少是公司里地位相当高的

---

① 哥德堡的郊区。

大人物）。公司给他配了车，莱娜则是希辛延岛[①]一家私立学校的校长，也有学校配的车。他们命真好。

“你用不着，”朱莉娅态度坚决，“只有……只有我不想开的时候，才归你用。”

莱娜又看了看车。

“话是没错，但理查德的女儿每隔一周的周末都会来，她想……”

“油钱都由我出。”朱莉娅打断她。

她一点儿也不怕姐姐，从来没怕过。她决定要开车去厄兰岛。

“是啊，我知道你会出，这不是问题，”莱娜说，“可还是不大好吧。还有保险的问题。理查德说……”

“我只开去厄兰岛，然后再开回哥德堡。”

莱娜抬头看看房子，几乎每个房间的窗帘后面都亮着灯。

“耶尔洛夫要我回去，”朱莉娅接着说，“昨天我和他通电话了。”

“可为什么是现在？”没等朱莉娅回答，莱娜又说，“你要住在哪里呢？我是说，你总不能和他一起住养老院吧——据我所知，那里可没有客房。这个季节，我们在斯滕维克的别墅和船库也都关了……”

“我自己会解决。”朱莉娅马上答道，旋即才发觉她的确没想好到时要住在哪里。她根本没考虑。“那我可以把车开走吧？”

她感到姐姐即将投降了，在理查德出来帮老婆否决借车的主意之前，最好速战速决。

“唉……”莱娜说，“好吧，就借给你吧。先让我拿些东西出来。”

她走到小汽车旁边，拉开车门，拿出一些纸张、一副太阳镜，还有半条马拉伯巧克力[②]。

---

① 瑞典第四大岛，位于哥德堡附近。

② 瑞典著名的巧克力品牌。

她走回朱莉娅身边，伸手松开了钥匙。朱莉娅接过钥匙，莱娜又递给她另一样东西。

“把这个也带上，”她说，“我们就能和你联系了。学校刚给我发了一个新的。”

是一部手机，黑色的。也许还不算最小巧的款式，但已经够小的了。

“我不懂怎么用这些东西。”朱莉娅说。

“很简单，你得先输入区号……在这儿。”莱娜把密码和电话号码都写在一张纸上，“打电话的时候要输入完整的号码，包括区号，然后按这个绿色的键。里面还有点余额，用完之后你得自己付钱了。”

“好，”朱莉娅接过手机，“谢谢。”

“对了……开车要小心，”莱娜说，“替我向爸爸问好。”

朱莉娅点点头，向小汽车走去。她钻进车里，闻着姐姐的香水味，发动引擎，驱车离去。

天色已晚。她驾车驶过希辛延岛，时速二十公里，低于限速。她思索着，为什么她和莱娜的目光每次都不能多接触几秒钟。过去她们是很亲密的——再怎么说，朱莉娅从前之所以搬到哥德堡，就是为了莱娜——但现在的情况则完全相反。自从几年前那个星期五以后，她们的关系就变成这样了。那是朱莉娅最后一次进莱娜和理查德的家门。一次小型宴会，孩子们都不在，最后理查德放下酒杯，从饭桌旁站起身问道：

“我们非得坐在这里没完没了谈论二十年前莫名其妙的事情吗？我就是想不通。不谈不行吗？”

他非常生气，也略有几分醉意，声音十分粗鲁——尽管朱莉娅只是随口提到延斯失踪的事件，用来说明她当时为什么是那种心情而已。

莱娜看了看朱莉娅，声音镇定如常，接下来她说的那句话，使得朱莉娅两年后拒绝陪这个姐姐一起回厄兰岛帮耶尔洛夫从斯滕维克的别墅搬到玛纳斯养老院。

“他永远都不会回来了，”莱娜说，“我的意思是，大家心里都明白……延斯死了，朱莉娅。即便是你，也该想到这一层了吧？”

朱莉娅霍然起身，隔着饭桌歇斯底里地对她大吼大叫，虽然于事无补，但朱莉娅当时顾不得那么多。

朱莉娅回到家，把车停在街上，进屋收拾行李。她带了够穿十天的衣服，一些洗漱用品，还有几本书（再加上两瓶红酒、一些药片），吃了一个三明治，喝了点水，没有喝酒。然后就该睡觉了。

但她一躺下，就在黑暗中睁大双眼，睡意全无。她下床进了浴室，吃了一片医生开的药，又回到床上。

一只男孩的鞋。一只凉鞋。

她一闭上眼，仿佛就看见自己还是个年轻的妈妈，给延斯穿上凉鞋，这种记忆阴森森地重重压在胸口，那沉甸甸的不确定性，令朱莉娅在被子里瑟瑟颤抖。

二十多年音信全无，厄兰岛上铺天盖地的搜寻，无数个不眠之夜。经历了这些之后，延斯的一只小鞋子出现了。

安眠药渐渐开始发威。

远离黑暗吧，半睡半醒间，她心想，*帮帮我们，找到他吧*。

朱莉娅醒来起床时，离天亮还早，外头还很暗。她吃了早餐，洗漱完毕，锁好公寓的门，钻进车里。她发动引擎，打开雨刷清扫风挡玻璃上的落叶，然后终于开车离开她生活的这条街，迎着朝阳，汇入清晨的车流，离开这座城市。最后一个交通灯变成绿色，她往东拐上高速公路，远离哥德堡，驶进乡间。

最初几英里，她摇下车窗，任凭凛冽的晨风将姐姐留在车里的香水味吹个一干二净。

延斯，我来了，她想。我真的来了，现在再也没人可以阻止我。

她知道自己不该和他说话，就算在心里默念也不行。这意味着她的情绪又不稳定了，但自从延斯失踪后，她就一次又一次这样做。

过了布罗斯[①]，高速公路就到了尽头，周围的房屋变得更小、更稀疏。道路两旁举目皆是斯莫兰省[②]茂密的冷杉林。她本可以掉头驶向未知的目的地，但伸进森林的小路看上去荒无人烟。于是她径直前行，穿越乡野，向东海岸进发。很多很多年都没有这样独自远行了，这多少令她有些乐在其中。

她在离海岸还有几英里的一个服务站停下来加油，囫囵吃了几口又难嚼又黏糊、根本不值那个价钱的炖肉，然后继续上路。

通往厄兰岛的大桥。大桥位于卡尔马以北，与厄兰岛相连，是二十多年前建成完工的，随之而来的就是那个秋天……那一天。

她不能再想下去了，在到达目的地之前，不能再想了。

厄兰岛大桥巍然屹立，坚不可摧，横越海峡，由粗重的水泥桥墩所支撑。狂风几乎要将小汽车撕成碎片，大桥却岿然不动。桥面宽敞而笔直，唯有与大陆相连接的一段呈拱形，较高的轮船可以从桥下通行。这处拱桥还是观景台，她望见厄兰岛平坦的地形，从北向南，在地平线上延展开去。

灌木林和平坦的草地覆盖了厄兰岛的大部分。压低的乌云如同一艘艘身形修长的飞船，在原野上空缓缓飘移。

游客和当地居民都很喜欢到那边散步、观鸟，但朱莉娅对那灌木林并无好感。面积太大了——一旦天公变脸，大雨倾盆，根本无从躲藏。

---

① 位于哥德堡以东。

② 瑞典南部的大省，东邻波罗的海，与厄兰岛相望。

过桥后，她往北驶向博里霍尔姆。马路沿厄兰岛西岸近乎呈完美直线延伸了几英里，然后就基本看不到什么往来车辆了。旅游旺季已经结束。朱莉娅始终让目光直视正前方的道路，以免望向那荒凉的灌木林，或是另一边的滔滔海面，她还拼命将一只缝过带子的小凉鞋从脑海中驱赶出去。

那不能说明什么，并不是非得说明什么不可。

过桥后，又用了半小时左右才开到博里霍尔姆。她抵达时正遇到一个十字路口的交通灯，便决定左拐，驶入海边的小镇。

刚进入商店街，她就在一家蛋糕店门口停下，这样就绕开了港口、广场和教堂，她和父母亲从前就住在教堂后面，那时耶尔洛夫驾驶自己的货船，想住在离港口近一点的地方。她的童年在博里霍尔姆度过。朱莉娅不愿看见自己像苍白的鬼魂一样在广场四周的大街上奔跑的身影，那个八九岁的小女孩，前方还有漫漫人生路等着她去走。她也不想看到从身旁健步走过的年轻人，那会令她想到延斯。类似的折磨她在哥德堡已经受够了。

蛋糕店店门上方的铃丁零零地响了。

“下午好。”

柜台后的金发女孩很漂亮，看上去百无聊赖。她面无表情地招呼朱莉娅，朱莉娅为自己和耶尔洛夫要了两个肉桂馅饼、两个草莓奶油蛋糕。

这女孩就像三十年前的朱莉娅，当然，朱莉娅刚满十八岁就离开厄兰岛，二十二岁之前先后在卡尔马和哥德堡生活、工作过。她在哥德堡与迈克尔邂逅，几周后就怀上了延斯。她天性中的不安定自此一去不复返——即便在离婚之后也一样。

“现在人不多啊，”女孩从玻璃柜台里拎出蛋糕时，朱莉娅说，“我是指秋天这时候。”

“不多。”女孩连笑都懒得笑一下。

“你喜欢住在这里吗？”朱莉娅问道。

女孩只是简单地摇摇头。

“有时还不错吧。不过没什么事可做。博里霍尔姆只有到夏天才苏醒过来。”

“这是谁说的？”

“每个人都这么说。”女孩答道，“斯德哥尔摩来的人。”她系好蛋糕盒的袋子，递给朱莉娅，“我快要搬去卡尔马了，”她说，“只要这些吗？”

朱莉娅点点头。本来她可以应道，她十几岁时也在博里霍尔姆打工，是在港口附近的一家咖啡屋。那时她也很无聊，无聊地等候生活的大幕拉开。旋即，突然之间，她想谈谈延斯，谈谈她的悲伤，还有那将她领回来的一线希望。邮包里的一只小凉鞋。

她什么也没说。一架鼓风机嗡嗡低吟，除此之外，蛋糕店里一片沉寂。

“你是来旅游的？”女孩问道。

“是的……不，”朱莉娅说，“我要去斯滕维克待几天。我家在那里有座房子。”

“那里现在和全国最北方一带差不多了，”女孩把找零递给朱莉娅，“几乎所有房子都空了，连个鬼影也没有。”

下午三点半，朱莉娅走出蛋糕店，打量着面前的街道。博里霍尔姆真的已经非常荒凉了，街上只看到十来个人，一两辆小汽车以慢得不能再慢的速度驶过。仅此而已。雄伟的城堡遗迹从小山上俯瞰全镇，那些窗口都成了黑暗而空寂的洞穴。

一阵冷风卷过整条街，朱莉娅走回小汽车旁。四周安静得有些可怕。

她经过一个大公告栏，各种海报层层叠叠地粘在一起：博里霍尔姆影院上映的美国动作片、城堡遗迹里的摇滚音乐会，还有名目繁多的夜校课程。海报的颜色在阳光下退去，边角则被海风嚼得支离破碎。

朱莉娅长大后，还是第一次在临近年末时回到岛上。每年这时候是旅游淡季，厄兰岛上的一切也减缓了步伐。她回到车里。

我来了，延斯。

从小镇往北，两侧依然是长满灌木的干燥草原。马路渐渐从海岸向岛的腹地延伸，直指平坦的原野，从地里挖来的长着青苔的灰色圆石，砌成了长长的低矮围墙。围墙如同一座庞然大物，与灌木林遥遥相望。

在无垠的天幕下，朱莉娅有患上旷野恐惧症的感觉，恨不能马上来杯红酒——离斯滕维克越近，这种欲望就越强烈。在家时，她一直想戒掉每天喝酒的习惯，而且开车时从来滴酒不沾，但在这荒无人烟的野外，看来唯有行李中的那几瓶酒才堪称有趣的伴侣。她想把自己锁到什么地方，埋头喝个痛快，喝光为止。

往北这段路途中，她只遇到两辆车：一辆公共汽车和一辆拖拉机。写着村子和庄园名称的黄色路牌在路旁次第掠过，她还记得那些名字，那些经过的路。她在心中默念着，宛如吟诵一首童谣。那些地方她也只是年复一年开车路过而已，因为她的父母亲只有夏天才来斯滕维克，那间度假别墅是二十世纪四十年代末建起来的——游客们还要过很多年才发现那个村子。朱莉娅的秋天、冬天和春天都在博里霍尔姆度过，但夏天总是在斯滕维克。去玛纳斯见耶尔洛夫之前，她想再去看看那个村子。那里虽然曾给她留下糟糕的回忆，但美好的也不少。回忆中那漫长、炎热的夏日。

她看见远处黄色的路牌："斯滕维克1号"，下面是一行黑体字"露营地"。她一踩刹车，拐进村里的小路，远离了身后的灌木林，朝着海峡驶去。

过了五百米，第一批避暑别墅出现了，全都紧闭门户，窗户里都拉着白色的窗帘。然后是那间小卖部，夏天村民们经常来此小聚。小卖部正面贴过的各种通知、广告、彩旗都被清理掉了，窗户上也加了百叶帘。小卖部旁边有个盖着防水布的路牌，指向南边的露营地和迷你高尔夫球场。她还记得，经营露营地的是耶尔洛夫的一个朋友。

马路通往海边，然后往右一拐，经过岸边的一座石桥，折往北方。更多门窗紧闭的别墅在马路东边排开，另一侧则是遍布礁石和鹅卵石的海岸，轻柔起伏的海浪徐徐抚摩着海滩。

朱莉娅慢慢驶过那屹立于坚固的木头基座上、俯瞰大海的古老风车。自她有记忆时起，这座被人遗忘的风车就站在这离海只有十来米的地方。但如今曾经的鲜红几乎已消退殆尽，灰色的风车身上，仅仅余下残破的十字形木头叶片。

从风车再往前一百米左右，就是戴维松家的船库。红墙白窗，用焦油漆得乌黑发亮的屋顶，看起来保养得不错。最近刚有人上过油漆，是莱娜还是理查德?

朱莉娅脑海中浮现出耶尔洛夫坐在船库门前的凳子上补渔网的情景，那是夏天，她和莱娜，还有表兄弟们在下方的海岸边奔跑，鼻腔里满是浓烈的焦油气味。

可是那天耶尔洛夫就在船库清洗他那些该死的渔网。那一天，自那以后，朱莉娅对他的捕鱼生计就再也喜欢不起来了。

船库里现在没人。干草在风中微微颤抖，一艘漆成绿色的小船躺在船库侧面的草地上——是耶尔洛夫的旧船，船身干得发裂，朱莉娅竟能看见丝丝缕缕的光线从上层木板的缝隙中透出来。

她关掉引擎，却没有下车。她穿的鞋和衣服都抵挡不住厄兰岛的秋风。船库的门上闩了一根铁门闩，上面还上了一道大锁。小小的窗户被内侧的百叶帘紧紧遮住，就和村里的其他别墅一样。

空荡荡的斯滕维克。布景，这里只不过是夏日剧场的一幕布景。至少在朱莉娅眼里，舞台上演绎的，是一场忧郁阴沉的戏。

好吧，她要去看看耶尔洛夫的房子，那栋度假别墅。耶尔洛夫独立建起的那栋别墅，多年来一直属于他们这家人。她发动小汽车，继续沿村中的小路前行，在岔道口朝右拐向岛内。低矮的小树林掩映着零星几座冬天才有人住的房子。受常年的海风影响，这些树都微微倾向与海岸相反的方向。

小路右侧有个大花园，花园里有座高高的黄色木头房子，一眼望去，仿佛随时会在高高的树篱后颓然倒塌。墙上的油漆已然斑驳剥落，屋顶的瓦片四分五裂、苔藓丛生。朱莉娅不记得房子的主人是谁，但在她印象中，这座房子从来都没收拾整齐、光鲜亮丽过。

右侧的树林间还有一条逼仄的小径，小径中央是一丛黄色的野草，长得有膝盖那么高。朱莉娅认出了这个入口，把车停下，关掉引擎。然后她穿上外套，走进凛冽而清新、富含氧气的冷风中。

车外并非全然的静寂，树枝上的枯叶在风中飒飒低语，浪头隐隐在远方拍击着海岸。但除此之外，再无任何声音：没有鸟鸣，没有人语，没有车辆驶过。

蛋糕店里的女孩说对了：这里像极了极北之地的崇山峻岭。

通往别墅的这条小径很短，尽头是一扇低矮的铁门，嵌在一堵石墙里。朱莉娅伸手一推，铁门轻轻吱呀一声，开了。她走进花园。

我来了，延斯。

别墅漆成棕色，屋檐则是白色的，看上去不像斯滕维克的其他房子那么封闭。但如果耶尔洛夫还住在这里，他绝不会放任野草长得这么高，也不会让泛黄的松针和枯叶落满花园。她的父亲是个责任心极强的工人，总是默不做声、有条不紊地干活，直到干完为止。

耶尔洛夫和朱莉娅的母亲埃拉，过去是一对勤勤恳恳的夫妻。埃拉当了一辈子家庭主妇，有时她像是从19世纪来的客人，来自一个穷困的年代，在岛上既没有时间也没有精力开怀大笑或是酣然入梦，而且每张厨房用纸都要晾干再用好几次。埃拉瘦小而缄默，固执而顽强，厨房就是她的王国。朱莉娅和莱娜经常被她们的妈妈打耳光，从未得到拥抱。自然，她逐渐成长的岁月里，耶尔洛夫大部分时间都在海上度过。

花园里的一切都凝固了。朱莉娅小的时候，草坪中央有个一米高的水泵，上了绿漆，有个大喷嘴和弯弯的把手。但现在水泵不见了，那个位置上只有一口井，上面压着水泥井盖。

别墅东面是一堵石墙，灌木林在石墙后方开始延伸，一直连绵到东方的地平线。要不是被那些树挡住视线，朱莉娅本可以看见玛纳斯教堂如同一支黑箭插在远方。她才几个月大的时候，就是在那间教堂里受洗的。

朱莉娅转身向别墅走去。她绕过一个爬满藤蔓、荒废的花棚，踏上小时候看起来高不可攀的粉色石灰石台阶，台阶顶端是一个小露台和一扇紧闭的木门。

朱莉娅转动把手，可门是锁着的，不出所料。

这既是她旅途的起点，也是终点。

别墅还在这里就已经很不可思议了，朱莉娅心想，毕竟延斯失踪以后，世界上又发生了那么多事。一些新国家建立了，另一些国家则消亡了。在斯滕维克这个村子里，现在几乎一年到头都难得有游客光顾——但延斯那天离开的房子，还留在这里。

朱莉娅在台阶上坐下，叹了口气。

我累了，延斯。

她看着耶尔洛夫在房前堆起的那些石头。最顶上那块凹凸不平的灰黑色石头是19世纪末某一天燃着火从天而降的，在耶尔洛夫的父亲、祖父工作的采石场里砸出一个大坑。这位来自太空的古老客人，如今浑身裹满了斑斑点点的鸟粪。

那一天，延斯从这块石头旁边走过。他穿上凉鞋，趁外祖母睡觉时离开别墅，走下这几级台阶，走进花园。能百分之百确定的只有这些。后来他去了哪里，原因又是什么，没人知道。

那天晚上，她从岛外回来时，本以为延斯会急急忙忙冲出家门来迎接她。然而，等候她的却是两名警察，还有不断哭泣的埃拉和脸色铁青的耶尔洛夫。

朱莉娅现在想拿出一瓶红酒，坐在台阶上一口接一口喝下去，让自己迷失在幻梦里，直到黑夜降临——但她奋力镇压了这股冲动。

布景。和村里其他地方一样，这空寂的花园恰似一幕舞台布景，但剧目多年前就已落下帷幕，曲终人散。空前的孤独感笼罩了朱莉娅。

她又在台阶上坐了几分钟，纹丝不动，然后，海浪声中加进了一个新的声音，是汽车引擎。

一辆小汽车，一辆上了年纪、疲惫不堪的小汽车，正发出轧轧声，缓缓沿村中小路驶来。

声音没有远去，反而响个不停，越来越近，然后在离花园很近的地方，引擎被关掉了。

朱莉娅站起来，探出身子一望，只见一辆圆头圆脑的汽车停在树丛后，是一辆旧的沃尔沃PV。

小路那头的铁门嘎吱作响，被人推开了。她拉紧身上的外套，手指不自觉地梳过花白的头发，等待着。

脚步渐渐趋近，踏过落叶的声音短促而沉重。

出现的是一位老人，个子不高，体格粗壮，他一言不发地站在台阶底端，眼神严厉地打量着朱莉娅。他多少令她想起了父亲，却说不上是为什么，也许是他的帽子、松垮的裤子和那件白色毛衣，令他看起来像个真正的船长。但他比耶尔洛夫矮一些，拄着手杖，说明他很长时间都没出海了。他两只手上新旧交织的擦伤十分醒目。

朱莉娅依稀记得多年前见过这个人，他是常住斯滕维克的居民之一。

还有多少人留下呢?

“您好。”她在嘴角挤出一个微笑。

“日安。”

对方朝她点点头，摘下帽子，朱莉娅看见他已几近谢顶，几缕稀疏的灰白头发梳得条理分明。

“我只是碰巧来看看。”她说。

“是啊……也得有人隔三差五来看一眼才行。”朱莉娅还从没听过像他这么重的厄兰岛口音，粗哑而低沉，“这是他的愿望。”

朱莉娅也点点头。

“看起来挺不错。”

沉默。

“我是朱莉娅。”她说，随即匆匆朝别墅颔首示意，“耶尔洛夫·戴维松的女儿。从哥德堡来。”

老人又点点头，似乎早在意料之中。

“果然，”他说，“我叫恩斯特·阿多尔弗松。住在那边。”他指了指身后往北斜对角的方向，“耶尔洛夫和我很熟，经常一起聊天。”

于是朱莉娅想起来了。这位就是恩斯特，那个石匠。她还年轻时，恩斯特就成天在村里漫步，活像博物馆里的展品。

“采石场现在还开工吗?”她问道。

恩斯特垂下眼帘，摇摇头。

“不。不开了，没活可干。人们有时来拿点边角料……但不再继续开采了。”

“可您是在那里工作吧?”朱莉娅说。

“我做石雕，”恩斯特答道，“你可以来看看，有没有想买的东西……今晚我有客人，不过明天有空。”

“好啊，我可能会去。”朱莉娅说。

就靠她那点可怜的疾病津贴，估计什么也买不起，不过去看看总没关系。

恩斯特点点头，缓缓转身，磕磕绊绊迈着小步子走开了。直到他完全背对自己，朱莉娅才察觉谈话已经结束。但她有话想说，便深吸一口气。

“恩斯特，”她说，“二十年前你应该也住在斯滕维克吧？”

恩斯特闻声停下，半转过身。

“我在这里住了五十年。”他说。

“我只是在想……”

朱莉娅没说下去，她根本没想好。她想问，却不知该如何开口。

“那时我的孩子失踪了，”她鼓起巨大的勇气，似乎惭愧于自己的哀伤，“我的儿子延斯……还记得吗？”

“当然，”恩斯特不带感情地直接点头道，“我们一直在查。耶尔洛夫和我，我们一直在调查。”

“可是……”

“如果见到你父亲，帮我捎句话。”恩斯特说。

“什么话？”

“告诉他，最最重要的是拇指，而不是手掌。”

朱莉娅瞪着他，如堕云里雾里。但恩斯特自顾自说道：

“问题会解决的。这事说来话长，还得回顾到打仗的时候……不过总会解决的。”

随后他又转过身去，迈开磕磕绊绊的小步子。

“打仗？”朱莉娅在他身后追问，“是哪一场战争？”

但恩斯特·阿多尔弗松一言不发地离开了。

厄兰岛
1940年6月

马车在岸边卸完，就赶回采石场，好让工人们把新切割、抛光完毕的石材拉去装船。由于采石场的两辆卡车被政府征用为军车，这最累的重活过去六个月全部依靠人工完成。

世界大战正硝烟弥漫，但厄兰岛上的日常工作仍按部就班地进行。石头开采出来后就被运上货船。

“上货！”搬运工的工头拉斯-扬·奥格斯塔松大喊。

他正指挥“海风”号货船甲板上的装货作业，他挥舞着被粗糙的石材磨砺得干燥开裂的大手向工人们打手势。身旁的工人们正准备将石材运上甲板。

“海风”号停泊在离岸边一百米左右的地方，这个距离是为了安全起见，以防厄兰岛海岸线上突然刮起暴风。斯滕维克的港口没有可供船只避风的码头，浅浅的海床中暗礁密布，船只稍有不慎便有可能撞得粉身碎骨。

石材的摆渡转运工作由两艘小船完成。其中一艘小船的右舷桨由船夫约翰·埃尔姆奎斯特执掌，他今年十七岁，当上石匠和划桨手已经两年了。

左舷桨手是尼尔斯·坎特，还是个新手。十五岁的他已经像个大人了。

尼尔斯升学考试失败后，妈妈为他在家族的采石场安排了一份工作。维拉·坎特觉得，虽然尼尔斯年纪尚轻，但可以当个划桨手，尼尔斯也明白，他会渐渐从舅舅手中接过经营整个采石场的责任。他知道，总有一天，他会在山坡上深深刻上自己的印记。他要发掘整个斯滕维克。

夜里，尼尔斯有时会梦见自己沉在黑黢黢的水底，但白天他很少想起溺死的弟弟阿克塞尔。不管村里的流言飞语怎么说，那都不是谋杀，只是一起事故。阿克塞尔的尸体始终没找到，想来和其他很多溺死的人一样，已经被卷到海的深处了，永远都不会浮上来。只是一起事故。

对阿克塞尔唯一的纪念，是妈妈桌上一个相框里的照片。阿克塞尔溺死以后，维拉和尼尔斯变得更亲近了。维拉时常说，她只剩下尼尔斯了，这让尼尔斯意识到自己有多么重要。

等待装货的小船停在临时搭起、伸进海里一段距离的木头栈桥边。马车将一大堆石材运到岸边，周而复始的装卸作业就开始了——青年、女人、老人，还有那些年富力强、暂时还没被军队征召的男人。女孩们也来帮忙了，尼尔斯看见玛雅·努曼穿着一件红色花格裙子在栈桥上走来走去。他知道，玛雅很清楚他时不时就瞟她一眼。

战争的阴影笼罩着厄兰岛。大约一个月前，德国人不费吹灰之力就入侵了挪威和丹麦。广播每天都在播报最新公告。瑞典作好抵御侵略的准备了吗？海峡里出现过外国军舰，斯滕维克好几次谣言四起，说是厄兰岛已经沦陷。

就算德国人真的来了，岛民们也知道如何保护自己，因为在过去几百年间，每次敌军登上厄兰岛，瑞典本土从未伸出援手，一次也没有。

人们传说，军队准备让北厄兰岛的一些地方沉入水下，以防敌人侵入岛内。略有些讽刺的是，淹过灌木林的春潮却在阳光的暴晒下渐渐退却了。

那天清晨早些时候，海面上远远传来引擎的声音，卸下石材的工作暂停了，人人都好奇地眺望着阴郁的天际，除了尼尔斯。他在琢磨，真正的飞机空袭是什么样子。炸弹会呼啸而来，变成火球、硝烟、眼泪、尖叫和混乱吗？

可是，没有飞机出现在厄兰岛上空，于是工作继续。

尼尔斯讨厌划船。搬运石材的工作多半也好不到哪里去，但机械重复的划桨动作从一开始就让他头痛。用桨叶驱使沉甸甸的小船时，他完全无法思考，而且从头到尾都处在监视之下。拉斯－扬把帽檐拉到眉毛底下，监督着小船的行程，高声指挥作业。

“再加把劲，坎特！”最后一拨石材运上栈桥时，他的吼声响彻海面。

“悠着点，坎特，当心栈桥！”刚卸下石材的小船轻身返回，尼尔斯那一桨划得太用力了点。

“划快一点儿，坎特！”拉斯－扬大喊。

从货船那边划过来的一路上，尼尔斯都狠狠瞪着他。尼尔斯是采石场的主人。准确说来，他的妈妈和舅舅才是主人，但即便如此，拉斯－扬仍然从一开始就把他当成奴隶使唤。

“上货！”拉斯－扬喊道。

早晨人们开始卸货时，有说有笑、聊个没完，气氛就像聚会一样轻松。但石头那不容分说的重量和锐利的边角还是不留情面地抑制了大家的兴致。现在人们都弓着背，咬牙负重，脚步迟缓，衣服上沾满了白色的石灰粉末。

尼尔斯不在乎沉默，除非必要，他从来不和别人说话。但他时不时总要朝栈桥上的玛雅·努曼投去一瞥。

“满了！”拉斯－扬喊道。尼尔斯这条小船上的石材堆了一米高，海水几乎要漫过船舷了。

两名搬运工爬进小船，坐到那堆石材顶上，俯视着那个正在往外舀水的九岁小男孩。小男孩惊恐地瞄了尼尔斯一眼，拎起木桶开始把从船底漏进的海水舀出去。

尼尔斯双脚使劲一蹬，奋力挥动船桨。小船慢慢离岸，朝货船前进，另一艘小船刚刚在货船边卸完货。

由于来回划动船桨，一刻也不停歇，尼尔斯的双手阵阵刺痛，手臂和肩背的肌肉也酸痛得开始抗议。他恨不得德军的轰炸机即刻尖啸而至。

小船总算挨上货船的船体，发出沉闷的碰撞声。两名搬运工马上走到船尾，弯腰扛起石材，开始往“海风”号的甲板上装载。

“都加把劲！”拉斯-扬又喊。他站在甲板上，穿着脏兮兮的衬衫，肥胖的肚子十分显眼。

石材被搬过船舷，放到敞开的舱盖上，然后顺着一块宽大的厚木板滑进货舱。

尼尔斯本该帮忙卸货才对。他把几块石板搬上货船时稍稍犹豫了一下，一大块石片重重撞在船舷，落回小船里，恰好砸到他左脚的脚趾，钻心的疼。

顿时他心头一股无明火，他搬起那石板，看也不看就往船舷外一扔。

“滚！”他对着大海和天空低声咒骂，然后坐到自己的船桨上。

他脱下鞋，摸摸被砸痛的脚趾，用手指轻轻按摩，脚趾可能骨折了。

小船里最后一批石板也被转移到货船上了。搬运工又翻过船舷，把它们在货舱里摆放整齐。

约翰·埃尔姆奎斯特也和他们一起干。尼尔斯和那个还在舀水的小男孩留在船里。

“坎特！”拉斯-扬从船舷边探出头，居高临下，“上来帮忙！”

“我受伤了。”尼尔斯惊讶于自己的声音竟如此平静，其实他脑袋里已有一整队轰炸机如发狂的蜂群般呼啸而过。他又同样平静地用手握住船桨：“脚趾骨折了。”

“站起来！”

尼尔斯站了起来。其实也没那么疼，拉斯–扬对他大摇其头。

“到船上来装货，坎特。”

尼尔斯摇摇头，一只手紧紧握住船桨。炸弹开始从天而降，尖利地划破他身体里的空气。

他松开桨架，微微举起船桨。

他缓缓将桨叶往后移动。

“什么脚趾骨折……”另一名个子不高、肩膀很宽的搬运工挨着拉斯–扬靠在船舷上，尼尔斯不记得他的名字，“还不如滚回家找妈妈！”他轻蔑地说。

“我来处理。”拉斯–扬转头对那名搬运工说。

这是个错误。拉斯–扬没看见尼尔斯手中的船桨已隔空挥来。

宽大的桨叶正中拉斯–扬的后脑。他迸出一声拉长的“啊”，顿时双膝瘫软。

“我才是老板！”尼尔斯喝道。

他一只脚踩在船舷上，稳住身体，船桨再度挥出。这回他击中了拉斯–扬的后背，眼看着对方像一麻袋面粉一样从船舷上滚落。

“真他妈该死！”货船上有人惊呼，旋即，拉斯–扬径直坠入小船和货船之间的海面，溅起巨大的水花。

岸上也传来惊呼声，但尼尔斯充耳不闻。他要杀了拉斯–扬！他高举船桨朝水中猛击，狠揍拉斯–扬伸出水面求救的双手。噼啪一声，拉斯–扬的手指被敲折了，只见他的脑袋骤然往后一抽搐，整个人消失在水面下。

尼尔斯的船桨再次挥下，拉斯–扬的身体在一个泛着白色泡沫的小旋涡中沉了下去。尼尔斯又一次高举船桨，准备继续攻击。

有什么东西嗖地掠过尼尔斯耳畔，击中了他的左手，指骨应声而碎，随之而来的剧痛竟令左手几乎完全麻木。尼尔斯身子一晃，握不住船桨，手一松，桨落到小船里。

他微微闭上眼，然后抬头一看，只见刚才嘲笑他的那名搬运工仍站在船舷旁，手里多了一根长长的钓竿。他紧盯着尼尔斯，神色惊骇而决绝。

搬运工拉回钓竿，又再度举起，但这回尼尔斯用桨往货船的船身一撑，借力朝岸边回返。他把右舷桨放回桨架上。身后，那名搬运工还在货船上，而拉斯-扬则正往海底不停下沉。

他径直挥桨往岸边划，被打碎的左手手指阵阵抽搐，疼痛难忍。舀水的小男孩在船头缩成一团，像个瑟瑟发抖的艏饰像。

“快把他拉上来！”有人在他背后吼道。

货船那边的水声和喊叫声乱成一团，拉斯-扬毫无生命迹象的身体被拉过“海风”号的船舷。他被抬到安全的地方，挤出肚子里的海水，浑身一颤，算是救回了一条命。运气不错——他可不会游泳。尼尔斯是村里少数几个会游泳的人之一。

尼尔斯的目光定格在正前方遥远的水平线上。阳光从厚厚的云层缝隙中见缝插针地钻出来，闪耀在海面上，粼粼波光宛如镀了一层银的地板。

除了左手的伤痛，一切感觉都那么好。尼尔斯向所有人昭告了谁才是斯滕维克的主人。很快他将坐拥整个北厄兰岛，如果德国人来了，他会用生命去捍卫这个地方。

船底蹭过岸边的礁石，尼尔斯捡起船桨，纵身跳出。他作好了准备，但没人来找他麻烦。

搬运工们个个都像石头人一样呆立在栈桥上，无论女人、男人还是孩子。他们一声不吭地注视着他，眼中写满恐惧。玛雅·努曼看上去都要哭了。

“都见鬼去吧！”尼尔斯·坎特朝那群人咆哮着，猛地把船桨甩在石头上。

然后他转身往村里走去，回到那座大大的黄色房子里，找他的妈妈维拉。

但无论是维拉，还是其他任何人，都对尼尔斯的内心一无所知：他想要的远不止这些，远不止斯滕维克，他想要的，比得上一场战争。总有一天他会扬名厄兰岛，家喻户晓。他能预感得到。

耶尔洛夫·戴维松在养老院的房间里等候他女儿。

他面前的书桌上放着今天的本地报纸，《厄兰岛邮报》。他在报上读到，南厄兰岛的卡斯特罗萨附近有个患了老年痴呆症的八十一岁老人失踪了。昨天这个老人离开自己的别墅，消失得无影无踪，警方和志愿者正在灌木林中寻找，甚至派出了一架直升机。但今晚气温很低，即便找到，老人能否生还也很难说。

老人患有老年痴呆症，八十一岁。耶尔洛夫只比他小一岁左右，快到八十岁生日了。八十岁不算什么，但老人走失当然比孩子离奇失踪更来得正常。他叠好报纸，看了看钟，三点十五分。

“你来了，真好。”他对自己说。他停顿片刻，咳嗽一声，又说：“你还和我印象中一样漂亮，朱莉娅。既然你来了厄兰岛，有些事我们必须去做。你也要照顾好自己。我们可以谈谈……我明白，你从小到大，我算不上一个好父亲，我总是不在家，出海的时候，只有你们姐妹和埃拉一起待在博里霍尔姆。船长的工作，就是远离家人，在波罗的海上运货……可现在我就在这里，我哪里也不去了。”

他无言地凝视着桌面。他把想对朱莉娅说的话都写在笔记本里，从朱莉娅告诉他自己来岛上的日期开始，他就一遍又一遍想把这些话背下来——听起来也就是那么回事。他一定得让这些话听上去是一个父亲若无其事地和自己的孩子交谈。

“你来了，真好。”耶尔洛夫又说，“你还和我印象中一样漂亮。”

或者说“可爱”？可爱，用这个词来形容思念已久的女儿，估计更好一些。

最后，四点左右，离晚饭只有一小时的时候，他听到了敲门声。

“请进。”他说，然后门开了。

波尔把头探进来。

“嗯，他在。”她平静地对身后的人说，随后又放大嗓门：“有人来看你，耶尔洛夫。”

“谢谢。”他答道。波尔笑了笑，往后退开。

另一个女人走上前来，往门厅里迈了两步，耶尔洛夫做了个深呼吸才把想说的话说出口：

“你来了，真好……”他刚开了个头，就说不下去了。

眼前这个中年女子身穿一件寒酸的外套，站在门厅里望着他，目光中满是倦意，额头上爬满一道道皱纹。过了几秒钟，她才移开视线，又往屋里走了几步，紧紧抱着棕色的手提包，仿佛那是什么保护盾似的。

端详着女人那满是细纹、神色严肃的脸庞，耶尔洛夫渐渐认出了自己的亲生女儿。可朱莉娅看起来比他设想的还要疲惫得多，更疲惫，更消瘦。她的模样令他想到了苦难和自怜。

他的女儿也老了，所以他自己得有多老了呢？

“嘿，耶尔洛夫。”朱莉娅说，然后停了好几秒钟，“嗯，我又回来了。”

耶尔洛夫点点头，察觉到朱莉娅依然不打算喊他“爸爸”，甚至面对面时也不想喊。她说“耶尔洛夫”的语气，像是在和一个远房亲戚打招呼。

“路上顺利吗？”他问。

“还好。”

她解开扣子，把外套挂上客厅的一个衣架，又把手提包放到地上。耶尔洛夫觉得她的动作是那么迟钝，有气无力。他想问问她此刻的心情，但这可能有点操之过急。

“那就好。”又一阵沉默，“很久了。”

“四年吧，”朱莉娅说，“四年多。”

“是啊。不过我们还通过电话。”

“嗯。你从斯滕维克搬过来的时候，我本来想过来帮忙，可是……”

朱莉娅没说下去，耶尔洛夫点点头。

“反正很顺利，”他说，“帮忙的人不少。”

“那就好。”朱莉娅说。她走进房间，坐到床沿上。

耶尔洛夫忽然想起来他一直练习的那番话。

“既然你来了，有些事我们必须去做……”

但朱莉娅直接插话：

“在哪里？”

“什么？”

“你知道的，”朱莉娅说，“那只凉鞋。”

“对对，在书桌抽屉里，”耶尔洛夫望着她，“不过我们是不是先……”

“让我看看行吗？”朱莉娅又打断他，“我真的想看看。”

“你可能会失望，”耶尔洛夫说，“只是一只鞋子。算不上……算不上真正的答案。”

“我想看看，耶尔洛夫。”

朱莉娅站起身。进门以来她还没露出过笑容，此时她那紧追不舍的视线，更是令耶尔洛夫开始觉得整件事可能是一个错误。也许他不该给她打电话。但事已至此，无法回头。

但他还是想尽可能拖延一会儿。

“你没带其他人一起来？”他问道。

“能带谁呢？”

“也许延斯的父亲吧，”耶尔洛夫说，“迈……他叫什么名字？”

“迈克尔，”朱莉娅答道，“没来。他住在马尔默。我们基本上没联系了。”

“这样啊。”耶尔洛夫说。

又一次冷场。朱莉娅往前走了两步，但耶尔洛夫还在想其他事情。

“你按我在电话里说的做了吗？”他又问。

“什么？”

“你考虑过了吗，那天的雾有多重？”

“嗯……大概吧，”朱莉娅略一点头，“这和雾有什么关系？”

“我觉得……”耶尔洛夫的遣词小心翼翼，“我觉得如果……如果没有那场雾，情况不会变得那么糟糕。厄兰岛多久才起一次雾？”

“很少。”朱莉娅说。

“对。一年差不多三四次。那天的雾非常浓重，而且大家都知道要起雾了，天气预报里已经提过。”

“你怎么知道？”

“我给气象办公室打过电话，”耶尔洛夫说，“他们还保存着以前的预报记录。”

“那场雾有那么重要？”朱莉娅说。

“我想……有人刻意利用起雾的时机，”耶尔洛夫答道，“他不想被别人发现自己在那附近。”

“你的意思是，不想在那一天被人发现？”

“任何时候都不想被人发现。”耶尔洛夫说。

“所以有人利用那场雾……带走延斯？”朱莉娅问。

“不知道，”耶尔洛夫说，“但我觉得这未必是他的目的。有谁知道延斯那天打算溜出去呢？没人。对不对？就连延斯自己也是，他只不过……在起雾的时候趁机跑掉了。”一谈到儿子的失踪，朱莉娅便开始双唇紧抿，耶尔洛夫见状忙说：“可那天的大雾……已经预报过了。”

朱莉娅一言不发，只是愣愣地盯着书桌。

“我们得好好想想，”耶尔洛夫说，“好好想想谁从那天的大雾里获益最多。”

“现在能让我看看吗？”

耶尔洛夫明白，再也拖不下去了。他点点头，转过椅子，面向书桌。

“在这里。”他说。

他拉开最上层抽屉，伸手小心地拿出一个小东西。那东西用白色棉纸裹着，看上去充其量只有几盎司重。

5

耶尔洛夫打开桌上的小包裹，朱莉娅缓缓走到他身旁。她望着他那双手，沟壑纵横的皮肤、棕黄的老年斑、暗色的血管，无一不让他的年龄纤毫毕见。他的手指哆哆嗦嗦，笨拙地揭开棉纸。打开包裹的沙沙声在朱莉娅听来简直震耳欲聋。

“要帮忙吗？”她问。

“不用，没关系。”

耶尔洛夫花了好几分钟才完全打开包裹——也许这只是朱莉娅的心理作用。终于，他揭去最后一层纸，里面的东西呈现在朱莉娅眼前。那只鞋躺在一个干净的塑料袋里——她根本无法移开自己的视线。

我不会哭的，她想，这只不过是一只鞋。旋即，热泪充盈了她的双眸，模糊了视线。她眨眨眼，让泪水流下来。黑色橡胶鞋底，棕色的皮带子，经历这么多年已经干涩开裂。

一只凉鞋，一只小男孩穿坏的凉鞋。

“我不知道这是不是那只鞋，”耶尔洛夫说，“我记得确实是这模样，但也有可能……”

“是延斯的凉鞋。”朱莉娅打断他，声音沙哑。

“还不能肯定，”耶尔洛夫说，“还是别过于肯定比较好吧？”

朱莉娅没答话。她心里有数。她拭去脸颊上的眼泪，小心地捧起塑料袋。

“我一收到，就把它放进袋子里，”耶尔洛夫说，“说不定有指纹……”

“我明白。”朱莉娅说。

鞋子很轻、很轻。当她这个母亲准备把这只凉鞋套到儿子的小脚上时，只是把它从门外的地板上拿进来，完全没在意它是这么轻。然后她站在儿子身旁，感受着他的体温，在他扯着她的毛衣平衡身体时，扶着他的脚，静静地站在一旁，什么也不说。孩子唧唧喳喳的童言，她也只心不在焉地听着，因为她正在考虑其他事情：要支付的账单、要去买菜，还有不在身边的男人。

“我教延斯自己穿鞋，”朱莉娅说，“花了整整一个夏天，不过秋天我上大学的时候，他已经会穿了。”她依然紧握着那小小的鞋子，“所以那天他才有办法一个人跑出去，偷偷溜走……他自己穿了凉鞋。如果我没教他穿鞋，他就不会……”

“别这么想。”

“我的意思是……我教他只是为了节省时间，”朱莉娅说，“只是为了我自己方便。”

“别自责，朱莉娅。”耶尔洛夫说。

“多谢你的建议，”朱莉娅看也不看他一眼，“但二十年来我一向如此。”

他们都沉默了。朱莉娅意识到，她记忆中的画面已不再是斯滕维克海岸边的骸骨。她仿佛看见活生生的儿子，正弯下腰聚精会神地穿上自己的凉鞋，可是十个小脚趾怎么也不听使唤。

“是谁发现的？”她望着耶尔洛夫问道。

“不知道，用邮包寄来的。”

“谁寄的？”

“没有寄件人姓名，”耶尔洛夫答道，“只有一个棕色信封，邮戳很模糊。不过我想是从厄兰岛内寄来的。”

“没有信？”

“什么也没有。”

“你不知道是谁寄的？”

“不知道。”耶尔洛夫说。但他不再直视朱莉娅的眼睛，而是看着书桌，没有再说下去。或许，他还不准备把心中的怀疑都告诉她。

“但我们还可以采取其他行动。”耶尔洛夫马上补充，随即就停住了。

“比如？”朱莉娅问。

“嗯……”

耶尔洛夫眨了眨眼，没有回答，他望着朱莉娅，似乎已经忘记自己为什么要叫她回来了。

然而朱莉娅并不清楚接下来该怎么办，她什么也没说。她突然想起自己全神贯注于手中紧握的这只凉鞋，还没顾得上好好看看父亲的房间。

她四下看了看。作为护士，她马上就注意到墙上的紧急呼叫按钮；作为女儿，她发现耶尔洛夫从家里带来了他对大海的记忆。从他的货船上拿回来的那三块漆木铭牌“破浪”、“海风”、“诺尔”挂在墙上，下方的镜框里则是几艘船的黑白照片。另一面墙上则挂着轮船的注册证书，盖了章，也裱在镜框里。耶尔洛夫的皮面精装书在书桌旁的书架上站成一排，旁边则是两个微型船模，在各自的玻璃瓶中昂首前行。

一切都陈列得井然有序、整洁醒目，令人如同置身于海事博物馆。朱莉娅发觉自己竟有些嫉妒父亲，他可以在房中与记忆为伴，不必一头扎进现实世界，在那里，你不得不面对接踵而来的一切，假装自己还年轻，还朝气蓬勃，还在不停地努力证明自己的价值。

耶尔洛夫床边的小桌上有一本黑色的《圣经》，五六瓶药片。朱莉娅又望向书桌。

“你还没问我过得怎么样，耶尔洛夫。”她静静说道。

耶尔洛夫点点头。

“你也还没喊我‘爸爸’。”

相对无言。

“那么你过得怎么样？”他问。

“还好。”朱莉娅的回答很简短。

“还在医院上班吗？”

“是啊，”她没有提及自己请了长假，“我来这里之前开车经过斯滕维克，去看了看别墅。”

“很好啊。那里怎么样？”

“还是老样子，关得紧紧的。”

“窗户没破？”

“没有，”朱莉娅说，“不过有个人在那里。准确说来，是我先到了之后他才出现的。”

“估计是约翰，”耶尔洛夫说，“或者恩斯特。”

“他叫恩斯特·阿多尔弗松。你们认识？”

耶尔洛夫点点头。

“他是个雕刻家，老石匠。他的老家在斯莫兰省，不过……”

“虽然他是斯莫兰人，不过他人挺好，你是这个意思吗？”朱莉娅马上说。

“他住在这里很久了。”耶尔洛夫说。

“嗯，我还有点印象，小时候……他离开之前说了些很奇怪的话，是战争期间的一个故事。他指的是二战吗？”

“他一直在照看那间别墅，”耶尔洛夫说，“恩斯特住在采石场旁边，有时候还去捡点石材的边角料。过去那里有五十个工人，现在只剩恩斯特了……翻查这些事，他都帮了不少忙。”

“这些事？你是指延斯的事？”

“对。我们讨论过，作了一些推测，”耶尔洛夫又问，“你准备待多久？”

“我……”这一问令朱莉娅有些猝不及防，“我不知道。”

“两个星期吧。这样比较好。”

“那太久了，”朱莉娅忙说，“我得回家。”

“是吗？”耶尔洛夫似乎有些惊讶。

他瞥了一眼桌上的凉鞋，朱莉娅顺着他的视线望去。

“我会多留一阵，”她说，“帮你的忙。”

“帮什么呢？”

“帮你……随便什么，只要是有必要的就行。总得向前看吧。”

“好啊。”耶尔洛夫说。

“那现在我们要怎么做？”她问。

“找别人谈谈……听听他们的故事。就像从前那样。”

“你的意思是……好几个人？”朱莉娅追问，“也就是和好些人有关？”

耶尔洛夫望着那只凉鞋。

“我想找厄兰岛上的某些人谈谈，”他说，“他们肯定知道一些事情。”

他又一次没有正面回答。朱莉娅渐渐心生厌烦，真想掉头就走。但毕竟她已经来了，还带了蛋糕。

我会留下来，延斯，她想。*就几天。为了你*。

“这里能泡咖啡吗？”她问。

“经常泡。”耶尔洛夫说。

“那我们一边喝咖啡一边吃蛋糕吧。”朱莉娅觉得自己和姐姐越来越像了，总是计划在先，虽然这颇令她不快，但也顾不了那么多，“今晚我要住什么地方？你看呢？”

耶尔洛夫慢腾腾地把手伸向书桌，拉开一个小抽屉，在里面摸索着。咔啦咔啦响过两声后，他拿出一串钥匙。

“给，”他把钥匙递给朱莉娅，“今晚就住船库吧……那里现在还有电。”

“可我不能……”

朱莉娅站在床边看着耶尔洛夫，他似乎把一切都安排好了。

“船库里应该堆满了渔网之类的东西吧？”她又问，“浮标、石头、装满焦油的罐子什么的？”

“都没了，我已经不捕鱼了，”耶尔洛夫说，“斯滕维克没人捕鱼了。”

朱莉娅接过钥匙。

“以前那里连个落脚的地方都腾不出来，东西太多，”她说，“我记得……”

“都清理干净了，”耶尔洛夫说，“你姐姐把那里布置得很不错。”

“那我要在斯滕维克过夜？”朱莉娅问，“就我一个人？”

“村子里也不是一个人都没有。只不过表面上看不出来而已。”

告别耶尔洛夫半小时后，朱莉娅返回斯滕维克，伫立于黑压压的海岸边。天空还和早晨一样乌云密布，在岛上投下浓浓的阴影。黄昏已近，朱莉娅很想来一杯红酒——喝完之后再来一杯。她需要一杯酒，或者一片安眠药。

都是因为海浪的缘故。今晚的海浪安详地沿着海岸线漫过一颗颗鹅卵石，但如果暴风一起，浪头会径直升到六尺高，雷鸣般长啸着轰击海岸。巨浪会将沉积在湾底的一切席卷而出——沉船的残骸、死鱼，或是骸骨的碎片。

朱莉娅不愿定睛去看岸边的鹅卵石间有些什么。那一天以后，她再也没去斯滕维克的海边游泳。

她转身望着那间小船库。从岸边望去，船库的身影那么渺小，那么孤单。

我离你很近很近，延斯。

朱莉娅也不清楚自己为什么收下钥匙，同意了在船库过夜的提议。但只有一晚上，应该没什么关系。她从没真正畏惧过黑暗，而且也习惯了孤身一人。一天，也许两天，都不在话下。然后她就可以回家了。

起先朱莉娅打开船库白色房门的挂锁后，就把手提包和帆布背包都放进去了。此刻她最后一次让海峡里吹来的冷风扫过自己，反身走入暗夜。

门在身后关上，呼啸的秋风瞬间被阻隔在外。船库里的一切都如此静谧。

她打开顶灯，站在门口。

耶尔洛夫说得对，船库已完全不是她印象中的那个模样了。

从前那个渔夫的工作场所，地上堆着的那些散发着恶臭的渔网、破损的船只、厄兰岛邮局发来的黄色包裹，都一去不复返了。从朱莉娅上次离开这间船库之后，她姐姐把这里彻底翻新了一遍，装饰成度假别墅，安上光可鉴人的木墙板，换了扇油漆过的松木门。面朝海岸的窗户底下有一个小冰箱、一个电暖气和一个电炉。反方向的窗户底下有张桌子，桌上放着一个硕大的罗盘，由青铜和光亮的黄铜铸成——又一个耶尔洛夫航海生涯的印证。

船库里的空气十分干燥。焦油的味道很微弱，朱莉娅拉起百叶帘，推开小窗之后，气息更为清新。除了几乎与世隔绝的环境，在这里住下来不会有任何问题。

最近的邻居想必就是采石场那边的恩斯特·阿多尔弗松了。如果现在恩斯特那辆旧沃尔沃PV就从村里的马路开来，该有多好。可当她从罗盘上方的窗户往外张望时，没有看见丝毫动静，唯有路边的枯草在风中摇曳，就连海鸥们也不知所踪。

船库里有两张窄窄的小床。她在其中一张床上解开行李：衣服、化妆包、拖鞋，还有压在最下面的几本言情小说——她一直偷偷读这些书。她把书放到床头柜上。

门边的墙上有一面小镜子，镶着漆木镜框，朱莉娅端详着自己在镜中的面容。细纹和倦容依然明显，但她的皮肤却不像在哥德堡时那么灰暗了。岛上硬朗的海风的确为她的脸颊敷上了些许血色。

现在该干什么呢？见过耶尔洛夫后，她在养老院旁边的小店买了个味同嚼蜡的汉堡，所以现在还不饿。

看书？算了吧。

喝点带来的酒？不，现在不喝。

她准备来一次探险。

朱莉娅离开船库，缓缓走回岸边，沿着海岸线往南走去。踏在鹅卵石上如履平地，她开始找回当年身体里那种微妙的平衡感，当她还是个在斯滕维克上学的小女孩时，经常在海边蹦蹦跳跳一整天，从未失足绊倒过。

“灰眼睛”还在船库的斜对面，但已被海浪和冬天的浮冰慢慢吸得离海越来越近。“灰眼睛”是一块约一米长的狭长的大石头，形状和马背很像。朱莉娅曾将这块石头视为己有，每次经过都轻轻拍拍它。年深日久，它似乎又往地下陷了一截。

磨坊看上去更小了。那是斯滕维克最高的建筑，老风车屹立于船库南面两百米左右的桥边。但朱莉娅走近时，却发现石头太陡峭，她爬不上去。

经过风车再往南，海湾内侧又有几间船库，每到夏天，斯滕维克的人们会在这里搭起长长的栈桥。目力所及之处，不见半个人影。

朱莉娅走上马路，往北折返，经过耶尔洛夫的船库。她驻足凝望，目光越过海峡投向本土，斯莫兰省只是天海相连处一道狭长的灰线。海面上没有一丝船只的踪影。

她缓缓转身，将周围的景象悉数纳入眼底，仿佛岸边这一切是一个谜，只要找到正确的线索，她就能解开谜底。

如果人们害怕的事情确实发生了，如果延斯自己走进海里，那么在大雾弥漫的那天晚上，他应该也从这里走过。她可以在此搜寻延斯的踪迹，但无疑，这项工作早已进行过了。她寻觅过，警方搜查过，斯滕维克的每个人都查找过。

她再度前行，又过几百米，便来到了采石场。

采石场大门紧闭。再没人开采石灰岩了。路旁有个木牌，油漆已七零八落的“斯滕维克石材公司”字样依稀可辨。侧面有条小径通往灌木林，但小径和眼前棕黄色的景致都在地面上一个巨大的矿坑面前戛然而止。朱莉娅走到矿坑边缘，这道峭壁几乎呈九十度直角通往矿坑底部。

矿坑最多只有四五米深，面积却比几个足球场加起来还要大。几百年来厄兰岛的居民都从这里开采石材，但仿佛是在某一天，人们纷纷扔下工具回家，再也没有回来。开采完毕的石块还整整齐齐躺在坑底的沙砾上。

矿坑对面的灌木林中排列着很多高大而灰白的东西。光线太暗，距离太远，朱莉娅看不清细节，但片刻后她就认出那些都是石像。远远望去，它们像是一组石雕艺术品，大小各不相同。矿坑边上立着一块高达六尺的大石头，顶部很尖，犹如一座中世纪的教堂钟塔。也许是玛纳斯教堂的仿制品吧。

朱莉娅意识到，她正观摩的是恩斯特·阿多尔弗松的作品。

石像后面有一间木屋，那是杜松子树林和低矮灌木林中一个暗红色的长方形房子。恩斯特那辆体积庞大、线条圆润的沃尔沃就停在旁边。木屋的好几扇窗户都亮着灯。

她决定明天早上离开斯滕维克之前再来仔细观赏恩斯特·阿多尔弗松的作品。

从这个位置，还可依稀望见布洛永弗伦岛①，海平线上一个蓝灰色的小丘。那个岛还有个名字叫做“布拉库拉”，传说中是女巫和撒旦一起庆祝的地方。岛上没有居民，整个岛都被列为国家公园，可以乘船上岛一日游。朱莉娅小时候曾和莱娜、耶尔洛夫、埃拉一起去过，那天天气真好。

那里的海滩上有很多很多圆溜溜的漂亮鹅卵石，但耶尔洛夫劝她不要把

---

① 位于厄兰岛和瑞典本土之间的一个小岛。

鹅卵石带走，否则会招来不幸，所以她就没拿。可是不幸仍然降临到她的人生中。

朱莉娅扭过头，不再眺望那女巫之岛，动身返回船库。

二十分钟后，她坐在船库里的小床上，倾听屋外的风声，毫无倦意。十点左右，她开始阅读带来的一本言情小说《庄园的秘密》，但进度缓慢。她合上书，注视着门边桌子上的旧罗盘。

此刻，她本可以留在哥德堡，坐在厨房的餐桌旁，斟一杯红酒，凝望着街灯照亮的空寂街道。

斯滕维克漆黑一片。她出门解手，离开船库才几米远，就从石头上滑了一下，险些摔倒。她看不见下方的海面，只能听见浪花涌上海岸时的叹息，还有鹅卵石的呓语。一抬头，深不可测的夜空风云变幻，浓稠的雨云仿若恶灵，凌空朝厄兰岛当头压下。

朱莉娅蹲在黑暗中，臀部暴露在冷风里，思绪不由自主地飘向20世纪初的一个深夜，那个在此地登陆的幽灵。

她还记得她的祖母萨拉在夜里讲过的一个故事：内容是关于她的丈夫和弟弟如何在暴风雨之夜将小渔船从惊涛骇浪中平安地拖回来的。

他们站在白浪滔天的海边，用木制鱼钩又拉又拽之时，黑暗中突然浮现出一个人影。一个男人身穿厚厚的雨衣，将一艘船拉往反方向，拉进海中。祖父对他大喊大叫，那人也用断断续续的瑞典语回喊，一遍又一遍重复着同一个词：

“欧塞尔[①]！”他尖叫着，“欧塞尔！”

---

① 位于波罗的海中的爱沙尼亚最大岛屿萨雷马岛在德语和瑞典语中的名字。

渔民们紧紧拉住他们的船只，那人突然一转身，箭一般没入起伏的巨浪。他就这样来无影去无踪地消失在暴风雨中了。

朱莉娅很快就在小路上解手完毕，匆忙回到温暖的船库里，把门锁好。随即她才想起来，这里没有自来水，只能到耶尔洛夫的别墅那里去取。

可怕的暴风雨结束三天后，从厄兰岛最北端传来消息：三天前有艘船在伯达[①]搁浅，被巨浪撕成了碎片。那艘船来自爱沙尼亚的欧塞尔岛，船上的一切都葬身于暴风雨中，所以三天前和斯滕维克的水手、渔民不期而遇的，是个死人，溺水身亡的人。

暮色中，祖母冲着朱莉娅点点头。

海边的幽灵。

朱莉娅信以为真。这个故事很精彩，而且她对天黑后听过的所有老故事都深信不疑。溺死的船员的确还在岸边的什么地方，迷失了方向，孤独地漂泊。

朱莉娅不想再出去了，她也不打算去取水，不刷牙就行了。

船库的窗台上有几根红蜡烛。上床前，她用打火机点燃其中一根，让它燃烧了一会儿。

为延斯而点燃的蜡烛。同时，也为了延斯的母亲。

她在烛光中作了一个决定：今晚不喝酒，也不吃安眠药。她要和自己的悲伤对抗。悲伤无处不在，不光是斯滕维克。每当朱莉娅在街上遇到别人家的小男孩时，她的心依然会被突然涌来的悲伤所侵袭。

她看见自己的通讯录躺在莱娜的旧电话旁边，一时心血来潮，把那小册子和电话都拿了过来，在通讯录里翻出一个号码，按下数字键。

通了。两声、三声、四声。

---

① 位于厄兰岛最北部。

然后一个含混的男声接了电话。

“你好？”

这只是一个普通的工作日的夜晚，已经十点半了。朱莉娅打电话的时间未免太晚了点，但她只能硬着头皮继续。

“迈克尔？”

“你是？”

“我是朱莉娅。”

“啊……你好，朱莉娅。”

他的声音中所饱含的疲惫听上去更甚于他的惊讶。朱莉娅努力回想迈克尔的模样，但脑中始终无法形成完整的画面。

“我在厄兰岛，在斯滕维克。”

“啊……嗯，我和平常一样，在哥本哈根。我在睡觉。”

“我知道很晚了，”朱莉娅说，“只是想告诉你，有新线索了。”

“线索？”

“我们的儿子失踪那件事，”她解释道，“延斯。”

“啊。”

“所以我来了……我觉得你可能也想知道。可能算不上重要线索，但说不定……”

“你还好吗，朱莉娅？”

“挺好……如果有其他情况，我再打电话给你。”

“没问题，”他说，“看来你还留着我的号码。不过下次早点打来比较好。”

“好的。”她马上回答。

“那再见了。”

迈克尔挂断了。电话里寂然无声。

朱莉娅坐在床上，握着手机。好吧。她的测试还是有效果的，不过却选错了人。

迈克尔很早以前就开始新生活了，甚至在他们分居之前。他自始至终都坚信延斯淹死在了海里。她有时因此痛恨迈克尔的罪不可恕，有时却又因此嫉妒他。

又过了几分钟，朱莉娅关灯上床，外套和裤子都没脱。此时暴雨从天而降，下了整整一晚。

突如其来的大雨，雷霆万钧，不顾一切地捶打着船库的锡皮屋顶。朱莉娅躺在黑暗中，聆听一道道小溪潺潺流过屋外的斜坡。她知道船库很安全，在迄今为止的每一次狂风暴雨中都安然无恙。于是她合上双眼，进入梦乡。

半小时后雨停了，她没听到，暗夜中采石场附近的脚步声。她没听到，她什么也没有听到。

厄兰岛
1943年5月

尼尔斯已经拥有了海岸，拥有了斯滕维克，现在他又拥有了环绕村子的整片灌木林。妈妈不再需要他帮忙做家务或是在院子里干活了，所以他成天都在灌木林里游荡，跋涉远足。他顶着金黄的阳光，背着帆布背包，手里握着猎枪，走遍了厄兰岛上的原野。

野兔通常都谨小慎微地蹲坐在地下，一旦发觉自己暴露了，便立刻撒腿狂奔。猎人举枪过肩的速度必须非常迅速。尼尔斯外出狩猎时的准备工作一直做得很充分。

几年前和拉斯-扬那场恶斗之后，妈妈就告诉他不能再去采石场干活了。从此，家和灌木林就是他的整个世界。尼尔斯不在乎，他无论如何都不肯回去，不肯道歉。唯一令他烦恼的是，拉斯-扬手指受伤休养、不能工作的那几个星期的工资，只能由妈妈来支付。

见鬼。整件事说到底还不都是拉斯-扬的过错！

那一仗也给尼尔斯留下了纪念品：左手两根手指骨折。他强忍剧痛，死活不肯去玛纳斯看医生，手指愈合不好，不仅朝内弯曲，而且屈伸困难。不过没关系，他惯用右手，照样能拿枪。

这些天村里人都躲着尼尔斯，这也没关系。他去灌木林时好几次在村里的小路上遇到玛雅·努曼，但她只是和其他所有人一样，默默地看了他几眼。玛雅的眼睛又大又蓝，可是就算没有她，尼尔斯照样过得很好。

妈妈给了尼尔斯一把胡斯瓦纳双杆猎枪，让他带在身上。而他把打来的野兔都交给妈妈，这样她就不必向村里那些吝啬的农民买贵得要命的肉了。

玛纳斯教堂的白色钟塔矗立在地平线上，但尼尔斯并不需要地标做参照。他已经学会如何在迷宫般的灌木林里摸索路径，他在长石墙、大石头、小树丛和无边无际的草丛中游刃有余。

石冢就在他的正前方。这低矮的石堆是这一带的标志，尼尔斯出生前几百年，有一名牧师或是主教被某个疯狂的仆人在此地杀害。路过的人们有时还会往上面再加块石头，对此举，尼尔斯从来不感兴趣，不过坐在这里吃午餐倒是很不错。

他停下脚步想了想，听见肚子里咕咕叫唤。于是他爬上石冢，移开两块凹凸不平的石头，然后坐下来，让猎枪紧靠在身旁，把背包放到膝盖上。

他打开背包，里面有张防油纸，包着两个奶酪三明治、两个火腿三明治，还有一小瓶牛奶。用不着交代，妈妈就把这些都准备好了。尼尔斯还找到她放在储藏室后面墙脚下的白兰地，灌满一个镀了铜的随身小酒瓶。

他开始享用午餐，先拧开酒瓶畅饮一大口，让一股暖流稳稳流下喉咙，然后才拿出三明治。他闭着眼一边吃一边喝，任思绪自在流淌。

尼尔斯想着打猎的事。今天他还没打到一只野兔，不过还有一整个下午，总会有收获的。

然后他又想到了战争。无论什么时候，收音机里的所有新闻节目还是被战争所占据。战火并未波及瑞典，不过1941年夏天，三艘德国驱逐舰闯入厄兰岛以南的布雷区，它们被炸得片甲不留。希特勒手下的一百多名士兵葬身海底，不是淹死，就是被海面上汽油燃起的熊熊烈焰吞噬。第二年夏天，许多厄兰岛的居民都以为战火终于要烧过来了，因为一架德国战机不知何故，往博里霍尔姆那座城堡废墟下方的森林里投下了八颗炸弹。

爆炸声一路绵延到斯滕维克。尼尔斯被沉闷的轰鸣声吵醒，瞪着幽暗的窗户，心脏狂跳不止。战机飞离厄兰岛时，他百分之百听见了发动机的咆哮。可能是一架麦斯奇美特[①]。他侧耳倾听，期望着更多爆炸声，他恨不能有更多炸弹如倾盆大雨把斯滕维克刷洗一遍。

但德军没有入侵。希特勒已是强弩之末。尼尔斯在报纸上看到，今年年初，德军在冰天雪地里从伏尔加格勒撤退，看来希特勒败局已定。

尼尔斯听到背后马的嘶鸣。

---

① 二战中德军使用的一种轰炸机型。

他睁开眼扭头一看，只见身后有好几匹马。四匹小马正朝石冢走来，有棕色的，也有白色的，缓步小跑，在他面前围成一道圆弧。它们低着头，尘土在马腿间飞扬，马蹄踏过草地时，悄然无声。

马，它们成群结队在灌木林里自由来去。有好几次尼尔斯寻觅野兔时没注意脚下，结果一脚踩进它们留下的马粪。这些马把粪便拉得到处都是，简直像一座座微型的褐色石冢。

眼前这群小马好像还没到目的地，但尼尔斯吹了声短促的口哨，把左手伸进背包时，领头的那匹马放缓脚步，扭头看着他。

四匹马都停下来望着尼尔斯。其中一匹低头嗅了嗅灌木林地面上的黄色野草，却没有张嘴去啃。它们都等着尼尔斯拿出好吃的东西。

尼尔斯的左手在背包里将那张空空的防油纸捏得沙沙响，右手则悄悄移向身旁的石头。

领头的那匹马迟疑着，鼻子嗅了又嗅，马蹄摩挲着地面。尼尔斯又捏了捏防油纸，领头那匹深棕色的马谨慎地朝他的侧面迈了一步，其他三匹马慢慢跟过来，它们的鼻翼微微颤动。

领头那匹马在五米开外的地方停住。

“过来呀，吃饭了。”尼尔斯充满期待地微笑着。

野兔可不会和人这么接近，只有马才会。

领头那匹马晃晃大脑袋，喷着鼻息，低声嘶鸣。

随即它又走近了两步，尼尔斯迅速抬起右手，掷出第一块石头。

完美的一击！坚硬的石头正中马鼻，小马触电般往后跃起，惊骇得连连后退，撞上了身后的另一匹马，随即转身发疯似的狂奔逃走。尼尔斯立即起身掷出第二块石头，这块石头更薄、更尖利，如一道利刃破空而去。

石头击中领头那匹马身体的一侧，它顿时惊恐万分地尖声长嘶，其他几匹马也察觉到了危险，纷纷转身，在灌木林中全速飞奔，马蹄声犹如清脆的鼓点。很快它们就消失在树丛里。

尼尔斯有点恼怒，掷出的第三块石头太偏左。真糟糕。他马上弯腰又捡起第四块，这次却掷得太近，没赶上。

他最后望见领头那匹马右腹部有一道血红色在阳光下闪了闪。伤口很深，也许好几天都无法愈合。回家前要去找找划伤马儿的那块石头，看看上面有没有血迹。

马儿亡命逃跑的马蹄声渐渐远去，灌木林重归宁静。尼尔斯松了一口气，又坐回石冢上，玩味着刚才那匹马被第一块石头击中时那愚蠢、困惑的表情，不禁微微一笑。

该死的马。

尼尔斯向它们宣告了谁才是这片灌木林的主人。他抓起背包时，脸上还挂着笑容。妈妈有没有在包里放奶油太妃糖？

玛纳斯养老院的夜晚。耶尔洛夫坐在书桌旁，笔记本在面前摊开。他握着一支圆珠笔，但什么也没写。

每当耶尔洛夫在这张书桌前坐下时，总能轻易说服自己，他其实没那么老，精力还很充沛，过两分钟就能用强健有力的双腿站起来，伸个懒腰，大摇大摆走出去。

到外面去。到斯滕维克的海边去，把小船推出来，滑向在远处海中等候的大船。起锚，扬帆，向整个世界起航。

一个来自厄兰岛海岸的船长可以自由自在航向任何地方，这永远都令耶尔洛夫心醉神迷。只要拥有一点点好运气、精湛的航行技巧、合适的设备、充足的给养，他可以从厄兰岛驶向世界任何一个港口，然后返航，妙不可言，无拘无束。

两分钟后，晚餐的开饭铃声响了，耶尔洛夫的灵魂顿时又被唤回这具衰弱的躯体之中。他的双腿十分僵硬，双臂再也无力升起风帆了。

出海的那些年过得真快。掐指算来，实际也没多少个年头。耶尔洛夫第一次出海是在20年代末，和他父亲一起驾驶他那艘“英格丽·玛莉亚”号，五年后父亲转行上岸当了船舶经纪人，他就接管了那艘船，改名为“海风”，从斯莫兰省运输木材到厄兰岛。他二十二岁就当上了船长。

二战期间，他离开厄兰岛入伍服役，成为一名领航员。有两次他不得不眼睁睁看着轮船带着所有船员一起葬身大海，原因无非是船长们自以为比领航艇更了解通过布雷区的安全路径。

那些年耶尔洛夫始终活在对水雷无穷无尽的恐惧之中。他曾做过一个噩梦，后来还多次冷汗淋漓地从同样的梦境中惊醒：他站在一艘领航艇的船舷边，俯身观察阳光下晶莹闪亮的海面——突然发现水下就有一颗硕大的黑色水雷。水雷很旧，锈迹斑斑，上面还长着丛丛随波荡漾的水草，但几秒钟后它的撞针就会碰到船底，将整颗水雷引爆。

他无法刹住小船，于是小船和撞针的距离越来越近……就在触发水雷的一刹那，耶尔洛夫惊醒了。

战争结束后，他买了第二艘小货船“破浪”，取道南泰利耶[①]运河，往返于博里霍尔姆和斯德哥尔摩之间。他把厄兰岛的大理石和红色石灰石运到首都供应建筑业需要，返航时则带回燃料、杂货或是博里霍尔姆农民合作社需要的石灰。他经常会在这条航线上的港口遇到熟识的船只，在这条线上随便哪个水手碰上困难，同行们都不吝伸出援手。

那时候还不存在竞争，1951年12月一天夜里，“破浪”号停泊在昂格

① 斯德哥尔摩西南方向的城市，有运河连接梅拉伦湖与波罗的海，船只可以从这条路线转向斯德哥尔摩。

索[①]时发生火灾，耶尔洛夫就得到了八方支援。船上装的亚麻籽油着火了，耶尔洛夫和大副约翰·哈格曼抢在火势尚未蔓延到全船时逃到甲板上。他们都不会游泳，幸好一艘来自奥斯卡港[②]的货船就停泊在附近，将他们搭救过去。尽管对方全力协助，他们最后还是只能切断锚链，目送“破浪”号在夜色中漂流远去。

对耶尔洛夫而言，那艘在冬夜里起火沉没的货船恰是厄兰岛航运业的绝佳写照，虽然当时他还不可能预见到这一点。保险公司调查之后向他支付了理赔金，他本可就此收山，但耶尔洛夫心有不甘，用这笔钱又买了一艘带发动机的新船，他的航海生涯又延续了九年。它叫“诺尔”，是他的最后一艘船，也是最漂亮的一艘：船身修长，船尾的形状很漂亮，完美的压燃式发动机欢快地唱着歌。有时他睡觉之前，发动机的轧轧响声还会在脑中回响。

1960年，他卖掉“诺尔”，到博里霍尔姆的地方议会办公室上班，自此开始久坐不动的案头工作。好处当然是每晚都能回家陪埃拉。他错过了两个女儿大部分的童年时光，但至少还能亲眼见证她们的豆蔻年华。60年代末，小女儿朱莉娅怀孕了，耶尔洛夫不在乎她结不结婚——他非常喜爱那个小男孩，他的外孙。

延斯·耶尔洛夫·戴维松。

然后就到了那一天。

当时是秋天，朱莉娅正在参加非全日制的护士课程学习，比平时有更多的时间待在斯滕维克陪伴延斯。延斯的父亲迈克尔则留在瑞典本土。午饭后，朱莉娅把儿子交给埃拉和耶尔洛夫看护，自己从新建的大桥过海去了卡尔马。喝完咖啡，耶尔洛夫想都没想就留下妻子和延斯，到船库去解

① 位于斯德哥尔摩东北方向。

② 瑞典东南部港口，与北厄兰岛隔海峡相望。

开几张准备第二天一早撒下的渔网，根本没预感到不幸即将降临。

他在船库时，看见浓雾从卡尔马海峡升起。自从航海生涯结束以来，他还从没见过那么浓重的大雾。飘过海面的雾气沾在皮肤上，像一层冰冷的帷幕，他仿佛置身于货船甲板上的寒气之中，不由打了个冷战。仅仅几分钟后，周遭的整个世界已是铺天盖地的白茫茫一片，什么也看不清了。

当时他就应该立刻回家，回去守着埃拉和延斯。他确实想过，但决定再留在船库一小时左右，整理渔网。

这就是事情经过。但因为他留在船库，而且听力很好，有件事他十拿九稳，但其他人都不相信，也许朱莉娅除外：那天延斯没去海边。否则耶尔洛夫一定会听到。声音在浓雾中会很模糊，但还是能听见。延斯并不是像警方所认定的那样溺水身亡，他的尸体也没有漂入海中、沉到卡尔马海峡底。

延斯去了其他地方，而不是海边。

耶尔洛夫俯身写了一句话。

灌木林就像大海。

没错。那里任何事都会发生，而且没人知道。

他把笔放到桌上，合上笔记本，拉开抽屉，又看见那只包在棉纸里的凉鞋，旁边有一本很薄的书，是今年早些时候出版的。

一本回忆录，六十页，封面上的标题是“马尔姆航运公司成立四十周年纪念”。标题底下有一张轮船的照片。

这本书是恩斯特两周前来探望耶尔洛夫时借给他的。

“里面也许有玄机，”他说，“看看第十八页。”

耶尔洛夫把书拿出来，翻到第十八页。页脚正文下方有张很小的黑白照片，他已经研究过很多次了。

照片很旧，里面是一个小码头旁的一道石头栈桥，栈桥上有一堆长木板。木板后方斜斜地露出了一艘小帆船的黑色船尾，和耶尔洛夫从前那艘船很像。那堆木板旁边站着一排身穿黑色工作服、头戴大檐帽的人。有两人站在其他人前面，两腿分立，其中一人的一只手友好地搭在另一人肩上。

耶尔洛夫盯着他们，他们也还以颜色。

有人敲门。

“喝咖啡了，耶尔洛夫。”是波尔的声音。

“来了。”耶尔洛夫把椅子往后一推。

他吃力地从书桌旁站起身。

但他很难把视线从书里那张照片中的两个人身上移开。

那两个人都没笑，耶尔洛夫也笑不出来，因为他最后一次和恩斯特聊天时，就多多少少能确定，是这张老照片里的某个人，害死了他的外孙延斯，然后把他的尸体永远藏了起来。

只是他还不知道凶手究竟是其中哪一个。

他轻轻叹口气，合上书，放回抽屉里。然后他拿起手杖，缓缓走向休闲室，去喝咖啡。

第三章 拇指之谜

厄兰岛的黎明化身为一道静默而炫目的光芒出现在地平线上，但在这个十月的清晨，朝阳并没有吵醒朱莉娅。

耶尔洛夫的船库中，三扇窗户上都挂着一卷百叶帘。帘子起初呈暗红色，渐渐被阳光漂成淡淡的粉红。还不到八点半，朱莉娅床边的帘子突然自己卷了上去，砰的一声好似平地惊雷。

朱莉娅睁开双眼。惊醒她的并不是帘子的声响，而是骤然从东面的窗户倾泻进来的阳光。她眨眨眼，从暖洋洋的枕头里抬起头。映入眼帘的，是被秋意染黄的野草，在窗外的风中摇曳。她这才忆起自己身在何处。风很大，空气很清冽。

斯滕维克，她想。

她又眨了眨眼，使劲想抬起头，但很快又落回凹陷的枕头里。早晨的她总是行动迟缓，一辈子都如此，过去二十年间，酣眠的诱惑更是令她难以抵挡。从那一天以后，沮丧令她成年后的人生大都消磨在睡梦之中，远远超出应有的限度。如果没有特殊原因，她很难一大早就起床。

在斯滕维克，起床也是个艰难的决定，因为下床之后没有温暖舒适的浴室，可以让她迷迷糊糊走进去冲澡。船库下方只有礁石嶙峋的海岸和冰一样刺骨的海水。

朱莉娅隐约记得夜里那场叩击屋顶的大雨，但现在她只听见了船库下方翻涌的海浪。那韵律十足的冲刷，令她不禁想立刻跳下床，脱掉衣服，冲下海滩，跃入水中。但这股冲动也只是稍纵即逝。

她又在小床上多流连了几分钟，然后才起床。

空气潮湿而冷冽，外头还在刮风，但当她穿上外套、拉开船库的门时，眼前的斯滕维克已和前晚所见那鬼魅般的景象迥然不同了。

一夜豪雨仿佛将所有阴霾冲洗殆尽，阳光重回天地之间，布满礁石的厄兰岛海岸是那么清净、素朴、美丽。与村庄同名的这处海湾并不幽深，反而十分柔和圆润，在船库两侧各划出一道弧线，环抱着湾中流光溢彩的碧波。离岸边几百米处，一群海鸥在浪尖上尽情展翼、尖啸、欢歌，御风滑翔。

然而一切并不都像表面上这么美丽，朱莉娅竭力抑制着阳光下心中泛起的一丝哀伤。她只愿享受今晨的这一刻，而不想再去思量骸骨的碎片，或是沉浸于对延斯的回忆之中。

一声欢快的犬吠。她扭头望向海边的小路，只见一位身穿红色棉袄的白发老妇正往南走去，身边有条浅褐色小狗。小狗没被链子拴住，来回蹦蹦跳跳，一路这里嗅嗅，那里嗅嗅。朱莉娅目送他们的背影在前方拐弯，转进小路另一侧的一座房子里。

朱莉娅意识到，斯滕维克的居民并不只剩恩斯特一个人。

她睡意渐消，浑身充满干劲。她拿起一个塑料容器，快步走向耶尔洛夫的别墅，到花园的水龙头去装水。纵然野草丛生，沐浴在阳光中的别墅仍显得十分迷人，可是耶尔洛夫没给她别墅的钥匙，所以她无法进屋造访儿时的卧房。

朱莉娅接水时心想，其实她可以在厄兰岛多留几天。如果可以采取什么实质性的行动——如果耶尔洛夫振作起来，给她一些提示，比如该做什么、该去找什么——她可以再留两天，三天也行。

她环顾空空荡荡的花园，下定决心。不，今天她就要回哥德堡，不过不急在这一时。

回船库的路上，她紧紧提着水箱，驻足查看位于耶尔洛夫的别墅下方山楂树篱后的那座黄色房子。房子被一棵棵高大茂密的白蜡树环绕，只在树篱后隐约显出几分模样，看上去并不太讨人喜欢。这座房子无人问津，如今已被完全废弃。五叶爬山虎密密麻麻占据了整个外墙，几乎要遮蔽残破的窗户。

朱莉娅隐约记得这里住着一位老太太，一个从来不出门、不和村里人来往的女人。

现在这座房子衰败至此，未免有点奇怪。房子本身质量其实是很不错的。该有人来认真翻修一下才好。

朱莉娅回到船库，泡了杯茶，吃下早点。

五分钟后，她锁上船库的门，背起肩包，拎上提包。屋里的床已经整理停当，总电闸关上了，百叶帘也都放了下来。船库又回到空无一人的状态。

朱莉娅沿小路走到车旁，四周望了望，没看到海边有任何人，她钻进车里。她发动引擎，最后望了船库一眼。小路，老旧的风车，波光粼粼的海面。悲伤重又涌上心头。

她立刻驱车驶入村道。

她驶过从前的农场，现在已被改建为避暑别墅。她驶过那座凋敝的黄色房子，驶过通向耶尔洛夫别墅的铁门。再见了，再见。

再见，延斯。

马路左侧有条岔路，通往另一边的别墅群，路旁还有一块方方正正的石头，上面漆着一行白色字样："石雕工艺往前一千米"。石头前方还竖着一根铁柱，上面的标志显示此路不通。

朱莉娅看见这个标志，顿时想起去和耶尔洛夫道别之前还有一件事：到从前的采石场去看看恩斯特·阿多尔弗松的石雕。

她没钱买那种东西，不过很想观赏一番恩斯特的手艺。如果恩斯特对延斯的失踪有印象，同时又愿意向她透露他那天在哪里，说不定她还可以试着多问几个和延斯有关的问题，反正也没坏处。

她拐进狭窄的小径，福特车顿时上下左右晃个不停。拜昨夜的暴雨所赐，这是朱莉娅迄今为止在厄兰岛上所遇到的最难开的一段路。车辙里积着的雨水像一个个又长又窄的水池。她只好减速，调到第一挡，缓缓前行，但车轮依然在泥泞的水洼里频频打滑。

她驶过一座座避暑别墅，沿着灌木林的边沿行进。小径渐渐拐弯，离岸边的采石场越来越近。恩斯特·阿多尔弗松的低矮小屋很快出现在正前方。小径一直延伸到房前一片圆形的掉头区，恩斯特那辆白色的旧沃尔沃还停在那里。

周围没有半点人气，但掉头区中央又有一块光滑锃亮的石头，上面刻着一行黑字："石雕工艺——欢迎光临"。

朱莉娅把车停在沃尔沃后面，关掉引擎。她走下车，从提包里取出瘪瘪的钱包。

风，在高高的野草丛中叹息。视野范围内几乎一棵大树也看不到。花园一边正对着采石场在山腰里开出的巨大裂缝。朝另一边极目远眺，只有野草和孤零零的杜松子树林——那片灌木林。

她转身看着这间小屋。

门关着，里面静悄悄的。

"有人吗？"她喊道。

声音消融在风中，无人回应。

一条由碎石铺成的开阔小路直通到房子侧面的一扇门，旁边有个门铃。

朱莉娅上前按了按铃。

还是没有回音。车还在，恩斯特人呢？

她又按了按铃，手指一直摁住按钮，照样徒劳。

冲动之下，她伸手一推，门没锁，门被推开了，像是邀请她入内。

她把头探进去。

“有人吗？”

没人回应。灯没开，门厅里很暗。她侧耳等待着沉稳的脚步，以及手杖点击地面的声音，但迎接她的只有静默。

*他不在家——去找耶尔洛夫吧。*心里有个声音在催促她。但她实在很好奇。难道厄兰岛上的人外出时都不锁门？彼此信任到这个程度？

“欢迎光临”，门口一块塑料垫子上写道。朱莉娅在垫子上把鞋底擦了两遍，走进屋里。

“有人吗？”她又问，“恩斯特在吗？我是朱莉娅，耶尔洛夫的女儿……”

门厅的天花板上悬挂着一个木制小船模型，随着气流来回转圈。右边是干净整洁的厨房，有一张饭桌、两把木椅。左边的卧室里有一张手工打造的小床。

从门厅往里走，是一间客厅，摆着一张沙发、一台电视，从大型落地窗可以俯瞰采石场和后方湛蓝的海湾。桌上堆着一叠报纸、书籍，但客厅里没人。一面墙上挂着一架用磨光的石灰石制成的六角形时钟，指针也是用石头削成的。

这座房子里最值得注意的，就是用石头制成的东西只有这架钟而已。莫非恩斯特在外面已经看够了石头？

她走回门厅，又两次回头张望，似乎会有什么陌生的袭击者突然从墙上的裂缝里跳出来。她走出屋外，小心地关上门。

朱莉娅呆站在阳光下，拿不准下一步该怎么办。恩斯特·阿多尔弗松必定在这附近，而且忘记锁门了。

她的目光投向矿坑边的那些石像。石像边上有一间漆成红色的棚子，四周环绕着低矮的桦树，棚外有好几堆大小不一的石头。有些石头已经过加工，但并未成型。其中有几块看着像是残缺的人像。朱莉娅暗忖，从石头上可以看出畸形的面孔、漆黑的眼窝，这令她联想起传说中那些偷走人类的孩子，将他们永远藏在大山里的巨怪。耶尔洛夫曾告诉她，从前石匠们每次丢失工具都要归咎于巨怪。一起干活的其他石匠会偷工具？无法想象。

她又将视线移到陡峭的矿坑内壁旁那些已经雕琢、抛光完毕的石像上。缩小的灯塔、圆圆的井盖、高高的日晷，还有两个宽大的墓碑。墓碑还没刻上名字。

有什么东西不见了。长长一排石像中空出了一个位置，朱莉娅走上前去。昨晚她从矿坑另一边看见过玛纳斯教堂钟塔的仿制品，现在却不见了。矿坑边上的地面还留有一小块浅浅的凹痕。

朱莉娅缓缓穿过石像，整个采石场如同一个巨大空旷的游泳池，在她眼前展开。

矿坑只有几米深，但非常陡。她站在坑边，静静地观望这石头遍地的荒凉景象。忽然，教堂钟塔的石像瞬间从下方映入眼帘。石像是从边上直直坠入坑中的，倒向一旁，塔尖朝西，指向大海。

教堂钟塔没有摔成碎片。

但就在这座长长的雕像底下，躺着四肢伸开的恩斯特·阿多尔弗松。他从坑底直勾勾地瞪着天空，口中流血。

厄兰岛
1945年5月

一切都改变了。无论外面的世界，还是尼尔斯·坎特的生活，都发生了翻天覆地的剧变。海风给他带来了这种预感。

照耀着灌木林的艳阳前所未有的炽热，厄兰岛的风也比从前更清冽，空气愈显明澈，野花纷纷怒放。还未被盛夏烈日烤焦的草丛绿意茵茵。天空中忽隐忽现的模糊小黑点渐渐显现，那是俯冲而下的燕子，如黑箭一般刺向大地，逗留片刻后，又蓄势骤发，翱翔直上，一瞬间返回天空的怀抱。

复仇伴随着春天来到厄兰岛，尼尔斯·坎特嗅出了山雨欲来的气息。他差不多二十岁了，总算长大成人、彻底自由。大好人生就在眼前，许多大事即将发生。这种感觉渗透了他全身上下每一个细胞。

尼尔斯到了这个年龄，已经不愿再在野外游荡、狩猎野兔了。他有其他打算。他准备等战争结束后就去见识见识外面的世界，去任何地方都无所谓。他想带上玛雅·努曼，那女孩就住在斯滕维克桥边的一间小屋里。他还记得她的模样，一次又一次惦念着她。但他们从没真正说过话，打照面时如果她身边没人，彼此也只有一句“你好”。如果他再不赶紧抓住机会和她谈谈，就只能孤身上路了。

在这个特殊的日子，他比平时更远离斯滕维克，几乎到了厄兰岛的东岸。穿越大路之前他击中了两只野兔，把它们留在树林里，回家时再带走。他准备再打一两只才回去见妈妈，回家路上说不定还可以打几只燕子取乐。

灌木林里到处都是冬天积雪融化后留下的大水塘。这有点像在妖怪出没之地巡游，举目皆是一个个小湖泊。雪水在阳光下蒸发得很快。尼尔斯穿着又大又厚的靴子，完全可以直接从池子里蹚过去。他完全自由了，他拥有整个世界。

阿道夫·希特勒也想拥有全世界。他已经死了，一个多星期前在柏林开枪自杀。德国的末日降临，德国人既无心也无力再和俄国人、美国人继续作战。

尼尔斯踏着水花走出一个小水塘，步入一片杜松子树林。他还记得自己几年前十分仰慕希特勒，对希特勒那强悍的意志力尊崇不已。

他还常常趁妈妈把收音机放在客厅里时，虔诚地收听德国电台中希特勒那雷鸣般的演讲。战争终于爆发后，他连续几年都翘首盼望德国轰炸机从厄兰岛上空扫过。但希特勒现如今已是过眼云烟，德国的强权也早被英国的炸弹轰得体无完肤。

看来德国已经没什么意思了，反倒是英国更加吸引人。幅员辽阔的美国似乎更有前途，但从厄兰岛跑去美国、一去不复返的人太多。19世纪有很多人都杳无音信地失踪了。尼尔斯想环游世界，然后以帝王之姿返回，君临斯滕维克。

尼尔斯听见了什么声音，虽然低沉，却很有力。他停下脚步。

没有野兔的痕迹，尼尔斯觉得好像……

这里不止他一个人。

还有别人。

风中掠过一个短促的声音，不是鸟叫，不是虫鸣，也不是马嘶。尼尔斯在这灌木林里游走多年，什么情况对劲、什么情况不对劲，自是了然于心。现在必定有些不对劲。一阵不安正迅速从他的后脑和脊柱蹿起。

不是野兔，是其他什么东西。

野狼？尼尔斯那死去很久的奶奶以前经常讲起灌木林中野狼的故事。从前有很多狼，但现在没了。

人？

有人跟踪？

尼尔斯慢慢从肩上卸下胡斯瓦纳双杆猎枪，双手平端，作好射击准备，用拇指打开保险栓。两匣产自吉托普弹药厂的子弹随时准备出膛。

他扫视四周，一眼望见的杜松子树，不足一米高，大都被风摧折得歪歪扭扭，但依旧枝繁叶茂，几乎挡住所有视线。如果尼尔斯站直身子，视线便可越过树顶望向远方，没人能不知不觉跟在他身后。但当他弯腰蹲伏时，小树仿佛蹿高了许多，密密麻麻把他遮住了。

现在他任何声音都听不见了——如果刚才他确实听见了什么声音的话。也许只是脑中的臆想吧，以前他独自来这里的时候也发生过类似情况。

尼尔斯在草丛中默默守候，几乎静止不动。他的呼吸异常平静，时间更别提多充裕了。他守株待兔的策略总能奏效，每每神经坚持不住的野兔从藏身处一跃而出，一蹦一蹦疯狂而毫无章法地逃离猎人时，尼尔斯只需稳稳地举枪过肩，瞄准那褐色的小东西，扣下扳机，然后上前捡起那具还在微微抽搐的躯体。

尼尔斯屏住呼吸，凝神静听。

他还是什么也没听见，但忽然有阵微风拂过，他的鼻翼捕捉到了一丝极为微弱的汗酸味，以及沾染油污的衣物的味道。微风把某个人或是好几个人的体味带给了他。

有人，很近。

尼尔斯绕往右方，手指搭上扳机。

一丛杜松子树后面露出一双惊恐的眼睛，离他只有一米左右。

他撞上了另一个人的目光。

茂密枝叶下方的阴影中出现一张人脸，脏得发灰，凌乱的头发遮住了大半张脸。那人全身紧贴地面，穿着一套厚重的绿色衣服。是军装，尼尔斯认出来了。

这人是一名士兵。一名外国士兵，没戴头盔，也没有枪。

尼尔斯把猎枪举到身前，怦怦的心跳从胸膛传递到指尖。他把枪管抬高一两英寸。

“出来。”他大声说。

士兵张开嘴说了些什么。不是瑞典语，至少和尼尔斯听过的瑞典语都不相同。是外语，听起来很像德语。

“什么？”尼尔斯马上回应，“你说什么？”

士兵缓缓举起双手。他的手很脏，满是开裂的伤口——与此同时尼尔斯发现，在这片藏身之地里还不止这一个人，下方的树丛中还有一个人，也穿着脏兮兮的军装，两眼圆睁，趴在地上。他们的神色都非常恐慌，似乎拼命想要挣脱什么可怕的记忆。

“别开枪[①]。”离尼尔斯最近的那名士兵小声说。

朱莉娅用恩斯特·阿多尔弗松的电话打给耶尔洛夫，通知他事情经过——她找到了恩斯特，他倒在矿坑里，已经死了。

---

① 原文为德语。

这番话耶尔洛夫都听明白了，他竭力不去多想，而是聚精会神听着朱莉娅的声音：很紧张，这很正常，不过也很镇定。说明朱莉娅情绪稳定。

“也就是说，恩斯特死了。”耶尔洛夫说。

电话另一头没有反应。

“你确定？”他又问。

“我是护士。”

“报警了吗？”

“我打了急救电话，”朱莉娅说，“他们会派人来。不过没必要找救护车来抢救恩斯特……太迟了。”她好一阵没说话，“但即便是事故，警察也一定得来。他……”

“我去找你。”耶尔洛夫说。话一出口，他就决定了：“警察肯定很快就到，我也会赶去。你去恩斯特的沙发上坐着，等他们来。”

“好吧，我会等着，”朱莉娅说，“等你。”

她听上去还是很冷静。

挂断电话后，耶尔洛夫在书桌旁又坐了一两分钟，鼓足勇气。

恩斯特，恩斯特死了。耶尔洛夫在努力接受这个事实。活到现在，他还有两个好朋友，约翰和恩斯特。现在就只剩一个了。

他扶着手杖站起来。虽然和平时一样，风湿病和深深的哀痛令他几乎寸步难行，但他的决心不可动摇。他开门走进走廊，听见厨房传来笑声，便朝那方向走去。

波尔正在厨房里教一个新来的年轻女孩怎样使用洗碗机。看见耶尔洛夫出现，波尔先是一笑，捕捉到耶尔洛夫的表情后，神色便严肃起来。

“波尔，我要去斯滕维克一趟。出事了，我最好的朋友死了，”耶尔洛夫坚定地说，“得找人送我去。”

他没有移开视线。最后，波尔点了点头。她不喜欢打破常规，但这次什么也没说。

“稍等两分钟，我开车送你。”她说。

来到从斯滕维克往北折向采石场的路口时，耶尔洛夫抬手指了指正前方。

“走南边那条路。”

“为什么？”波尔问道，“你不是说要去……”

“我在斯滕维克有两个朋友，”耶尔洛夫说，“恩斯特是其中之一。我得通知另一个出了什么事。”

开了不远，往南的路口就出现了，“露营地”的标志牌被带子捆住，说明斯滕维克的露营地暂时歇业。这是约翰·哈格曼干的，虽然十月份也不太可能有人带着帐篷、开着房车跑来这里。

紧闭的小卖部出现在路左边，然后是迷你高尔夫球场，有个穿绿色运动服的中年男子正在打扫球场里的小道。他有气无力地握着扫帚，冷冷地目送汽车驶过。那是安德斯·哈格曼，约翰的独生子。他目前还单身，性格非常安静。除了那件旧运动服，耶尔洛夫从没见他穿过其他衣服——也许同样的衣服他有好几件。

通向露营地的小路出现了。

“在那里，”耶尔洛夫说，“就是那座房子。”

他指着路边的一座小房子，低矮的房子开着又小又窄的窗户，看上去像一间门房。一辆生锈的绿色旧帕萨特VW汽车停在门外，看来约翰在家。

波尔踩了刹车，把车停住。耶尔洛夫推开车门，拄着拐杖下车。与此同时，小屋的门开了，一位身着深蓝色棉衣的矮个老人脚穿长袜走下木头台阶。他的灰发梳到脑后，还在颈后打了个小结。这就是约翰·哈格曼。每当门铃响起，他总会立刻开门看看来者是谁。

夏季那几个月，约翰和安德斯一起经营露营地。冬天安德斯大半时间都住在博里霍尔姆。

约翰一年到头都留在斯滕维克，安德斯不在的时候，露营地的日常管理就由约翰负责。这对老人来说真是艰难的工作——要不是耶尔洛夫自己比约翰还老，肯定会来帮一把的。

耶尔洛夫朝约翰点点头，约翰也点头致意，把脚伸进台阶上的一双黑色长靴。

“耶尔洛夫？”耶尔洛夫走上前时，约翰说，“没想到你会来。”

“是啊，出事了。”耶尔洛夫答道。

“在哪里？”

“采石场。”

“恩斯特？”约翰平静地问道。

耶尔洛夫又点点头。

“他受伤了？”

“对。情况很糟，”耶尔洛夫说，“非常糟。”

他和约翰相识差不多已有五十年，不再出海后，两人还一直保持联系。仅从耶尔洛夫的表情，约翰似乎已经明白情况究竟糟糕到什么程度。

“那边现在有人吗？”他问。

“现在应该来了，”耶尔洛夫说，“我女儿朱莉娅打了电话。她还留在那里。她是昨天从哥德堡来的。”

“好。”约翰回到屋里，再出来时手上多了一件夹袄、一串钥匙。“可以开我的车，”他说，“我去交代一下。”

耶尔洛夫点点头，这样最好。波尔肯定想回去，而且单独和约翰一起，说话也比较方便。

约翰走向安德斯，停在他面前，指指高尔夫球场，小声说了几句。安德斯摇着头。约翰这回指着安德斯，耶尔洛夫听见他的嗓门抬高了。哈格曼父子的关系有点紧张，耶尔洛夫很清楚——他们对彼此的依赖太深。

最后安德斯点点头，而约翰摇摇头，转身走了。争吵到此结束。

约翰去开自己的车，耶尔洛夫则缓缓走到波尔旁边，谢她送这一程。

“这么说，恩斯特死了？”手握方向盘的约翰说。

“朱莉娅是这么说的。”副驾驶座上的耶尔洛夫望着车窗外的海岸，以及公路下方晶莹闪亮的海面。

“一块石头压在他身上。”约翰说。

“朱莉娅说是一块大石头。”耶尔洛夫解释道。

他意识到，采石场六十年来都没发生过严重事故——而在采石场停工后，恩斯特却死在一块石头底下。

“我带了备用钥匙，”约翰说，“他们可能已经把他带走了。”

“他给了你一把钥匙？”恩斯特从来没把钥匙托付给耶尔洛夫。话说回来，他也没把自己那间别墅的备用钥匙交给恩斯特。也许他们并不真正信任对方。

“恩斯特知道我不爱管闲事。”约翰说。

“可能我们得进去到处看看，”耶尔洛夫说，“我也不知道应该找什么，但还是要看看。”

“是啊，”约翰说，“现在不一样了。”

耶尔洛夫没再说话，只是望着风挡玻璃前方。在这条海边的马路上，一辆救护车正迎面驶来。耶尔洛夫以前从没在斯滕维克见过救护车。

救护车从采石场方向缓缓驶来，但车顶上深蓝色的灯并未闪闪发光。这可不是好兆头，但也在他们意料之中。与救护车交会时，约翰放慢速度，然后拐向北面那条路，进入村子。

“他的作品在夏天卖得非常好，”半晌，约翰开口道，“我们还开玩笑说，恩斯特的顾客比我网里的鱼还多。”

耶尔洛夫只是点了点头，一时无言以对。恩斯特的死，就像千斤重担压在他肩上。

约翰拐进通向采石场上方高地的狭窄小径，耶尔洛夫看见泥土里有好几辆车的轮胎辙印。恩斯特和朱莉娅的车都停在前面，旁边是两辆警车，另外还有一辆亮闪闪的蓝色沃尔沃，车旁站着一个戴帽子的男人，胸前挂着相机。

“班尼特·尼贝里买了新车。”耶尔洛夫说。

“报纸编辑赚的钱应该不少。”约翰说。

“是吗？”耶尔洛夫说。约翰把车停在“石雕工艺——欢迎光临”的标志旁边，关掉发动机。周围很安静。

耶尔洛夫有些吃力地下车，四肢还和平时一样僵硬，对任何动作都显生疏。他用手杖支撑身体，挺直后背，朝《厄兰岛邮报》驻北厄兰岛的编辑尼贝里点点头。尼贝里一手按着照相机，从容地迎向他们。

“救护车把他带走了。”尼贝里说。

“我们知道了。”耶尔洛夫答道。

“我也很怀念他。我给警察和下面那大石头都照了相，但可能没法印出来。当然，最后还得让博里霍尔姆的总部决定。”

这话听着像在谈论一辆撞到沟里的汽车，或是一扇破窗户的照片。班尼特从来都不顾及别人的感受，耶尔洛夫心想。

“最好别用。”耶尔洛夫说。

“你们知不知道是谁发现他的？”尼贝里摆弄着照相机上的一个按钮。

倒胶卷的刷刷声。

“不知道。”耶尔洛夫说。

他缓缓走向矿坑边缘。朱莉娅呢？

“回家写个报道吧，班尼特。”约翰在耶尔洛夫身后说道。

“回去就写，”尼贝里说，“明天就可以见报。”

他走过去钻进那辆新车，发动引擎。

耶尔洛夫慢腾腾地走过恩斯特的房子，还有矿坑附近的工棚。离边缘还有几米时，一名穿着制服的警察从坑里爬了出来。他先用一条腿攀住边缘，挺身翻上来，然后立刻转身去帮另一位年轻的同事。随后他大口喘着气，看了看耶尔洛夫，两人相互都不认识。这两名警察要么来自博里霍尔姆，要么就是从本土赶来的。

“你是死者的亲戚？”年长的警察问道。

“是老朋友，”耶尔洛夫回答，“他的亲戚都在斯莫兰省。”

警察点点头。

“没什么可看的。”他说。

“是事故吗？”

“工作事故。”警察说。

“他在坑边这个位置移动一座雕像，”年轻的警察指着矿坑边缘地面上的一个凹陷处，“所以他当时站在这里，肯定是要抱住雕像，然后……”

“他滑倒或绊倒了，跌到坑底，石雕压到他身上。”年长的警察补充。

“一瞬间就结束了。”年轻的警察又说。

耶尔洛夫又往前走了几步，重心压在手杖上。现在他看见了。

教堂钟塔，恩斯特创作的最大一座雕像，就躺在坑底。落下时的位置看得一清二楚。坑底的地面有道很深的痕迹。

恩斯特的痕迹。耶尔洛夫的目光立刻移向矿坑对面，思忖着这些年来有多少墓碑是从山的这一侧挖出去的。他举目望向更远处的海岸和浪涛，才稍稍觉得舒服一些。

随即他又看了看坑边这一排石像。恩斯特每隔两米放一座，但那边有个位置空空的……耶尔洛夫走过去。

另一座小一点的雕像也跌落下去了，同样躺在坑底。这座长椭圆形的东西可能是一个蛋，也可能是一颗巨怪的脑袋。和教堂钟塔不同，这一座摔成了两段。

嗯。耶尔洛夫慢慢转身，虽然地面不平，但他没有失去平衡。他走向恩斯特的房子。

“朱莉娅·戴维松还在吗？”他问警察。他们正在检查恩斯特的工棚，锤子、手推车、石头刨子和一些大大小小的雕像混成一堆。

“她和亨里克松在一起。”年长的警察指了指恩斯特的房子。

“谢谢。”

房门半开，约翰应该已经进屋了。耶尔洛夫费劲地踏上低矮的木头台阶，连着几次想在垫子上擦干净鞋底都没成功。然后他把门推开。

门口有好几双鞋挡路，耶尔洛夫只好用手杖把它们拨到旁边再进屋。他根本不可能弯腰脱掉自己的鞋，只能穿着鞋走进逼仄的门厅。墙上挂着很多相框，照片里都是过去手握凿子和铲子的采石工人。

他听见前面有低低的说话声。

约翰站在那个大房间的窗口，望着窗外。朱莉娅和另一名警察坐在沙发上。警察年纪有点大，已经礼貌地把帽子摘掉了。

耶尔洛夫朝他点头致意。

“你好，伦纳特。”

耶尔洛夫认识沙发上的这名警察。伦纳特·亨里克松干这一行差不多三十五年了，他的管辖范围包括北厄兰岛全境，但他的住处却在玛纳斯北边，办公室则在港口。他已经头发花白，离退休不远。平时他的表情都很冷淡，制服里宽阔的双肩松松垮垮的，但这时他却腰杆笔挺地坐在朱莉娅旁边。

“船长，你好。”亨里克松和耶尔洛夫打招呼。

“嘿，爸爸。”朱莉娅平静地说。

这么多年来，她还是第一次在他面前用这个词。所以耶尔洛夫知道，现在朱莉娅的情绪很不稳定。他缓缓走过去，站在桌旁。

“坐吧。”伦纳特说。

“没事，伦纳特，我也需要时不时活动一下。”

“你气色不错啊，耶尔洛夫。”

“谢谢。”

沉默。他们身后的约翰转身离开房间，一句话也没说。

“朱莉娅说她是你女儿。”伦纳特又说。

耶尔洛夫点点头。又一次冷场。

“救护车走了吗？”朱莉娅看着耶尔洛夫。

“走了……约翰和我在来的路上碰到了。”

朱莉娅也点点头。

“那么他去世了。”

“是啊，”耶尔洛夫看着亨里克松，“医生来了吗？”

“来了，一个从博里霍尔姆来的年轻的代理医生……以前没见过。他刚刚确认了事发经过。”

“他说是事故吗？”

“对。然后就走了。”

“可是下了一夜的雨，恩斯特都躺在那里。”耶尔洛夫说。

“嗯，”伦纳特说，“肯定是昨天晚上出事的。”

“没有血迹，”耶尔洛夫又说，“想必所有痕迹都被大雨冲掉了？”

其实他也不明白自己为什么要问这些问题，又能得出什么结论，但他姑且装做想让自己看起来很有影响的样子。也许让自己拥有影响力的欲望会是最后离开身体的东西了。

“他脸上有血，”朱莉娅说，“只有一点点。”

耶尔洛夫点点头。门厅里传来咚咚的脚步声，那个年轻的警察出现在门口。

“办完了，伦纳特，”他说，“我们走了。”

“好。我可能还要再留一会儿。”

“都听你的，老大。”

耶尔洛夫觉得年轻警察的声音里带有几分敬意。这种敬意也许源于伦纳特多年的警察生涯，也许是因为伦纳特的父亲也是个警察，而且在执勤过程中殉职。

“回博里霍尔姆的时候开车小心点。”亨里克松说。年轻警察点点头离开了。

约翰回来时，手里拿着一个很大的棕色钱包，递给耶尔洛夫、朱莉娅和亨里克松。

“三千二百五十八克朗，卖雕像的钱，”他说，“在厨房最底下的抽屉里，压在那些塑料袋下面。”

“由你保管吧，约翰，”亨里克松说，“真不该把一大笔钱藏在那种地方。”

“我可以保管到他的家人把东西分得一干二净为止。”耶尔洛夫边说边伸出手。

约翰如释重负地把钱包交给他。

众人又相对无言。

“那好，”最后亨里克松有些吃力地从沙发上倾身站起，“我也该撤退了。”

“谢谢……”朱莉娅还坐在沙发上，搜寻合适的话，“……谢谢你抽空赶来。”

“不客气，”亨里克松看着她，“第一次目睹致命事故的现场是很难受的。我这些年见过好几次了。你会觉得非常……孤单无助，无能为力。”

朱莉娅点点头。

“不过现在好多了。”

“很好，”亨里克松戴上帽子，“我在玛纳斯也有办公室，如果有事，欢迎来访。”他看看约翰和耶尔洛夫，“当然也欢迎你们。办公室随时开放，顺便来看看也好。走时别忘了把这里锁好。”

“知道了。”耶尔洛夫说。

伦纳特·亨里克松点头告别后就走了。

汽车发动的声音渐渐消失在远方。

“我们也马上动身吧。”耶尔洛夫对朱莉娅说。他把恩斯特的钱包放进衣袋，又看着约翰，“我们借一步说话吧？”他问道，“有东西给你看……我在外面发现的。”

“我和你们一起去怎么样？”朱莉娅说。

“不用了。”

耶尔洛夫领头，两人来到屋外。他艰难地拄着拐杖走下台阶，来到石子路上，绕过屋角，走向矿坑边缘。

“要看什么？”约翰问道。

“在坑边，我进屋前注意到的……这里。”

耶尔洛夫指着矿坑底部那既像巨蛋又像畸形头颅、摔成一大一小两半的光滑石像。

“你应该认得吧？”他对约翰说。

约翰缓缓点头。

“恩斯特管这东西叫‘坎特之石’，”他说，“他是开玩笑。”

“有人把它推下去了，”耶尔洛夫又说，“对不对？”

“没错。”约翰说，“看来是这么回事。”

“夏天的时候它还立在房子后面。”耶尔洛夫说。

“上周我来时它还在这里，”约翰说，“我能确定。”

“是恩斯特故意把它推下去的。”耶尔洛夫说。

“绝对没错。”

两个老朋友面面相觑。

“你在想什么？”约翰问。

“我也不知道，”耶尔洛夫叹道，“不知道。但我想尼尔斯·坎特可能回来了。”

咖啡也许能缓解悲痛。她拿出恩斯特的白瓷杯，杯上刻有厄兰岛上空黄色的太阳。然后她在恩斯特的房子里为两位老人泡了咖啡，这才觉得自己好歹也派上了一点儿用场。约翰和耶尔洛夫坐在沙发上，平静地谈起恩斯特。

只是几个小故事和回忆的片段，没有什么特别之处：恩斯特刚搬来厄兰岛、到采石场工作时，还是个新手。他老了以后就在这里刻石雕。朱莉娅发觉，除了战争期间在波罗的海上的那几年，恩斯特成年后的全部人生都和石头相伴度过。60年代采石场歇业后，恩斯特还独自一人继续他的事业。他用工人们切割下来的边角料进行雕刻、抛光，将石头升华为艺术。

“他深爱着这个采石场，”耶尔洛夫望着窗外，“如果他有钱，肯定会从朗维克的冈纳·扬涅尔手里把采石场买过来。他不想搬去其他地方住。各种石头该怎么切割、怎么雕刻，他都一清二楚。”

“恩斯特做的墓碑最出色，”约翰说，“去玛纳斯教堂墓园或者博里霍尔姆走一圈就能看出来。”

朱莉娅静静地坐在恩斯特的咖啡桌旁，翻看一叠关于本地的旧书。约翰和耶尔洛夫的每句话她都听进去了，但要忘记恩斯特被发现时的样子，真的很难。

最早赶到现场的警察伦纳特·亨里克松迅速从车里拿出一张毯子盖住恩斯特，然后让朱莉娅先到房子里去。他陪她坐了一会儿，话不多，这让人感觉很好。延斯失踪之后，她听了太多太多空洞的安慰，那些话她根本不需要。

“你能开车送我回去吗，朱莉娅？”喝完咖啡，讲完故事后，耶尔洛夫问道。

“没问题。”

这问题令朱莉娅很心烦。她起身去厨房清洗泡咖啡的器具。

*我发现有人被一块大石头压得粉身碎骨，*她想，*他的嘴里涌出鲜血，眼珠几乎要从眼眶里爆出来。尽管我以前也见过鲜血，见过死尸，见过更凄惨的死状。*

她的思绪四处飘散，忽然想起一件可能很重要的事，连忙反身去找她父亲。

“他给你留了条口信，”她说，“我差点忘了。”

耶尔洛夫抬起头。

“是恩斯特，”朱莉娅解释，“我来斯滕维克时在你的别墅门口碰到他，他托我转告你……他临走时说的。”她停下来努力回想，“说什么最重要的是拇指，而不是手掌。”

“最重要的是拇指？”耶尔洛夫追问。

朱莉娅点点头。

“你知道他是什么意思吗？”

耶尔洛夫若有所思地摇着头，又看看约翰。

“你觉得呢？”

“不知道，”约翰说，“难道是什么谚语？”

“反正这是他的原话。”朱莉娅回厨房去了。

朱莉娅开着福特车载着耶尔洛夫回到露营地，约翰则开着自己的车跟在后面。灰暗的云层遮蔽了卡尔马海峡的天空，遮住了太阳。那个在老人们口中曾经繁荣的斯滕维克，那个人们一年到头辛勤劳作、每件东西和每条小路都有自己名字的斯滕维克，现在又沉沉睡去了。所有房子都空寂无人，门庭深锁，风车的叶片不再转动，海湾里再也看不见捕捞鳗鱼的渔网。

朱莉娅拐了个弯，在小型高尔夫球场旁边停下。约翰也把车停下，下车朝他们走来。耶尔洛夫摇下车窗，约翰看着朱莉娅。

“照顾好你爸爸。”

这是约翰·哈格曼头一次直接和她讲话。

朱莉娅点点头。

“尽量吧。”

“保持联系，约翰，”旁边的耶尔洛夫说，“如果你看见任何人……任何陌生人，通知我。”

陌生人。朱莉娅想起50年代的一件事，当时她还小。夏季的一天，一个英文说得很差，也完全不懂瑞典语的黑人，提着手提箱，在斯滕维克满面笑容地挨家挨户拜访。村里人纷纷紧锁家门，不肯打开——最后总算有人鼓起勇气去问他的来意，这才搞清楚他根本不是强盗，而是从肯尼亚来的基督徒，想推销《圣经》和《赞美诗集》。斯滕维克的人们不喜欢陌生人。

“回头再聊。”约翰·哈格曼说完就走了。

朱莉娅目送他朝自己的房子走去，他握紧扫帚，仿佛那是他最宝贵的财产。他另一只手拿起刷子，然后走向高尔夫球场，挥手招呼他的儿子安德斯。

“约翰经营露营地二十五年了，”耶尔洛夫说，“现在责任都落到了安德斯身上，但他大半时间都在做白日梦。清扫、粉刷，把这里维持下去……这些活还是约翰在干。他应该看开一点，但他听不进去我的话。”

耶尔洛夫叹着气。

“好了，现在我们回别墅去吧。”

朱莉娅摇摇头。

“我送你回玛纳斯。”

“我真的想看看别墅，”耶尔洛夫说，“难得有这么好的司机。”

“很晚了，”朱莉娅说，“我准备明天回家。”

“急什么？”耶尔洛夫说，“哥德堡又不会跑掉。”

后来朱莉娅也记不清究竟是她还是耶尔洛夫提议，今晚就住在别墅。

作出这个决定，也许是在耶尔洛夫披着外套走进客厅，坐进唯一一张安乐椅，长叹一声的时候；也许是在朱莉娅到屋外旋开井盖下的止水栓，然后打开厨房里的总电闸的时候；也许是在她打开电灯和暖气，给两人各泡了一杯接骨木花茶的时候。总之，他们心照不宣地达成了默契，今晚就住在斯滕维克。耶尔洛夫用朱莉娅的手机通知了养老院。

然后耶尔洛夫去花园里转了一圈。

“没发现老鼠。”他回来时很满意地说。

朱莉娅如同置身于博物馆一般，静静地、小心地审视着别墅里这些又小又暗的房间。往事在低语，将她领回孩提时代，但那段时光却又像被封在一个玻璃瓶里。

别墅里还有什么可看的？寥寥无几。五间小房间，家具都用白床单盖住；六张小床，没有被褥；一个小厨房，只留有一扇窗，死苍蝇如同杂乱无章的字母粘在玻璃上。墙上挂着一张北厄兰岛的航程表，已被阳光晒得退了色；柜子上有个相框，相框里那张60年代的黑白相片上，十几岁的朱莉娅笑得很做作，身边是姐姐莱娜；墙角里还有个书架。这房间几乎看不到主人的私人物品，完全像一座出租给游客的度假别墅。

木头地板上没铺地毯，屋里很冷。朱莉娅童年的东西几乎一件也不剩了。

其实私人的东西还是有一些的。朱莉娅拉开她小时候住的那间房里最底下的抽屉时就找到了一件：一个相框，相片上是个晒得黑黑的小男孩，头戴白色棉帽，害羞地对着镜头微笑。这个相框在桌上放了很多年，现在却被人藏了起来。

朱莉娅把相框放回原来的老地方。她端详着失踪的儿子的照片，忽然很想喝红酒，几杯红酒会带给她温暖，使她遗忘，这别墅也将变得更舒适一些。但她不愿让耶尔洛夫发现自己喝酒。

耶尔洛夫没有关心朱莉娅的感受。他慢腾腾地在几个房间里走来走去，似乎这才是他真正的家。从某种意义上说，确实如此。在朱莉娅的记忆中，从他开始领养老金以后，每个夏天、每个周末都在这里度过，起先是和埃拉一起，后来剩他独自一人。每当孩子们结束几个星期的暑假，返回瑞典本土时，他都会在铁门旁和她们挥手道别。

*现在不是夏天，我得马上离开。*朱莉娅站在门口，手里握着车钥匙暗想。但她大声对耶尔洛夫说的却是：

“莱娜和我来这里的时候都睡架子床……我睡上铺。”

耶尔洛夫点点头。

“放假时大家都在，有点挤。不过我记得也没人抱怨。”

“没有。印象中整个夏天表兄弟们都在，挺有意思的……我记得太阳总是那么耀眼。”朱莉娅一边说一边看了看钟，“现在该睡了……”

“这么早？”耶尔洛夫抚平墙上的航程表，“你没有问题要问？”

“问题？”

“是啊……”耶尔洛夫轻轻掀开客厅里那张安乐椅上的白布，慢慢叠好。

“想问就问吧。”他说。

他慢吞吞地坐下，这时朱莉娅放在门厅的外套口袋里的手机响了起来。

手机铃声在寂静中颇为刺耳，她连忙跑去接听。

“你好，我是朱莉娅。”

“嘿，怎么样？”是莱娜——恐怕只有她才知道朱莉娅的号码，“到了吗？”

“对……嗯……到了。”

“见到耶尔洛夫了？”

“是的……我们现在在别墅里。”

“斯滕维克那座别墅？”莱娜问道，“难道你们要睡在那里？”

“是啊，”朱莉娅答道，“把自来水和电闸都打开了。”

“可别让爸爸着凉。”莱娜说。

“不会的，”朱莉娅有些惭愧，旋即又为自己的惭愧而羞愧，“只是坐一坐，聊聊天……你有事吗？”

“嗯……是那辆车。玛丽卡打电话来，下周末她要去达尔斯兰[①]上戏剧课程，需要用车，我跟她说没问题……你不会留在厄兰岛吧？”

“打算多留一阵儿。”朱莉娅说。

玛丽卡是莱娜的丈夫理查德和前妻生的女儿。朱莉娅本以为玛丽卡和莱娜的关系很差，但显然已经好到足以让莱娜把朱莉娅的车借给她了。

“要多久？”

“难说……几天吧。”

“好吧，但到底是多久……三天？”莱娜又问，“所以星期天可以把车开回来吗？”

“星期一。”朱莉娅马上答道。

不管莱娜说星期几，她都会多加一天。

“那就早点回来。”莱娜说。

“尽量吧，”朱莉娅说，“莱娜……”

“很好。向爸爸问好。先就这样了。”

“莱娜……是不是你把延斯的相片放到抽屉里的？”朱莉娅赶紧追问。

但莱娜已经挂断了。

朱莉娅叹了口气，也放下话筒。

“是谁？”耶尔洛夫在安乐椅中问道。

“你的另一个女儿，”朱莉娅说，“她向你问好。”

“啊哈，”耶尔洛夫说，“她叫你回去？”

“嗯。她在确认我的行踪。”

朱莉娅在客厅里坐下，坐在和耶尔洛夫的安乐椅对面的墙角。她那杯

---

① 瑞典西南部的一个省。

接骨木花茶还在桌上，热度所剩无几，基本上已经冷了，但她还是喝了下去。

“她担心你？”耶尔洛夫问。

“一点点吧。”朱莉娅说。

其实是担心车，她想。

“这里比哥德堡安全。”耶尔洛夫笑道。

然后他好像想起了今天采石场的事故，笑容便消失了。他看着地板，不说话。朱莉娅也不说话。

别墅里的空气逐渐温暖起来。窗外，夜幕已经降临，时间大约九点。朱莉娅不知道这里有没有被褥，应该有才对。

“我不怕死，”耶尔洛夫突然开口，“年轻的时候在海上，我很怕死，怕了很多年。怕搁浅，怕触雷，怕风暴，可现在我太老了……埃拉在医院里去世的时候，我就不再恐惧了。还记得那个秋天，她两眼失明，慢慢离开我们。”

朱莉娅无言地点点头。她不愿去想母亲的死。

九月的那一天，延斯之所以能离开别墅跑到浓雾里去，有两个原因。一是因为耶尔洛夫不在家。另一个原因就是延斯的外祖母埃拉中午躺了一会儿，睡着了。那年夏天埃拉常常感到筋疲力尽，仿佛平时的能量都被抽空了似的。这种症状令人百思不得其解，直到第二年，医生确认埃拉患了糖尿病。

延斯失踪后，埃拉的生命也只剩几年。最后的那几年，她日渐衰弱，饱受悲伤和内疚的折磨，因为自己那天睡着了。

“人老了，死亡就变得像个老朋友，”耶尔洛夫说，“起码也是个熟人。我只是想让你明白这一点，不要以为我可能受不了……恩斯特的死。”

“好。”朱莉娅说。

但她其实无暇顾及耶尔洛夫是什么感受。

“生活还得继续。”耶尔洛夫喝了一口茶。

“只是方式不同。”朱莉娅说。

两人冷场了一分钟左右。

“你不是问我有没有问题吗？”半晌，朱莉娅才说。

“是啊，随便问吧。”

“关于什么事？”

“嗯……你想不想知道那座圆圆的雕像叫什么名字？就是被人推到矿坑里的那一座。”耶尔洛夫望着朱莉娅，“那块奇形怪状的石头……博里霍尔姆的警察没问过？伦纳特·亨里克松也没问？”

“没有，”朱莉娅想了想，“我觉得他们甚至都没看见那个。他们关注的是教堂钟塔的雕像，还有……”她顿住了，“我也没留意那块石头。有什么特别吗？”

“你不妨问问……”耶尔洛夫说，“主要是它的名字。”

“那它叫什么名字呢？”

耶尔洛夫深吸一口气，靠回安乐椅中，又吐出一声悠长的叹息。

“恩斯特其实不怎么喜欢那座雕像……”他说，“有裂缝，他觉得效果不好。所以他给它起名叫做‘坎特之石’。以尼尔斯·坎特命名的。”

又一阵沉默。耶尔洛夫望着朱莉娅，似乎她应该有所反应才对，但朱莉娅不明所以。

“尼尔斯·坎特，”她说，“好吧。”

“你以前没听过这个名字？”耶尔洛夫问，“从小到大，没听人提过他？”

“印象中没有，”朱莉娅说，“不过我觉得好像在哪里听过坎特这个姓。”

她父亲点点头。

“坎特一家住在斯滕维克，”他说，“尼尔斯是坎特家的儿子，家族败类……不过你是战争结束后才出生的，当时他已经不在这里了。”

“这样啊。”

“他走了。”耶尔洛夫说。

“那么尼尔斯·坎特做了什么可怕的事情？”朱莉娅问道，“莫非他杀了人？”

厄兰岛
1945年5月

尼尔斯·坎特用猎枪指着两名外国士兵，手指搭在扳机上。风声、鸟鸣以及灌木林的一切声响都已消失。四周的景色朦胧，尼尔斯眼中只有那两名士兵，以及猎枪的枪管。练习了那么久，这支枪他已经用得得心应手。

两名士兵像是听到命令，缓缓起身。他们的双腿似乎毫无气力，揪着野草才勉强站起来，他们高高举起双臂。但尼尔斯没有放低枪口。

“你们在这里干什么？”他质问道。

对方只是看着他，两手举过头顶，没有回答。

前面的那名士兵后退了半步，撞上他的同伴。他看上去比后面那位年轻一点儿，但两人都蓬头垢面，灰土、泥浆加上黑胡楂模糊了他们的面目，让人无法判断他们的年龄。两人的眼珠里布满血丝，那目光望去如同百岁老人。

“你们从哪里来？”尼尔斯又问。

没有回答。

尼尔斯迅速上下打量一番，看不出这两人有携带行李的迹象。他们灰绿色军装的膝盖部分磨损得很厉害，线头横七竖八地伸着，前面这名士兵一边膝盖上方的裤子还破了个大洞。

虽然手里有枪，但尼尔斯心里依然慌张。他用鼻子慢慢吸气呼气，以防手臂颤动，但枪口还是不听使唤地开始游移不定。他的耳朵上方仿佛有一个铁箍，把脑袋紧紧锁住，疼痛让他已经不可能清晰地思考了。

“别开枪。[①]”前面的那名士兵又说了一次。

尼尔斯听不懂，但这种语言听起来很像广播里阿道夫·希特勒说的那种话。这说明他们是大战中幸存下来的德国兵。怎么会出现在这里？

有船，他想。他们肯定是乘船渡过波罗的海的。

“你们得……跟我走。”他说。

他说得很慢，这样对方才能听明白。他必须掌控局面，毕竟手里有枪。

他朝对方点点头。

“能听懂我的话吗？”

就算他们听不懂，但尼尔斯在开口以后，感觉还是舒服多了。恐惧减轻了不少，大脑不再处于停滞状态。尼尔斯可以把他们带到斯滕维克，到时他会成为大英雄。村里其他人怎么想无所谓，妈妈一定会为他感到自豪的。

前面那名士兵也点点头，慢慢放下手臂。

---

① 原文为德语。

“我们想去英国，[①]”他说，“我们想要自由。[②]”

尼尔斯盯着对方。他只听懂了“英国”这个词，这与瑞典语中的发音是一样的。但他确信这两名士兵不是英国人。他确信他们是德国人。

后面那名士兵把手往下伸向衣袋。

“不许动！”

尼尔斯的心脏狂跳不止，嘴也张开了。

那士兵把手伸进衣袋。他双手的动作太快，尼尔斯的眼睛跟不上。他必须采取行动，于是喊道：

“举起……”

剩下的话被雷鸣般的巨响吞没了。猎枪猛地一晃。

硝烟从枪管滚滚喷出，腾起的浓烟将对面的人遮掩。

尼尔斯本来不想开枪，他只是把枪握紧点，方便把枪口抬高瞄准。但枪竟然走火了，一发弹药直接击中前面那名士兵，他像狠狠挨了一锤似的颓然倒地。

在尼尔斯眼中，那名士兵只是硝烟中的一个影子，一个倒在草地上不停抽搐的影子。

烟雾渐渐散去，四周重归静谧，那名士兵还侧身躺在地上，上衣四分五裂。刚开始，他看上去没有受伤，但很快他破破烂烂的军装里渗出鲜血，不断扩大，直到变成衣服上一个个暗红色补丁。士兵的眼睛闭上了，看样子好像死了。

“哦，见鬼……”尼尔斯自言自语。

完了。他打中了德国兵——而且还打错了人。把手伸进衣袋的不是这个人，但他却躺在地上流血不止。

---

① 原文为德语。

② 同上。

尼尔斯像射杀野兔一样，朝一个活人开了枪。开枪的不是别人，是他。

地上的士兵缓缓眨了眨眼，手臂微微颤动。他想把头抬起来，但失败了。

他的呼吸变成急促的喘息，咳了几声，只有出的气，没有进的气，军装已被鲜血浸透。他的目光涣散，来回移动了几下，就停住了，两眼直勾勾地遥望天空。

刚才在衣袋里摸索的士兵还站在后面，双唇抿成薄薄的一条线，眼神空洞。他呆站着，动弹不得，左手的拇指和食指之间捏着什么东西，那是枪响之前一刹那他从衣袋里拿出来的。

那东西不是枪，比枪小得多。看上去是一颗深红色的石头，虽然灌木林上空没有阳光，那块石头仍在闪烁发光。

尼尔斯端着枪，士兵捏着小石头。谁也没往地上看。

尼尔斯开枪打中了一个人，他杀死了一个人。心头那阵慌乱消失了，此时他全身冰冷，异常镇静。现在的情况完全在他控制之内。

尼尔斯吐了口气，朝士兵逼近一步，又冲那块小石头点点头。

“把那个给我。”他冷冷说道。

10

耶尔洛夫没有回答朱莉娅关于尼尔斯·坎特的问题。他只是指了指她身后窗外的暗夜。

“坎特家就在这附近，”他说，“那座黄色的大房子。在我们建这座别墅很久之前，他们就住在那儿了。”

“记得我小时候，住在那里的是个老太太。”朱莉娅说。

“那是尼尔斯的母亲维拉，”耶尔洛夫说，“她70年代初去世了。去世前很多年都孤零零一个人。她很有钱……她的家族在斯莫兰省经营锯木厂，自己在厄兰岛沿海也有很大一片土地。但我觉得财富从来都没给她带来快乐。估计她那些亲戚至今还在为财产继承问题吵吵闹闹，所以那座房子就这么被遗弃了，也没人管。也根本没人敢去那里住。”

“维拉·坎特……”朱莉娅说，“我对她有一点点印象。她不太受村民欢迎，对吧？”

“是啊，她这人很记仇，报复心重，”耶尔洛夫说，“如果你爷爷冒犯了她，她会迁怒于你妈妈、你的小狗，恨你一辈子。她为人非常顽固、骄横。丈夫死后，她马上就改回娘家的姓了。”

“而且她从没到村外去？”

“对，维拉简直是个隐居者，”耶尔洛夫说，“大部分时间都坐在家里思念儿子。”

“那他到底干了什么？”朱莉娅又一次问道。

“很多……”耶尔洛夫说，“他还是个孩子的时候，人们就怀疑他把亲弟弟淹死在海里。当时出事的时候只有尼尔斯和他弟弟在那里，后来尼尔斯说是一起事故……真相永远是个谜。”

“你们是朋友？”

“不，不是。他比我小几岁，没多久我就出海去了。所以他小时候我基本上没怎么和他打过交道。”

“那他长大以后呢？”

耶尔洛夫本想笑，但一提到尼尔斯·坎特，就笑不出来了。

“长大以后就更没来往，”他说，“我说过，他离开了村子。”他抬手指了指房间角落里的小书架，“那里有本关于尼尔斯·坎特的书。至少他在其中占了一部分篇幅。在第三层，黄色书脊那本。”

朱莉娅起身来到书架前，找了一会儿，才从第三层架子上抽出一本书。她看了看标题。

“《厄兰岛犯罪记录》？”

她向耶尔洛夫投去探询的目光。

“就是这本。班尼特·尼贝里在本地报社的一位同事几年前写的。读过以后你就都明白了。”

“好吧，”朱莉娅看看钟，“但今晚就算了。”

“是啊，该睡了。”

“我想住我以前的房间，”朱莉娅说，“如果方便的话。”

当然没什么不方便。耶尔洛夫选了隔壁的卧室，他和埃拉住了很多年的那间。那张旧双人床不见了，原来的位置上摆了两张新床。耶尔洛夫去洗澡时，朱莉娅帮他整理好其中一张。铺床这种事现在他已经无力承担了。

然后朱莉娅回到自己房间，耶尔洛夫穿好背心和秋衣秋裤，上床睡下。床垫比玛纳斯的要硬。

他躺在黑暗中，比起玛纳斯养老院的那个房间，这座房子并没有带给他更多家的感觉。承认自己老得无力独自在斯滕维克生活，然后搬去玛纳斯，作出这个决定并不容易，但却正确。最起码他不用自己洗碗，自己泡咖啡。

耶尔洛夫倾听着树林中的风声，进入梦乡。他梦见自己躺在矿坑里的一块大石头上。

上方的天空是深蓝色的，风呼呼地吹，可是很奇怪，贴近地面的地方居然还弥漫着一层薄雾。

恩斯特·阿多尔弗松站在矿坑边缘，黑色的眼眶望向对面。

耶尔洛夫张嘴询问他的朋友，把那座雕像推下矿坑的是不是他。如果是，他究竟在暗示什么——但一句低语让恩斯特转过身去。

“我把他们杀光了。”

说话的是尼尔斯·坎特。

“耶尔洛夫……你外孙向你问好。”

尼尔斯·坎特举着冒烟的猎枪从灌木林中走来，在恩斯特的房子拐角处站定，马上他就要过来了。耶尔洛夫抬起头，屏住呼吸，充满期待——他终于要看到尼尔斯·坎特变老的模样了。他的头发掉光了吗？是灰色的吗？他蓄胡子吗？

恩斯特突然转身，消失在房子另一边，宛如一艘沉没的幽灵船，渐渐隐入雾中。耶尔洛夫在他身后呼喊着，可是恩斯特永远地消逝了。

失去恩斯特的悲伤如潮水涌来，耶尔洛夫醒了。

“往左拐。”第二天一早在车里，耶尔洛夫为朱莉娅指路。

“不是要去玛纳斯吗？回养老院？”

“待会儿就去，先不着急，”耶尔洛夫道，“我想先在斯滕维克喝杯咖啡。”

朱莉娅盯着他看了几秒钟，然后往左拐。他们沿着海岸上方的马路往回开。耶尔洛夫不由自主地望向他的船库，看看窗户有没有破损。

“再往左，”他指着海边路旁的一座房子，“去那里。”

朱莉娅一脚踩上刹车，也不在乎会不会迎面撞上什么东西，连后视镜也不看，径直拐进那条路。

“这里住着一位老太太，”她在房子前面停车，“前天我见过她……带着狗出来散步。”

“她没多老，”耶尔洛夫说，“阿斯特丽德·林德尔才六十七岁，也可能六十八岁。她最近才退休……在博里霍尔姆当了很多年医生。她在这里长大的。”

“她一年到头都住在斯滕维克？”

“现在是的。我从家里的避暑别墅搬出去，阿斯特丽德守寡后则相反。她搬回她的别墅了。”耶尔洛夫推开车门，在座位上刚一扭身，四肢的疼痛顿时袭来，他不由得叹了口气，“当然，她的健康状况比我强。”

耶尔洛夫总算把腿伸出了车外，朱莉娅过来把他扶下车。他向她微微点头致谢，两人朝房子走去。

耶尔洛夫四下张望。

“我一回到斯滕维克就欺骗自己，告诉自己，所有房子里整年都有人住。”他说，“有时我觉得那些别墅里的窗帘在动，村里的马路上有影子在闲逛，眼角还能捕捉到细小的动静……鬼魂简直要从眼角的余光里钻出来。”

朱莉娅没有回答。

矮墙上有扇木门，朱莉娅把门推开。门里的花园空荡荡的，却井然有序。房子前面是一个低矮的石头露台，四张白色的塑料椅围着一张小塑料桌，旁边有个灰色的陶瓷小矮人，头戴一顶绿色兜帽，望向门口，脸上带着耐人寻味的微笑。

他们还没来得及摁门铃，屋里就传出激烈的犬吠声。

“别吵，威利！”一个女人呵斥着，但小狗不肯罢休。

门一开，它就像一道褐色与白色相间的闪电飞奔而出，直接扑到朱莉娅和耶尔洛夫脚边。耶尔洛夫险些失去平衡，只得靠在朱莉娅身上。

“安静点，你这条笨狗！”阿斯特丽德又喝道。

她出现在门口，身材矮小，满头白发。但在耶尔洛夫眼中，她美丽依旧。

“你好，阿斯特丽德。”

阿斯特丽德紧紧抓住那条小猎狗的链子，抬头一看。

“嘿，耶尔洛夫，回家啦？”接着她看见了朱莉娅，顿时惊问，“老天——你还带了一个新女朋友？”

阳光明媚，但不知疲倦地扫过厄兰岛的秋风依然冷得刺骨。虽然如此，阿斯特丽德还是在露台的桌子上准备了咖啡，又拿来一张毯子裹住耶尔洛夫，自己则穿上一件绿色厚毛衣。

“我也要毛衣。”耶尔洛夫说。

“用不着。这个舒服得很。”阿斯特丽德端出咖啡和一盘点心——不是自家烘烤的，只是从商店买来的四块松饼。阿斯特丽德对烤蛋糕没兴趣。她倒好咖啡坐下。

耶尔洛夫介绍了他的小女儿朱莉娅。朱莉娅与阿斯特丽德相互问好，聊了一阵威利那无穷无尽的精力，看着它闹了半天总算渐渐安静下来，钻到桌子底下。谁也没提起恩斯特。

耶尔洛夫以为阿斯特丽德已经不记得朱莉娅了，所以阿斯特丽德突然平静地说出的话，令他吃了一惊：

“可能你已经忘记我了，朱莉娅，但是……那天我也在，在岸边找了很久，还有我丈夫。”

只见桌子对面的朱莉娅浑身一僵。她缓缓张开嘴，寻觅着合适的话。

“谢谢，”半晌，她才答道，“我确实不记得了……那天的情况太混乱。”

“我明白，我明白，”阿斯特丽德一边点头一边喝咖啡，“大家都到处奔走，警察还派了船到海峡里找，可是谁都不知道究竟该往哪里去找。

有一组村民沿着海边往南，我们和另一组往北。我们在岸边走啊走，水里也找过了，每艘被拉到岸上的船底下也找过了，每块大石头后面也都看过了。最后天黑下来，什么都看不见，伸手不见五指……我们只好回来了。真糟糕。”

“是啊，”朱莉娅盯着杯子，“那天晚上大家都在找，一直找到天黑。”

“太可怕了，”阿斯特丽德说，“他不是第一个在海里失踪的，也不是最后一个。”

咖啡桌旁一阵缄默。风轻柔地拂过。威利打了个喷嚏，在阿斯特丽德的脚边蹭来蹭去。

“找到了孩子的凉鞋。”过了一会儿，耶尔洛夫说。

他望着阿斯特丽德，用眼角瞥见朱莉娅惊讶的神情。

“这样啊，”阿斯特丽德说，“在海里找到的？”

“不，”耶尔洛夫答道，“在陆地上。这些年肯定有人一直保管着，但现在还不清楚是谁。”

“老天，”阿斯特丽德说，“可是难道……难道他不是淹死的？”

朱莉娅放下咖啡杯，但没有开口。

“显然不是，”耶尔洛夫说，“很复杂……其实现在我们了解到的情况还很有限。”

“耶尔洛夫，昨天你提过的那个人，”朱莉娅说，“尼尔斯·坎特，他会不会知道延斯的事情？你是在往这方面想吗？”

“尼尔斯·坎特？”阿斯特丽德盯着耶尔洛夫，“为什么你们会说到他？”

“我昨天碰巧提起而已。”

朱莉娅不知所措地来回望着阿斯特丽德和耶尔洛夫，似乎她说了不该说的话。

“我只是觉得……也许和他有关。以前他就惹过很多麻烦。”

阿斯特丽德叹了口气。

“我还以为尼尔斯·坎特已经被人遗忘了，”她说，“自从他离开斯滕维克……”

“基本上已经被遗忘了，”耶尔洛夫打断他，“最起码，直到昨天以前朱莉娅都从没听说过这个人，就很说明问题。”

“他比我大一岁左右，”阿斯特丽德又说，“不过上小学时我们在一个班。他的心情好像一直都很差，我从没见他开心过。他经常打架，个头很大。女孩们都很怕他……男孩们也是。每次打架都是他先挑衅，但总把责任推给别人。”

“我没在学校里见过坎特，我比他大几岁，”耶尔洛夫说，“不过听约翰·哈格曼说过打架的事。”

“后来他到他家开的采石场打工去了，”阿斯特丽德说，“麻烦可没有到此为止。”

“又打了一架，有个工人差点淹死，”耶尔洛夫连连摇头，“阿斯特丽德，还记不记得尼尔斯闹事以后那天晚上，他们用来运石头的一艘船起火了？那艘船叫‘伊莎贝尔’。船在朗维克的港口里避风，船长被船上的大火惊醒了，他们只能赶在船被烧毁之前把它拖出码头。据说起火原因是‘自燃’，但斯滕维克的很多人都认为是尼尔斯·坎特干的。从此以后就开始了。”

朱莉娅不解地望着他。

“什么事就开始了？”

“嗯……尼尔斯·坎特成了斯滕维克村民们的替罪羊，”他说，“一有什么坏事，大家就都怪到他头上。”

“也不是所有坏事，”阿斯特丽德说，“只是所有犯罪案件，放火、偷盗、伤害动物……”

“还有各种事故，”耶尔洛夫也说，“如果风车的叶片裂了，渔网破了，缆绳从桩子上松开，让船漂走了……”

“到头来都是他做的，也没冤枉他。”阿斯特丽德说。

“也不能全怪他自己，”耶尔洛夫说，“尼尔斯很小的时候，父亲就死了。他母亲又一直告诉他，他比村里其他人都强。这种成长环境很不健康。”

阿斯特丽德点点头，默默沉思了一阵，然后平静地问道：

“我昨天在本地的广播节目里听到出了事故……葬礼定在什么时候，耶尔洛夫？”

耶尔洛夫注意到她迅速转移了话题。说不定阿斯特丽德也察觉到尼尔斯·坎特与恩斯特之死存在某种联系。

“据我所知是星期三，”他说，“今天早上我和约翰通过电话，他说是星期三。”

“在玛纳斯教堂？”

“对，”耶尔洛夫拿起咖啡杯，“虽然就是那教堂的钟塔害了他。”

“恩斯特一直都很小心，”阿斯特丽德说，“我想不通他在矿坑边上干什么。”

耶尔洛夫摇了摇头，没有回应。

“只有这些人？”告别阿斯特丽德，开车回玛纳斯的路上，朱莉娅问道。

“哪些人？”

“住在斯滕维克的人。我们是不是都见过了？”

“差不多吧，”耶尔洛夫说，“所有真正意义上的斯滕维克人。还有些会从博里霍尔姆和卡尔马来度周末的人。总共加起来可能有十五到二十个。我和他们不太熟。”

“夏天这里是什么样子？”

“爆满，”耶尔洛夫答道，“到处都是来避暑的游客……成百上千。游客越来越多，度假别墅一座接一座地盖起来。约翰的露营地每周末也都这么热闹。我小时候的本地村民，数量还没现在的游客多。朗维克的情况更严重，从码头到海滩边上的旅馆，全被他们占据了。”

“我还记得夏天的景象。”朱莉娅说。

耶尔洛夫叹道：“没什么可抱怨的，毕竟他们是来拉动经济的。”

“但是很难分清谁是谁。”朱莉娅一脚踩住刹车，拐了个弯，驶向玛纳斯。

“夏天的话，根本不可能。”耶尔洛夫说，“就和你住的那个城市一样，人们来来去去，随心所欲。”

“秋天也可以，”朱莉娅说，“我的意思是，斯滕维克没人会看见……”

她似乎想起了什么，突然不说了。

“阿斯特丽德的眼睛很尖，”耶尔洛夫说，随即他察觉到朱莉娅的缄默，便看着她，“怎么了？”

“我刚刚想起来……前天在我们的别墅遇到恩斯特时，他说在等一个客人，”朱莉娅道，“他当时说：‘欢迎你来看看我的石雕，但今晚不行，我有客人。’”

“这是他说的？”耶尔洛夫若有所思地望着前方的风挡玻璃。

“莫非这和……那个尼尔斯·坎特也有关系？”

“有可能。”

两人都沉默了。他们驶过玛纳斯教堂，这让耶尔洛夫想到即将举行的恩斯特的葬礼。他一点儿也不期待它的到来。

“你知道的事情，比你愿意透露给我的要多。”半晌，朱莉娅说道。

“多一点点，”耶尔洛夫平静地答道，“多不了多少。我们有一些猜测，约翰和我。”

恩斯特自然也有一些猜测，他伤感地想。

“这可不是游戏，”朱莉娅说，“延斯是我儿子。”

“我明白，”耶尔洛夫暗暗希望自己有勇气让她别说得好像延斯还活着似的，“很快我就会把我的想法告诉你。”

“你为什么要把凉鞋的事透露给阿斯特丽德？”朱莉娅问。

“把消息散布出去，”耶尔洛夫答道，“阿斯特丽德肯定会到处宣扬，她特别擅长这个。”他看着朱莉娅，“昨天你有没有跟警察说起凉鞋？”

“没有……我当时在想别的。为什么要弄得人尽皆知？”

“嗯……也许可以引蛇出洞。”

“引谁出洞？”

“难说。”他们抵达养老院时，耶尔洛夫说。

朱莉娅再次把他扶下车。

“现在你有什么打算？”

“不知道……也许去趟教堂。”

“好主意。埃拉的墓前有个灯笼，你可以带根蜡烛放进去。我房间里就有一根。”

“好吧。”朱莉娅陪他走向门口。

“还可以去教堂墓园看看。在你妈妈的墓前点好蜡烛，然后到教堂左边那堵墙，看看那里的墓碑。”

“好啊。为什么？”朱莉娅摁下养老院大门旁边的按钮，门开了。

“一看就知道了。”耶尔洛夫说。

朱莉娅伫立于玛纳斯教堂墓园里，盯着尼尔斯·坎特的墓碑。

这块墓碑位于西面墙根下一排长长的墓碑之中。上面刻着“尼尔斯·坎特”的名字，生卒年是“1925—1963”。这只是一块又小又不起眼的普普通通的石灰石，想必出自斯滕维克的采石场，说不定还是由恩斯特·阿多尔弗松切割下来的。墓碑的年龄已超过三十年，顶上已开始长出灰白的苔藓。

墓碑四周长着枯黄的干草，没有花。

此前朱莉娅一直很纳闷，延斯失踪时为什么没人怀疑尼尔斯·坎特？耶尔洛夫让她到玛纳斯郊外这片荒芜的教堂墓园来，正是为了给她这个答案——现在她明白了，尼尔斯·坎特不可能与延斯的失踪有什么关系。坎特，早在一九七二年之前的十年就死了。答案深深刻在墓碑上。

那么，线索又走进了死胡同。

两米开外有另一块石灰石墓碑，但却更高、更宽。上面刻着姓名和生卒年：“卡尔-艾格·安德森，1889—1935。维拉·安德森·B.坎特，1897—1972。”底下又有一行小字：“阿克塞尔·西奥多·坎特，1929—1936。”是尼尔斯·坎特那个溺死的弟弟，沉在了海底，尸骨无存。

朱莉娅刚要转身离开墓园，无意中瞥见尼尔斯·坎特的墓碑后面有个白色的小东西晃来晃去。她上前两步，俯身查看。

一个白色的信封夹在两根干枯的玫瑰花茎中间，随风轻轻摆动。

朱莉娅意识到不久前有人在墓碑后放了玫瑰花，因为干瘪的深红色花瓣还没凋零。她拿起信封，觉得有点湿。信封上的字迹已被雨水模糊。

她四下张望，墓园依然一片萧条。教堂矗立于五十米开外，可是教堂的门已经上了锁，狭长的窗户里也看不出有人走动的迹象。

她迅速把信封塞进外套的口袋，转身走开。

她回到母亲的墓碑旁，拂去一片刚离开的这几分钟里落下的桦树叶，弯下腰看了看，灯罩里的蜡烛还在燃烧。

随后她回到车里，开了一会儿，就进入了玛纳斯的中心地区。

朱莉娅小时候，从避暑别墅到厄兰岛东边的玛纳斯的那条路，可以称得上是场冒险。斯滕维克只有杂货店，而冒险之旅的另一端玛纳斯有各种商店，可以买到各种玩具。

当她把车开进这个小村庄时，不禁满心感激这里免费停车——比哥德堡好多了。超市外面，不算长的大街旁，码头附近，都可以停车。朱莉娅选了码头。那边有家叫“白鲸”的餐吧，离午饭时间只有半小时左右，靠窗的桌子还是没人光顾。

小小的码头旁既没有游船，也没有渔船。朱莉娅下了车，踏上那道空荡荡，一直延伸到海平线的水泥栈桥。她伫立桥上，凝望灰色海面上的阵阵涟漪。海平线空旷寂寥，哥德堡在海平线外的东北方，波罗的海另一边则是东欧，还有苏联解体后分裂出来的新老国家——爱沙尼亚、拉脱维亚、立陶宛。那是朱莉娅从未见识过的世界。

她反身走进大街，连半个人影也没碰到。她走过一家小服装店、一家花店，从取款机取出三百克朗。从取款凭证上看，她还是一如既往的缺钱，于是她马上把这张纸片揉成一团扔掉。

隔壁的门上有个金属门牌，上面刻着“厄兰岛邮报”，底下还有一行小字：“北厄兰岛地区日报”。

朱莉娅犹豫了几秒钟，推门而入。

刚开门，她头顶上的一个小铜铃就叮叮当当响了起来。门里的小房间光线充足，但空气很浑浊，充满陈腐的烟味。门口的前台桌面上什么也没有，后面是一间办公室，两张办公桌上堆满报纸和文件。两个不太年轻的男人坐在嗡嗡鸣叫的电脑前，其中一人一头灰发，另一人已全然谢顶，他们都穿着牛仔裤和皱巴巴的衬衫。秃顶男人办公桌上的牌子写着：拉斯·T.布罗姆，但朱莉娅认得他就是班尼特·尼贝里，早早赶到采石场的记者。之前她透过窗口看过他一眼，伦纳特·亨里克松也提过他的身份。

墙上挂着一长串新闻标语，左边较远处的那一条用加粗黑体写着：采石场的骇人死亡事故。

难道不是所有死亡都很骇人吗？

“请问您是？”班尼特·尼贝里好像不认识她。朱莉娅走上前时，他透过一副厚厚的镜片打量着她，“是要登广告吗？”

“不，”朱莉娅其实也不明白自己走进来的目的何在，“正好路过……我暂时住在斯滕维克……我儿子失踪了。”

她眨了眨眼。为什么她要说这个？

“原来如此，”尼贝里说，“但这里不是警察局，您应该去隔壁。”

“谢谢。”朱莉娅觉得自己的脉搏骤然加速，似乎她说了什么令人尴尬的话。

“您是不是想让我们作个报道？”

“不用，”朱莉娅连忙否认，“我去警察局。”

“他是什么时候失踪的？”另外那位叫拉斯·布罗姆的问道。他的嗓音深沉而沙哑，“具体时间？是在玛纳斯失踪的吗？”

“不，不是今天的事，”朱莉娅觉得自己是在两个记者面前撒谎，脸上顿时烧得更红，“我得走了，谢谢。”她慌慌张张转身离开办公室，但她还能感受到他们盯着她后脑勺的视线。

她在人行道上深深呼吸着冷空气，尽量放松。到底为什么要闯进去？为什么提起延斯？她不太习惯和陌生人打交道。在这种小地方就更不妙了，到处都是熟面孔，新来的人马上就会引起人们的注意，成为街头巷尾的话题。她想念哥德堡，在都市森林里，人人都只是一棵树，于人行道上擦肩而过时，不会多看彼此一眼。

为了躲开厄兰岛邮报办公室透明的窗户，她又往前走了几步，便留意到报社隔壁警察局的门牌，上面还挂着蓝黄两色的警徽。

门牌下方贴着一张通知，朱莉娅踏上两层台阶，近前细看。

通知上用黑墨水写道：“每星期三上午十点至十二点办公。”

今天是星期五，所以警察局闭门谢客。那如果除了星期三之外的日子里，玛纳斯发生犯罪事件怎么办？通知里没有说明这个问题。

朱莉娅望了望窗户，发现屋里有人影移动。

她走下台阶，恰在此时门咔嗒一声响，钥匙一转，伦纳特·亨里克松出现在门口，面带微笑。

“我看到有客人，”他说，“今天感觉怎么样？”

“嘿，”朱莉娅连忙打招呼，“我挺好……我还以为这里没人，通知上面说……”

“我知道，每星期三我必须值班两小时，”伦纳特笑道，“但其他时间也在。这可是个秘密——我越来越厌烦了。请进。”

他身穿一件黑色制服外套，腰带上别着一个警用对讲机和一支手枪。朱莉娅见状便问道：

“你要出勤？”

“准备去吃午饭。先进来吧。”

他闪到一旁，让朱莉娅进门。

屋里看上去比刚才的报社办公室更陈旧，但很干净、整洁，窗台上摆着盆栽，也闻不到刺鼻的烟味。屋里只摆了一张办公桌，面朝门口，文件全都叠得整整齐齐。一台电脑、一台传真机、一部电话，摆放得井然有序。摆满文件的架子上方贴着一张海报，海报上画着一部电话，这是警方戒毒求助热线的宣传画。另一面墙上则挂着北厄兰岛的大地图。

“办公室真不错。”朱莉娅赞叹道。

伦纳特·亨里克松喜欢把一切都整理得整整齐齐，这很合她的心意。

“是吗？”伦纳特说，“已经三十多年了。”

“在这里上班的只有你一个人？”

“目前是的。到了夏天通常会增派人手，现在只有我。人员一再削减。”他忧郁地环视房间，又补了一句，“这里恐怕也维持不了多久。”

“要关门了？”

“可能吧。上头一直在讨论，为了省钱嘛，”伦纳特说，“一律合并到博里霍尔姆。在他们看来，那是最理想、最节约的安排。不过我希望能在这里熬到退休。”他望着朱莉娅，“吃午饭了吗？”

“还没。”

朱莉娅摇着头想了想，发觉自己确实饿坏了。

“一起吃吧？”伦纳特说。

“嗯……好吧。”

朱莉娅想不出拒绝的理由。

“好极了。去‘白鲸’……我先关电脑，打开电话录音机。”

五分钟后，朱莉娅和伦纳特一起回到小码头旁，走进玛纳斯最好的餐馆——伦纳特介绍说，这同时也是这里唯一的餐馆。

餐馆内部装修的灵感来自大海，四壁镶着深色木板，上面挂着航程表、渔网和裂纹横生的旧木头船桨。半数以上的桌子坐满了来吃午饭的客人，嘈杂的谈话声和厨房里盘子啪嗒啪嗒的吵闹声此起彼伏。朱莉娅进门时，好几个人都好奇地打量着她，但伦纳特像要保护她似的抢先两步，挑了一张靠着窗口，离人群稍远，还能眺望波罗的海的桌子。

朱莉娅上次到餐馆吃饭是什么时候，她记不清了。在四周都是陌生人的屋子里坐下来吃饭，感觉很奇怪，但她还是竭力稳住呼吸的节奏，回应桌子对面伦纳特的目光。

“中午好，欢迎光临。”

一个腆着大肚子、挽起袖子的男人走来递给他们两份皮面装订的菜单。

“你好啊，肯特。”伦纳特接过菜单。

“今天天气这么好，两位喝点什么？”

“我来一杯淡啤酒。”伦纳特答道。

“冰水，谢谢。”朱莉娅说。

她的第一反应当然是要红酒，最好来一整瓶。但她还是克制住了这股冲动。现在要保持清醒。没什么危险的，这世界上的人们每天都会去餐馆吃午饭。

“意大利千层面今天特价。”肯特推荐道。

“我来一份。”伦纳特说。

“我也来一份。”

朱莉娅点点头，肯特伸手拿菜单时，她瞥见他衣袖下的上臂有个墨绿色的硕大文身，由于时间太长图案已经模糊。好像是一串有某种含义的字母。人名，还是一艘船的名字？

“沙拉和咖啡自助。”肯特说完就消失在厨房里。

伦纳特起身去取沙拉，朱莉娅也跟过来。

“伦纳特！”他们返回时，餐馆另一边有个男人喊道，“伦纳特！”

警官轻轻叹了口气。

“马上就来。”他低声对朱莉娅说，然后转身走向招呼他的那个男人。那人上了年纪，满面红光，穿一身蓝色的农场工作服。朱莉娅回到桌旁坐下，眼看着那人手舞足蹈地对伦纳特比画着，表情十分坚决。伦纳特冷冷地简单答复了他两句，那人的双臂又开始不停挥舞。

过了几分钟，伦纳特才回来，这时肯特也端来两盘咕嘟咕嘟冒热气的千层面。

伦纳特又叹了口气。

“不好意思。”他向朱莉娅道歉。

“没关系。”

“有人摸进他的牛棚，偷走了一个汽油桶，”他说，“乡下警察每时每刻都在执勤，根本不用费心考虑空闲时该干点什么。不说了，吃吧。”

他开始大嚼千层面。

朱莉娅也吃起来。她很饿，千层面相当美味，肉的分量很足。

吃得差不多了，伦纳特喝了几大口啤酒，靠到椅背上。

“来看你父亲？”他问道，“不是来晒太阳游泳的？”

朱莉娅笑着摇了摇头。

“对啊，虽然秋天的厄兰岛也很美丽。”

“耶尔洛夫的情况还不错，”伦纳特说，“只是风湿病比较严重。”

“是啊……他患了斯耶格伦综合征，”朱莉娅说，“风湿病经常发作。不过头脑还很清楚。他还能在瓶子里搭小船呢。”

“没错，很漂亮……我一直想买一个放在警察局里，不过他没答应。”

又一次冷场。伦纳特喝光啤酒，平静地问道：

“你呢，朱莉娅？你现在还好吗？”

“噢，挺好……”朱莉娅条件反射般答道。这是谎话，但她随即意识到伦纳特也许真的关心，便问道：“你是指……昨天以来？”

“是啊，”伦纳特说，“一部分是这个意思。不过我也在想很久以前的事……70年代的事。”

“噢。”

所以伦纳特知道那件事。他当然知道了，她在想什么呢？伦纳特自己说过，他在这里当了三十年警察啊。和阿斯特丽德一样，他也可以平静而谨慎地提及那个禁忌的话题——那个她姐姐早就厌烦了的，其他几个亲戚永远也不敢谈起的话题。

“那时候你也……”她不动声色地问道。

伦纳特低头看着桌面，欲言又止，似乎这个问题勾起了他不愉快的回忆。

“对，我也参加了搜查。”最后他答道，“我是最早赶到斯滕维克现场的警察之一……我派村民们分组沿着岸边去找，找了一整晚。零点前一小时左右，搜查被叫停了。失踪的是个孩子，没人愿意放弃寻找……”

他沉默了。

朱莉娅记得阿斯特丽德·林德尔也说过同样的话，她不禁也低下头。她本来不想哭，不想在警察面前哭。

“对不起。”片刻后，她的泪水淌了下来。

“用不着道歉，”伦纳特说，“有时候我也会哭。”

他的嗓音低沉而宁静，宛如平缓无波的池塘水面。朱莉娅眨眨眼，凝视着伦纳特严肃的面孔，以免视线再度模糊。她想说点什么，什么都行。

“耶尔洛夫不相信延斯是……他不相信我儿子是淹死的。”

伦纳特盯着她。

“明白了。”他只说了这一句。

“他……他找到了一只鞋，”朱莉娅又说，“一只小凉鞋，男孩的凉鞋。和那天延斯……的时候穿的鞋很像。”

“一只鞋？”伦纳特依然盯着她，“男孩的凉鞋。你亲眼见过吗？”

朱莉娅点点头。

“认出来了？”

“嗯……大概吧，”朱莉娅端起水杯，“一开始很有把握……可现在我也说不准，”她看着伦纳特，“时间太久了。人总以为有些事情永远都忘不掉，实际上却未必。”

“我想看看。”伦纳特说。

“应该可以。”朱莉娅不知道耶尔洛夫会不会答应把警察扯进来，但这并不重要。延斯是她的儿子。“你觉得这是不是说明了什么问题？”

“别抱太大希望为好，”伦纳特吃完千层面，“如此说来，耶尔洛夫这么大年纪了，还在当私人侦探啊？”

“私人侦探……嗯，有可能。”朱莉娅叹道。能和除了耶尔洛夫之外的其他人讨论这件事真是太好了。“他有一大堆理论之类的。模糊的推断……其实我也搞不懂他在想什么。他说那只凉鞋是装在信封里，通过邮局寄给他的，没有寄件人的地址。他还说起一个名叫坎特的人……”

“坎特？”伦纳特立刻打断她，整个人完全僵住了，“尼尔斯·坎特？他是这么说的吗？”

“是的，”朱莉娅答道，“他是斯滕维克人，不过我出生时他已经离开了。我今天去过教堂墓园，看到……”

“他被葬在玛纳斯教堂的墓园。”伦纳特说。

“对，我看见墓碑了。”

面前这位警官紧盯着桌面，双肩垂落，霎时间疲态尽现。

“尼尔斯·坎特……真是阴魂不散啊。”

厄兰岛
1945年5月

阳光下，一只亮闪闪的绿色大苍蝇嗡嗡飞过灌木林。它在杜松子树和野草间曲折行进，最后赫然在一只摊开的手掌中央着陆。苍蝇停止拍打翅膀，伸开腿紧紧附在手掌的皮肤上，准备一有危险信号就立刻起飞。但草地上的这只手一动也不动。

尼尔斯·坎特依然举枪站在原地，盯着那只在德国兵手心里歇脚的苍蝇。

德国兵仰面躺倒在地，两眼圆睁，头歪向一旁，惊惶的目光仿佛定格在苍蝇身上，真令人难以置信。但他的半个脖子和左肩都被尼尔斯那一枪炸碎了，鲜血浸透了他的军装。他什么也看不见了。

尼尔斯喘着气，竖起耳朵。

除了苍蝇的嗡嗡声，灌木林中一片沉寂。只不过刚才猎枪的两声惊雷还在尼尔斯耳畔轻轻回荡。枪声肯定传出了很远，但尼尔斯觉得没人听到。附近没有路，人们也很少冒险进入灌木林深处这么远。他定下心来。

尼尔斯非常放心。第一枪过后，第一个德国兵还没反应过来就被撂倒之后，仿佛有两只看不见的手按紧尼尔斯颤抖的双肩，让他镇定下来。

那就放轻松点吧。他的十指不再充血，双手不再哆嗦，将猎枪的枪口移向另一个德国兵的时候，他觉得更安全了。他的视线直逼对方，手指轻轻一推扳机，准星校准完毕。如果这就是战争，或者近似战争，那和打野兔倒也区别不大。

"把那个给我。"他再次下令。

他伸出一只手，那德国兵会意，小心地把手轻轻一抖，那一小块亮晶晶的宝石就到了尼尔斯手里。

尼尔斯没看，也没放下枪口，只用手指扣住宝石，塞进后面的裤袋。他对自己点点头，扳机上的手指慢慢弯曲。

深知局面是多么令人绝望的德国兵只能无助地高举双手，他双膝跪地，张开嘴，但尼尔斯根本不想听。

"希特勒万岁。"他冷冷说道，随即开枪。

最后一声枪响，然后一切重归静默。就这么简单。

现在两名士兵都倒在杜松子树下，一个人像被推倒似的，弓着背躺在另一个身上。苍蝇爬过上面那个士兵的食指，张开翅膀，轻轻松松飞走了。尼尔斯目送着它在一大棵杜松子树周围绕了一圈，接着消失不见。

尼尔斯上前一步，一只靴子踩住上面那名士兵推了推，尸体缓缓从另一名士兵身上滑下来，倒在草地上。这样看起来就好多了。他还可以把尸体的姿势摆得更好看点，比如弄成熟睡未醒的模样，但没有那个必要。

尼尔斯看着两具尸体。这两名士兵的样子很老，但其实和他年龄差不多。他又开始琢磨，这两个倒下的家伙到底是什么人？

他们是从哪里来的？他听不懂他们说的话，但基本可以确定是德语。

他们的军装沾满泥巴，破破烂烂，线头开裂，膝盖部位也磨光磨破了。两人都没带枪，不过躺在上面的这家伙肩上还挎了个绿色的布包，他倒下时布包也落在一旁。尼尔斯这才注意到。

他弯腰捡起布包，很干燥，基本没沾到血。打开一看，里面放着一堆各种各样的东西：两个没有标签的罐头，一把木柄断了的小刀，一沓用橡皮筋捆着的信，半片干巴巴的黑面包。还有一小段绳子，两条脏兮兮的棕色绷带，一个由未经抛光的黄铜铸成的小指南针。

尼尔斯掏出小刀塞进衣袋，当做纪念品。这东西估计不怎么值钱。

包里还有其他东西：一个金属小盒子，比枪托还略小一点。尼尔斯把盒子拿出来，里面咔嗒咔嗒响了几声。他用拇指一按，打开盒盖。

一整盒璀璨的宝石。他拨了几颗放到掌心里，感受着宝石的硬度和那抛光的表面。有的只有弹头大小，有的和牙齿差不多大，总共超过二十颗。旁边有个更大的东西，裹在一块绿色软布里。尼尔斯把它拿出来，掀开软布。

是个纯金的十字架，有半个巴掌大，中间还镶着一排光彩照人的红宝石。真美。他盯着十字架看了很久才用布重新裹上。

尼尔斯合上盒盖，将这战利品放进背包，又将布包合上，放回它死去的主人身旁。其他事情他就无能为力了，按说他应该让这两名士兵入土为安，但手边又没有挖坑的工具。

就让尸体躺在原地吧，反正有树丛掩护。改天再拿个铲子来也不迟。至少他还伸手把他们的眼睛合上了，免得他们一直躺在那里瞪着天空。

尼尔斯直起身，该回家了。他背好背包，抓起猎枪，枪膛还热乎乎的，充满火药的味道。他往西走向斯滕维克。云层的缝隙间，阳光依然灿烂。

走出五十步左右，他又转身回望那片明亮的草原。树丛间的空地被树荫牢牢遮蔽，绿色的军装也湮没于整片原野之中，不过一只仿佛凝固了的白色手掌探出草丛，在杜松子树歪斜的躯干间十分醒目。

尼尔斯继续往前走。他开始考虑该怎么对妈妈说，怎么解释裤子上的血迹。他准备对她和盘托出，毫不隐瞒他在灌木林中干的事。但他有时也觉得，有些事她未必真的想知道。也许和德国兵的这场遭遇就是其中之一。他得好好盘算一下。

思前想后，还是没拿定主意。现在他越来越靠近通向斯滕维克的马路了。这条路上荒无人烟，他没有停下脚步。

不，并不是荒无人烟。拐弯处出现一个人，朝他这个方向走来，在距离村口的几座房子有几百米处的地方。

尼尔斯的第一反应是藏起来，但此时他身后举目望去都是低矮的杜松子树丛。再说，有什么可逃可躲的？他在灌木林里干了件大事，惊天动地的大事，现在他再也不必惧怕任何人了。

尼尔斯停在路旁石墙后几米远的地方，盯着越来越近的那个人。

突然他认出那是玛雅·努曼。

玛雅，他在斯滕维克远远看过很多次，他一直惦记着她，但他从没跟她说过话。现在他也不会和她说话，但玛雅离得越来越近，她面带微笑，对她来说这只是一个普普通通的夏日。她看见尼尔斯了，虽然没有加快脚步，但尼尔斯却觉得她的背直了些，下巴微微抬起几厘米，还挺了挺胸。

尼尔斯如同被冰冻一般伫立在原地，玛雅在石墙另一头停下。

她打量着他，他也以目光回应，却一时语塞，连“你好”也说不出来。墙根下的水沟里飘出夜莺欢乐的鸣唱，令两人的相对无言更加难以忍受。

最后先开口的是玛雅。

“打到什么了，尼尔斯？”她笑嘻嘻地问。

这问题险些吓他一大跳。一开始他以为玛雅什么都知道了，随即才反应过来，她说的根本不是那两个德国兵。他有一支猎枪，又经常把打来的野兔带回村子里。

他摇摇头。

“没，”他说，“没打到野兔。”他后退一步，感觉到背包里那个铁盒的重量，连忙说，“我……我得走了，回村里去见我妈。”

“不走这条大路回去？”玛雅问道。

“不，”尼尔斯继续后退，“我从灌木林那边抄小路。”

一旦开口，表达起来就越来越容易，他终于和玛雅·努曼说上话了。改天他还会和她多聊一会儿，但今天不行。

“再见。”没等玛雅回答，他就转身走了。

他能察觉出她还在原处望着他，于是直接离开大路，走了两百多步，才拐弯朝村子的方向走去。

从头到尾，那铁盒都在他的背包底部微微发出响动。他不敢把这东西带回家。战利品可得小心保管。

又走了几百步，大路被杜松子树完全挡住了，眼前出现一小堆石头。

古老的石冢。这是尼尔斯每次往返斯滕维克的必经之路，现在他特意停下了。他审视着这堆大大小小的石头，思索片刻，又四下张望。

灌木林里杳无人烟，唯有风声。

他心生一念，脱下背包放到地上。他从包里拿出装宝石的盒子，握在手中，站在石冢旁边。

玛纳斯教堂位于正东方。高高的钟塔宛如地平线上一支小小的黑箭。他对准钟塔，笔直立正，从石冢旁迈出一大步，随即开始挖坑。

连续几天艳阳高照，地面彻底干透了。光靠两只手和德国兵的小刀就可以把表层的草皮刨成小块，然后再往下挖，不多久就挖到了石头，整片灌木林的土壤都很浅。

尼尔斯拨开土，把洞弄得更大，一边砍一边挖，还不停地东张西望。

他总算挖出一个一尺深的大洞，再往下就是石头了，这个深度已经足够。他小心地把铁盒放到洞底，然后从石冢上拿来几块石头，搭了个小小的圆拱。接着他又迅速往洞里填土，用手掌把土拍打得严严实实的。

大多数时间都用在把表层的草皮铺回原处——最重要的是要让石冢周围的一切保持原样。

他花了很长时间才铺好草皮，最后站起身，从各个方向检视这片地面。看上去什么也没发生，他想。背上背包时，发现他的双手很脏。

他再次踏上回家的路。

他决定要把遇到德国人的事告诉妈妈，但他会很慎重，免得她担心。藏起来的宝石得瞒着她。现在还不是时候，不然她会吓坏的。这些战利品现在是只有他才知道的秘密宝藏了。

他终于翻过石墙，回到大路上，但比刚才遇到玛雅时离村子更近。他就要回到斯滕维克了。

还没到家时，两个穿着厚靴子的男人出海归来，步伐沉重地经过他身边。他们是捕捞鳗鱼的渔民，一起抬着一张刚上过焦油的铁丝网，两人的手都黑糊糊的。

两人都没向尼尔斯问好，擦身而过时看着其他地方。尼尔斯不记得他们的名字，没关系。他们的无礼也没什么要紧的。

尼尔斯·坎特比他们伟大得多，比整个斯滕维克的人都伟大得多。今天，在灌木林之战中，他已经证明了这一点。

天色已晚，他推开自家院子的铁门，走进寂静的花园，骄傲地大步走过石头小径。空旷的花园已日益兴旺，绿意渐浓，空气中渗透着青草的芳香。

一切都和今早离家去打野兔时一模一样——但尼尔斯已经焕然一新。

伦纳特·亨里克松站在耶尔洛夫的书桌旁，掂量着装着那只小凉鞋的塑料袋，似乎鞋子的真伪就取决于它的重量。案情的新进展看来令他很不高兴。

“这种事应该通知警方，耶尔洛夫。”他说。

“我明白。”

“这样的情况，必须立即报告。”

“是的，是的，”耶尔洛夫小声答道，“我确实考虑不周。你有什么看法？”

“这个？”伦纳特看着凉鞋，“不知道，我不会轻易下结论。你觉得呢？”

“我觉得应该把注意力转到其他地方，而不是海里。”

“可是我们查过了，耶尔洛夫，”伦纳特说，“难道你忘了？采石场，村里所有度假别墅、船库、工棚，统统都搜过了，我还开车把灌木林也巡视了一遍。没有任何发现。不过，如果朱莉娅说这是孩子的鞋，那我们会认真对待的。”

“我觉得这是延斯的凉鞋。”朱莉娅在他身后说。

“用信封寄来的？”伦纳特问道。

耶尔洛夫点点头，感觉不太舒服，像在接受审讯。

“什么时候？”

“上星期，”耶尔洛夫说，“我打电话告诉朱莉娅的……这也是她来岛上的原因之一。”

“信封还在吗？”伦纳特又问。

“没了，”耶尔洛夫立刻答道，“被我扔了……有时候我有点心不在焉。不过里面没有信，也没写寄件人的名字，这我记得。我记得信封上只有‘耶尔洛夫·戴维松船长，斯滕维克’的字样，就寄到这里来了。信封应该没那么重要吧？”

“有一种证据名叫指纹，”伦纳特叹道，“说不定也会找到细微的毛发，还有很多其他的……唉，算了，我得把凉鞋带走。这上面或许也能查出点蛛丝马迹。”

“我看不如……”耶尔洛夫刚开口，就被朱莉娅打断了。

“你要拿去检验室之类的地方？”

“对，”伦纳特说，“林雪平[①]有个法医检验室。国家级的警方检验室。他们天天检验这种东西。”

耶尔洛夫一言不发。

“很好，就让他们看看。”朱莉娅说。

“给我们开张收条吧？”耶尔洛夫要求。

朱莉娅有点不耐烦，耶尔洛夫的话令她颇为尴尬。但伦纳特露出疲惫的笑意，点点头。

“没问题，耶尔洛夫，”他说，“我给你开张收条，如果林雪平检验室弄丢了这只鞋，你就可以起诉博里霍尔姆警察局。不过换了我，我可不会这么多虑。”

几分钟后警官起身告辞，朱莉娅送他出去，过了一会儿才回来。耶尔

① 瑞典东南部城市。

洛夫仍坐在书桌旁，捏着伦纳特·亨里克松草草手写的收条，忧郁地望着窗外。

“伦纳特说我们不能把凉鞋的事告诉别人。”朱莉娅在他背后说。

“哦，这样啊，是吗？”

耶尔洛夫依然望着窗外。

“怎么了？”朱莉娅问道。

“你用不着把凉鞋的事告诉他。”

“是你说要散布消息的。”

“警察除外，”耶尔洛夫说，“我们可以自己解决问题。”

“自己解决问题？”朱莉娅提高了嗓门，“你说‘自己解决’是什么意思？你到底在想什么？如果延斯是被人带走的，你觉得带走他的那个人……那个人还会跑来看那只凉鞋？这就是你的计划？你以为那个人会自动现身，向你坦白他的所作所为？”

耶尔洛夫没有回答，始终背对朱莉娅，遥望窗外。这令朱莉娅更为恼火。

“出事那天你到底在干什么？”她不依不饶。

“我干了什么你都知道。”耶尔洛夫平静地答道。

“噢，对，我知道，”朱莉娅说，“妈妈累坏了，你外孙又需要照看……你到海边去补渔网。因为你准备去捕鱼。”

耶尔洛夫点点头。

“然后起雾了。”

“不错，很重很重的雾……可是你当时回家了吗？”

耶尔洛夫摇摇头。

“你继续补渔网，”朱莉娅说，“……因为独自待在海边比照看小孩有意思得多。不是吗？”

“我在海边时一直竖着耳朵，”耶尔洛夫没有看她，“没听见声音。

如果延斯……我会听到的……”

“跟这个没关系！”朱莉娅猛然打断，“关键是每次你本该在家的时候，都跑去其他地方！你只关心你自己，就这么回事，永远都是这样。”

耶尔洛夫没有回答。他觉得窗外的天色渐渐暗了下来。已经到黄昏了吗？其实他一直在听女儿的话，但不知道该如何回答。

“我是个不称职的父亲，”最后他说，“总不在你们身边。我需要自己的空间。但如果哪天我能为延斯做点什么……如果那天能从头来过……”

他说不下去了，语带哽咽。

令人难以承受的缄默。

“爸爸，我了解，”良久，朱莉娅说，“我没资格抱怨，那天我甚至都不在厄兰岛。我开车过海去卡尔马的时候，就看见桥下的雾气升起来了。”她叹道，“那天抛下延斯，我有多懊悔！我连句‘再见’也没跟他说。”

耶尔洛夫深深吸气，又呼出，转身看着她。

“星期二，恩斯特葬礼的前一天，我会带你去找寄来凉鞋的那个人。”

朱莉娅说不出话。

“怎么回事？”她愣了半天才问。

“我知道是谁。”

“你百分之百确定？”

“百分之九十五。”

“他住在哪里？”朱莉娅追问，“就在玛纳斯？”

“不是。”

“斯滕维克？”

耶尔洛夫摇摇头。

“在博里霍尔姆。”

朱莉娅沉吟片刻，似乎在琢磨这会不会是什么圈套。

“好吧，”她说，“开我的车去。”

她从床上拿起外套。

“现在你要去哪里？”耶尔洛夫问。

“没想好……可能回斯滕维克，扫一扫别墅周围的落叶什么的。有电，有自来水，我可以在里面做饭。不过晚上可能还是去船库睡觉，我在那儿睡得很好。”

“好。和约翰，还有阿斯特丽德保持联系，”耶尔洛夫说，“你们要同心协力。”

“没问题。”朱莉娅穿上外套，“对了，我去过墓园了，在妈妈的墓前点了蜡烛。”

“很好……蜡烛会烧上五天，一直烧到周末。墓园有教会的人照料，可惜我很少去……”耶尔洛夫咳了两声，“恩斯特的墓挖好了吗？”

“我不知道。”朱莉娅说。然后她又补充道：“但我在墙边找到了尼尔斯·坎特的墓碑。你是想让我去看那个对吧？”

“没错。”

“看到墓碑之前，我还以为尼尔斯·坎特可能是嫌疑人，”朱莉娅说，“……现在我明白为什么没人提过他了。”

耶尔洛夫斟酌着有些话该不该说——或许他该指出，假死是凶手最好的护身符——但他最终还是没说出口。

“不过，他的墓碑上有玫瑰花。”

“新鲜的玫瑰花？”

“也不新鲜了，可能是夏天放上去的。还有别的东西……”

她伸手从外套口袋里掏出那个夹在玫瑰里的小信封，把已经干了的信封递给耶尔洛夫。

“可能我们不该打开，”她说，“既然是私人信件，不太……”

但耶尔洛夫二话不说就立刻撕开信封，抽出一小张白纸，开始细读。起初他只是默读，后来就念给朱莉娅听：

“我们都站在上帝的审判席前。”他望着朱莉娅，“只有这么一句话……这是从圣徒保罗[①]写给罗马人的信件里引用来的。这封信可不可以交给我保管？”

朱莉娅点点头。

“坎特的墓碑上经常有鲜花和信件？”

“很少。”耶尔洛夫把信封放进书桌的一个抽屉里，“不过这些年来也出现过几次……至少有鲜花。我在那里见过几束玫瑰。”

“所以尼尔斯·坎特还有活着的朋友？”

“对……起码也是基于某些原因想纪念他的人。”耶尔洛夫说，“臭名昭著的人有时也能吸引到仰慕者。”

两人相对无言。

“好吧，那我去斯滕维克了。”朱莉娅扣好外套。

“明天你有什么打算？”

“可能会去朗维克，”朱莉娅说，“到时再说吧。”

女儿离开房间后，耶尔洛夫的双肩顿时疲倦地垂下来。他抬起手，只见十指不停地颤抖。这个下午让他筋疲力尽，但今天他还有一件很重要的事要做。

“托尔斯滕，是你把尼尔斯·坎特下葬的，对吧？”几小时后，耶尔

① 基督教早期传教士和神学家。

洛夫问道。

他和另一个老人坐在各自的桌子旁边，地下室的活动室里只有他们两人。这并不是巧合。晚饭后，耶尔洛夫就乘电梯来到活动室，坐了一个多小时，等候养老院的另一位居民。住一楼的一位老太太，在织她那永远也织不完的毛衣。

他想单独和托尔斯滕·阿克塞松待一会儿，从大战结束一直到70年代中期，托尔斯滕都在玛纳斯教堂的墓园工作。从地下室狭窄的窗户望出去，寒秋的暮色渐浓，夜幕正降临。

在提出关键问题之前，耶尔洛夫先和阿克塞松聊了聊即将到来的葬礼，无非是想多消磨一点时间。阿克塞松也患了风湿，但思维非常锐利，和他相处很有意思。比起耶尔洛夫对航海岁月的怀念，阿克塞松倒不怎么留恋他的掘墓人生涯。但他还是留下了，畅谈往昔时光。

耶尔洛夫面前的桌子上堆满了木块、胶水、刀具和砂纸。他在做双桅帆船“包裹”的模型，那是博里霍尔姆最后一艘帆船，60年代时去斯德哥尔摩被改成了游轮。船体已经完工，但帆索还得再加工一下，直到放进瓶子里才算大功告成，那时才能升起桅杆、固定最后几条绳索。这得花不少时间。

耶尔洛夫一边小心地在一根桅杆顶部刻出一小道凹槽，一边等待退休的掘墓人回答问题。阿克塞松俯在桌上玩拼图，他拼的是莫奈的《睡莲》，巨大的图案已经完成了一半。

阿克塞松往黑色的睡莲池里填上一块拼图，这才抬起头。

“坎特？”

“对，尼尔斯·坎特。”耶尔洛夫说，“他的墓在西面墙根下，有点荒芜了。这让我想起了他的葬礼。那时我还没搬来这里……”

阿克塞松点点头，拿起一块拼图，沉吟道：

“对，墓是我挖的，我还和墓园的同事们一起抬棺材……谁会自告奋勇干那种活呢。”

“难道没人来悼念？”

“有啊……他母亲在场。她一直都在。之前我几乎没见过她，她瘦得简直皮包骨头，穿一件黑得像煤炭的外套，”阿克塞松说，“不过她算不算是来悼念的，我就不知道了。我觉得她也太开心了点。”

“开心？”

“没错……当然，我没看见她在教堂里的样子，”阿克塞松答道，“但我还记得把棺材放进墓穴里的时候，我瞟了她一眼。维拉站在离坟墓一米左右的地方，眼看着棺材渐渐下沉，我都能发现面纱下的她其实在微笑。好像那场葬礼真的让她很开心似的。”

耶尔洛夫点了点头。

“只有她一个人来送葬吗？没有其他人了？”

阿克塞松摇摇头。

“还有其他几个人，但很难说他们是来送葬的。警察也在，可是他们站得很远，等于是守在教堂门口。”

“估计他们是想亲眼见证坎特入土吧，一了百了。”

“对极了，”阿克塞松连连点头，“印象中除了弗里伦德牧师，在场的只有这些人了。”

“最起码他也收钱了呀。”

沉默笼罩了房间。耶尔洛夫仔细擦拭着小巧的船帆，过了几分钟，他深吸一口气：

“你说维拉·坎特在墓穴旁边微笑，那你有没有怀疑棺材里究竟是……”

阿克塞松盯着拼图，又捡起一小块。

“耶尔洛夫，你是不是想问我抬棺材的时候觉不觉得特别轻？这些年我可不止一次听到这个问题。”

“哎，有时候大家也会聊到这件事，”耶尔洛夫说，“……坎特的棺材里面有可能是空的。你肯定也听过这种传闻吧？”

“别想了，棺材不是空的。”阿克塞松说，“抬棺材的有四个人，葬礼前后都是。确实需要那么多人，因为棺材重得要命。”

耶尔洛夫感觉自己是在质疑老掘墓人的诚实，但他必须追问下去：

“有人说棺材里装的是石头，或者沙袋。”

“这些谣言我都听说了，”阿克塞松答道，“我没亲眼看过棺材里面，不过……棺材运到码头的时候肯定有人看过吧。”

“我听说没人开过棺材，”耶尔洛夫说，“盖子被封死了，而且谁也没有胆子，更没有权利把它撬开。你知道有谁开过吗？”

“没有……”阿克塞松说，“只是隐约记得有一份南美洲的死亡证明，和棺材一起，从马尔姆公司的一艘货船上卸下来。博里霍尔姆车站有人懂一点点西班牙语，就打开来读……上面说尼尔斯·坎特是淹死的，被捞上来之前还在水里泡了很长时间。所以我想尸体的模样可能不怎么好看。”

“想必大家都害怕维拉·坎特又闹事，”耶尔洛夫说，“我估计他们只想赶紧把坎特埋了，万事大吉。”

阿克塞松盯着耶尔洛夫，却只是耸耸肩。

“这可别问我，”他又往莫奈画中的池塘里填了一片睡莲，“我只是把他放进墓穴里，干完活儿就回家了。”

“我明白，托尔斯滕。”

阿克塞松又填好一块拼图，审视了一会儿成果，又看看墙上的钟，便缓缓起身。

“该喝咖啡了。”他说。但离开房间时他停下了，扭头问道：“那你怎么想，耶尔洛夫？尼尔斯·坎特是不是躺在他的棺材里呢？”

“肯定是。”耶尔洛夫不动声色地答道，没有回应老掘墓人的视线。

耶尔洛夫回房时已经过了七点，离喝咖啡只有不到半小时。例行公事。玛纳斯养老院的一切都按部就班地运转。

不过在地下室和托尔斯滕·阿克塞松的一番话让他颇有收获，耶尔洛夫心想。很有收获。也许刚才他表现得太健谈了点，最后有点过于刨根问底，才引出阿克塞松那种疑窦丛生的表情。

毋庸置疑，耶尔洛夫对尼尔斯·坎特的浓厚兴趣，已经在养老院的走廊里传开了。说不定还会传到养老院外面去，但这正合他意。他不就正想打草惊蛇，静观其变吗？

他重重地坐到床上，从床头柜上拿起今天的《厄兰岛邮报》。早上没来得及看，更准确地说是不想看。

头版的重大新闻果然是发生在斯滕维克的死亡事件，还配了一张班尼特·尼贝里拍摄的矿坑照片，发生事故的精确位置用一个箭头标了出来。

博里霍尔姆警方将此事定性为一起意外事故。恩斯特·阿多尔弗松想把一座石雕移到矿坑边缘，不慎滑倒并跌入坑底，被巨石重压而死。没有凶杀的嫌疑。

耶尔洛夫只读了班尼特·尼贝里这篇报道的开头部分，然后把整份报纸浏览一遍，找到了：朗维克的一项建筑工程进展顺利；洛托普的一处谷仓发生火灾；几天前南厄兰岛那位八十一岁的老年痴呆症患者出门散步走失后，迄今仍未在灌木林中发现其踪迹。肯定能找到他，但多半活不成了。

耶尔洛夫叠好报纸，放回床头柜上，无意中瞥见了恩斯特的钱包。他从斯滕维克把它带回来后就放到一边去了。于是他拿过钱包，打开，看了看里面的钞票，还有更厚的一叠收据。他没动钞票，却开始慢慢查看收据。

大部分都是在玛纳斯或者朗维克的食品店购物的收据，也有几张恩斯特夏天出售雕像时的手写收据。

耶尔洛夫搜寻着最近几天的收据，最好是玛纳斯教堂钟塔雕像压在恩斯特身上那天的，但没有找到。

几乎在这叠纸最底下，他另有发现：一张黄色的小纸片，是博物馆的门票。票面上印着“拉姆内比林业博物馆”，旁边还有一堆木板的图案，盖了个黑色的日期章：9月13日。

他把门票放到床头柜上，用纸夹把其余收据夹在一起，塞进书桌抽屉里。然后他在书桌旁坐下，取出笔记本，翻到新的一页，拿出一支铅笔，沉思片刻后，写了两条笔记：

尼尔斯的棺材下葬时，维拉·坎特在笑。

以及：

恩斯特去过坎特家族在拉姆内比的锯木厂。

然后他把博物馆门票夹进去，合上笔记本，准备去喝咖啡。例行公事。人老了以后，一切都是例行公事。

13

朱莉娅连自己是怎么喝下第一杯酒的都不记得了。在阿斯特丽德的厨房里，她看着阿斯特丽德在自己面前倒上一杯酒，看着那红色的液体在杯中打转，便充满期待地伸出手——酒杯突然就空空如也地立在桌上。酒味还在口中回旋，酒精的热力流遍全身，亲切得仿佛与多年挚友久别重逢。

阿斯特丽德的厨房窗外，夕阳渐渐西下。朱莉娅在海边骑了很久的自行车后，两腿酸疼得要命。

“再来一杯？”阿斯特丽德问道。

“好的。”朱莉娅尽可能冷静地说，“好喝极了。”

就算是醋，她也能灌下去。

第二杯她想喝得慢一些，只啜了两口，就把酒杯放回桌上，长吁一口气。

“难过的一天？”阿斯特丽德问道。

“岂止是难过。”朱莉娅说。

实际上也没什么大事。

她沿着海岸往北骑自行车到邻村朗维克，在那里吃了午饭。然后，小农庄里有个卖鸡蛋的告诉她，她儿子延斯是被谋杀的。很久以前就死了，下葬了——而且是被谋杀的。

“相当难过的一天。”朱莉娅又说，端起第二杯酒，一饮而尽。

昨天晚上，朱莉娅准备孤零零在船库再住一晚。清朗的天幕上繁星点点。

寂寥的海边，星星就像是她仅有的朋友。东方的冷月低悬，宛若灰白色的骸骨碎片。朱莉娅在黑漆漆的岸上仰望群星，半小时后才回船库。另一处令人安心的光芒，来自路的另一边，阿斯特丽德家门口的路灯。往南北两方延展的海岸线上尚有稀疏的民居灯火，恰似星光，辽远而微茫。但阿斯特丽德门前的耀目灯光告诉朱莉娅，在黑夜中守望的，不仅仅只有她一人。

朱莉娅沉入梦乡，异乎寻常地迅速，异乎寻常地安宁。酣畅的八小时安眠后，她才在起起落落、几与呼吸同进退的涛声中悠然醒来。

错落的礁石望去如此安详。她推开门，遥望波光，丝毫不曾去想骸骨的碎片。

她到耶尔洛夫的别墅洗漱完毕，吃过早饭，然后到院子里散步，在工具房里找到一辆旧自行车。可能是莱娜的。车子生锈了，也得加点润滑油，不过轮胎里的气还很足。

于是她决定骑车去北边的朗维克吃午饭。到了朗维克，她要去找一个名叫兰伯特的老人，为自己多年前曾撞倒他致歉。

往北的海边小路尘土飞扬、碎石遍地，到处都有深坑，但好歹骑自行车还能通行。景色一如既往美丽，右边是灌木林，左边几米之外的峭壁下就是闪着金光的海面。途经采石场时，朱莉娅扭过头，不想去看矿坑的另一边。她不想知道那片血泊是否依然如故。

半个身子沐浴在阳光里，背后又有海风助力，此后的骑行路途纯粹是惬意的享受。

朗维克在斯滕维克往北五公里处，面积比斯滕维克大，与斯滕维克的模样截然不同。朗维克有适合海水浴的沙滩，有供游船停泊的码头，村中还有几座多层公寓式的大房子。村子南北两侧都在兴建更多的避暑别墅。

路边有块“土地出售”的牌子。朗维克的建筑在不断增加：围墙、路标和新铺的车道往灌木林方向延伸，尽头是一箱箱包着塑料袋的瓷砖，以及成堆加工过的木料。

沙滩后自然少不了一家海滨饭店，共有三层，还附带一个大餐厅。

朱莉娅在这个餐厅里吃过通心粉，心头泛起淡淡的怀旧之情。六十年代初，她在这里跳过舞，那时她才十几岁，和朋友们一起骑自行车来玩。旅馆虽比现在小得多，但当时他们还是觉得气势恢弘。沙滩上有一条宽敞的木头长廊，他们在上面尽情舞蹈，直到午夜。舞曲是美国和英国的摇滚乐，而在换唱片的间隙，周遭的暗夜中时时涌来浪花的节拍。汗味、烟味，还有须后水的味道。朱莉娅在朗维克喝了平生第一杯酒，有时直到深夜才搭别人的摩托车回家。在黑暗中疾驰、没戴头盔的她，坚信人生只会越来越妙不可言。

长廊已不复存在，旅馆也已增地扩容，装修了明亮宽敞的会议室，还挖了个游泳池。

吃完午饭，朱莉娅开始读耶尔洛夫给她的那本《厄兰岛犯罪记录》。在“逃脱的凶手”一章中，她读到了尼尔斯·坎特1945年夏天在灌木林中的所作所为，以及事件的后续进展：

那么，在那风和日丽的日子里，那两个身穿军装、在灌木林中被尼尔斯·坎特残忍杀害的人，究竟是谁？

他们很可能是二战接近尾声时，逃离库尔泽姆[①]的严酷战场，从拉脱维亚西海岸横渡波罗的海来到厄兰岛上的德军。德军在库尔泽姆被苏联红军包围，唯有乘船渡海才有望脱身。渡海的危险性不言而喻，但当时无论士兵还是平民，都选择了取道波罗的海逃往瑞典这条路。

但谁也无法下定论。丧命的两名士兵并未携带能够证明身份的文件或是护照，他们的墓碑没有刻上名字。

不过他们多少留下了几条线索。坎特离开那两具尸体时，还不知道当天早上在玛纳斯以南一公里左右的海边发现了一艘被遗弃的绿色汽艇，上面有一块俄文铭牌。

汽艇中的积水里泡着德军的头盔、十几个生锈的食品罐头、一个尿壶、一支破裂的船桨，还有一小罐用来对付俄国虱子的药粉，产自柏林，由西奥多·莫雷尔医生研制，专供德意志国防军使用。莫雷尔医生是

① 拉脱维亚西部毗邻波罗的海的地区。

希特勒的私人医生。

汽艇被发现后，引起了人们的注意——所有漂到厄兰岛岸边的不同寻常的东西都会非常惹眼——所以玛纳斯的很多人在坎特之前就知道岛上有陌生人了。不少人甚至四处寻找，有的还全副武装。

尼尔斯·坎特没有掩埋那两名士兵，甚至没有拿别的东西遮住尸体。暴露在灌木林中的尸体很快就引来许多小动物和鸟类，争夺食物的景象触目惊心，声音更是传得老远。

于是，没过多久，到灌木林中搜查的人就发现了德国兵的尸体。

女服务员来收拾桌子时，朱莉娅才合上书，望着窗下毫无人迹的海滩，陷入沉思。

尼尔斯·坎特的故事很有意思，但他已经死了，下葬了。她还是不明白为什么耶尔洛夫认为很有必要读一读此人的事迹。

“现在可以结账吗？”朱莉娅问服务员。

“当然可以，一共四十二克朗。”

服务员很年轻，可能还不到二十岁，看样子工作热情挺高的。

“你们这里全年都营业吗？”朱莉娅把钱递过去。

她很惊讶，已经是秋天了，朗维克居然还有这么多人，旅馆就更是热闹。

“从十一月到三月只有周末营业，平时会举办各类会议。”服务员答道。

她接过钱，从围裙的口袋里找出几张一克朗的零钱。

“剩下的算小费吧。”朱莉娅瞥了一眼窗外灰色的海面，又说，“还有件事……你知不知道朗维克有个名叫兰伯特的人？兰伯特，什么什么松……斯文松、尼尔松，或者卡尔松。这里有没有叫兰伯特的？”

服务员想了想，摇摇头。

“兰伯特？”她说，“这种名字很容易记住，但我应该没有听说过。”

朱莉娅心想，这姑娘太年轻，难怪不太了解朗维克老一辈的居民。于是她便点点头，刚站起身，服务员却又说道：

“去问冈纳，冈纳·扬涅尔，这家旅馆的老板。朗维克所有人他基本都认识。”

她转身指了指：

“从大厅穿过去，往左拐，他的办公室在旅馆那一侧，现在他应该还在。”

朱莉娅谢过她，离开餐厅。今天午饭时她又喝了冰水，这渐渐成为她的习惯。走进停车场，冷风迎面吹来，顿觉神清气爽，感觉真好。虽然与兰伯特重逢之前来一杯红酒暖和暖和也不错……

兰伯特·斯文松，或者尼尔松，也可能是卡尔松。

朱莉娅用一只手理了理头发，走到旅馆这一侧，只见一扇木门旁边有好几个公司的标志，最上面一个是“朗维克会议中心”。她推开门，来到一间小会客室，地上铺着漂亮的黄色地毯，还摆了几大盆绿色的塑料植物。

这令她有置身于哥德堡市中心某个会议室里的错觉。房间里播放着轻音乐，一个衣着考究的年轻女人坐在服务台后面，还有个年纪相仿、穿着白衬衫的年轻男子靠在服务台上。两人都盯着朱莉娅，似乎她打断的是一场重要谈话。这位前台小姐反应很机灵，立刻微笑着打招呼。朱莉娅也应以“你好”——每当和陌生人初次接触，她都习惯性地有些紧张——然后就问冈纳·扬涅尔在不在。

“冈纳？”前台小姐看了看桌子旁边的年轻人，“他吃午饭回来了吗？”

“回来啦，”年轻人对朱莉娅点点头，“跟我来，我带你去。”

朱莉娅随他走过一条短短的走廊。他敲了敲走廊尽头一扇半开的门，同时把门推开。

“爸爸？”他说，“有客人。”

“好的，”一个低沉的男声应道，“进来吧。”

办公室不算大，但从落地窗可以俯瞰整片海滩，进而眺望波罗的海，可谓美不胜收。旅馆的主人冈纳·扬涅尔就坐在书桌后，正在一个计算器上敲敲打打。他个子很高，蓄着灰色的胡子，两道灰色的浓眉，身穿白衬衫、背带裤，身后椅背上披着一件棕色夹克。桌上的计算器旁边放着一份摊开的《厄兰岛邮报》，扬涅尔似乎是一边看报纸一边做计算。

“你好。”他瞥了朱莉娅一眼。

“你好。”

“有什么可以效劳的吗？”

扬涅尔微笑道，继续往计算器里输入数字。

“只有一个问题，”朱莉娅上前两步，“我想找兰伯特。”

“兰伯特？”

“朗维克的兰伯特……兰伯特·卡尔松，我想是这个名字。”

“应该是兰伯特·尼尔松，”扬涅尔说，“朗维克只有这一个兰伯特。”

“这样啊……没错，他是姓尼尔松。”朱莉娅马上说。

“可是兰伯特已经死了，”扬涅尔又说，“五六年前去世了。”

“啊？”

朱莉娅深感失望，但这也在意料之中。出事那天下午，兰伯特骑着轧轧作响的机动自行车赶来查看她儿子出了什么事的时候，已经是老态龙钟了。

“他的弟弟斯文-奥洛夫还健在，”扬涅尔指了指朱莉娅身后，“他住在山上，比萨店后面。从前兰伯特也住在那里。斯文-奥洛夫是卖鸡蛋的，所以你去找一座院子里养了很多母鸡的房子就可以了。

“谢谢。”

“见到斯文-奥洛夫的话，帮我捎句话：现在开通自来水更便宜了。”扬涅尔笑道，“整个朗维克只剩他还认为自家的井水最好。”

“好的。”

“住我们的旅馆吗？”

“不是，不过我年轻时来这里参加过舞会……我叫朱莉娅·戴维松，这几天住在斯滕维克。”

“老耶尔洛夫的亲戚？”

“我是他女儿。”

“真的？”扬涅尔说，“那替我向他问好。他帮我们饭店做了好几个船模。我们还想多要几个呢。”

“我会转告他的。”

“斯滕维克很不错，是吧？”扬涅尔又说，“采石场停业了，那么多度假别墅没人住，又美丽，又安宁。”他笑道，“当然，我们这里的发展方式完全不同……不断扩张，招揽游客，建高尔夫球场，承接各种会议。我们认为只有这样才能让北厄兰岛这些海边的村子保持生机。”

朱莉娅有些犹疑地点点头。

“看样子确实有效果。”她说。

斯滕维克是不是也该投资旅游业呢？朱莉娅离开旅馆办公室，一边想一边穿过冷风劲吹的停车场。没有答案，因为朗维克已经遥遥领先，斯滕

维克望尘莫及。在斯滕维克不可能建起海滨饭店或是比萨店。大半年时间村子几乎无人问津，只有夏天两个月的旅游旺季才有人气，这种境况根本无法改变。

她经过港口旁的一个小加油站，踏上村里宽敞的大街，又走过了比萨店。

街道沿小山而上，她把海风甩在身后。山顶有片小树林，树林后是一个被围墙围住的院子，院子里有座刷成白色的房子，还有一间石头砌成的鸡舍，鸡舍外还有一道围墙。

看不出有养鸡的样子，但大门边的木牌上却写着“出售鸡蛋”。

朱莉娅推开大门，沿着一条粗糙的石板小路往里走去。经过一个漆成绿色的抽水机时，她想起海滨饭店的冈纳·扬涅尔说过的自来水那件事。

房门锁着，但有个门铃。朱莉娅摁了门铃，起初并无人应，忽然砰的一声，门开了。一位满脸皱纹的瘦削老人探出头来，稀疏纤细的银发梳得整整齐齐。

“下午好。”他说。

“下午好。”朱莉娅也说。

“你要买鸡蛋？”

老人似乎正在吃午饭，嘴里还嚼着东西。

朱莉娅点点头。没问题，她可以买些鸡蛋。

“您是斯文-奥洛夫吗？”平时遇到陌生人的那种不快，现在倒没有缠上她。

也许她已经习惯在厄兰岛和陌生人打交道了。

“是我。”老人站在门里，穿上一双黑色的大橡胶靴，“要多少？”

“呃……六个就可以了。”

斯文-奥洛夫从门里走出来，刚要关上门，一只小猫就不声不响跳出来跟在他身后，如同一道漆黑的影子。它看都没看朱莉娅一眼。

“我去拿。”斯文-奥洛夫说。

“好。”朱莉娅也跟着他走向那座小小的鸡舍。

斯文-奥洛夫拉开鸡舍的绿门，走进里面的泥地。朱莉娅站在门外，还是没看到母鸡，只有一张小桌子，桌上放着几盘白色的鸡蛋。

“我去拿几个新下的蛋。”斯文-奥洛夫一边说一边拉开一扇摇摇晃晃、没上过漆的小门，钻进鸡栏。

禽类的气味扑面而来，朱莉娅瞥见墙上有一排木头架子，但看得不太真切，鸡舍里没开灯，光线很暗，空气潮湿而温暖。

“你养了多少只鸡？”她问道。

“现在不算多了，”斯文-奥洛夫答道，“五十只左右吧……也不知道还能维持多久。”

鸡栏里响起短促的咯咯叫声。

“我听说兰伯特去世了。”朱莉娅说。

“什么……兰伯特？是啊，他死的时候八十七岁。”斯文-奥洛夫在黑暗中答道。

朱莉娅不明白他为什么不开灯，也许灯泡烧坏了。

“我见过兰伯特一次，”她说，“很多年前。”

“是吗？”斯文-奥洛夫说，“唉，唉。”

他似乎对已故的哥哥生前的故事不太感兴趣。但朱莉娅别无选择，只能硬着头皮说下去：

“那是在斯滕维克，我住在那里。”

“这样啊。”

朱莉娅在黑暗中往前走了一步，空气里有很多灰尘，味道很不好。母鸡们不安地在墙上挪动，看不清它们是被放养还是关在笼子里。

“我妈妈埃拉给兰伯特打了电话，”她说，“因为我们需要……需要有人帮忙找一个失踪的人。失踪三天了，到处都找不到。然后埃拉就说起兰伯特……她说兰伯特找东西有一套。埃拉说他在这方面的名气很大。”

“埃拉·戴维松？”

“对。她打了电话，兰伯特第二天就骑着一辆旧自行车从朗维克赶去了。”

“是啊，他特别热心。”斯文-奥洛夫现在只是鸡栏里一个模糊的身影，他和缓的嗓音几乎被母鸡们嘈杂的咯咯叫声淹没了，“兰伯特是找东西的行家。他会先梦见那些东西，然后找到。他还用棕色的探测杖帮人勘察水源，大家都很感激他。”

朱莉娅点点头。

“他来我们家的时候还自己带了枕头，要睡在延斯的房间里，身边放上延斯的东西。我们答应了。”

“没错，他就用那种办法，”斯文-奥洛夫说，“在梦里能看见很多很多。淹死的人、丢失的东西，还有未来将要发生的事情。他提前好几个星期就梦见自己哪天会死，说是凌晨两点半，在自己卧室的床上，他的心脏会停止跳动，救护车来不及赶到。结果在他预言的那天，果然实现了。救护车真的没能及时赶来。”

“一直都这么灵验？”朱莉娅问道，“每次都说对了？”

“也不是每次，”斯文-奥洛夫说，“有时候他什么也没梦见，或者记不清梦中的情景……总之有时候会这样。而且他从来都不知道名字，他梦中的所有人都没有名字。”

“那他帮人找东西的时候呢？”朱莉娅又问，“是不是每次都对？”

“几乎百发百中。大家都很相信他。”

朱莉娅又上前两步。她非说不可了。

“你哥哥骑机动自行车来的时候，我已经三天没睡觉了，”她平静地说，“可是那天晚上我还是睡不着。我躺在床上，听着他爬上延斯的小床。我能听见他转身时床垫里弹簧的响声。然后一切都安静了，可我照样睡不着……第二天早上七点他起床的时候，我坐在厨房里等他。”

她身旁的母鸡们不安地咯咯乱叫。然而斯文-奥洛夫没回应。

“兰伯特梦到我儿子了，”朱莉娅说，“他夹着枕头来到厨房，我一看他的表情就知道了。他望着我，我问他，他说是真的，他梦见了延斯。他看上去是那么悲伤……他肯定还想多说几句，但我再也听不下去，我扑过去对他又捶又打，大喊大叫要他滚出去。我爸爸耶尔洛夫把他送到大门外停车的地方，我站在厨房里哭个不停，听见他骑车走了。”她停下来叹了口气，“很不幸，那是我和兰伯特唯一一次会面。”

鸡舍里顿时安静了，就连母鸡们也老实起来。

“那孩子……”斯文-奥洛夫在黑暗中说，“是那次可怕的惨剧吗……在斯滕维克失踪的那个小男孩？”

“那是我儿子延斯，”朱莉娅多么渴望一杯红酒，“至今还没有下落。”

斯文-奥洛夫不说话了。

“我真的很想知道……兰伯特有没有说起过那天晚上他梦见了什么？”

“有五个鸡蛋，”黑暗中的声音说，“只找到这些。”

朱莉娅这才察觉，斯文-奥洛夫不想回答任何问题。

她深深地重重地叹了口气。

她的双眼渐渐适应了黑暗，现在她能看见斯文-奥洛夫纹丝不动地站在鸡栏中间盯着她，胸前的双手捧着五个鸡蛋。

“兰伯特肯定说过，斯文-奥洛夫，”她说，“他肯定或多或少对你提过那天晚上做的梦。对不对？”

斯文-奥洛夫咳嗽一声。

“他只提过那男孩一次。”

现在轮到朱莉娅说不出话了。她屏住呼吸。

“他在《厄兰岛邮报》上读到一篇文章，”斯文-奥洛夫说，“应该是在出事五年以后。我们吃早饭时读到的，但是文章里没什么新内容。”

“从来都没有，”朱莉娅厌烦地说，“从来都是炒冷饭，可他们还是乐此不疲。”

“我们在餐桌旁吃饭，我先看报纸，”斯文-奥洛夫说，“然后兰伯特才看。我发现他在读关于那孩子的文章，就问他有什么看法。然后兰伯特放下报纸，说那男孩已经死了。”

朱莉娅闭上双眼，无言地点了点头。

“在海里？”她问。

“不。兰伯特说是在灌木林里。孩子是在灌木林里被杀害的。”

“被杀害。”朱莉娅只觉得一阵冰彻骨髓的寒意扫过肌肤。

“兰伯特说凶手是个男人。孩子失踪当天，一个满腔仇恨的男人在灌木林中把他杀害了。然后他把孩子埋在一堵石墙边的坟墓里。”

又一阵沉默。墙上有只母鸡神经兮兮地扑打翅膀。

“兰伯特只说了这些，”斯文-奥洛夫又说，“既没再说那孩子的情况，也没再提过那个男人。”

没有名字，朱莉娅心想。兰伯特梦中的所有人都没有名字。

斯文-奥洛夫捧着五个鸡蛋走出鸡栏，有点紧张地看了看朱莉娅，似乎怕她也会对着自己一顿捶打。

朱莉娅舒了口气。

“我都明白了，”她说，“谢谢。”

“要不要用盒子装？”斯文-奥洛夫问道。

朱莉娅明白了。

她本可以试着说服自己：兰伯特弄错了，或者他弟弟信口胡编。但这没有意义。她明白了。

从朗维克返回的途中，她在可以俯瞰荒凉海岸的马路边停下，遥望急遽翻滚的浪头将海水挤成泡沫。她哭了十多分钟。

她明白了。尘埃落定的感觉竟然如此难受。仿佛延斯失踪之后只过了短短几天，仿佛她内心的伤口还在淌血。在她心里，从这一刻起，延斯才一点一点地确实死去。这个过程会很漫长，否则她必将在悲伤的潮水中窒息。

延斯死了。

她明白了。但她还想再看看她的儿子，看看他的尸体。如果不能如愿，那至少她还要弄清楚他到底出了什么事。所以她才来到这里。

海风吹干了她的眼泪。过了一会儿，朱莉娅骑上自行车，缓缓前行。

她在采石场附近遇到了出门遛狗的阿斯特丽德。她邀请朱莉娅一起回去吃饭，对朱莉娅哭得红肿的双眼，没有多问一句，也没多看一次。

阿斯特丽德做了蔬菜炖肉、煮土豆，还倒了红酒。朱莉娅只吃了一点点，把酒喝了个痛快。然而三大杯红酒下肚后，延斯死了很久很久这个念头，却显得不那么锥心刺骨了，只是化为胸中的一阵隐痛。原来从一开始就不存在任何希望，从他消失得无影无踪之后那几天开始，就已经没有希望了……

“你今天去了朗维克？”

朱莉娅的哀思突然被打断了，她点点头。

“是啊。昨天我还去了玛纳斯。”她说得很快，想把朗维克和兰伯特·尼尔松百发百中的梦境一并轰走。

“出什么事了吗？”阿斯特丽德把最后一点酒倒进朱莉娅杯中。

“没什么大事，”朱莉娅说，“我去了教堂墓园，看到了尼尔斯·坎特的墓碑。耶尔洛夫觉得应该让我看看。”

“尼尔斯的墓碑，是啊。”阿斯特丽德端起自己的酒杯。

“我在琢磨一个问题，”朱莉娅说，“也许你不太了解情况，但尼尔斯·坎特在灌木林中杀害的那些德国兵……来厄兰岛上的德国兵多不多？”

“据我所知没多少人，”阿斯特丽德答道，“从波罗的海国家战场上活着逃到瑞典的，可能有一百来人吧，其中绝大部分都在斯莫兰省沿岸登陆。当然，他们都想回家，也有人想转道去英国。但瑞典政府害怕斯大林，所以把他们遣返苏联了，真是懦夫。不过这些你在书里应该都看过了吧？”

“嗯，看过一点……很久以前的事了。”朱莉娅说。

她依稀记起上学时读过俄国战争难民的内容，但那时她对瑞典历史以及厄兰岛的历史都不太感兴趣。

“你在玛纳斯还做了什么？”阿斯特丽德问。

“嗯……我和那个警察一起吃午饭，”朱莉娅说，“伦纳特·亨里克松。”

“他这人不错，”阿斯特丽德说，“挺帅的。”

朱莉娅点点头。

“你和伦纳特说起过尼尔斯·坎特吗？”阿斯特丽德又问。

朱莉娅摇摇头，然后想了想，又说：

“啊，我倒是提过看见坎特的墓碑，不过我们都没继续讨论下去。”

“最好别在伦纳特面前提起那家伙，”阿斯特丽德说，“那是他的一块心病。”

“心病？”朱莉娅不禁追问，“为什么？”

“说来话长，”阿斯特丽德灌了一大口酒，“伦纳特是科特·亨里克松的儿子。”

她异常认真地注视着朱莉娅，似乎这就能说明一切了。

但朱莉娅茫然地摇着头。

“谁？”

“玛纳斯的警官，”阿斯特丽德解释道，“那时候好像都叫他警长。”

“他怎么了？”

“本来他会把开枪打死德国人的尼尔斯·坎特逮捕归案。”阿斯特丽德说。

厄兰岛
1945年5月

尼尔斯·坎特正把猎枪的枪管锯掉一部分。

柴房里热浪炙人，桦树的木材一直堆到房顶那么高。尼尔斯弯着腰。那堆木头似乎随时都会倒下来将他吞没。猎枪放在他面前的砧板上，枪管眼看就要锯断了。他用穿靴子的左脚踩住枪托，双手并用来回拉着锯子，动作坚决而缓慢，不时挥手驱赶嗡嗡飞舞并总想停在他汗津津的脸上的苍蝇。

屋外的一切如坟墓般死寂。他妈妈维拉在厨房里整理他的背包。暮春时节暖热的空气中，弥漫着一股山雨欲来的紧张气氛。

尼尔斯锯个不停，最后锯刃终于咬穿最后几毫米钢铁，枪管落到石头地面上，短促的当啷一声。

他捡起枪管，塞进木头堆底部的一个小洞，又把锯子放回砧板上，从衣袋里掏出两盒弹药，装进枪膛。

然后他走出来，把猎枪靠在门后的阴影中。

准备就绪。

灌木林中的枪杀案已经过去四天了，斯滕维克已是人尽皆知。昨天的《厄兰岛邮报》头版，**“发现德国兵的尸体——遭猎枪射杀”**的标题触目惊心，字号之大堪比三年前博里霍尔姆海边树林遭遇空袭时的头版新闻。

那大标题完全是谎言——尼尔斯没有处决任何人。他和两名德国兵展开枪战，最后获胜的是他。

但是，也许别人不这么看。有天晚上尼尔斯到村里去，经过磨坊时，工人们一言不发地盯着他看。他什么也没说，但心里很清楚这些人在背后议论他。村里谣言四起，关于灌木林血案的种种猜测像水中的涟漪一样迅速扩散。

他走进家门。

他妈妈维拉一动不动地背对他坐在饭桌旁，沉默无言，目光透过窗玻璃投向灌木林。在灰色的衬衣下，她消瘦的双肩紧绷着，充满焦虑和忧伤。

尼尔斯的眼泪也无声地流了下来。

“时间差不多了。”他说。

维拉轻轻点头，没有转身。桌上放着背包和手提箱，都塞得满满的。尼尔斯上前拎过这两件行李。在这令人难以承受的氛围中，如果他还要多说一句，一开口必是哽咽的哭腔——所以他只能就此离去。

“你会回来的，尼尔斯。”背后传来妈妈沙哑的声音。

虽然妈妈看不见，尼尔斯还是点点头，从门后的钉子上拿起他的蓝色帽子，把藏在帽子里那个装满白兰地的小酒瓶放进背包。

“那我该走了。”他平静地说。

背包里的钱包装着他自己准备的旅费，妈妈给的二十张大钞则卷起来塞在后面的裤袋里。

他在门口转过身。妈妈这时已从厨房里站起来，侧面对着他，但还是没看他。也许她是做不到。她的十指扣在胸前，长长的白色指甲嵌进掌心，她的双唇不停地颤抖。

“我爱你，妈妈，”尼尔斯说，“我会回来的。”

随即，他快步出门，下了石阶，走进花园，在柴房门口稍作停留，拿起猎枪，绕过房子侧面，走进山楂树丛。

尼尔斯很清楚该怎样不为人知地离开村子。他弯下腰，沿着放牛的小径，穿过远离大路的茂密灌木林，翻过覆着青苔的石墙，不时停下来凝神细听四周除了草丛里昆虫的歌唱之外，是否还有别人说话的声音。

他从村子西南面的灌木林钻到阳光下，神不知鬼不觉。

最危险的一关已经过去了。尼尔斯比谁都熟悉这一带的环境，他可以轻而易举地迅速爬过草地，可以抢在任何人发现自己之前发现对方。他几乎笔直地迎着太阳的方向走去，特意绕开遇到德国兵的地方。他不想去查看尸体是在原地还是已被搬走。他也不愿让他们在脑海中多停留一瞬，因为正是他们逼得他不得不和妈妈分别。

死掉的德国兵逼着他离开，暂时离开一阵。

“你得去避避风头，”昨晚，妈妈对他说，“从玛纳斯坐火车去博里霍尔姆，然后坐船去斯莫兰省。奥格斯特舅舅会去卡尔马接你，一定要按他的吩咐办——向他道谢的时候记得摘掉帽子。不能和别人讲话，整件事平息之前不能回厄兰岛。不过，尼尔斯，只要我们耐心等待，一定会有转机的。”

忽然，他听见身后有喑哑的喊叫，便停下脚步。再一听，却什么也没有。尼尔斯穿行于杜松子树丛间的步伐更为谨慎，但他不能走得太慢，火车可不等人。

走了两公里，他来到沙石铺成的大路上。一辆马车从南面驶来，他慌忙横穿大路，藏到路边的水渠里。不过这辆马车只有一匹垂头丧气的马在拉，经过尼尔斯前方时，他离大路已经很远了。他判断自己目前的位置大致在厄兰岛中心，他又想起报纸上写的：**据推测，一星期之前或是更早的时候，德国兵的船因发动机故障而在玛纳斯南面搁浅，随后他们便潜伏在这条路周围的区域内**。

他不愿去想德国兵了，但没多久又记起了从他们那里得到的那盒宝石，眼前顿时浮现出自己将盒子深埋在石冢下的景象。这几天他和妈妈基本上都待在家里，有好几次他差一点就要把这笔战利品的事告诉她，但不知为何话到嘴边又都咽了回去。他会告诉她的，他要把宝石挖出来给妈妈看，但等到下次回家时再去也不迟。

又走了二十分钟，铺在碎石上的铁轨出现在前方。这是从伯达到博里霍尔姆的窄轨铁路。尼尔斯往北拐去，顺着铁轨走向玛纳斯车站。车站是村子南面一座孤零零的两层木头房子，同时还是邮局。车站映入他的眼帘之时，两条铁轨也在前方分岔变成四条。

铁轨上空荡荡的，他要坐的火车还没来。

尼尔斯曾经三次往返于博里霍尔姆，他很清楚一名旅客的举止应该如何。他走进静悄悄的车站，到售票处买了一张去博里霍尔姆的单程车票。

铁栅后玻璃窗里那个愁眉苦脸的女人抬头看了看他，很快又低头办理车票，钢笔尖在纸上划过。

尼尔斯焦躁地等待着，觉得自己好像被监视了，不禁东张西望起来。五六个人坐在候车室里的木头长椅上，大都是男人。他们或独自一人，或三两成群，有几人还带着黑色皮包。尼尔斯是唯一一个同时带了背包和手提箱的人。

“给，最后一节车厢，三号座位。”

尼尔斯接过车票，付了钱，走上月台，肩上背着背包，手中拎着手提箱。刚过了几分钟，只听汽笛长鸣，火车头拖着三节漆成红色的木头车厢缓缓滑进站台。

巨大的黑色蒸汽机车挟着磅礴气势缓缓停在站台前，发出尖锐的刹车声。

尼尔斯登上最后一节车厢。站长在他身后喊了一声，候车室的门开了，其他乘客鱼贯而出。

踏在最高一级台阶上的尼尔斯回过头，一言不发地盯着他们。于是他们都转到其他车厢去了。

车厢里光线昏暗，空无一人。尼尔斯把手提箱放到行李架上，在一个裹了皮革、靠着窗口、可以眺望灌木林的座位上坐下，背包放在身旁。车身迅猛而稳健地一震，开始启动。尼尔斯闭上眼，松了口气。

随着一声空洞的嘶鸣，火车又停下了。车厢没动。

尼尔斯睁开眼，静观其变。这节车厢里还是只有他一个人。

一分钟过去了，两分钟。出什么事了？

车外有人喊了两声，他终于感觉到车身再次启动。火车慢慢加速，站台从尼尔斯眼前掠过，消失在身后。冷风从车窗的缝隙钻进车厢，宛如斯滕维克岸边的海风。

尼尔斯的双肩缓缓垂落。他用一只手打开背包，靠在椅背上。火车不断提速，汽笛尖啸。

突然，这节车厢的门开了。

尼尔斯扭头望去。

一个壮汉走进车厢，头戴警帽，黑色警服上的扣子锃亮夺目。他直勾勾地盯紧尼尔斯的眼睛。

“斯滕维克的尼尔斯·坎特。”他严肃地说。

这并不是提问，但尼尔斯不由自主地点了点头。

火车在灌木林中飞速穿行，尼尔斯仿佛被钉在座位上一般。窗外是绿色和褐色相间的原野，还有湛蓝的晴空。他真想让火车停下，翻身跳车，他想回到灌木林中。但火车正急速飞驰，车轮撞击着铁轨，风声凄厉。

“很好。”

穿警服的男人一屁股坐到尼尔斯斜对面，距离太近，两人的膝盖几乎碰到一起。他拉直上衣，虽然气温很高，衣服的扣子却扣得一丝不苟，额头上的汗水在帽檐下微微闪光。尼尔斯隐约认得这个人，亨里克松，玛纳斯的警长。

“尼尔斯，”亨里克松像跟熟人打招呼，“你要去博里霍尔姆？”

尼尔斯缓缓点头。

“要去别人家做客？”亨里克松问道。

尼尔斯摇摇头。

“那你要去干什么？”

尼尔斯没有回答。

警长扭头望着窗外。

“反正我们同路，这段时间可以好好聊聊。”

尼尔斯默不做声。

警长又说：

“他们打电话报告说你在这里，我就让他们把开车时间延后几分钟，好让我赶来和你会合，”他的目光移回尼尔斯身上，“是这样，我想谈谈你去灌木林里远足的事情……”

火车开始减速，准备停靠玛纳斯和博里霍尔姆之间的某个站点。一座被苹果树环绕的小屋从尼尔斯眼前掠过。他幻想着煎饼的香气从车窗里渗进来。昨天晚上妈妈就给他做了煎饼。

尼尔斯看了看警长。

“灌木林……没什么可说的。”

“这可不见得吧，”警长从衣袋里掏出一条手帕，“我觉得确实有必要好好谈一谈，尼尔斯，很多人也都和我有同感。纸是包不住火的。”

警长一边慢慢擦去脸上的汗水，一边攫住尼尔斯的目光，随即倾身向前。

“这几天，有好几位斯滕维克的村民和我们联系。他们想搞清楚是谁用猎枪在灌木林里开枪，我们想找你了解一下情况，尼尔斯。”

尼尔斯眼前又浮现出两个死去的德国兵陈尸在地的情景，他们死不瞑目的模样在他脑海里生了根。

“不。”尼尔斯摇摇头。

一阵杂音灌入耳中，火车开始刹车。

“尼尔斯，你是不是在灌木林里见过外国人？”警官把手帕收起来了。

火车停住了，车厢微微震颤，半分钟左右之后又开始前进。

“你见过，对不对？”

警长一直盯着尼尔斯，等候回应。尼尔斯的脸快被他专注的目光烤焦了。

“我们发现尸体了，尼尔斯，”警长说，“是你开枪打死他们的吗？”

“我什么也没干。”尼尔斯冷冷答道，手指拨弄着背包的开口。

“你说什么？”警长又问，“背包里是什么东西？”

尼尔斯没有回答。

车轮再度开始撞击轨道，汽笛长鸣。他的手指哆嗦着在背包里掏摸、搜索，背包滑倒在他身侧，开口对着他的脸。他的右手在衣服和其他东西之间来回探寻着。

警长警觉到情况不妙，从座位上半支起身。

汽笛惊恐万状地厉声长啸。

“尼尔斯，背包里是什么……”

尼尔斯的手指在背包里紧紧握住锯掉枪管的猎枪。他一扣扳机，枪身在背包里的衣服间猛地一晃。

第一枪撕开背包底层，击碎了警长身边的座位，木头的碎片骤然迸向车厢的天花板。

警长一惊之下闪身跳开，但却没有躲藏起来的打算。

他无处可逃。

尼尔斯立刻举起破碎的背包，再次开火，看都没看枪口指向。背包彻底被撕得粉碎。

第二枪击中了警长。他的身体猛地撞上车厢壁，一声闷响后，又重重摔到一旁，后背直接坠向碎裂的坐椅，压垮坐椅的同时也落到地板上。

车轮撞击着铁轨，火车在灌木林中飞驰。

警长躺在尼尔斯面前的地板上，双臂微微抽搐。尼尔斯紧握猎枪，松开支离破碎的背包，站起身，双腿直打战。

见鬼。

“坐火车去博里霍尔姆。”他听见了脑海中妈妈的嘱咐。

现在他的计划全泡汤了。

尼尔斯东张西望，望见了车窗外流逝的原野。

灌木林还在，阳光还在。

他把背包翻了个底朝天，将那些沾满火药的衣服一股脑倒出来：袜子、内裤、一件毛衣。不过底下还有一小袋奶油太妃糖、他的钱包，以及那一小瓶白兰地都完好无损。他抓起瓶子，马上灌了一大口微温的白兰地，把瓶子塞到裤子的后袋里。感觉好多了。

钱、毛衣、酒瓶、猎枪、太妃糖，其他东西没法带走。那箱衣服只好留下不管了。

尼尔斯跨过警长毫无动静的身躯，拉开车门，来到车厢之间巨响如雷鸣的连接处。

火车还在灌木林中飞奔。顶着猛烈的风势，他勉强睁开眼睛。透过车门上的窗户，可以看清前面那节车厢里的形势：有个戴黑帽子的男人背对着他，随着车身的震动摇摇晃晃。枪声被背包里的衣服吸收得一干二净——加上车轮的巨响，看来没人听到什么异状。

尼尔斯拉开侧门，嗅着灌木林中的植物芬芳，目光扫过脚下如灰白色河流般奔腾而逝的铁轨。他下到最低一层台阶，确认前方的轨道旁没有障碍物，便一跃而下。

他本想凌空一跃，靠双腿的力量安全落地，但脚底却结结实实撞了一下。车轮怒吼，世界顿时天旋地转。他整个人被甩向地面，前额狠狠一磕，全身的肌肉仿佛都绷紧了，这才惊觉自己险些被卷入车轮下的洪流之中，幸好铁轨把他撞了出去。

他抬头目送火车远去，望着最后一节车厢，自己刚刚逃离的那节车厢，在轨道上越驶越远。

火车消失在远方，世界重归寂静。

他成功了。

他缓缓起身，环顾四周。他又回到了灌木林，手里还有猎枪。

视野中看不到任何建筑，也看不到人影，唯有无边的野草和顶上的蓝天。

尼尔斯自由了。

他顾不得再回望铁路一眼，便迅速迈开大步，踏进灌木林，朝着厄兰岛的西海岸走去。

尼尔斯自由了，现在他准备消失。

他已经消失了。

“那是从前的故事了。”阿斯特丽德平静地说。

她讲完尼尔斯·坎特的往事之时，酒瓶也已见底。窗外，最后一抹斜阳也终于隐去，化作天边一道深红色的狭长缎带。

“那么火车上的警长……死了？”朱莉娅问道。

“列车员进入车厢时发现他躺在地板上，已经断气了，”阿斯特丽德说，“胸部中枪。”

“他是伦纳特的父亲？”

阿斯特丽德点点头。

“那时伦纳特应该只有八九岁，他对父亲的印象可能比较模糊，”她又说，“但父亲遇害肯定对他造成了很大影响……我记得他从来都不愿提起这件事。”

朱莉娅盯着自己的酒杯。

“我能理解他为什么不想谈尼尔斯·坎特。”几分醉意中，她开始对伦纳特·亨里克松滋生出一种亲近感——他失去了父亲，而她失去了儿子。

“是啊，”阿斯特丽德附和道，“而且尼尔斯·坎特还活着的传言，让他更加难受。”

朱莉娅抬头望着她。

“这是谁说的？”

“你没听别人说过？”

“没有。但我在玛纳斯见过坎特的坟墓，”朱莉娅说，“墓碑上有日期和……”

“现在还记得尼尔斯·坎特的人不多，但那些对他还有印象的人，那些老人……有人猜测从海外运回来的棺材里装的是石头。”阿斯特丽德说。

“耶尔洛夫也这么认为？”

“他从来不说，”阿斯特丽德答道，“至少我没听他提起。毕竟他是个老船长，不太轻信谣言。而这些关于尼尔斯·坎特还……的议论，也只是捕风捉影而已。有些人说秋天的时候见过尼尔斯·坎特站在路边，望着车来车往，胡子拉碴，一头灰发……也有人自称看见过他还和年轻时一样在灌木林里游荡，还有人说夏天的时候在博里霍尔姆的人潮中和他打过照面。”阿斯特丽德连连摇头，“这么多年我连坎特的影子都没见过，他肯定死了。”

她端起酒杯，从桌旁起身。朱莉娅却还坐在原处暗暗寻思：如果妈妈埃拉还在世，母女两人会不会像这样在斯滕维克对坐闲聊？多半不会。妈妈几乎从不透露她的内心。

一个软绵绵、热乎乎的东西在朱莉娅的裤子上蹭了几下，把她吓了一跳，原来是阿斯特丽德的小猎狗威利凑到她跟前来了。她弯腰挠了挠威利颈后的粗毛，望着窗外瑞典本土方向的落日余晖，若有所思。

“我真想留在这里。”她说。

洗碗池边的阿斯特丽德回过头。

“留下吧，”她说，“别急着走，天还不晚。我们再聊一会儿。”

朱莉娅摇摇头。

“我是说……真想留在斯滕维克。”

她留下了。也许是酒精的作用，但回忆在那一刻如此真切，童年在村子里度过的那些夏天，宛如脑海中一曲余音不绝的美妙旋律，一首厄兰岛的民歌，令她深感自己是属于这里，属于斯滕维克的。即便延斯失踪了，恩斯特死了，所有这些伤痛也无法抹杀她对这里的依恋。

“哎，不多待几天吗？”阿斯特丽德说，“你会去玛纳斯参加恩斯特的葬礼吧？”

朱莉娅又摇摇头。

“我得把车还给姐姐。”多么软弱无力的借口，毕竟她也是那辆福特的共同所有人之一。但这是此刻她唯一能想到的理由，“我可能明天晚上就要走了，最晚后天。”

她略显吃力地站起来，拜酒精所赐，两腿有些踉跄。

“谢谢你的晚餐，阿斯特丽德。”

“客气什么，”阿斯特丽德头一次笑得这么开心，“你走之前我们还得再聚聚。或者下次你来斯滕维克的时候也行。”

“会的。”朱莉娅拍拍威利，走出厨房。

夜幕尚未降临，只是天色微暗，她还不必摸黑回去。

“如果怕黑，就来找我，”阿斯特丽德在她身后喊道，“想想看，斯滕维克只剩我们几个，你、我，还有约翰·哈格曼。以前这里住着三百来人呢。有戒酒协会、有教会，海边还有好多磨坊。现在就只剩我们了。”

朱莉娅还没来得及答话，阿斯特丽德就把厨房的门关上了。

刚才那股舒适的微醺感渐渐被凉风吹走——至少这是朱莉娅的感觉。夜，清冽而冰冷。海峡对岸，本土的灯火隐约闪烁。沿厄兰岛海岸往南北两个方向望去，远方一度消隐在白昼中的房屋和路灯，也陆续点亮。

朱莉娅还留着耶尔洛夫别墅的钥匙，她走了几百米后折向岛内，沿着村道疾步前行，她望了望维拉·坎特的花园，脑中闪过一个问号：老维拉死前见到她心爱的儿子尼尔斯了吗？

暗影笼罩的花园静悄悄的。朱莉娅继续走到自家别墅门前，开了门，打开门厅的灯。

灯光折射出阴影。延斯还在屋子里，但只是一缕朦胧的记忆。延斯死了。

她在浴室里洗了澡，上了洗手间，刷了牙。

洗漱完毕后，她关掉客厅的灯，但最后还是拿起在别墅里充了一整天电的手机。她站在门厅的大落地窗前，拨通耶尔洛夫在养老院的电话。铃声响过三遍后，耶尔洛夫接听了。

“我是戴维松……”

“嘿，是我。”

每次在神志不太清醒的情况下和耶尔洛夫说话，她总有些良心不安，但这也没办法。

“嘿，”耶尔洛夫说，“你在哪里？”

“在别墅。我去阿斯特丽德家吃晚饭，现在准备回船库睡觉。”

“好啊。你们都谈什么了？”

朱莉娅想了想。

“谈到斯滕维克……还有尼尔斯·坎特。”

“不是已经看过了吗？我给你的那本书里就有。”

“还没读完呢，”朱莉娅换了个话题，“我们要不要早点去博里霍尔姆？”

“我也觉得这样比较好，”耶尔洛夫说，“如果我能从这里出去的话。恐怕下次需要波尔书面批准才行。”

这是典型的耶尔洛夫式幽默。

“如果能批准，我九点半去接你。”

她突然安静下来，靠到窗玻璃上。

她似乎看见窗外有什么东西，是微弱的亮光……

“怎么了？”耶尔洛夫问，“还在吗？”

“隔壁家有人住吗？”朱莉娅目不转睛地盯着窗外。

“隔壁家是哪家？”

“维拉·坎特的房子。”

“二十年都没住过人了。”耶尔洛夫说，“怎么回事？”

“不知道。”

朱莉娅竭力聚焦视线，但灯光消失了。她确信刚才维拉·坎特家一楼的某个房间里有亮光。

“现在那座房子的主人是谁？”她又问。

“呃……应该是他们的远房亲戚吧，”耶尔洛夫答道，“维拉·坎特的远房表亲之类。哪怕把那座房子整理一下也好，可是没人感兴趣。你看房子现在的状况就知道……70年代维拉·坎特去世的时候就不成样子了。”

窗外的一切仍然沉浸在黑暗中。

“好了，明天见。”耶尔洛夫说。

“我们是要去找出拐走延斯的人吗？”

“我可没这么说过，”耶尔洛夫说，“我只能保证带你去见寄来那只凉鞋的人。仅此而已。”

“难道不是同一个人？”

“我觉得不是。”

“不能解释一下原因吗？”

“到博里霍尔姆再说。”

“好吧，”朱莉娅也不想再说下去了，“再见。”

她关掉手机。

朱莉娅从村道走回船库，这次经过维拉·坎特的房子时，她特意放慢了脚步。密密匝匝的老树背后是一片漆黑，她紧盯着那些空荡荡的大窗

户，全都透着不见底的黑暗。这座荒废的老屋是夜空下一个巨大的黑影。要想查清是不是有人藏在里面，就只能……只能亲自到维拉的房子里去看看。

但这未免太愚蠢了，朱莉娅很清楚，至少自己孤身闯进去非常愚蠢。维拉·坎特的家如今简直是一座鬼屋，然而……

如果那天延斯到里面去了呢？如果他还在里面呢？

进来啊，妈妈，进来，快来救救我……

不，绝不能那样想。

朱莉娅回到船库，拉开门走进去，把门锁好。

15

星期二的清晨冷风劲吹，耶尔洛夫得靠着养老院职员的搀扶才能出门坐车，这让他觉得很丢脸。但波尔和琳达不容分说，一左一右搀扶着他来到朱莉娅停在门口的福特车旁，他还是站立不稳。

耶尔洛夫能感觉到两个女人要把他这具沉重且不听使唤的躯体往前挪动是多么困难。他只能一只手握紧手杖，另一只手抓住提包，听凭她们调遣。

太丢人了，但也没办法。有时候他能自己走动，有时候却几乎丝毫不能动弹。今天秋寒深重，令他的病情更为恶化。恩斯特的葬礼就在明天，而现在，耶尔洛夫和朱莉娅要进行一次短途旅行。

朱莉娅推开副驾驶座的车门，耶尔洛夫坐进车里。

“你们要去哪里？”车外的波尔问道。

她一直很关心耶尔洛夫。

“南边，”耶尔洛夫回答，“去博里霍尔姆。”

“回来吃晚饭吗？”

“可能吧。”耶尔洛夫关上车门，“好了，走吧。”他暗暗希望朱莉娅不要对他今天几近瘫痪的状态评头论足。

“她好像很关心你。”朱莉娅驶离养老院，“我指的是波尔。”

“工作职责嘛，她可不愿我出什么事。”耶尔洛夫说，“不知你听说没有，南厄兰岛有个老人失踪了……警方正在找他。”

“车里的广播提到过，”朱莉娅说，“不过我们今天的目的地并不是灌木林吧？”

耶尔洛夫摇摇头。

“刚才说了，去博里霍尔姆，”他说，“我们要见三个人。不是同时见，一个一个来。其中一个就是把延斯的凉鞋寄给我的人。你不是很想和他谈谈吗？”

朱莉娅默默地点点头。

“另两个人呢？”

“一个是我的朋友，”耶尔洛夫说，“戈斯塔·英格斯特罗姆。”

“另一个？”

“另一个有点特殊。”

来到和大路交会的十字路口，接近停车指示牌时，朱莉娅踩了刹车。

“你总是这么神神秘秘，耶尔洛夫，”她说，“是不是因为你想让自己显得很重要？”

“不是。”耶尔洛夫立刻答道。

“可我就有这种感觉。”朱莉娅拐上通往博里霍尔姆的大路。

也许她说得对，耶尔洛夫暗忖。他从没真正揣摩过驱使自己的动力究竟是什么。

“我并不是妄自尊大，”他说，“只是觉得最好顺其自然。从前人们讲故事的时候都不慌不忙，但现在不管什么事情都是越快干完越好。”

朱莉娅一言不发。他们往南行驶，经过通往斯滕维克的岔道口。又过了几百米，旧车站出现在西边地平线上。战争结束后的那个夏天，尼尔斯·坎特就是在那里登上火车，然后开枪杀害了亨里克松警长。

此事引发的轰动效应迄今还历历在目。先是两名德国兵在灌木林中被枪杀，接着一名警察遇害，凶手在逃——纵然是在二战那极富戏剧性的最后几个月，关于此案的新闻报道也仍然铺天盖地。

记者们不远千里赶来采访厄兰岛的一系列血案。耶尔洛夫当时在斯德哥尔摩，正准备重操旧业，再启航海生涯，所以只能从《每日新闻报》上了解案情动向。警方调动瑞典南部各地的大批警力，在整个厄兰岛范围内搜捕坎特，但坎特跳下火车之后就销声匿迹了。

现在厄兰岛已经没有火车了，连铁轨都已被拆除，玛纳斯车站变成了民居。当然，是一座避暑别墅。

耶尔洛夫靠在座位上，遥望远方昔日的车站。过了几分钟，车里不知什么地方忽然持续发出尖锐的杂音。他连忙左右查看，但朱莉娅不慌不忙地一边开车一边从包里拿出手机。她小声地“嗯”“哦”答应着，过了几分钟才关掉手机。

“我永远都搞不懂这些东西。”耶尔洛夫说。

“什么东西？”

“无绳电话，手机，都这么叫。”

“只要开机以后拨个号码就可以了，”朱莉娅说，“刚才是莱娜，她向你问好。”

“真方便。她有什么事？”

“我看她主要是想把车要回去，”朱莉娅冷冷地说，“就是这辆车。一直给我打电话。”她把方向盘握得更紧了，“车是我和她共有的，但她好像根本没想到这个问题。”

“是啊。”耶尔洛夫应道。

很显然，他的两个女儿之间存在着某些他并不了解的龃龉。如果她们的母亲还在世，肯定会过问一下，而他毫无对策。

朱莉娅接了电话之后，一直不声不响开着车，耶尔洛夫也不知该如何打破冷场。

过了十五分钟，朱莉娅从博里霍尔姆北出口下了高速公路。

“现在怎么走？”她问道。

“先去喝杯咖啡。”耶尔洛夫回答。

英格斯特罗姆夫妇的公寓在博里霍尔姆南郊，地势较低，温暖而舒适。从戈斯塔和玛吉特的阳台仰望城堡废墟，视角绝佳。一片狭长而荒芜的草坪对面，是一道又长又陡、覆盖着落叶林的山脊，那座中世纪城堡就坐落在山顶上。城堡毁于19世纪初博里霍尔姆众多神秘火灾中的一起，屋顶、木梁都在大火中毁于一旦，原来的窗户变成了现在那一个个巨大的黑色裂口。

那些焚烧殆尽的窗口总让耶尔洛夫联想到骷髅头上空洞的眼窝。他知道，至少在城堡从刺眼的破败废墟摇身变为招徕游客的历史遗迹之前，博里霍尔姆的多数人都不会对它有好感。厄兰岛的居民曾被强制征召去修复城堡，但这种王室钦命带给他们的只有血汗和失望。不把厄兰岛榨干，瑞典本土从来都不会罢休。

朱莉娅在阳台上静静凝望着废墟，然后耶尔洛夫对她说：

“在石器时代，生病的老人会被扔下悬崖，”他不动声色地指了指废墟，“反正传说是这样的。当然，那是城堡建成以前的事了。很久很久以后，统治我们的人才开始建养老院……”

玛吉特·英格斯特罗姆捧着盛放咖啡杯的托盘来到他们身旁，她的围裙上有行字：“全世界最好的奶奶。”

“一到夏天，就会在废墟上举办音乐会，”她说，“有点吵。除了这一点，住在城堡底下确实很不错。”

她把托盘放到电视机前的桌子上，为他们倒了咖啡，又从厨房里拿出一篮小圆面包、一碟饼干。

她的丈夫戈斯塔身穿灰色西装、白衬衫和背带裤，始终笑容可掬。在耶尔洛夫的印象中，当年戈斯塔还是船长时也一直这么开心——最起码，只要人们按他的吩咐办事，他就心情很好。

“你们能来真好，”戈斯塔端起一杯热腾腾的咖啡，“我们明天肯定要去玛纳斯。你们应该也会去吧？”

他指的是恩斯特的葬礼。耶尔洛夫点点头。

“我一定去。朱莉娅可能要回哥德堡。”

“他的房子怎么办？”戈斯塔问，“他们怎么说？”

“现在下结论还太早，”耶尔洛夫答道，“不过我想他在斯莫兰省的亲戚会把房子改成度假别墅吧。北厄兰岛其实没必要再建更多度假别墅了……但那座房子应该还是会被改成那样。”

“是啊，除非环境大大改变，不然谁会一年到头都住在那里呢。”戈斯塔啜了一口咖啡。

“住在城里很舒服，干什么都方便，”玛吉特又摆上几碟丰盛的点心，“话说回来，我们还是玛纳斯地方史协会的成员呢。”

戈斯塔充满爱意地对她微笑着。

他们在英格斯特罗姆家只待了半小时。

“好了，”离开公寓回到车里，耶尔洛夫说，“现在去巴杜斯街，可以把车停到布罗姆贝里停车场，去买点东西，然后再到港口去。”

朱莉娅看了看他，才发动引擎。

“刚才这一趟走访有什么特殊意义吗？”

“喝了咖啡，吃了饼干，”耶尔洛夫说，“还不够吗？和戈斯塔见面总是很开心，他从前和我一样，是波罗的海上的货船船长。我们这一拨人现在还活着的已经不多了……”

朱莉娅拐向巴杜斯街，路旁的人行道冷冷清清。一路上也基本没遇到其他车辆。这条街的尽头就是白色的海滨饭店。

“从这里进去。”耶尔洛夫指了指左边。

朱莉娅眨眨眼，拐进一块铺着柏油的场地。一座低矮的房子前门有块“布罗姆贝里汽车”的牌子，看来这里既是修车厂，又是二手车店。几辆略新一点的沃尔沃有幸得到陈列在橱窗里的待遇，但大多数车辆都停在室外，风挡玻璃后放了手写的纸牌，标明价格和已行驶里程数。

“走吧。”朱莉娅刚停好车，耶尔洛夫就说。

“要买车？”

“不，不，”耶尔洛夫说，“顺路去看看罗伯特·布罗姆贝里，就几分钟。”

他的四肢渐渐温暖起来，在英格斯特罗姆家喝的咖啡让他精神振作了不少。疼痛渐渐退却，现在他只靠手杖就可以自己走过柏油停车场。但朱莉娅还是走上前，帮他推开修车厂的门。

一阵铃响，汽油的味道扑面而来。

耶尔洛夫对轮船很熟悉，但对汽车却一窍不通，每次看见发动机都忍不住怀疑。水泥地面上有辆黑色福特，四周围着不少焊接设备和各种工具，但没有工人。这地方也很冷清。

耶尔洛夫缓步来到里间的小办公室门口，往里看了看。

"早上好，"他对办公桌后那位满身油污、正聚精会神看着《厄兰岛邮报》漫画版面的年轻修理工说，"我们是从斯滕维克来的，想买点汽油。"

"哦？我们加油的地方不在这里，不过我可以去帮你拿一点。"

修理工站起身，他比耶尔洛夫略高一点。这肯定是罗伯特·布罗姆贝里的儿子。

"一起去吧，我们也看看车。"耶尔洛夫说。

他朝朱莉娅点头示意，两人跟着年轻人穿过一扇门，来到销售区。

汽油的气味消失了，漆成白色的地板擦得很干净，一排排锃亮的小汽车停在展厅里。

修理工走到一个摆满汽车保养品和小配件的架子前面。

"普通汽油？"他问道。

"是的。"耶尔洛夫回答。

有个老人从一间小办公室里走出来，停在几米外的展示厅门口。他和年轻的修理工一样个头很高，肩膀宽阔，满是褶皱的脸血管毕现，泛着红光。

两人以前没打过交道，因为耶尔洛夫在玛纳斯从没做过汽车生意，但他认得这位就是罗伯特·布罗姆贝里。布罗姆贝里来自瑞典本土，这间修车厂和小展厅是他在70年代中期开的。约翰·哈格曼和他有过几次生意往来，曾向耶尔洛夫提起过他。

老布罗姆贝里朝耶尔洛夫点点头，没说话。耶尔洛夫也默默点头回应。他知道布罗姆贝里前一阵喝酒喝得很凶，也许现在还没改掉酗酒的毛病，但总不能拿这个话题作为谈资吧。

“给。”年轻修理工递过来一塑料瓶汽油。

罗伯特·布罗姆贝里缓缓从门口离去，回到办公室里。耶尔洛夫觉得老布罗姆贝里的身体在微微颤抖。

“我不用加油。”回到车里，朱莉娅说。

“有备无患嘛，”耶尔洛夫说，“你觉得这个修车厂怎么样？”

“看上去和其他修车厂差不多，”朱莉娅驱车驶向巴杜斯街，“他们好像没什么活干。”

“往港口开，”耶尔洛夫指点道，“那么修车厂的主人……布罗姆贝里父子，你对他们怎么看？”

“沉默寡言。他们有什么问题吗？”

“我听人说，罗伯特·布罗姆贝里曾经出海很多年，”耶尔洛夫说，“航遍了七大洋，还去过南美洲。”

“这样啊。”朱莉娅应了一声。

车里沉寂了几秒钟。巴杜斯街尽头的海滨饭店越来越近。耶尔洛夫望着饭店旁的港口，寂寥和哀伤涌上心头。

“结局一点儿也不圆满。”他说。

“什么？”朱莉娅问道。

“很多故事的结局都不圆满。”

“最重要的是有结局，不是吗？”朱莉娅望着他，“你是不是在想什么人？”

“嗯……主要是想到我的航海生涯，想着厄兰岛，”耶尔洛夫说，“本来结果会好得多。结束得太快了。”

博里霍尔姆港的规模自然比玛纳斯和朗维克的港口大得多，但依然可以轻易地一览无余。港口只有几个水泥码头，码头上空空荡荡，连一艘停泊的渔船也看不到。一只漆成黑色的巨大铁锚躺在海边的柏油路面上，想必是对往昔繁华岁月的纪念。

“在50年代，这里的货船能排成长队，”耶尔洛夫望着窗外的灰色海面，“像今天这种秋日，他们一般都在装货，或者做修缮工作，码头上人多得不得了。空气里全是焦油和油漆的味道。如果天气好，船长们会把帆升起来，迎着风。乳白色的帆在蓝天下一字排开，美极了……”

他沉默了。

“那从什么时候起，船就不来了？”朱莉娅问道。

“哦……60年代。倒不是不来——应该说是不再从这里起航了。那时岛上的很多船长都需要更换更现代的船，才能和本土的航运公司竞争。但银行不肯发放贷款，他们不再看好厄兰岛的航运业。”他闭口不言，片刻后才说，“我也没申请到贷款，所以才把最后那艘帆船‘诺尔’卖掉……然后我上了夜校，去学行政管理，打发冬天的时间。”

“我不记得冬天时你有没有在家，”朱莉娅说，“我根本不记得你在家待过。”

耶尔洛夫立刻瞥了女儿一眼。

“哦，可我确实在家啊。好几个月呢。我本来想第二年找个远洋船长的工作，但后来地方议会给了我一个职位，就留下来了。我上岸以后，从前最早和我共事的约翰·哈格曼自己买了一艘船，他又干了两年。那是博里霍尔姆坚持到最后的船舶之一。约翰给那艘船起名为‘再见’，真是恰如其分。”

朱莉娅让车身缓缓向前，离开码头，滑向港口北面那排位于整洁木头篱笆后气势不凡的木房子。离港口最近的那座房子是最大的，宽大的两翼，漆成白色，像一座海滨饭店。

耶尔洛夫伸手指了指。

“可以停在那里。”

朱莉娅把车停在房子前面的路边，耶尔洛夫身体微微前倾，伸手打开提包。

“厄兰岛的船东都太顽固，”他拿出一个棕色信封，还有从书桌里拿来的一本薄薄的小书，“如果我们联合，完全有能力买到更新更大的船。可惜没有成行。我想大家都爱咬着牙单打独斗，都不敢大手笔投资。”

他把书递给女儿。书名是《马尔姆航运四十年》，封面上有张航拍的黑白照片，照片里那艘大型机动船正在阳光下劈波斩浪，驶向无边无际的海洋。

“马尔姆航运是个例外，”耶尔洛夫说，“马丁·马尔姆这位船长很有勇气，敢投资大型船舶，他组建了一支航线遍布全世界的小船队。赚了钱之后又用赚来的钱买更多的船。60年代末，马丁成了厄兰岛最富有的人。”

“是吗？”朱莉娅说，“了不起。”

“但谁也不知道他的启动资金是从哪里来的，”耶尔洛夫说，“据我所知，他并不比其他船长有钱。”

他指了指那本书。

“马尔姆航运公司去年春天出版了纪念册，”他说，“翻开，我给你看点东西。”

封底有一小段文字，介绍这本书是为纪念厄兰岛最成功的航运公司成立四十周年而出版的。文字下方有个标志：三只海鸥的剪影在“马尔姆航运”的字样上盘旋。

“看那些海鸥。”耶尔洛夫说。

“嗯，”朱莉娅说，“三只海鸥的图案，怎么了？”

“和这个信封对比一下。”耶尔洛夫把棕色的信封递给她。信封上有张瑞典邮票，盖着模糊的邮戳，收件人地址“玛纳斯养老院”用黑色墨水手写，笔迹颤抖。“有人把右边这个角撕掉了，在那儿。但右边那只海鸥的翅膀还留下了一点点……能看出来吗？”

朱莉娅一边看一边缓缓点了点头。

“这是什么信封？”

“凉鞋就是装在这里面寄来的，”耶尔洛夫说，“那个男孩的凉鞋。”

朱莉娅猛然转头。

“你跟伦纳特说你把信封扔掉了。”

“善意的谎言。我觉得让他拿走凉鞋已经足够了。”耶尔洛夫马上又说，“但最重要的是，这个信封来自马尔姆航运公司。寄来延斯的凉鞋的人，就是马丁·马尔姆。我有十足的把握。而且我想打电话给我的人也是他。”

“打电话给你？”朱莉娅说，“你没提过这件事。”

“他可能打了电话，”耶尔洛夫望着眼前的大宅，“没什么可说的，无非就是这个秋天有几个晚上有人打来电话。是从我收到凉鞋后开始的。但电话那头的人一句话都不说。”

朱莉娅放下信封，盯着他。

“现在我们要去见他？”

“我想去，”耶尔洛夫指了指旁边白色的木房子，“他住在那里。”

他推开车门，下了车。朱莉娅在驾驶座上呆坐了片刻，随后也下车。

“你确定他现在在家？”

“马丁·马尔姆一直都在家。”耶尔洛夫说。

海上吹来的冷风将他们团团包围，耶尔洛夫回头眺望海面，又一次想到尼尔斯·坎特——差不多五十年前，他是如何渡过这道海峡的呢？

斯莫兰省
1945年5月

尼尔斯·坎特坐在一片小树林中，远远望去，海峡对面的厄兰岛只是海平线上一块狭长的石头。他的脸上写满哀伤，海风也在他头顶的松树枝叶间忧郁地叹息。海峡对面的岛屿沐浴在朝阳中，身边的树青翠碧绿，长长的海岸处处银光闪闪。

那是他的岛。尼尔斯会回去的。现在还不行，等时机一到他就会回去——毫无疑问。他明白，很长一段时间里都不会有人原谅他的所作所为，对他而言，厄兰岛现在太危险。可是，这些都不是他的错。事情就那么发生了，他也没办法。

那个肥胖的警长在火车上偷偷接近，想逮捕他，但尼尔斯动作更快。

“正当防卫。”他对着厄兰岛，对着他的家喃喃自语，“我朝他开枪了，可我是正当防卫……”

他闭上嘴，使劲清清喉咙，忍住眼泪。

距离尼尔斯跳车逃进灌木林已经过去了二十小时。他迅速往南跑，以避开搜查。一路上他始终躲在和家一样熟悉的灌木林中，远离一切道路和村庄。

在博里霍尔姆以南几英里处，也就是海峡最窄的地方，他才从树林里出来，来到海边。他找到一个盛焦油的破桶，上半部分已被切掉，焦油已经干透。他把身上带的几件东西放进桶里。尼尔斯一直在树林里等到天黑才脱掉衣服，把桶推进冰凉的海水里，用双臂和上半身紧紧抱住，两腿一蹬，朝着黑魆魆的对岸游去。

他横渡海峡至少用了两小时，但附近没有船只经过，也没人发现他的行踪。当他终于浑身赤裸，拖着冻僵了的双腿踏上斯莫兰省海岸时，剩下那点力气也只够他把东西从桶里拿出来。他爬到树林里，沉沉昏睡过去。

现在尼尔斯完全清醒了，但天色还早。他长身而起，双腿因长时间游泳还有些酸痛，但必须开始行动。他明白自己离卡尔马不远，他必须远离城市，大街上肯定有很多警察在巡逻。

衣服已经干了，他穿上衬衫、毛衣、袜子和靴子，把钱包塞进衣袋。妈妈给的钱一定要注意保管：缺了这笔钱，他会走投无路，而且根本不可能再藏身下去。

他的猎枪已经不在了——沉到了海峡底下。在他游到海峡中间时，他从桶里把猎枪拿出来，握着锯短的枪管，往水里一扔，猎枪溅起几朵小水花，就此告别。

反正枪膛里也没有弹药了，但那令人安心的质感依然让人怀念。

他还惦记着被射成碎片的背包。现在只能把随身物品用手帕裹成小包，再塞进裤袋，所以不能带太多东西。

他在朝阳下往北走去。他很清楚目的地何在，但还有很长一段路，差不多要花一整天。他沿着海岸前进，绕开所有村庄，尽可能迅速地穿越林间的道路，在树林里他觉得很安全。有两次他还树林里遇到鹿，不声不响的鹿每次都吓他一跳。他能听见几百米开外别人走近的声音，他易如反掌地躲开。

尼尔斯对拉姆内比的方位一清二楚，从小到大他去过好几次，最后一次是去年夏天。他用不着到村里去，甚至不必接近村子，因为奥格斯特舅舅开的锯木厂在村子南边，和村子有一段距离。

他远远听见了锯子的哀鸣，旋即，熟悉的味道随之而来——那是新锯下的木头的芳香，掺杂着来自波罗的海的海草气息。

尼尔斯小心地溜出树林，藏到一个堆满木板的大仓库旁边。他来过这里几次，但还是没把握该怎样去办公室。而且他还不能暴露在光天化日之下。锯木厂往南几百米就是奥格斯特舅舅的木屋，可尼尔斯也不敢去那里。那里有小孩、司机、仆人——都是看见他之后有可能向警方报告的人。他不得不在仓库旁等待时机，隐身于茂密的丁香花丛中，并忍受浓烈花香招来的数不清的小虫。

终于有人走进尼尔斯的视线。手表在游过海峡时停了，不过他可以断定，时间至少过了半小时。三个锯木厂的工人有说有笑地经过仓库，根本没往他这个方向瞄一眼。

他继续等待。

又过了几分钟，有个人慢吞吞地走过来。是个男孩，十三四岁，但差不多和尼尔斯一样高。他戴了一顶很厚的帽子，帽檐拉得很低，两手深深插在裤袋里，裤子油渍斑斑。

“嘿！”尼尔斯在花丛里喊道。

他的喊声太轻，男孩没有反应，还在往前走。

“戴帽子的家伙！”

男孩停住了，疑惑地左顾右盼。尼尔斯小心地站起来，朝他招手。

“过来。”

男孩转身朝花丛走了几步，站住，打量着尼尔斯，一语不发。

“你在锯木厂工作？”尼尔斯问道。

男孩自豪地点点头。

“第一年。”

他正处于变声期，带着斯莫兰省口音。

“很好。”尼尔斯竭力让自己的声音听起来冷静而友好，“我需要帮助。麻烦你把奥格斯特·坎特找来，我要和他谈谈。”

“老板？”男孩大吃一惊。

“奥格斯特·坎特，老板，没错。”尼尔斯迎上男孩的目光，把手一摊，露出指间夹着的一克朗硬币，“就说尼尔斯在这里。去办公室告诉老板，让他一定得来。”

男孩点点头，对尼尔斯这个名字毫无反应。他只立刻接过硬币，塞到裤袋深处，不慌不忙地离开了。

尼尔斯松了口气，躲回花丛。很好，一切顺利。舅舅会照顾他、掩护他，直到一切风平浪静。这个夏天剩下的时间无疑要在斯莫兰省度过，忍一忍也就过去了。

他只能继续等待，漫长的等待。终于，有脚步声走近仓库。尼尔斯抬起头，微笑着迎上前——但来者不是奥格斯特舅舅，又是刚才那个戴帽子的男孩。

尼尔斯盯着他。

“难道……老板不在办公室？”

“在，”男孩点点头，“可他不想来。”

“不想来？”尼尔斯茫然不解。

“让我给你这个。”男孩说。

他手里捏着一个白色的小信封。

尼尔斯接过信封，转身背对男孩拆开。

信封里没有信纸，只有三张钞票，三张折起来的一百克朗钞票。

尼尔斯捂住信封，转身问道：

“就这样？”

男孩又点点头。

“老板什么都没说吗……没让你捎个口信？”

男孩摇摇头。

“只有这封信。”

尼尔斯垂下眼帘，瞪着信封里的钞票。

钱，只给他钱，逃跑用的钱。意思已经非常明确了。

舅舅不想和他扯上关系。

他叹了口气，抬头一看，男孩已经走了。尼尔斯只来得及捕捉到他消失在仓库转角处的身影。

又只剩尼尔斯一个人了，他只能依靠自己。

所以他只能继续逃亡。逃到哪里去？

首先，也是最要紧的，必须离开海岸线。然后再作下一步打算。

尼尔斯环顾四周。昆虫的鸣叫声此起彼伏，空气里充斥着丁香花的香气。目力所及之处都被绿意笼罩，那是夏天的绿。只有东北方向还能望见一线蔚蓝的海。

他会回来的。也许现在他们有本事把他逼走，但他会回来的。厄兰岛是属于他的。

尼尔斯最后望了一眼海峡，反身大步踏进杉树林的安全荫庇之中。

16

一条开阔的石板路通向马丁·马尔姆的白色房子。朱莉娅一眼望去便联想到维拉·坎特在斯滕维克的房子，大小相当，但眼前这一座粉刷过，保养得也很好，还有人住。话说回来，是谁三更半夜在维拉·坎特家里点蜡烛？朱莉娅忍不住怀疑——她在窗口真的看到光亮了吗？

她搀着耶尔洛夫的手臂，两人推开沉甸甸的铁门，沿着粗糙的石板路面往前走。现在她支撑着耶尔洛夫，但也许耶尔洛夫同样在支撑着她，朱莉娅心想。她在紧张。

对她而言，马上要面对的是杀害延斯的凶手。如果马丁·马尔姆的确寄出了那只凉鞋，那他必然就是凶手——无论耶尔洛夫是否还保留意见。

石板路尽头是一扇桃心木大门，铁门牌上刻着“马尔姆”。门正中央的一扇彩色玻璃小窗下方有个门铃，形状恰似一把小钥匙。

耶尔洛夫看看朱莉娅。

“准备好了？”

朱莉娅点点头，伸手去按铃。

“还有一点，”耶尔洛夫又说，“马丁几年前患过脑出血，所以身体情况跟我一样，时好时坏。如果今天他状况比较好，就可以和他谈谈，否则……”

“知道了。”朱莉娅的心脏狂跳不止。

她按了一下钥匙状的门铃，屋里传出低哑而悠长的铃声。

过了一会儿，玻璃窗后现出一个人影，门开了。

站在他们面前的是个年纪二十岁到二十五岁之间的年轻女人，身形娇小，一头金发，神情中有一丝警惕。

“你们好。”她说。

“下午好，”耶尔洛夫说，“请问马丁在家吗？”

“在，”对方答道，“但他恐怕不太……”

“我们是好朋友，”耶尔洛夫马上接过话茬，“我叫耶尔洛夫·戴维松，从斯滕维克来。这是我女儿。我们是来探望马丁的。”

“好吧，”年轻女人说，“我去问问。”

“能不能让我们先进去暖和一下？”耶尔洛夫又说。

“没问题。”她退开了。

朱莉娅搀着耶尔洛夫跨过门槛，走进铺着大理石的门厅。门厅很宽敞，墙上装着暗色的木壁板，新旧各式船舶的照片镶在墙上的镜框里。有三扇门通往房子内部，还有一座大楼梯通向二楼。

“你是马丁的亲戚？”前门关上后，耶尔洛夫问道。

年轻女人摇摇头。

“我是从卡尔马来的护士。”她一边说一边走向中间那扇门。

她推开门，朱莉娅极力张望门内的情景，但一张深色门帘挡住了她的视线。

她和耶尔洛夫默默留在原地，仿佛这座门户紧闭的大宅不欢迎说话声。四周如教堂般静穆——但朱莉娅在凝神细听之下，察觉到楼上有人走动。

中间那扇门开了，护士走了回来。

“马丁今天不太舒服，”她小声说，“不好意思，他累了。”

“哦，天哪，”耶尔洛夫叹道，“真可惜。我们好几年没见了。”

“可以改天再来。”护士说。

耶尔洛夫点点头。

“好的。下次我们会先打电话。”

他朝前门退去，朱莉娅颇不情愿地跟上来。

朱莉娅觉得外头的空气似乎比先前更冷了。她默默走在耶尔洛夫身旁，推开铁门时，又回头望了这座大房子一眼。

楼上一扇大窗户后面有张苍白的脸正瞪着她。那是个神情严肃的老妇人，正站在窗前俯瞰他们。

朱莉娅想问耶尔洛夫认不认得她，但耶尔洛夫已经走到车旁了，她只得赶紧上前帮他拉开车门。

她再次回望时，窗口的女人不见了。

耶尔洛夫坐定之后，看了看表。

“一点半，”他说，“该去吃点东西了。然后顺便去一趟卖酒的商店，我答应养老院里的几个朋友，帮他们带点酒。方便吗？”

朱莉娅坐上驾驶座。

“酒精是毒药。”她说。

博里霍尔姆的餐馆在冬天还营业的寥寥无几，他们在其中一家吃了意大利面。餐厅里没什么人，当朱莉娅想和耶尔洛夫讨论刚才拜访马丁·马尔姆的经过时，他摇着头只顾吃饭。然后他坚持付完账。接着两人去了卖酒的商店，耶尔洛夫买了两瓶兑了苦艾酒的杜松子酒、一瓶蛋黄白兰地、六听德国啤酒。朱莉娅只好全都拿上。

“该回去啦。”回到车里时，耶尔洛夫说。

他那无忧无虑的口吻，像是开开心心在城里逛了一天似的，这令朱莉娅十分恼火。她猛然关上车门，驱车驶出街道。

“白跑一趟。”在博里霍尔姆东边的一处红绿灯停下时，朱莉娅说。

“什么意思？”耶尔洛夫问。

“我什么意思？”朱莉娅往北拐上大路，“今天一点儿收获都没有。”

“有啊，首先，也是最重要的，我们在玛吉特和戈斯塔家吃了可口的蛋糕，”耶尔洛夫说，“然后和卖二手车的布罗姆贝里打了照面，还去了……”

“你安排这些究竟有什么目的？”

耶尔洛夫没有马上回答。

“原因很多。”最后他说。

朱莉娅深吸一口气。

“你得把实情告诉我，爸爸。”她的目光牢牢盯在风挡玻璃上。她真想停车，开门，直接把他丢在雪平斯维克[①]北边的灌木林里。她觉得被他耍弄了。

这回耶尔洛夫沉默得更久了。

“去年夏天，恩斯特·阿多尔弗松有了一个猜想，”他说，“只是猜想。他认为我的外孙，我们的延斯，失踪那天没有下海，而是在大雾中进了灌木林。他还认为延斯在那里遇到了凶手。”

“谁？”

“也许是尼尔斯·坎特。”

“尼尔斯·坎特？”

“对，死了的尼尔斯·坎特。早在延斯失踪之前十年，尼尔斯·坎特就死了，还被下葬了……他的坟墓你也见过了。但是很多传言……”

“我知道，”朱莉娅说，“听阿斯特丽德提过。但那些传言是从哪里冒出来的？”

耶尔洛夫轻叹一声。

“斯滕维克有个邮递员……埃里克·埃亨伦德。他退休后逢人就讲同一个故事，跟我和恩斯特都讲过，村里任何人只要想听，他就会滔滔不绝。他说维拉·坎特经常收到没写寄件人姓名的明信片。”

“哦？”

“我不知道明信片是从哪里寄来的，但根据埃亨伦德的说法，五六十年代的时候，维拉不时会收到从南美洲不同地方寄来的明信片，一年好几次，每张都没写寄件人姓名。”

“是尼尔斯·坎特寄来的吗？”

“想必如此，这是最大的可能。”耶尔洛夫遥望着灌木林，“后来尼尔斯·坎特就被装在棺材里运回来，在玛纳斯下葬了。”

---

① 博里霍尔姆以东的一个村子。

“我知道。”

耶尔洛夫扭头望着她。

“但葬礼过后，仍然有明信片寄来，”他说，“来自国外，没有寄件人姓名。”

朱莉娅迅速瞥了他一眼。

“真的？”

“应该不会错，”耶尔洛夫答道，“亲眼见过维拉收到的明信片的人，只有埃里克·埃亨伦德。他说在尼尔斯死后好几年，明信片还源源不断寄来。”

“因此斯滕维克的人们认为坎特还活着？”

“正是如此。天一黑，人们就爱坐在一起聊些家长里短。恩斯特不是那种爱说闲话的人，但他也持相同观点。”

“你觉得呢？”

耶尔洛夫欲言又止。

“借用圣徒多默的话，我要看到他还活着的证据。[①]目前还没找到。”

“那来找这个布罗姆贝里又是为什么？”朱莉娅追问。

耶尔洛夫踌躇了片刻，似乎在害怕朱莉娅怪他老糊涂。

“约翰·哈格曼觉得罗伯特·布罗姆贝里可能就是尼尔斯·坎特。”过了好半天他才说。

朱莉娅瞪圆了眼。

“好吧，”她说，“但你应该不这么认为吧？”

耶尔洛夫缓缓摇头。

“有点过于牵强。”他说，“但约翰的理由有好几条。我说过，布罗姆贝里当过水手。他在斯莫兰省长大，才十几岁就以工程师的身份出海。

---

① 多默（Thomas）是耶稣十二门徒之一，对耶稣复活采取“非见不信”的态度。

他离开了很多年……二十年或者二十五年，甚至更长。然后他终于回乡，迁到厄兰岛。他在这里结了婚，生了孩子，我看今天修理厂里那个年轻人就是他儿子。”

“这好像也没什么可疑啊。”

“嗯，”耶尔洛夫说，“唯一的奇怪之处就是他离家的时间太长了。约翰听过一些传闻，说布罗姆贝里被赶下船，在南美洲的某个港口流浪，以致落魄潦倒，酗酒成性，后来总算有个瑞典船长带他回国。”

“可是迁来厄兰岛的人总不会只有布罗姆贝里一个吧？”

“哦，对，从本土迁来的人成百上千。”

“难道约翰怀疑这些人都是尼尔斯·坎特？”

“那倒没有。而且我觉得布罗姆贝里和坎特一点儿也不像。可是人们只会看到他想看到的，对不对？我妈妈，也就是你的祖母萨拉，小时候见过一个小妖精……还记得吗？她常说的那个‘灰色男人’……”

“嗯，我听过那个故事，”朱莉娅说，“你用不着……”

但耶尔洛夫还在自顾自往下说。

“那究竟是什么东西并不重要。那是19世纪末的某一个春天，她在格伦霍根[①]郊外的卡尔马海峡的岸边洗衣服，突然身后传来急促的脚步声，树林里冲出来一个人……个子很小，才一米高，一身灰衣。他什么也没说，直接从萨拉身旁跑过去，冲向海湾，也没看她一眼。然后他一步不停地扑进海里……妈妈大声喊他，但他只是笔直朝海里冲去，大浪袭来，将他吞没，他就那样消失了。”

朱莉娅轻轻点头。奇特的故事——也许是她在厄兰岛的家人讲过的最最奇特的故事。

“一个自杀的妖精，”她说，“这种事可不是每天都能碰上的。”

---

① 厄兰岛西南部的一个村子。

“这故事当然不是真的，”耶尔洛夫又说，“但我相信。我相信我妈妈确实见过一个妖精，最起码是某种自然力量或是未知的现象，被她当做妖精。而我也很清楚，世界上是没有妖精、巨怪的。”

“总之现在他们很少出现了。”朱莉娅说。

“是啊，”耶尔洛夫缓缓地说，“尼尔斯·坎特也是同样的道理。现在没人谈论他了，也没人见过他。警察认为他已经死了，埋在玛纳斯教堂墓园里，还有块墓碑，谁都可以去亲眼看一看。但是北厄兰岛还有些人相信他还活着。至少那些上了年纪，还记得他的人会这么想。”

“你觉得呢？”朱莉娅又问了一遍。

“我觉得如果能解开围绕尼尔斯·坎特的所有谜团就好了。”

“我想找到儿子，”朱莉娅轻声说，“所以我才回来。”

“我明白，”耶尔洛夫说，“但这两件事之间可能有联系。”

“尼尔斯·坎特和延斯？”

耶尔洛夫点点头。

“不瞒你说，我已经得知他们在某种程度上的确存在联系。这中间的联结点就是马丁·马尔姆。”

“怎样联系？”

“马尔姆保管过延斯的凉鞋。而将尼尔斯·坎特的棺材运回瑞典的货船，也属于马尔姆航运公司旗下。”

“真的？你怎么知道？”

“这不是秘密。装着棺材的货船靠岸时，我就在港口。负责操办的是玛纳斯的一家殡仪馆。”

朱莉娅琢磨了一阵。通往玛纳斯的路口在前方出现，她踩下刹车，拐了个弯。

“可是今天我们没能和寄出凉鞋的人说上话。”

“没错，但你进了他家。马丁今天身体不好，不过我们迟早会有机会找他谈谈的。也许下周可以。”

“我不能光为了这个就留下来，”朱莉娅厉声道，“我得回哥德堡。”

“那就再说吧。什么时候走？”

“不知道。很快吧……可能明天。”

“明天玛纳斯教堂要举行葬礼，”耶尔洛夫说，“十一点。”

“我不知道能不能去，”朱莉娅拐向养老院的路口，“毕竟我和恩斯特不熟。他死得很惨，我永远也忘不了发现他的那个早晨……但我并不认识他。

“能去就尽量去吧。”耶尔洛夫推开车门。

朱莉娅也下车搀扶他，还帮他拎上装着几瓶酒的袋子，以及他的提包。

“谢谢，”耶尔洛夫拄着手杖，“我的腿现在好多了。”

“再见。”朱莉娅把他送到电梯口，“今天过得很愉快。”

她走出门，坐进车里，望着耶尔洛夫走进电梯，他没有跌倒。

她发动汽车，回到路上，往东驶去。回船库之前她打算去玛纳斯买点吃的。

现在是四点二十分，天色渐晚。普通的上班族，这时肯定都在回家的路上了。

但有些人还没回家。她驶过玛纳斯那间小小的警察局时，看见屋里还亮着灯。

朱莉娅在杂货店前停车，买了牛奶、面包和一些零食。她银行账户里的钱所剩无几，下一笔津贴还得过一个多星期才能领到。唯一的应对之策，就是不去考虑这件事。

她走出杂货店时，警察局窗户里的灯光还亮着。她想起了伦纳特·亨里克松，想着阿斯特丽德说过的那些事：伦纳特的人生也遭受了悲剧性的打击。

朱莉娅驻足凝望那扇亮着灯的窗户。她把食物放进福特车的后备厢，锁上车，然后穿过马路，敲了敲警察局的门。

第四章 漫漫归家路

17

“我总觉得是我母亲的错，”朱莉娅说，“那天下午她躺了一会儿，睡着了。”

她眨眨眼赶走眼泪，又说：

“我更不能原谅我父亲……也就是耶尔洛夫……因为他去海边补渔网。如果他在家，延斯不可能跑出去——延斯和他外祖父很亲的。”

朱莉娅啜泣着叹了口气。

“这么多年，我一直在怪罪他们，但其实还得怪我。我抛下延斯，去卡尔马见一个男人。虽然我知道那完全是浪费时间。他根本没出现。”她顿了顿，又说，“是迈克尔……延斯的父亲。我们离婚了，他住在斯科讷省[①]，但他总说要坐火车来看我……我以为我们还有机会重新开始，可他不感兴趣。”她又哽咽了，“所以延斯失踪的时候迈克尔一点儿忙也没帮，他还留在马尔默……反正最该责怪的人是我自己。”

伦纳特坐在桌对面，静静聆听——朱莉娅心想，他真是个优秀的听众——让她尽情一吐心声。当她不吱声了，伦纳特才开口道：

“谁都没有错，朱莉娅。用我们警察的话来讲，这只是——一系列不幸事件的结果。”

---

① 瑞典南部的一个省。

“嗯，”朱莉娅说，“如果延斯的失踪是意外的话。”

“你的意思是？”

“我是指……除非延斯跑出去，碰到什么人，被对方带走了。”

“那会是谁呢？”伦纳特追问，“谁会干那种事？”

“不知道，”朱莉娅说，“疯子？这些事你比我更清楚，你是警察啊。”

伦纳特缓缓摇头。

“如果真有这种人，他一定心理不正常……极其不正常。”他说，“而且这种人多半早已因为其他暴力犯罪而被警方列为关注对象了。当时厄兰岛没有这样的人。相信我，我们排查过嫌疑人……我们四处走访，还调查了以往的案件记录。”

“我明白，”朱莉娅说，“你们尽力了。”

“我们的推测是延斯在海里溺水了，”伦纳特说，“你们家离海只有几百米，那天的雾很大，很容易迷路。很多在卡尔马海峡不幸溺水的人永远都下落不明，延斯不是第一个，也不是最后一个……”他稍作停顿，“讨论这件事，你一定很难受，我不想……”

“没关系。”朱莉娅平静地说。她思忖片刻，又补充道：“我本来不该在秋天回来重新面对这件事，但终究来了。我已经接受现实……我知道，延斯不会回来了。”她竭力让自己的声音坚定不移，“我必须开始新生活。”

玛纳斯迎来了星期二的夜晚。朱莉娅本来只是顺便到警察局看看伦纳特，可进去之后就没打算离开。伦纳特起初准备把一天的工作收尾后就关电脑回家，但现在，他只好也留下。

“今晚你不值班？”朱莉娅问。

“有安排，不过时间还没到，”伦纳特说，“我是大厦管理委员会的成员，今晚要开会，七点半才开始。”

朱莉娅本想问他支持哪个政党，但答案未必会是她喜欢的。然后她又想问伦纳特结婚了没有，然而这个问题的答案她可能也不喜欢。

“可以让‘白鲸’送一份外卖比萨来，”伦纳特说，“你要吗？”

“好啊。”

警察局办公室里有个小厨房。虽然办公室缺乏个人色彩，但窗帘的式样、红色的碎布地毯以及墙上的两幅画，倒也让这个地方平添了几分家庭般的温馨。一台干干净净的咖啡机立在同样整洁的工作台上。墙角里摆着一张矮桌和几把椅子。港口旁的“白鲸”送来加火腿的比萨，伦纳特和朱莉娅就在矮桌旁吃了起来。

他们一边吃一边聊——这次就不仅仅是闲话家常了——话题围绕着生命中的遗失与悲伤。

后来朱莉娅也不记得是谁先袒露心迹的，不过她觉得是自己开的头。

“我一定得和过去说再见，”朱莉娅说，“如果延斯是掉进海里了，我也只能面对现实。你说过，以前也出过类似事故。”她停了停，又说，“只是他本来很怕水，不喜欢去岸边玩。所以我有时觉得他应该是走另一个方向，去了灌木林。听起来确实有点不可思议，可是……耶尔洛夫也有同感。”

“我们也到灌木林搜查过，”伦纳特轻声说，“出事后那几天，每个地方我们都找遍了。”

“我明白，我也一直在回想……那时我们见过面吗？”朱莉娅问道，“你和我，见过面吗？”

延斯失踪后，警察们来家里问了很多问题，对朱莉娅而言，他们只不过是一张张不知姓名的脸。他们提问，她像机器一样回答。只要能找到延斯，他们姓甚名谁都无所谓。

过了很久，她才察觉他们的有些问题都指向一种可能性：她自己——原因不明，也许是精神失常——杀了亲生儿子，再把尸体藏匿起来。

伦纳特摇了摇头。

“那时你我并没直接碰面……最起码是从没说过话。负责与你和你家人沟通的是其他警官，我说过，我在负责搜查的那一组。我在斯滕维克召集志愿者，沿着海岸通宵搜查，还开着自己的巡逻车到处转，走遍了斯滕维克周边的每条路，走遍了灌木林。可我们还是没找到他……”

他停下来，长叹一声。

“那些天真难熬啊，”他又说，“特别是我……我自己也经历过类似的事。我父亲……”

他说不下去了。

“我也听说过一些，伦纳特，”朱莉娅温柔地说，“阿斯特丽德向我提过你父亲的情况……”

伦纳特点点头，目光低垂。

“这不是什么秘密了。”

“她还谈到尼尔斯·坎特，”朱莉娅说，“出事的时候……你多大？”

“八岁。那时我才八岁。”伦纳特的双眼一直盯着地面，“我刚开始在玛纳斯上学。那学期马上要结束了。那天天气很好，阳光灿烂。我很开心……期待着暑假。然后学生中间开始议论纷纷——说是去博里霍尔姆的火车上发生枪击事件，有个来自玛纳斯的人中枪了……但谁也没有确切的消息。我到家时才接到噩耗。我母亲在家里，她的姐妹们都来了。她们默默坐了很久，最后母亲还是告诉我了……”

伦纳特无言地深陷回忆之中。从他的眼中，朱莉娅读出了一个八岁男孩在那一天所经历的震惊和苦痛。

“警察是不是不可以哭？”她试探道。

“哦，那倒不是，”伦纳特平静地答道，“但我想我们比较善于抑制自己的感情。”他又说，“尼尔斯·坎特……我甚至都不认得他是谁。他比我大十几岁，虽然住处只相距几公里，却从没打过照面。可他却杀害了我父亲。”

又一阵沉默。

“那后来你对他是什么感觉？”朱莉娅终于还是问道，“我是指，如果你对他恨之入骨，我完全可以理解……”

她联想到了自己，她曾无数次揣想，如果遇上杀害延斯的凶手，她会作何反应。她不知道自己会做出什么举动。

伦纳特叹着气，望着警察局后方窗外的暗夜。

“不错，我恨透了尼尔斯·坎特，”他说，“仇恨那么深刻，那么强烈。可我也很害怕……特别是在夜里，辗转难眠的时候。我怕他回到厄兰岛，把我和母亲也杀了。”他稍作停顿，“过了很久很久，那种感觉才渐渐消失。”

“有人说他还活着，”朱莉娅小声说，“你听说过吗？”

伦纳特盯着她。

“谁还活着？”

“尼尔斯·坎特。”

“还活着？不可能。”

“是啊。我也不相信……”

“坎特已经死了。”伦纳特切了块比萨，“是谁说他还活着？”

“我也不相信。”朱莉娅连忙说，“可是我这次回来，耶尔洛夫从头到尾都在谈论这个人……他好像想让我相信，延斯的失踪是尼尔斯·坎特所为，那天延斯遇到了坎特。虽然当时他应该已经死去十年了。”

“他是1963年死的，”伦纳特说，“秋天，棺材运到了博里霍尔姆的港口。”他低下头，“我不知道该不该透露这件事……博里霍尔姆的警察把棺材打开了。基于某种原因，行动非常隐秘。可能是出于对维拉·坎特的惧意，或者敬意。我的意思是，她确实很有钱，而且是大半个厄兰岛的主人……但他们还是开棺了。”

“尸体在里面？”

伦纳特点点头。

“我亲眼看见了，”他的声音很低沉，“那不是正确的程序。反正棺材上岸的时候……”

“运送棺材的是马尔姆航运公司的船。”朱莉娅打岔。

伦纳特又点点头。

“没错。这些都是耶尔洛夫告诉你的吧？”没等朱莉娅回答，他又说，“那时我刚到玛纳斯当警察，之前两年都在韦克舍[①]。我主动申请到博里霍尔姆监督他们开棺。当然，这完全出于私人原因，与警察职责无关，但同事们都很理解。棺材被安置在港口附近的一个仓库里，等着殡仪馆的人来料理。棺材外面还有一个钉得死死的木箱，附有南美洲某处瑞典领事馆盖章的文件。”他歇了口气，又继续说下去，“有个资历较老的警察撬开棺盖，躺在棺材里的的确是尼尔斯·坎特的尸体，已经半干了，还长了黑色的霉斑。博里霍尔姆医院的一名医生验尸后确认坎特是在海水中溺死的。他显然在水里泡了很长时间，因为鱼已经开始……”

伦纳特说着说着，神情越发空洞，但他的目光移到桌上时，突然想起他们还在吃比萨。

“真不该说这些细节。”他连忙说。

“没关系，”朱莉娅说，“可你怎么知道死者就是坎特？靠指纹？”

“警方没有保留尼尔斯·坎特的指纹样本，”伦纳特说，“也没有

① 瑞典南部城市。

牙齿方面的记录。确认他的身份，是根据左手的一处旧伤。有一次他在斯滕维克采石场和人打架的时候，好几根手指骨折了。这是我从斯滕维克的几位村民那里打听来的。棺材里的尸体也受过同样的伤。所以可以确定。”

两人相对无言。

“是什么感觉？”最后朱莉娅问道，“我指的是看见坎特的尸体时。”

伦纳特似乎在考虑这个问题。

“其实没什么感觉。我想见的，是活生生的坎特。你又不能让一具尸体负什么责任。”

朱莉娅若有所思地点点头。她准备请伦纳特帮一个忙。

“你有没有进过坎特家？警察到那里找过延斯吗？”

伦纳特摇摇头。

“为什么要去他们家里找？”

“我也不知道……我只是在想延斯究竟会去什么地方。如果他既没去海边，也没去灌木林，就有可能是去了某个邻居家。而维拉·坎特的房子离我们家只有两百米……”

“他为什么要去那里？”伦纳特不解，“又为什么留在那里？”

“不知道。如果他进屋以后摔倒了，或者……”朱莉娅心想：这可难说，说不定维拉·坎特和她儿子一样疯狂呢。

也许你进了他们家，延斯，然后维拉把门锁上了。

朱莉娅又说：

“我这个请求可能有点过分……能不能麻烦你进去看看？和我一起去？”

“看看……你是说进坎特家？”

“只是迅速查看一下，在我明天回哥德堡之前。”朱莉娅捕捉到了伦纳特疑虑重重的目光。她本想把昨晚看见房子里有光的事说出来，但转念一想，难保是自己太多心，就打消了这个念头。“如果房子里没人住，就不算非法侵入吧？既然你是警察，应该想去哪里就可以去哪里吧？”

伦纳特摇摇头。

“规定非常严格，虽然我作为在村里的值勤警察，行动的权限稍微宽一点，但是……”

“可是没人会发现的，”朱莉娅打断他，“斯滕维克实际上没什么人，维拉·坎特家周围的房子都是避暑别墅，附近没人住。”

伦纳特看了看表。

“我得去开会了。”

至少他没直接拒绝她的请求，朱莉娅心想。

“开完会呢？”

“你今晚就要进去吗？”

朱莉娅点点头。

“再说吧，”伦纳特说，“这种会开起来都没完没了。如果早结束，我可以给你打电话。你有手机吗？”

“好，等你电话。”

餐桌上有两支铅笔，朱莉娅从比萨的盒子上撕了一小片纸，写下她的手机号。伦纳特把纸片塞进胸前的衣袋，站起身。

“别独自行动。”他望着朱莉娅。

“不会的。”她保证。

“我上次经过时，维拉·坎特的房子看起来好像快要倒了。”

“我明白，不会擅自闯进去的。”

然而，如果延斯就在那里，孤零零留在黑暗中——如果她没去找他，延斯会原谅她吗？

他们走出警察局时，玛纳斯的街道一片冷清。商店的灯全熄了，只有广场上的小卖部还开着。潮湿的空气仿佛已经开始结冰。

伦纳特关了灯，锁上警察局的门。

“你现在要回斯滕维克？”

朱莉娅点点头。

“一会儿还能见面吧？”

“可能吧。”

朱莉娅想起另一件事。

“伦纳特，那只凉鞋你查出什么线索了吗？耶尔洛夫交给你的那只？”

伦纳特先是不明就里地望着她，然后才反应过来。

“很不走运，还没有。”他答道，“我把凉鞋封在袋子里寄去了林雪平的国家法医实验室，但还没收到回复。下周我会给他们打个电话。不过，最好不要抱太大希望。我的意思是，已经过了这么久，而且我们甚至还拿不准那是不是……”

“我明白……说不定那都不是延斯的鞋。”朱莉娅立刻说。

伦纳特点点头。

“自己当心，朱莉娅。”

他伸出手。在他们向彼此倾诉了那么多之后，这种道别方式未免太公事公办了些。但朱莉娅也不太习惯和别人拥抱。于是她和他握了手。

“再见。谢谢你的比萨。”

“别客气。我开完会就给你打电话。”

他的目光在她脸上多停留了一阵，其中蕴涵着无穷意味。然后他转身离去。

朱莉娅回到街对面的车里。她缓缓驶离玛纳斯的中心地段，经过养老院时，耶尔洛夫可能正坐在那里喝咖啡。她又经过漆黑一片的教堂和墓园。

伦纳特·亨里克松结婚了吗？抑或还是单身？朱莉娅不知道，也不敢问。

回斯滕维克的途中，她一直思考自己是不是吐露了太多个人隐私，过多暴露了自己的罪恶感。今天收获颇丰，耶尔洛夫总算拿出了他的新观点：杀害延斯的凶手正病恹恹地躺在博里霍尔姆的一座豪宅里，杀害亨里克松警长的尼尔斯·坎特，兴许还在人世，在同一个镇上做汽车销售生意。经受了这样的冲击，找个人好好谈谈心，多了解一些事情，也挺不错的。她很难搞懂父亲是不是在和她开玩笑。

不，他不会拿这种事开玩笑。但朱莉娅并不认为他的想法对他们的调查有什么促进作用。

倒不如回家算了。

她决定明天就回哥德堡。先去参加恩斯特·阿多尔弗松的葬礼，然后向耶尔洛夫和阿斯特丽德道别——下午开车回家，今后的生活，要试着对自己好一点。少喝酒，少吃药。尽快回到护士岗位上。不再抓着过去不撒手，不再和恐怕永远都解不开的谜纠缠不休。过正常人的生活，为未来作点打算。明年春天再回来探望耶尔洛夫——可能还有伦纳特。

斯滕维克的房子渐次出现在路边，朱莉娅减慢车速。她把车停在自家的别墅外，下车摸黑开了铁门，再把车开进去。她决定最后这个晚上就住在别墅里自己的卧室里。最后一次和所有美好的悲惨的记忆相依偎。

她进屋打开几盏灯，然后离开别墅，去船库收拾牙刷以及留在那里的所有东西——包括从哥德堡带来却一直硬撑着没打开的那几瓶酒。

一路上，她密切留意着左侧黑暗中维拉·坎特的房子，但没有刻意扭头观望。去船库的途中也只是顺路望了望阿斯特丽德·林德尔家，以及南面的约翰·哈格曼家的灯光。

收拾完行李，她瞥见窗前那盏旧煤油灯。她只犹豫了一秒钟，就把灯从钩子上取下，带去别墅。这是为了安全起见。

原路返回时，她又瞧了瞧维拉那座位于山楂树篱后的房子。现在窗户里没有亮光。

“我们从没去那里面找过。”先前伦纳特这么说。

警察为什么要进去呢？很难将维拉·坎特列为绑架延斯的嫌疑人。

但如果尼尔斯·坎特就偷偷藏在家里，如果维拉一直在窝藏他，如果延斯在浓雾中沿路走向海边，在维拉·坎特家门前驻足，开门走了进去……

不，她想得太多了。

朱莉娅回到别墅，把每个房间的电灯都打开，让屋里的暖意裹住自己。她从包里拿出一瓶酒，既然是在厄兰岛的最后一晚，就喝一点吧。她在厨房里开了酒瓶，斟上一杯。在工作台前喝完之后，马上又倒了一杯，端着酒来到客厅。

酒精的热量流过全身。

可是——只是去迅速查看一下。如果伦纳特在玛纳斯的会议早早结束，如果他打来电话……她会再求他到这里来。莫非他真的不愿意踏入杀父仇人从小居住的房子？只是迅速查看一下，没多大问题？

朱莉娅似乎被耶尔洛夫传染了——她无法将尼尔斯·坎特从脑海中驱赶出去。

哥德堡
1945年8月

经历了长达六年的世界大战后，这个夏天格外明媚、炽热，充满了对未来的乐观、希冀。在哥德堡市区，大片大片的新居民区被列入兴建计划，摇摇欲坠的老木头房子一座接一座被拆掉。穿行于市区大街小巷中的尼尔斯·坎特已经目睹了好几台正在作业的挖掘机。

八月初，尼尔斯发现市中心的围墙刷上了“世界和平”的白色大字。一天后，他买了一份《哥德堡邮报》，读到头版头条《原子弹——震撼世界的新力量》。日本无条件投降，美国的新武器为战争画上了句号。能一举奠定胜局，可见原子弹的威力之大，尼尔斯在电车上听过别人的议论，但当他看到报上那朵直指天穹的巨大蘑菇云时，不知为何竟想起了死去的德国兵手里的绿苍蝇。

对尼尔斯而言，和平还遥遥无期——他仍然是通缉犯。

天色已晚。尼尔斯站在郊区小公园里的一棵树下，望着一个穿西装的年轻人匆匆从街上往这边走来。

尼尔斯自己也穿着一件二手黑西服，是在哈加大街一家商店里买的，不算新，但也不太破。他头戴一顶帽子，帽檐拉得很低，不再刮胡子，他开始蓄须。每天早上，他都在梅乔纳[1]那间租来的房间里对着镜子修剪茂密的黑色胡须。

据他所知，家里只有他一张照片，还是六七岁时照的，一张学校的集体照。尼尔斯站在后排，眼睛被帽子遮去了大半。尼尔斯不知道那张模糊的照片是否已落入警方手中，但他仍要确保自己绝对不被人认出来。

公园下方那条可以俯瞰码头的街道，是哥德堡最脏乱的地方之一，石头路面上满是泥浆和尘土，一座座未经粉刷的木屋摩肩接踵，似乎在彼此支撑，以免倾倒。尼尔斯的胡须、二手黑西服和往后梳得十分光滑的头发，与此地的环境非常契合。他看上去很穷，却又不像罪犯。至少他自认为如此。

从厄兰岛一路逃亡至此，最重要的秘诀就是融入环境，令人视而不见，绝对不能吸引别人的注意力。

尼尔斯发现自己很难离开波罗的海沿岸，只有在岸边他才能透过杉木林远眺他的厄兰岛。他一直在奥格斯特舅舅的锯木厂周边盘桓，直到第三天早晨看见一辆警车停在办公室外，才动身往西逃走。

他直接逃进茂密的森林。

在灌木林中游荡的经历使他早已适应了长途远足，而且十分擅长借助太阳和自己的直觉来正确判断方向。

整个七月，他都跋涉于乡村之间，混迹于大批前往大城市寻找战后新机会的年轻人之中，没有引起注意，甚至没几个人看见过他。他绕开大

① 哥德堡西部的居民区。

路，在森林中行进，吃野果，喝溪水，累了就找棵树干粗大、枝叶繁茂的杉树，在底下睡上一觉，如果下雨就睡到谷仓里。有时他能碰上硕果累累的苹果树，有时则潜入农庄偷几个鸡蛋、一罐牛奶。

维拉给他的奶油太妃糖第三天就被吃完了。

他在胡斯瓦纳逗留了几小时，这个小镇是他那支猎枪的原产地。但他没能找到造枪厂，也不敢向人打听。胡斯瓦纳和卡尔马差不多大，附近的延雪平①更大。虽然他的衣服满是汗味和森林的味道，但街上人来人往，走在人流中，没有谁会多看他一眼。

他壮着胆子在一家餐馆吃了顿饭，然后又买了一双新的轻便鞋。这双质地优良的鞋花了三十一克朗。妈妈给他的钱，加上奥格斯特舅舅的施舍，到此时剩下的现金已经不多，但他还是进了铁路附近的一家小酒馆，点了一大块牛排、一杯比尔森啤酒②、一小杯科涅克白兰地，总共花了两克朗又六十三分。很贵，但艰苦跋涉这么久，大吃一顿也值得。

在酒馆补充了充足的能量之后，他离开延雪平，继续往西，花了几周穿越西哥德兰省③的森林，终于抵达瑞典的西海岸。

哥德堡是瑞典第二大城市，尼尔斯上学时老师讲过。哥德堡很大很大：约塔河两岸的高楼鳞次栉比，街上车水马龙，人潮如织。起初，密密匝匝的人群令尼尔斯惊慌失措，开头那几天他完全手足无措。港口附近的街巷中有各国的水手，英国、丹麦、挪威、荷兰，各种外语不绝于耳。他

---

① 瑞典南部城市。

② 一种原产自捷克的著名啤酒。

③ 瑞典西南部的一个省。

望着一艘艘轮船起航驶向海外，或缓缓在码头边抛锚，卸下从各地运来的货物。他有生以来第一次吃到香蕉，来自南美洲的香蕉。虽然那根香蕉黑糊糊的，几乎熟透了，但依然十分可口。

比起厄兰岛的港口，这里完全是另一番景象。一排排起重机装卸货物的黑色身影，直指青天，一艘艘拖船喷着灰烟，在穿过海峡驶向大西洋的诸多白色大汽船之间穿梭自如。哥德堡港内几乎完全看不到风帆和桅杆的影子，只有无数马力十足的机动船，在码头上密密麻麻地排成长队。

尼尔斯在岸边漫步，注视着颀长的船身，寻思着南美洲的香蕉。

他尽量减少留在那间脏乱的单身公寓里的时间，回去很晚，起床很早。他并不怀念在森林中的苔藓和枯枝上度过的那些寒夜，但每次躺到床上，四面的墙壁就像牢房一样围困着他，每分每秒，楼梯上似乎都会响起警察沉重的脚步声。

一天夜里，他的房门开了，亨里克松警长全副武装走进房间。他的制服浸满鲜血。他伸出一只血淋淋的手，伸向尼尔斯的床。

你杀了我，尼尔斯。现在我总算找到你了。

尼尔斯大叫一声，惊醒过来，牙齿不停打战。房里没人。

他在哥德堡这段时间，只给维拉寄过一张明信片。一张正面印着文加灯塔的照片的黑白明信片。尼尔斯将明信片寄往这个国家另一端的斯滕维克，没有署名，也没有留言。除了他还没有被捕、还在西海岸某个地方这些信息之外，他不敢让妈妈知道得更多，但这已经足够了。

这时那年轻人走进了公园。他和尼尔斯年龄相仿，名叫马克斯。

尼尔斯第一次见到他是在三天前，在港口附近的一家小咖啡馆里。马克斯坐在角落，和尼尔斯隔着两张桌子。要想不注意到他都难，因为他一边从金色的烟盒里抽出一支又一支的烟来吸，一边操着一口浓重的哥德堡口音和服务员、笑眯眯的咖啡馆老板，以及其他顾客大声搭话。大家都叫他马克斯。有时候会有人从街上走进来坐到他对面，有老有少，小声地和他嘀咕几句，然后马克斯也压低嗓门，以各种手势和快速交换的短句交谈。

马克斯显然在卖什么东西。既然他从没把东西交给来找他的人，尼尔斯猜测他是在贩卖消息，给人出谋划策。所以过了一小时左右，尼尔斯也起身挪到马克斯那桌，但没有透露自己的名字。近距离仔细端详，看得出马克斯比他还年轻，油腻腻的头发，脸上长着很多雀斑。但他听尼尔斯说话时，表情却十分警觉。

独自行动这么久，坐下来和陌生人谈话的感觉很奇怪。但这不要紧，只要和马克斯的其他客人一样小声交谈就可以了。他需要一些特别的建议，而且还想让马克斯帮他办点事——很重要的事。马克斯一边听一边点着头。

“两天。”他说。

这是他执行重要任务所需的时间。

“我给你二十五克朗。”尼尔斯说。

“三十五克朗还差不多。”马克斯立即还价。

尼尔斯想了想。

“三十。”

马克斯点点头，倾身向前。

“我们下次碰头的地点不在这里，”他的声音更轻了，“去一个公园……很不错的公园，我经常去。”

他给了尼尔斯具体路线，然后起身匆匆离开咖啡馆。

于是尼尔斯现在就在公园里等待。他已经来了半小时，四下逛了

逛，确认公园里没有别人，又定下了两条逃跑路线，以防万一。他没有把名字告诉刚认识的马克斯，但马克斯肯定很快就会猜到尼尔斯正被警方通缉。

马克斯径直朝他走来，没有向某处隐蔽的监视者使眼色、打暗号的迹象。

尼尔斯并未因此放松神经，但也用不着马上逃跑。他瞪着停在自己面前一米左右的马克斯。

"'蓝色地平线'，"马克斯说，"你要上的那艘船。"

尼尔斯点点头。

"是一艘英国船，"马克斯在树丛间的一块石头上坐下，抽出一支烟，"但船长是丹麦人，名叫佩特里。他不太在乎上船的是谁，只在乎钱。"

"那就好商量了。"尼尔斯说。

"现在他们在装木材，三天后起航。"马克斯吐出一口烟。

"去哪里？"

"东伦敦。他们会在那里卸下木材，然后去德班[①]运煤，再去桑托斯[②]。你可以在那里上岸。"

"我想去北美，"尼尔斯立即说道，"去美国。"

马克斯耸耸肩。

"桑托斯在巴西，里约热内卢南边，"他说，"到了那里再转船吧。"

尼尔斯心中暗暗盘算。桑托斯在南美洲？也许在回欧洲之前，以那里为起点开始新的旅程也不错。

"好吧。"他点点头。

---

① 南非东部海港，面朝印度洋。

② 圣保罗的外港。

马克斯迅速起身，伸出手。

尼尔斯把五张两克朗的钞票放进他的掌心。

“我想先见见佩特里，”他说，“之后给你剩下的。你可以给我指条路，怎样去找他。”

马克斯微微一笑。

“按他们的说法，你得‘去打工’。”

尼尔斯一头雾水地瞪着他，马克斯又说：

“找活儿干的人一大早就到码头上等人来招短工。有人能接到活儿，有人只好回家待着。所以你明天一早就去加入他们……那么就会被挑到‘蓝色地平线’上去了。”

尼尔斯再次点头。

马克斯迅速把钱塞进衣袋。

“我叫马克斯·雷默，你呢？”

尼尔斯没回答。收了钱还问这问那！他脖子上的血管跳得更快了，怒火渐渐燃起。

马克斯愉快地对他微笑，似乎还没感受到威胁。

“我猜你是从斯莫兰省来的，”他把烟踩熄，“一张嘴就听得出口音。”

尼尔斯还是一言不发。他完全可以打倒马克斯——马克斯个头比他小，这很容易。打倒他，狠狠踹他几脚。拿块石头结果了他，然后把尸体藏在公园里。

这很容易。

但是，然后要怎么办？说不定马克斯半夜会来找他，就像死掉的警长一样。

“别问太多问题，”他一边说一边往公园出口走去，冲着港口的方向，“不然剩下的钱你就不一定能拿到了。”

伦纳特没来电话。

朱莉娅在别墅里等了好几小时。今天是星期二，晚上八点半过了，九点了，他还是没来电话。

到这时候，朱莉娅已经把一瓶红酒喝完了。一点儿也不难。她潜入维拉·坎特家的决心越来越坚定，伦纳特来不来其实不那么重要。

她本想打电话告诉耶尔洛夫自己的计划，后来又放弃了。她无法再用整理行李、打扫房间来消磨时间，不安与好奇在心中不断滋长。

黑暗与寂静压迫着整座别墅。九点四十五分，朱莉娅终于起身，带着几分酒意，但更多的是决绝。

她在外套里面多穿了一件毛衣，还穿了厚袜子。前门旁边的柜子里有一顶棕色的旧羊毛帽，她戴上帽子，将头发盘进去，对着前厅的镜子打量着自己。和伦纳特长谈之后，忧愁在她前额上啃出的皱纹是不是舒展了些?

也许吧——不过也可能是红酒的功效。

她把手机放进衣袋，左手提起煤油灯，关掉别墅里的电灯，准备就绪。

只是迅速瞟一眼。

夜色清冷，微风轻轻拂动树梢。朱莉娅踏上村道，黑暗顿时笼罩周身，但仍能望见瑞典本土上的点点微光。

刚走出几米，她便驻足倾听暗影中是否有什么声音：沙沙响的树叶，或是折断的树枝？但四周万籁俱寂——没有任何东西移动。

荒凉的斯滕维克。她走向维拉·坎特的房子，脚下踏过的碎石小路嘎吱嘎吱地呓语。

然后她又停住了。月下的铁门闪着白光。朱莉娅缓缓伸手，摸到了冰冷的铁门闩。门闩生了锈，很粗糙，紧紧卡住。

她推了推，铁门微微叫唤一声，却没开。可能铰链也锈住了。

最后朱莉娅只得将煤油灯放到地上，紧靠铁门，双手握着门闩使劲往上再往里一提。铁门总算挪动了几英寸，又卡住了。但这点缝隙足以让她挤过去。

酒精的刺激暂时压倒了她在黑暗中茫然无助的恐惧，但仅仅是那么一瞬。

高大的树木环抱下的花园，被重重黑影牢牢笼罩。朱莉娅在原地站了一阵，让眼睛渐渐适应黑暗。她渐渐分辨出呈现在眼前的细节：一条石板小路蜿蜒至花园深处，像在无声地邀请她继续深入，小路旁有个被落叶和黑土覆住的圆形井盖，野草到处疯长。水井另一边有个棱角分明的柴房，像个搭得很差劲的帐篷，屋顶就要塌陷。

朱莉娅试着往花园里迈了一步，然后又是一步。她竖起耳朵，迈出第三步。每前进一步，困难就增加一分。

手机突然发出尖锐的叫声，吓得她的心脏蹦到了嗓子眼。她慌忙从衣袋里掏出手机，仿佛铃声会惊动黑暗里的什么人，或是什么东西。她按下接听键。

“你好？”

“你好……朱莉娅？”

是伦纳特镇静的声音。

“嘿，”朱莉娅竭力稳住自己的嗓音，“你在哪里？”

“还在开会，”伦纳特说，“没那么快结束……还得进行一会儿。不过我准备开完会就直接回家。”

“好的，”朱莉娅又往前走了两步。现在可以看见维拉·坎特房子的一角了，“没关系，最起码我知道……”

“是因为明天的葬礼，我得提前几小时到场，”伦纳特又说，“所以今晚恐怕去不了斯滕维克……”

“嗯，我理解，”朱莉娅连忙说，“以后再说吧。”

“你在外面？”伦纳特问道。

听不出他有生疑的迹象，但朱莉娅故作轻松地撒谎时，还是难免有点紧张。

“在桥上而已。睡觉前出来散散步。”

“噢，好吧……明天能见面吗？在教堂？”

“能……我会去的。”

“好，”伦纳特说，“那么，晚安。”

“晚安……睡个好觉。”朱莉娅说。

咔嗒一声，伦纳特的声音消失了。朱莉娅又孤身一人前往，但感觉好多了。本来她就预感到伦纳特不能来。

在她前方五六步，石板路的尽头是宽阔的石阶，通往一扇白色的木门，还有一道由玻璃窗围住的门廊，历经多年风雨的摧磨揉搓，已被雕琢出繁复无比的花纹。

高大的木屋如同一座寂静的城堡矗立于朱莉娅面前。黑洞洞的窗口令她联想到博里霍尔姆那座焚毁的城堡。

你在里面吗，延斯？

黑暗也无法掩埋颓败的气息。前门两侧的窗玻璃都已破裂，窗框上的油漆片片剥落。

门廊里伸手不见五指。

朱莉娅缓步来到小路尽头。她仔细听了听。但她究竟在提防什么人？为什么刚才和伦纳特打电话时要把声音压得那么低？

她意识到，谁也听不见时还非得刻意保持安静，真是滑稽透顶——但她仍旧无法放松身心。她拖着僵直的腿走上石阶，背上的肌肉紧绷着。

她试着从延斯的角度来思考，揣摩着如果延斯失踪那天来了这里，会怎么做。如果他进了维拉·坎特的花园——他有没有勇气走上台阶，去敲那扇门？可能有。

走廊前的门把手指向下方，似乎有人从里面开过门。朱莉娅原以为门是锁着的，所以根本没打算去转动把手——但她这才发现，门其实开了一条缝。门框上被削去了一小片木头，所以门锁扣不上了。那么只要拉开门，就能走进去。

所以曾经有人闯进维拉·坎特家里。

会不会是小偷？小偷会在冬天跑到这种乡下地方，畅通无阻地在无人居住的度假别墅里捞上一笔。北厄兰岛最富有的女人留下的废弃大宅，他们肯定会感兴趣。

会不会是其他人呢？

朱莉娅伸手轻轻拉门，门没动。她一低头，找到了原因：门底下塞了一个楔子。

由此推测，有人看到门锁坏了，就在门底下塞上楔子，这样门就不会被风刮开了。小偷会这么细心吗？

不会。

朱莉娅用脚拨开楔子，再次拉动把手。铰链很重，但门还是慢慢开了。

门里深不可测的黑暗令她更为紧张，但她现在无法回头。好奇害死猫。

不过，放楔子的人是从门外塞进去的，所以应该不在房子里。除非另有一个出口。

朱莉娅尽可能谨慎地跨进维拉·坎特家的门槛。

屋里和外面一样冷，一样黑，一样令人感觉置身于洞穴之中。她什么也看不见，这时她才想起自己还带着煤油灯。

她从衣袋里拿出一盒火柴，擦亮一根，掀开灯罩。灯芯吐出一小团闪烁不定的光焰，慢慢变大、变亮，朱莉娅盖上灯罩。凭着这点微光，已足以照亮空空的走廊，但黑暗也只是暂时退缩成角落里的几团黑影而已。

她举起煤油灯，摸索着走廊对面的房门，门关着，但没上锁。朱莉娅推开门。

维拉的门厅又窄又长，墙上贴着退色的花墙纸，和走廊一样空荡荡的。朱莉娅原本料想这里可能还留有一个挂着维拉那些黑大衣的衣帽架，或是一排女鞋，但地上什么也没有。白色的蜘蛛网从墙壁一直蔓延到天花板。

门厅往里共有四扇门，都关着。

她顺着墙摸到最近那扇门前，把门推开。

里面的房间很小，只有几平方米，除了地上几个不知装着什么发霉液体的玻璃瓶之外，别无他物，看来是放清洁用品的储藏室。

她小心地关上门，又推开下一扇。

是维拉的厨房，非常大。

地上铺着棕色油毡，到了房间中央则换成光滑的石板，墙边立着一座庞大的不可一世的黑色铁炉。从正对面的两扇大窗户可以望见房子后方，朱莉娅知道从那里的树丛再往后，就是自己家的别墅，只相隔几百米。这令她稍感安心，也给了她走进这个房间的勇气。

左边靠墙有座狭窄陡峭、扶手摇摇欲坠的木楼梯通往楼上。浓黑沉静的空气中悬浮着一些蔬菜腐烂的气味，苍蝇的尸体三三两两散落在地板上厚厚的灰尘里。

多少个夜晚，维拉·坎特一定就伫立在这个地方，守着她那些热腾腾的锅碗瓢盆。战后那个美丽的夏天，尼尔斯·坎特把猎枪藏进背包之后，就是从这个房间离开的。

我会回来的，妈妈。

他可曾许下这样的诺言？

楼梯底下还有扇半开着的门，朱莉娅悄悄往里走了两步，发现门里地面的高度陡然下降。

是通往地下室的楼梯。从地下室开始应该是上策，如果她要寻找……

一具死尸，被藏起来的死尸。但她不想去找，是不是？

只是很快地查看一下。

朱莉娅能感受到衣袋里手机的重量。伦纳特的号码她记得很牢，如果她需要一点点安全感，随时可以打给他。

于是她探进门口，把煤油灯举到身前。

通往地下室的楼梯是用表面粗糙的木板搭成的。楼梯底部是一片压得很严实的泥地，又黑又潮，在煤油灯的幽光中微微闪亮。

但是——有点不对劲。

朱莉娅往下走了两步，好看得更清楚些。她低着头，以免撞上倾斜的天花板，定睛望着下方。

地下室的泥土被挖掘过。

楼梯底部的地面尚属完好，但有人沿着石墙挖了很多小洞。一把铲子靠在楼梯旁边，似乎挖洞的人刚刚离开去稍事休息了。

楼梯上有一对靴子留下的泥印，已经干了，朝着她的方向。

挖出的泥土在墙边堆成一个小土包，稍远处还有两只装满泥土的桶。有人把整个地下室都挖掘了一遍。

怎么回事？

朱莉娅往后退上楼梯。她尽可能不发出声音，一直退回到厨房里，屏息静气，侧耳聆听。

四周依然鸦雀无声。

她可以现在就打电话给伦纳特，但她不想出声，也不想被人看见。

她小心地伸手从衣袋里掏出手机，踏着小步走过厨房，打开手机，凭着记忆输入伦纳特的号码，拇指压在拨号键上。

如果出了什么事，如果……

她竭力安慰自己，在这黑洞一般的房子里，延斯就算死了，也一直陪在她身旁，而且延斯希望她来找他。这收到了一定的效果，她继续往前走。

随着她的脚步踏过厨房地面铺着的油毡，一卷卷绒毛无声地躲到墙边，飘过铁炉，落到石板地面上。

她沿着楼梯登上二楼，心脏狂跳不止。

脚底的木楼梯嘎吱有声，但声音很轻。朱莉娅用握着手机的右手轻轻扶着楼梯扶手，借着坚实墙壁带来的安全感，继续朝着煤油灯照不到的上方进发。楼梯每叫唤一声，她就往上再踏出一步。

上方的黑暗无边无际。

朱莉娅在楼梯半中间停下，喘了口气，再次倾听，然后继续。

楼梯尽头没有门，朱莉娅谨慎地踏上二楼的木头地板。

她置身于一道走廊里，和楼下的门厅一样窄，两边各有一扇紧闭的门。

恐惧和犹疑令她再次裹足不前。

往右还是往左？呆站越久，越会让她寸步难行，所以她选了走廊左边那扇门。好歹那边看起来没那么暗。在她的脚下，绒毛聚成的小球和黑色的苍蝇尸体数量更多了。

墙上依稀可见颜色略浅的长方形——那是从前挂过的壁画留下的痕迹。

她来到走廊尽头，推开门，把煤油灯举到身前。

这个房间很小，与其他房间一样，没有家具。但屋里并非空无一物。朱莉娅刚进门就站住了，只见在唯一一扇窗户旁，有个黑影靠在墙上。

不，现在可以看得出来，那黑影不是人，而是个解开的睡袋，像个黑色蚕茧。睡袋上方的墙壁上贴着不少剪报。

朱莉娅又上前一步。那些陈旧的剪报业已泛黄，用别针固定在墙纸上。

其中一张剪报上黑色的大标题是：**发现德国兵的尸体——遭猎枪射杀**。另一张则是：

全国通缉弑警凶犯。

第三张的发黄程度要轻一些：**斯滕维克一名男孩离奇失踪。**

标题旁的黑白照片里，是一个小男孩天真无邪的笑容。一眼看见儿子，朱莉娅顿时被那熟悉得不能再熟悉的绝望彻底淹没。还有其他剪报，可她再也看不下去，立即扭头退出房间。

她忽然停住。借着煤油灯的光芒，她看见走廊另一头的门是开着的。

那扇门刚才是关着的，但现在可以望见敞开的门口。门里面不仅仅是黑暗，而且是深不见底的黑暗。

而且那不是空房间。朱莉娅能感觉到，有人在里面等待着。一个老妇人。她就坐在窗前的椅子里。

那是她的卧室，一间寒冰般的卧室，充满无尽的孤独、守望和怨愤。

那个女人在等待同伴，而走廊里的朱莉娅如同脚底生根，动弹不得。

黑暗中传来一声剐蹭地面的响动。那女人站起来了，她正慢慢靠近门口，拖曳着脚步，越来越近……

朱莉娅必须逃走，必须赶紧下楼。

煤油灯的灯焰轻轻闪动，她加快了步伐。

已经到了楼梯拐角处，再往下几层就可以了。

她仿佛听见了头顶上的脚步声，那老妇人冰冷的气息似乎已逼近脑后。

他骗我！

那股恨意猛推着朱莉娅的后背。她慌不择路地摸黑往下疾走，却在离地还有三四米的地方一脚踩空，顿时失去平衡。

她的双臂不由自主地往前一甩，手机和煤油灯都飞了出去，落到厨房的地板上。

煤油灯的灯焰猛地一腾，在那一瞬间，朱莉娅心知自己马上就要重重摔在石板地上了。

她咬紧牙关，准备忍受随之而来的剧痛。

恩斯特·阿多尔弗松下葬这天，耶尔洛夫在冷冽的灰色晨光中醒来，只觉得自己像是被从高处抛落地面，手臂和膝盖痛得难以忍受。

由于精神压力，斯耶格伦综合征再度发作——该死，来得真不是时候。看来他只有坐着轮椅去教堂了。

斯耶格伦综合征带来的风湿痛很难受，耶尔洛夫一次又一次与之斗争，尽量全身放松，保持良好心情。但病魔令他的身体毫无抵抗力，再怎么自救都无济于事。病情发作时总是毫不留情地将他重重击垮，深深侵入他的关节，狠狠搅动他的神经，令他口干舌燥、双眼剧痛。

耶尔洛夫任由疼痛继续肆虐，直到病魔自己疲乏。他迎面送给病魔一个微笑。

“我又得坐婴儿车了。”吃完早饭，他说。

“很快你就又能站起来的，耶尔洛夫。”

今天他的看护玛丽在他背后放了一个靠垫，又把轮椅的踏板折下来，置于他的脚底。

在玛丽的帮助下，耶尔洛夫费劲地穿上他唯一一件黑色西服。这件西服既光鲜又干净，是他为了妻子的葬礼买的，自那以后穿了差不多二十年，穿着它在玛纳斯教堂参加了许多朋友和亲戚的葬礼。迟早他也会穿着这件西服赶赴自己的葬礼。

他在西服外面罩上灰色大衣，围上一条厚厚的羊毛围巾，把软呢帽的帽檐拉下来护住耳朵。现在已是十月中旬，今天又是阴天，气温已降到零度左右。

“准备好了？”波尔走出办公室，“要去多久？”

总是同样的问题。

“那要取决于霍格斯特罗姆牧师的表现了。”耶尔洛夫说。

“你的午饭可以用微波炉加热，”波尔说，“如果有必要的话。”

“谢谢。”耶尔洛夫暗自怀疑恩斯特的葬礼结束后他还会不会有胃口。

他觉得波尔应该挺高兴的，因为斯耶格伦综合征迫使他不得不坐进轮椅，这样看护起来就容易得多。她喜欢一切都在控制之中。但只要症状缓解，他很快又能站起来。到时他就又能走路了，他要找出杀害恩斯特的凶手。

玛丽戴上手套，握住轮椅的把手。

他们出了房门，乘电梯下楼，迎着屋外凛冽的寒气，下了斜坡来到停车场。轮椅嘎吱嘎吱碾过结了霜的石头路面，这条冷冷清清的小路通往教堂。

耶尔洛夫咬着牙，他特别讨厌陷在轮椅里的无助感，但他还是尽量放松，不让自己那么紧张。

“我们是不是迟到了？”他问道。

刚才穿西服花的时间太长。

“不算太迟，”玛丽答道，“晚了一点点，这得怪我……幸好教堂很近。”

“我觉得应该不会迟到。”耶尔洛夫说。玛丽礼貌地笑了笑。

这让他很高兴——并不是所有玛纳斯养老院的看护都懂得，老人打趣时年轻人有义务笑一笑。

玛丽推着轮椅走向教堂，耶尔洛夫上身微微前倾，护着脸，抵挡来自卡尔马海峡凛冽的寒风。他还能判断出这阵西南风的风势强劲而稳定，正宜扬帆起航，沿着瑞典海岸一路向北直奔斯德哥尔摩——但他可不愿意在这种天气出海。狂风会裹挟着浪头拍打船舷，桨手的座位会在寒气中结冰。已经三十多年没出过海了，但耶尔洛夫依然拥有一名船长的职业敏感。没有哪个水手愿意在冬天出海。

他们经过教堂前的公共汽车站，拐进小路时，教堂的钟声开始鸣响。寂寥而悠长的钟声在平坦的乡间久久回荡，玛丽加快了脚步。

耶尔洛夫并不急于赶到葬礼现场——葬礼只是为其他哀悼者举办的仪式。他上周已经和约翰一起，去采石场向恩斯特道过别了。送别朋友的失落，与思念埃拉的哀伤交错，将伴随他直到此生尽头。与此同时，一种不快的感觉如鲠在喉——恩斯特还死不瞑目，他还不耐烦地等着耶尔洛夫将他留下的所有谜团碎片拼合起来。

教堂前狭小的空地上至少停了十几辆车。耶尔洛夫寻找着朱莉娅的红色福特，却没找到。不过他倒是发现了阿斯特丽德·林德尔的沃尔沃，心想朱莉娅可能从斯滕维克搭她的车来了，看来他这个女儿最后还是决定来参加葬礼。

建于19世纪的白色教堂矗立在灰色的天幕下。基督教传播到此地已有一千年左右。之前那座建于中世纪的教堂太小，很多地方年久失修，于是才有了这第三座教堂。

他们进入墓园，经过一段白色的石头路面后，玛丽放慢脚步，从背后将轮椅拉上低低的台阶，再推进敞开的教堂正门。

一进门廊，耶尔洛夫就立即摘下帽子。教堂内部昏暗而空旷，参加葬礼的人很多，都穿着黑衣。人们低声耳语，葬礼还没开始。

玛丽将轮椅推到左边的过道，低头小心地看了看耶尔洛夫。他意识到在别人眼中自己是多么虚弱、可怜——确实如此。他的确虚弱又可怜，但他的头脑非常清醒——这才是最重要的。

有的人来参加葬礼，无非就是为了看看下一个进棺材的家伙可能是谁。你们继续看吧，耶尔洛夫心想，我好得很。

很快他就能站起来走路了。

一只纤细白皙的手从前排长凳上的人群中伸出来，朝他挥了几下。是阿斯特丽德·林德尔，头戴一顶带面纱的黑帽。她坐在第四排，身边有个空座位，而且她好像还没注意到耶尔洛夫坐在轮椅里。

在玛丽的帮助下，耶尔洛夫勉强直起身挪出轮椅，坐到阿斯特丽德身旁的长凳上。

“还来得及，”阿斯特丽德对他耳语道，“真没意思。”

耶尔洛夫只是点点头，瞥了一眼阿斯特丽德另一侧的座位，没看到朱莉娅。

玛丽回到教堂后侧。与此同时，唱诗班开始吟唱传统的葬礼圣歌，中殿穹顶下的谈话声戛然而止。耶尔洛夫参加过多次葬礼，对这哀婉的旋律已然烂熟于心。他一边沉浸在音乐中，一边谨慎地四下观望。

来教堂的人都已年事已高，总共一百来人，不到五十岁的只有一小部分。

杀害恩斯特的凶手就在这里，隐藏在哀悼者中间——耶尔洛夫非常有把握。

阿斯特丽德的弟弟卡尔坐在她旁边，他是玛纳斯火车站最后一任站长，六十年代中期车站停业后，他改行做起五金生意，现在已经退休。战后的那个夏日，放行尼尔斯·坎特那列火车的，就是卡尔的同事——比他更年长的阿克塞尔·曼松，但卡尔也在场。那时他还只是车站里的一名听差，也是他告诉耶尔洛夫，售票员玛吉特打电话给玛纳斯警察局，小声地通报说那个通缉犯——坎特家的儿子，刚刚买了一张去博里霍尔姆的车票。他还目睹了几分钟后从玛纳斯赶来的警长腆着大肚子，笨重地冲过月台，前去追捕凶犯的一幕。

厄兰岛上近距离见过成年的尼尔斯·坎特的人，尚在人世的估计只有卡尔。可是有一次耶尔洛夫向他打听坎特长什么模样，卡尔只是摇摇头——他记不住别人的长相。

长凳那头还坐着几位玛纳斯的老人：伯特·林德格伦，本地议会的前任主席，五六十年代也曾出海过好几年，走遍了全世界；他身旁是渔民奥洛夫·哈坎松；然后是军官卡尔·伦德斯泰特，他退休后搬到了自己在朗维克的别墅。

领退休金的老人搬去玛纳斯这种情况并不多见，但耶尔洛夫也明白，北厄兰岛需要的不是老家伙，而是青年工人和更多的工作机会。

风琴声停止了。来到玛纳斯十年左右的埃克·霍格斯特罗姆牧师走到装饰着玫瑰的白色木棺前方。他双手捧起一本又大又厚的棕色皮面的《圣经》，透过圆圆的眼镜望着众人，神色庄严。

“今天我们聚集在此，向我们的朋友恩斯特·阿多尔弗松道别……”牧师扶了扶眼镜，以一个重大问题作为葬礼致辞的开场白，“有谁能猜透一个人的思想，除了自己的心灵？”

《圣徒保罗致科林斯人》的第一封信，第二章。耶尔洛夫记了下来。

“我们人类对彼此知之甚少，”牧师郑重地说，“唯有上帝知晓一切。他目睹我们的一切缺点与过失，却仍赐予我们永恒的安宁……”

教堂后侧有人干咳了一声。

耶尔洛夫闭上眼静静倾听，气定神闲，中间只打了一次盹。众人齐声合唱《玫瑰圣歌》时，他欣然加入。随后由牧师主持祈祷仪式，频频引用《圣经》及其中的圣诗。接着又合唱优美的《玫瑰永不凋谢之地》。

虽然耶尔洛夫已经去恩斯特在采石场的家中和他道过别，但当最后一曲圣歌唱毕，六个神情肃穆的男人起身上前，准备将棺材抬出教堂时，胸中仍免不了一阵深沉的悲痛。抬棺人有他的朋友、来自博里霍尔姆的戈斯塔·英格斯特罗姆，还有伯纳德·科尔贝里——几十年来他一直在斯滕维克南边的村子索尔比开店，经常为恩斯特送货上门。其余四人则是恩斯特在斯莫兰省的亲属。

耶尔洛夫多么希望自己能站起来，亲自为恩斯特抬棺，但他只能坐在原处，眼睁睁看着大家纷纷起身。玛丽走到轮椅旁边。

“我觉得我可以自己走。”他对玛丽说。这当然只是一相情愿。

玛丽把他扶回轮椅中。刚刚坐定，阿斯特丽德就靠过来，拍拍玛丽的肩膀。

“我来推。”她不容分说地握住轮椅的把手。

玛丽犹豫地看着比她还矮好几寸，瘦得像一把耙子的阿斯特丽德，但耶尔洛夫笑着安抚她：

“没关系的，玛丽。”

玛丽点点头，阿斯特丽德便推着轮椅走出通道，她的弟弟卡尔也跟在旁边。

“约翰在那儿。”她说。

耶尔洛夫扭头看见约翰·哈格曼正和儿子安德斯一起离开教堂。

刚出教堂大门，一阵寒风袭来，耶尔洛夫拉紧了外套。他想起恩斯特的钱包还在自己身上。

他拿出钱包，指尖感受着磨损了的皮面，抬头问阿斯特丽德：

“今天看见我女儿了吗？”

“今天没见过，”阿斯特丽德说，“可她不是要回哥德堡吗？我开车过桥的时候没看见她的车。”

“噢。”耶尔洛夫应道。

那么朱莉娅肯定一早就离开了。他想，本来她可以来参加葬礼，至少也和他说声再见吧。但这就是朱莉娅的风格。好歹他还是让她在厄兰岛多待了一段时间，虽然调查进展不大，可耶尔洛夫还是认为回来这一趟对她有好处。过两天他就打电话到哥德堡找她。

“这不是恩斯特的钱包吗？”阿斯特丽德问道。

耶尔洛夫点点头。

“我准备还给他从斯莫兰省来的亲戚。”

其他东西都可以还给他们，除了那张拉姆内比林业博物馆的门票，耶尔洛夫已经藏到书桌抽屉里了。

“你真是个老实人，耶尔洛夫。”阿斯特丽德笑道。

“凡事包容，则万物各得其所。[①]”耶尔洛夫答道，“既然结束了，我不想留下没解决的问题。”

这时他们已来到墓园，缓缓穿行于熟悉的墓碑之间。很多精美的墓碑都是恩斯特退休前雕刻的——埃拉那块敞亮的墓碑也在其中，很干净，很醒目。在妻子的姓名和生卒年月下方，还有一片空白，是留给耶尔洛夫的。

为恩斯特新挖好的墓穴位于一排斯滕维克村民的墓穴之间。人们在墓穴旁围成一个半圆，阿斯特丽德稳稳地将耶尔洛夫送到人群中。深深的墓穴就在轮椅前方敞开着，一旦躺进这又黑又冷的坟墓，就再也不可能走出

---

① 英国道德学家、社会改革家、散文随笔作家塞缪尔·斯迈尔斯的名言。

来了。他不愿让人生终结在那种地方，但斯耶格伦综合征正在寒风中摧残着他的关节。

几位抬棺人在墓穴边站定，小心地将棺材落入穴中。人群中有好几张耶尔洛夫所熟悉的面孔：《厄兰岛邮报》的记者班尼特·尼贝里，站在墓穴另一侧，这回他手里没有相机。耶尔洛夫试着回忆，他在玛纳斯生活工作了多长时间？十五到二十年吧。他和其他很多人一样，是从瑞典本土来的。

站在尼贝里身边的是农夫奥延恩·格兰弗斯，耶尔洛夫记得，80年代时有一次，格兰弗斯在玛纳斯东北部的农庄里丢了几头母牛，他还被判了过失罪。

挨着格兰弗斯的，是冈纳·扬涅尔和琳达·扬涅尔夫妇，朗维克海滨饭店的老板。他们小声地交谈着，想必是在讨论度假村那边正在兴建的工程。再远处是伦纳特·亨里克松警官，今天他没穿制服，穿的是一件黑色西服。

耶尔洛夫又望向下方的墓穴。恩斯特想让他做什么？事已至此，他该从什么地方入手？

今年初秋那段时间，恩斯特来探望耶尔洛夫的几次，屡屡提起尼尔斯·坎特和小延斯，他似乎一直在追查这两个谜团，并且相信其中暗藏着不为人知的联系。

随着时间流逝，耶尔洛夫渐渐接受了延斯失踪的事实，同样，他也竭尽所能以平常心对待埃拉的去世。

九月初，恩斯特到玛纳斯养老院和耶尔洛夫聊天时，带来一本平装的小书。

“看过这本书吗，耶尔洛夫？”

耶尔洛夫摇摇头，倾身向前。

那是一本马尔姆航运公司的纪念册。约一个月前，耶尔洛夫从《厄兰岛邮报》上得知这本书出版了，但他还没看过。

“你认得马丁·马尔姆吧？”恩斯特说，“这里有张他的老照片，50年代末在斯莫兰省照的，背景是坎特家族的锯木厂。”

“我和马丁只是点头之交，”耶尔洛夫有些讶异地从恩斯特手中接过书，“只在不同的港口碰过几次面，在我们都还是船长那会儿。”

“你改行以后呢？”

“就没什么来往了。可能见过三四次吧，在那些为老船长举行的莫名其妙的宴会上。”

“宴会？”

“在博里霍尔姆。”

“你知不知道马丁买第一艘远洋船的钱是从哪里来的？”

“嗯……不清楚，不太了解，”耶尔洛夫说，“靠家里筹措？”

“不是他自己的钱，”恩斯特说，“是坎特家族赞助的。”

“这本书里说的？”

“没有，但我听人说过。”恩斯特说，“看看这张照片，奥格斯特·坎特搭着马丁的肩膀。换了你，会做这动作吗？”

“不会。”耶尔洛夫答道。

但千真万确，不苟言笑的大老板奥格斯特·坎特，竟十分友善地把手搭在同样一脸严肃的马丁·马尔姆船长肩上。真奇怪。

恩斯特当时言尽于此，但无疑他还掌握了一些不愿言明的情况。他一定见过或是听过什么事，才有了这些想法。他去拉姆内比林业博物馆做了调查，但没有告诉耶尔洛夫。几星期后，他约了某人在采石场会面，可想而知，他也不准备把那次谈话的内容透露给耶尔洛夫。

“你要不要上去道别，耶尔洛夫？”

阿斯特丽德这一问，把耶尔洛夫从茫茫思绪中又拉回墓园。他轻轻摇头。

“已经道过别了。”

人们将最后几束玫瑰撒在恩斯特的棺盖上，葬礼结束。大家前往社区活动中心集合。

“要是有咖啡喝就好了。”阿斯特丽德说。

她拉着轮椅往后退了两步，然后同样前往活动中心。

虽然斯耶格伦综合征正在颈后肆虐，耶尔洛夫还是侧探出身子，将目光投向西面墙根下的一块旧墓碑。

尼尔斯·坎特之墓。

躺在墓穴里的，究竟是谁？

利蒙港[①]

1955年10月

海边的小镇幽暗而嘈杂，空气中弥漫着烂泥和狗尿的臭味。

尼尔斯对此并不介意。他坐在“大房子”酒吧露台上那张平时常坐的桌子旁边，面前摆着一瓶酒，面朝哥斯达黎加海岸外的加勒比海。虽然淤泥和腐烂海草的气味并不比镇上狭小的街道中那股恶臭好闻多少，但至少大海就在不远处。

白天，他常常站在码头上，凝望艳阳下金光闪耀的海面。

① 中美洲哥斯达黎加的最主要港口，面临加勒比海。

那是回家的路。瑞典就在海的尽头。等攒够了钱，尼尔斯只想回家。

值得干一杯。

他端起这杯温热的红酒，痛饮一大口，想把挡在他归家之旅上的最大障碍抛诸脑后。因为他其实没那么多钱了。钱都打了水漂。他每星期两天在港口搬运香蕉和油桶，但赚来的钱只够付饭钱和房租。真应该多打几天工，但他的健康状况不太乐观。

“我病了。[1]”直到深夜他都在喃喃自语。

胃痛和头痛常常缠着他，双手也每每不由自主地哆嗦起来。

在这个露台上，他向瑞典敬了多少次酒？向厄兰岛？向斯滕维克？向他妈妈维拉？

敬了多少次，喝了多少瓶，数也数不清。这个夜晚和在酒吧里虚度的其他夜晚一模一样，唯一的区别是今天尼尔斯独自庆祝他的三十岁生日。但实际上根本没什么好庆祝的——这一点他心知肚明，所以心情更为恶劣。

“我想回家。[2]”他对着夜空念叨。

他逐渐学会了西班牙语，还有一点点英文，但骨子里永远忘不掉的，依然是瑞典语。

自从战争结束后的那个夏天，在哥德堡港混上“蓝色地平线”号货轮以来，尼尔斯的逃亡已经持续了十年有余。

他在“蓝色地平线”上分到了一个棺材大小的舱位，一口铁制的棺材。

从那以后，他在南美洲海岸先后搭乘过好几艘旧船，但“蓝色地平线”绝对是其中条件最差的一艘。船上没有一个地方是干的，湿气无孔不

---

① 原文为西班牙语。

② 同上。

入，船上的东西不是发霉，就是生锈，一碰就散架。到处都在滴水，他那间舱室的舷窗连续一个多月都没照进阳光，因为舱室位于左舷，长期漏水使得整艘船的船身朝左边倾斜，挡住了阳光。

引擎没日没夜地震颤着。生病的尼尔斯半死不活地躺在黑糊糊的铺位上，亨里克松警长常常一声不吭地站在旁边，胸口汩汩淌着血。每当这时，尼尔斯都只能闭上眼，祈祷轮船撞上水雷。——虽然战争结束了，但海里依然遍布水雷——那浑蛋船长佩特里提醒过尼尔斯好几次。他说得很清楚，如果“蓝色地平线”要翻船，尼尔斯将会是最后一个上救生艇的人。

船在英国停靠期间，尼尔斯只能留在舱室里，无论昼夜，整整两周，那种与世隔绝的感觉几乎将他逼疯，好在他们总算再次起航，往西驶入大西洋。

在巴西海域，他望见一只信天翁展翅滑翔于波峰浪谷间，无忧无虑，无拘无束，自在驾驭着轮船四周的暖风。尼尔斯觉得这是个好兆头，便决定在巴西逗留一段时间。他头也不回地离开了“蓝色地平线”和疯子佩特里。

但在桑托斯港，他第一次看见街头大批出没的乞丐时，恐惧顿时袭上心头。还没等“蓝色地平线”完全靠入泊位，目光空洞、衣衫褴褛的乞丐们就已经把码头挤得水泄不通。

“臭要饭的。”靠在尼尔斯身旁船舷上的一个瑞典水手轻蔑地说，然后又提了个建议，“如果他们凑得太近，尽管拿煤球砸过去就是。”

流浪的乞丐们是一群被遗忘的人，是无论在陆地上还是在海上都无处容身的酒鬼。来自欧洲的水手如果靠岸时喝得酩酊大醉，没来得及搭上自己的船，就有可能沦落到这种下场。

尼尔斯不是乞丐，他带的钱足够每晚都住旅馆。他在桑托斯逗留了好几个月，常常到乞丐光顾不起的酒吧买醉，在城外雪白的沙滩上漫步，他学会了一点西班牙语和葡萄牙语，但除非必要，从不与人攀谈。他瘦了些，但依然强壮，没人敢动打劫他的念头。他时常怀念厄兰岛的家，每个月都给妈妈寄一张不署名的明信片，只为了告诉她自己还活着。

他搭一艘西班牙船到了里约热内卢，那里的人更多：更穷的人，更富的人，个头更大的蟑螂，港口和海滩聚集了更多乞丐。一切又重复上演：漫无目的地闲逛，不停喝酒，无休无止地想家，最后再搭另一艘船离去。他在船上当清洁工、洗衣工，用赚来的钱继续维持这样的生活。

尼尔斯去过很多港口：布埃纳文图拉①、拉普拉塔②、瓦尔帕莱索③、查尼亚拉尔④、巴拿马、加勒比海的圣马丁岛——岛上全是法国人和荷兰人，古巴的哈瓦那——到处都是美国人。每个地方比起前一个都好不了多少。

每次他在一个新港口登岸，就立即给妈妈寄一张明信片。不留言，也不写名字，她一收到明信片，就知道尼尔斯还活着，还在思念她。他从不惹麻烦，不把钱花在女人身上，几乎没和人打过架。

他想去美国，他在一艘法国船上弄到了铺位，得以渡过墨西哥湾，来到潮湿的路易斯安那。新奥尔良的酒吧灯光温暖而炫目——但他没有瑞典护照，没能获得入境许可，希望破灭了。他也没钱去贿赂什么人，只好随船再次南下。

一想到要返回南美洲，他就觉得忍无可忍，更何况在南美洲穿越国境会越来越难。所以他在哥斯达黎加的利蒙港下船，留了下来。

---

① 哥伦比亚西部港口，面临太平洋。

② 阿根廷东北部港口，位于拉普拉塔河出海口，面临大西洋。

③ 智利首都圣地亚哥的外港，面临太平洋。

④ 智利北部港口，面临太平洋。

他在利蒙港待了六年多，出没于海岸和丛林之间。城外的丛林热得像个大蒸笼，长满了香蕉树，以及和苹果树一样高大的杜鹃树，但他从没到林中去。他怀念厄兰岛的灌木林。热带雨林的气味简直是一堆腐烂的堆肥，令他窒息。每当暴雨过后，利蒙港那些笔直的街道就成了烂泥潭，阴沟的臭水横流。

一天又一天，一星期又一星期，一个月又一个月，时光就这样悄悄溜走。

到利蒙港一年后，尼尔斯第一次给妈妈写信，汇报了逃亡以来的经历，还留了他在城里的地址。

然后他收到了一小笔钱。他又写了一封信。他请求妈妈帮忙联络奥格斯特舅舅。他想回家。他离开厄兰岛已超过十年，这样的惩罚足够了。

如果有人能帮尼尔斯回家，那一定是奥格斯特舅舅。他的妈妈维拉虽然巴不得接他回去，却绝不可能独力筹措到这笔回家的路费。

信件往来花了不少时间，而现在尼尔斯面前这张桌子上，酒瓶旁边就躺着一个信封。信封上用墨水写着他在利蒙港的地址，贴着一张四十分的瑞典邮票。信是三个星期前从瑞典寄来的，附了一张两百美元的支票。这封信已被他读了无数次。

寄信的是斯莫兰省拉姆内比的奥格斯特舅舅。他从姐姐维拉那里得知了尼尔斯身在拉丁美洲、渴盼回家的消息。

你永远不能回家，尼尔斯。

奥格斯特舅舅在信中写道。信只有一页，从头到尾都是严厉的告诫，但尼尔斯读了又读的，只有这短短的一句：

你永远不能回家。

尼尔斯想忘掉这句话，却绝无可能。

他把这句话读了一遍又一遍，每次都觉得死去的亨里克松警长就站在身后，微笑着探过他的肩头说：

永远不能，尼尔斯。

他拿起酒瓶又狠灌了几大口。海滩上盘旋的蚊子足有一克朗的瑞典硬币那么大，一只油光闪亮的蟑螂爬过木栏杆。

酒吧里的欢声笑语在黑暗中回响，摩托车无精打采地驶过泥泞的街巷。利蒙港永远没有真正宁静的时候。

尼尔斯大口灌酒，闭上双眼。世界天旋地转，他病了。

“我想回家。”他对着黑夜呢喃。

永远不能。

尼尔斯才三十岁——还很年轻。

他不会听从奥格斯特舅舅的命令。他会继续给妈妈写信。苦苦哀求、百般央告，妈妈一定会帮他的。

现在你可以回家了，尼尔斯。

他等着她的回信，等着这句话。

一定能等到，很快。

20

耶尔洛夫一边坐着轮椅穿过墓园，一边冥思苦想。恩斯特死前和某个人谈崩了——可他们要谈什么呢？

据耶尔洛夫所知，恩斯特素来对钱没什么兴趣——他在采石场工作得很愉快，隔三差五卖给游客一些石雕赚来的钱足够支付伙食和房租。他很知足。那么，既然他对延斯失踪一案另有看法，为什么不愿和耶尔洛夫分享？

他刻意选了那尊“坎特之石”，一定是他。其中有什么含义？

这些问题足以让耶尔洛夫年复一年翻来覆去琢磨不休。他始终绕不开一个问题：如果尼尔斯·坎特没死，如果他像约翰认定的那样，设法伪造了自己已经身亡的假象，更名改姓回到瑞典，那么试图追查真相的人，必然对他构成威胁。

“准备好了吗，耶尔洛夫？”来到社区活动中心门口时，身后的阿斯特丽德问道。

耶尔洛夫点点头。

“那就进去吧。”阿斯特丽德把轮椅推上坡道。

中心里的人不如葬礼上那么多，但耶尔洛夫和阿斯特丽德仍免不了要在人群中迂回前进。大家一见到他便弯腰问候，连续三次客套的寒暄过后，耶尔洛夫硬逼着自己站起身来。他想证明，虽然病痛缠身，但他还能走路，还没残废。

阿斯特丽德把轮椅推到一边，耶尔洛夫拄着拐杖，和形形色色的熟人打招呼。谢天谢地，从博里霍尔姆赶来的戈斯塔·英格斯特罗姆没有在意嘲笑他的健康状况。更让他欣慰的是，耶尔洛夫颤巍巍地走过去时，玛吉特没在戈斯塔身边。于是他们悄悄讨论了今年秋天发生的事件，最后耶尔洛夫透露了他对恩斯特之死的观点。

“不是事故？”戈斯塔问。

耶尔洛夫摇摇头。

“你是指——谋杀？”

“有人把他推下矿坑，然后又将石像推到他身上，”耶尔洛夫说，“这是约翰和我的看法。”

他担心被戈斯塔嘲笑，但戈斯塔的表情很严肃。

“谁会干这种事？”

耶尔洛夫又摇摇头。

“这就是问题所在。”

这时玛吉特·英格斯特罗姆过来打招呼，耶尔洛夫和她握了手，步履蹒跚地走开。

他撞见了《厄兰岛邮报》的班尼特·尼贝里，编辑先生和往常一样，正在寻觅新闻素材：

“听说玛纳斯养老院的物资供应有些青黄不接，是真的吗？老人们的生活起居有没有受影响？”

耶尔洛夫无可奉告。似乎这里每个人都想从他嘴里套点话。他还没来得及挪到咖啡桌前，就遇上了从朗维克来的冈纳·扬涅尔夫妇。冈纳还是那么直来直去：

“我还要六艘，耶尔洛夫，”饭店老板说，“你女儿没转告你吗？前两天她到朗维克的饭店时，我托她捎过话：再来六艘。”

不用说也知道，他指的是船模。

“那你的架子上会不会太挤了点？”

“我们正在扩建，”冈纳·扬涅尔连忙答道，“我准备把它们转移到饭店新建部分的橱窗里。”

他拿出一本笔记本和一支刻着“购物休闲就到朗维克！”字样的钢笔，写下一串数字，递给耶尔洛夫。

“每艘船模我出这个价。”

耶尔洛夫看了看纸上的价格。他对冈纳·扬涅尔在朗维克的所作所为并无好感，那纯粹是在过度开发那片地区——但这笔四位数的金额，至少能帮他将斯滕维克的别墅和船库再多维持一年。

“已经做好两艘，”他平静地说，“其他的还得等等——可能要到春天。”

“好极了，”扬涅尔挺直身子，“到时我一定买下。改天到朗维克来吃顿饭吧。”

耶尔洛夫和他握了手。冈纳的妻子琳达对耶尔洛夫微笑致意，两人走开了。耶尔洛夫总算凑到桌前拿了杯咖啡和一片胡萝卜蛋糕。

阿斯特丽德和卡尔已经就座，耶尔洛夫刚吃力地坐下，把咖啡杯放在面前时，又有一个人坐到了桌子对面，是伦纳特·亨里克松。

“结束了。”伦纳特对耶尔洛夫说。

耶尔洛夫点点头。

“但悲伤仍然伴随着我们。”

“的确。你的女儿……来了吗？”伦纳特问道。

“没来。她回哥德堡了。”

“昨天就走了？”

耶尔洛夫摇摇头。

“我想是今天早上。”

伦纳特望着他。

“她没打电话告别？”

“没有。不过这也很正常。”

朱莉娅来厄兰岛这段时间，他们父女之间还没有亲密到那种程度。虽然耶尔洛夫没说出口，但伦纳特应该不难推断出来。

伦纳特默默地盯着他那杯咖啡。他眉头深锁，右手的手指轻轻叩击桌面。

然后他抬头望向耶尔洛夫。

“你确定她已经走了？”

“阿斯特丽德说她的车已经不在了。”

一旁的阿斯特丽德点头附和。

“车不在桥上，船库里的百叶窗也都拉下来了，对吧，卡尔？”

她弟弟也点点头。

“她向你道过别吗？”伦纳特又问。

耶尔洛夫不明白他为何如此焦虑。

“噢，那倒没有，”阿斯特丽德答道，“她也不一定有那么多时间……”

“我要给她打电话，”伦纳特马上说，“你不介意吧，耶尔洛夫？”

“当然没问题，”耶尔洛夫说，“有什么要紧事吗？”

“没有。”伦纳特拿出手机。

“你有她的号码？”耶尔洛夫问。

“有，”伦纳特按着键盘，“只想确认一下她在哪里。她说过可能会……”

他一声不吭地把手机移到耳边。

“手机这东西我从来都搞不懂，”阿斯特丽德对耶尔洛夫耳语道，“到底怎么用？”

“不知道。”耶尔洛夫说，然后又问伦纳特，“她接了吗？”

伦纳特放下手机。

“没接通……是她的语音信箱。”他看了看耶尔洛夫，又说，“当然……如果不想接的话，可以把来电转到语音信箱。”

“确实是朱莉娅的风格，”耶尔洛夫说，“她应该正开车穿过斯莫兰省。”

伦纳特缓缓点头，却似乎仍未释怀。他继续用手指叩着桌面，最后长身而起。

“失陪一下，”他说，“我……我得去确认几件事。”

他端起咖啡杯走开了。

耶尔洛夫目送警官匆匆走向门口，暗暗寻思他女儿和伦纳特·亨里克松是不是在忙什么自己不知道的事……但刚过了几秒钟，汤匙敲打咖啡碟的声音就传遍了整个房间。有人拉开椅子站起身来。

耶尔洛夫惊讶地发现，是约翰·哈格曼。他和他儿子安德斯穿着黑西服，看上去都颇不自在。

约翰清清嗓子，满脸通红，手指紧张地摩挲着黑西服的侧面，开口说道：

“我……我不太习惯……真的……但我想为我的，也是各位的朋友恩斯特·阿多尔弗松，还有斯滕维克这个村子说几句。这里会变得更昏暗、更安静……”

一小时后，耶尔洛夫回到玛纳斯养老院——还好有阿斯特丽德和戈斯塔帮忙——总算能放松放松了。他吃下波尔帮他热过的午饭。空空的餐厅里，有张餐桌上放着一份当天的《厄兰岛邮报》，耶尔洛夫注意到头版头条：发现失踪老人的遗体。

又是坏消息。文章介绍，一周左右前在南厄兰岛离家出走的那位老人，被发现倒在灌木林里的一棵小树下，冻死了。

据报载，警方并未将老人的死亡列为犯罪案件。死者年事已高，身体衰弱，似乎是在离开生活了一辈子的村子不到一公里的地方就迷路了。

耶尔洛夫不认识死者，但他还是觉得这篇文章是一个很不好的预兆。

整个下午，他都待在房间里，连咖啡也没去喝，直到吃晚饭才出来。晚饭是厄兰岛特有的汤团，味道很差，加的肉也太少——和以前埃拉一个月左右做一次的美味汤团根本不能比——但耶尔洛夫好歹也吃了两个。

“我没陪你去教堂，没出什么事吧？”玛丽替他夹汤团时说。

“都挺好。”

“恩斯特·阿多尔弗松下葬了？”玛雅·努曼在另一张餐桌旁问道。

也难怪，耶尔洛夫心想，虽然她离开斯滕维克四十多年了，但毕竟也是斯滕维克人。

他点点头：“是啊，恩斯特长眠在教堂旁边。”

他拿起叉子吃起来，暗自感激牙齿还挺好使。谢天谢地，斯耶格伦综合征暂时消停下来。

“棺材好不好？”玛雅又问。

“挺好，”耶尔洛夫说，“漆成白色的木板，刨得很干净，很漂亮。”

“我想用桃心木，”玛雅说，“如果没那么贵……不然我就用便宜的木头，火葬算了。”

耶尔洛夫礼貌地点点头，又咬了一口汤团，刚想说火葬肯定更合适的时候，有人拍了拍他的肩膀，是波尔。

“你的电话，耶尔洛夫。”她小声说。

耶尔洛夫转过头。

“晚餐时间打来？”

“是啊。显然有要紧事。是伦纳特·亨里克松……从警察局打来的。”

耶尔洛夫的胃部忽然涌上一股寒意，是那种会在夜晚睡梦中唤醒斯耶格伦综合征，冻结他的四肢的寒意。压力总会令他的风湿病恶化。

“那我去接。”他说。

朱莉娅？肯定和朱莉娅有关，多半是坏消息。他挣扎着站起身。

“可以在厨房里接电话。”波尔说。

耶尔洛夫拄着手杖来到厨房，厨房里没人。墙上有一部红色的塑料电话，他拎起话筒。

“我是戴维松。”

“耶尔洛夫……我是伦纳特。”

伦纳特的声音听起来非常严肃。

“出事了？”耶尔洛夫问道，虽然他已经猜到答案了。

“嗯……是朱莉娅。她没回哥德堡。”

“她在哪里？”耶尔洛夫屏住呼吸。

“在博里霍尔姆，”伦纳特说，“住院了。”

“情况严重吗？”

“很严重，但也算是不幸中的大幸。她摔了一跤，现在在医院里，打了石膏……今晚我会去医院照看她。”

“怎么回事？”耶尔洛夫追问，“她干什么了？”

伦纳特犹豫片刻，深吸一口气，才答道：

“昨晚她闯进维拉·坎特家，从二楼楼梯上跌下去了。她有点……嗯，我找到她的时候，她有点神志不清。她不停地说什么房子里有人住，说尼尔斯·坎特就住在里面。”

21

一阵似是无穷无尽的嘎吱声将朱莉娅从沉睡中唤醒，过了几秒钟她才想起来自己身在何处：斯滕维克，维拉·坎特的大房子里。

她浑身发抖。从摔伤的身体中袭来的剧痛令她失去知觉，在地板上躺了整整一夜。她闭上眼，梦见了和延斯一起度过的最后一个夏天，阳光无遮无拦地洒在厄兰岛上，秋天还很遥远。

她瞥见身下是积着厚厚灰尘的走廊地面，然后意识到天已经亮了。

嘎吱声是从外面的门口传来的，有人把门推开。

“朱莉娅？”呼唤声在房中回响。

一双手扶起她的头，又把一件卷起的外套或是毛衣披在她背上。

“能听见吗？朱莉娅，醒醒！”

她把疼痛的脸转向天花板的方向，只有左眼还能看得见——右眼肿得睁不开。

是伦纳特的声音——她先认出声音，然后才看清，确实是他。他没穿制服，一身黑西服和锃亮的皮鞋上都沾着维拉·坎特花园里的干泥巴，但他似乎一点儿也不在乎。

“能听见。”她说。

“那就好，”他的声音听起来并不气恼，只是疲惫，“既然如此，早上好。”

“我闯进来，然后……从楼梯上摔下来了，”她稍稍抬起头，声音微弱，“我真蠢。”

“耶尔洛夫说你回家了，”伦纳特说，“但我猜你可能在这里。”

朱莉娅倒在走廊上。昨夜摔到厨房地板上后，她拼尽全力，爬过摔碎的手机和煤油灯，只爬到了这里。溢出的煤油燃烧起来，但火在石板地上熄灭了。

当时她根本不可能站起来，右脚像被钉进一根滚烫的钉子。所以她挣扎着往外爬去，爬出了厨房，摸黑爬到走廊上，便爬不动了。她能听见屋外的风声，却已无力逃到外面的暗夜中。前门挡住了去路，她被无止境的恐惧笼罩，唯恐屋里的脚步声越来越近。

“真蠢，”朱莉娅小声重复，“真蠢，真蠢……”

“别想了，我昨晚应该赶过来才对，可是会议……”伦纳特不说了。朱莉娅感觉到他的双手伸到自己的胳膊下。伦纳特小心地把她搀扶起来：“能站起来吗？”

但愿伦纳特没发现她喝过酒。身体中的醉意迄今仍令她反胃。

“不知道……我……可能骨折了。”

“你确定？”

朱莉娅无力地点点头。

“我是护士。”

的确。她从厨房爬出来的时候，就已经有结论了。手腕骨折，锁骨骨折，可能还有右脚。

右脚也可能只是严重扭伤，这很难判断。朱莉娅也遇到过连续几星期扭伤都无法痊愈的病人——但也有其他病人脚踝骨折后痊愈速度良好，没多久就能正常行走。

她不清楚自己的脸现在是什么模样。想必非常可怕。她的鼻子好像堵住了，多半也在出血。

“站起来试试，朱莉娅。”伦纳特说。

他的声音依然平静，不急不躁，不慌不忙。

“对不起。”她嗓子有点哑。

“什么对不起？”

伦纳特搀着她的胳膊，轻轻地将她扶起来。

“对不起，我没等你就自己闯进来了。”

“别多想了。”伦纳特又说。

但朱莉娅还想说，想把一切都告诉他。

“我在找延斯。有天晚上我看见这房子的窗户里有光，我以为……以为他住在这里。”

“住在这里？谁？”

“尼尔斯……”朱莉娅说，“尼尔斯·坎特，维拉的儿子。楼上有个睡袋，我看见了。还有以前的剪报。”

“能走路吗？”伦纳特问。

“他还在地下室挖掘……不知道是为什么。延斯的尸体会不会就在底下？有没有这种可能，伦纳特？他是不是把延斯埋在下面了？”

“走走看。”

伦纳特扶着她慢慢走向门口，迎着冷风，走下台阶。每一步都很艰难，她的右脚无法承重，但伦纳特一直支撑着她。

下到石板路上，朱莉娅看见铁门外停着一辆墨绿色的车。

“是你的车，伦纳特？”

“对。”

“你没开警车？应该有警车才对。”

“那是我自己的车……今天我去参加葬礼了。”

“噢……对啊。”

恩斯特的葬礼，朱莉娅这才想起来。她错过了。

老旧的铁门还和昨晚一样难开，伦纳特只得让朱莉娅靠一只脚保持平衡，连拉带踢才弄出足以让两人通过的缝隙。

她仿佛已经九十岁高龄，费尽周折才能坐进车里。

“伦纳特，”还没等他关上车门，朱莉娅就急不可耐地说，“你能不能到房子里看看？我一定要知道……昨晚我亲眼看见的是否确有其事。楼上，还有地下室。”

伦纳特盯着她看了几秒钟，然后点点头。

“你会在这里等吧？”

她也点点头。

“伦纳特……你有枪吗？”

“枪？”

“对……万一有人……藏在里面。我觉得现在应该没有，可是……”

伦纳特微微一笑。

“我没带枪，只有手电筒。”他说，“不会有危险，朱莉娅。没关系，我马上回来。”

于是他关上车门，从后备厢拿出手电筒。朱莉娅望着他走进花园，消失在废弃的柴火房后面。

她默默坐在车里，长长吐出一口气，小心地靠在椅背上，茫然地望着不远处的桥以及村道尽头灰色的海面。

伦纳特没去多久就回来了，只过了五到十分钟。他一离开，朱莉娅就开始紧张，直到看见他从铁门里挤出来，才放下心。

伦纳特拉开驾驶座的门，坐进车里，对她点点头。

“你说得很对，”他说，“里面有人待过，就在这几天。”

“果然，”朱莉娅说，“我想……”

伦纳特立刻抬起手。

“不是尼尔斯·坎特。”他打断她。

然后他把一个小东西放在她面前的仪表盘上。

“我在地下室发现了这个。那里的地面上有好几个。”

是一个圆形的一次性鼻烟罐。

“吸鼻烟的人。”朱莉娅说。

“对，他吸鼻烟……无论里面的人是谁。”伦纳特转动钥匙点火，“现在我们去博里霍尔姆。”

在博里霍尔姆医院，护士剪掉朱莉娅的毛衣和裤子，给她打了止痛针。一个年轻的男医生来做检查，问起受伤的原因。

“是意外——昨晚她摔了一跤。”病房门口的伦纳特正要离开，“在斯滕维克。”

“海边？”

伦纳特只犹豫了一瞬间，就点点头。

“在海边，没错。”

伦纳特走了，医生开始触诊朱莉娅的背部和腹部，牵引四肢。护士给她拍了X光片。接着他们又替朱莉娅打上又湿又冷的石膏。朱莉娅没有反对，她很了解这套程序，只想尽快结束。

还有更重要的事。可以肯定的是，她在维拉·坎特家里有重大发现。

尼尔斯·坎特还活着。不仅活着，还住在他母亲的老房子里，就和希区柯克那部恐怖的电影《闪灵》一样。他藏身于房子里，延斯误打误撞闯了进去，尼尔斯只能杀人灭口。也不排除他们是在灌木林中碰上的可能，说不定尼尔斯·坎特很喜欢到那里散步。

朱莉娅不想住院。她的手机摔坏了，就向医生借了电话，打到斯滕维克找阿斯特丽德，告诉她事情经过，并表示想搬过去小住。

阿斯特丽德在家，一口答应留朱莉娅住几天。有人做伴总是好事。

一小时后，伦纳特回来接她。

“可得当心岸边那些石头，”年轻的医生一边检查石膏一边晃晃她的手，“特别是晚上。”

“你没有公事要办？”驱车往北的途中，朱莉娅问道。

“警察局的事都办完了，”伦纳特说，“我在玛纳斯的电脑不如他们的速度快，所以我在这里写了几份报告，”他望着朱莉娅，“其中一份的内容是斯滕维克的非法侵入案件。”

“噢。”

“和你没关系，”伦纳特赶紧说，“我在报告里说明了，有人闯入坎特家，还在那里睡觉。别忘了，你从没进去过。有天晚上你发现那房子里有光，第二天就打电话向我报告。事情经过难道不是这样吗？”

朱莉娅回应着他的目光。

“好吧，”她说，“我在岸边绊倒，摔了一跤。夜里看不清楚。”

“完全正确。”

他拐弯驶向斯滕维克。

“但我还是觉得尼尔斯·坎特躲在房子里，”朱莉娅小声补充，“我不相信他死了。”

“信不信由你，”伦纳特有些不快，“坎特已经死了。”

然而朱莉娅同时也发现——或是她觉得发现了——伦纳特眼中闪过一抹怀疑的神色。

利蒙港
1960年3月

太阳落山了，夜幕降临在哥斯达黎加东海岸。“大房子”酒吧露台下方那片小沙滩上的阴影中，有人小声咳嗽，然后自顾自吹起口哨，欢乐而无拘无束的拍子此起彼伏，几乎与潮水在岸边进退的节奏遥相呼应。酒吧里的笑声和碰杯声源源不断。

苍白的闪电无声地照亮了海平线，沉闷的雷鸣随之而来。远方的加勒比海上，今夜有暴风雨，一场缓缓逼近陆地的暴风雨。

尼尔斯·坎特坐在露台远端的老地方，在一串小红灯笼的光芒下，一如既往的形单影只。他对着手中的半杯酒端详半晌，然后一口气喝光。

这是今晚的第六杯，还是第七杯?

记不清了，没关系。微温的红酒，今晚他原本打算控制在五杯以内，但这也没关系。马上他要再点一杯。为什么不喝?没理由不喝。

他放下空杯，挠挠左臂。手臂红肿。过去这几年，拜毒辣的日头所赐，他四肢的皮肤渐渐长出发炎的斑块，很痛。海风一吹，白色的皮肤碎屑渐次脱落，每天早上醒来，皮肤都会开裂，在床单上留下斑斑点点的血迹。枕头上也总有掉落的头发。他头顶中央的头发已经所剩无几。

原因是烈日、酷暑和湿气。尼尔斯的身体一天一天垮下去，而他无计可施。

除了喝酒，还是喝酒。几年来他一直喝廉价的酒，因为从50年代中期开始，妈妈寄来的钱越来越少。

妈妈在来信中只是解释说，家族的采石场转让了，倒闭了。她没告诉他家里还剩多少钱。而斯莫兰省的奥格斯特舅舅已经很多年没有来信。

离开厄兰岛之后，尼尔斯从没和人打过架，也没伤害过什么人。然而亨里克松警长仍会不时在夜里站到他床前，沉默着，鲜血淋漓。令尼尔斯稍感安慰的是，这种情况现在也不那么频繁了。

尼尔斯握紧酒杯，起身到屋里去续杯——恰在此刻，他忽然发觉，其实他认得下方黑暗中那人用口哨吹出的小曲。

他站住了，更仔细地倾听。

没错，他以前听过，很多年以前。战争期间广播里经常播放这首曲子。妈妈收藏的唱片里也有。

嘿，滑稽的兄弟……

一首欢快而有点粗俗的小曲。他忘了歌名，但歌词还记得很清楚。

嘿，放声说出心里话，

我们要回南方的家……

离开斯滕维克后，他再也没听过这首歌——是瑞典的调调。尼尔斯直起身，小心地探过离地有三四米的木栏杆。

黑黢黢的暗影。

不是有个人坐在沙滩上，背靠在支撑露台的柱子上吗？

“你好？”尼尔斯用瑞典语小声地打招呼。

口哨声停了一下。

“你好。”黑暗中传来一个平静的声音。

尼尔斯的眼睛渐渐适应了黑暗，只见坐在底下的是个戴帽子的男人。他停止吹口哨，静坐不动。

冰凉的雨点开始坠落，尼尔斯扶着扶手，踉踉跄跄地走下露台另一端的台阶。

他一步一步走进黑暗，皮凉鞋底下的细沙还散发着暖意。

尼尔斯在露台上年复一年消磨着夜晚，却从未下到这片幽暗的沙滩。这里说不定有老鼠，硕大的、饥肠辘辘的老鼠。

他小心地在支撑露台的坚固柱子间绕行。

刚才答话的那人还坐在原地，舒舒服服地躺在一张日光椅中，这种椅子花几克朗就能在两百米外的商店里租到。

尼尔斯看出对方是个男人，衬衫的袖口高高卷起，脸上盖着一顶遮阳帽，正为自己喃喃吟唱着那首欢快的小曲：

说出那句话，

我们就回家……

尼尔斯又近前两步才停住。他呆站着，虽然身体在酒意驱使下微微摇晃，但同时也异常不安。

“晚上好。”那人说道。

尼尔斯清了清嗓子。

“你是……从瑞典来的？”

从他嘴里说出的瑞典语听起来怪怪的。

“你看不出来吗？”日光椅中的人说。此时，一道闪电划破天际。

在那亮如白昼的一刹那，尼尔斯捕捉到了一张瑞典人的白色脸庞。又过了几秒钟，闷雷才远远从海面上滚来。

“我觉得最好是你摸黑下来见我，而不是我上去找你。”那瑞典人说。

“什么？”尼尔斯问道。

“我去你的住处找你，但房东太太说你晚上一般都到酒吧喝酒。估计在哥斯达黎加没什么其他事可干。”

“你想干什么？”尼尔斯追问。

“倒不如谈谈你想干什么，这才更重要，尼尔斯。”

尼尔斯说不出话来。有那么一瞬间，他仿佛觉得从前见过这人，在小时候。

但具体是什么时候？是不是在斯滕维克？

他想不起来。

那瑞典人握住扶手，站起身来。他瞄了瞄大海，随即直勾勾盯着尼尔斯。

“想不想回家，尼尔斯？”他问道，“回瑞典，回厄兰岛。”

尼尔斯缓缓点头。

“那就包在我身上，”那瑞典人说，“我们会给你全新的人生，尼尔斯。”

22

“不是我责怪你，耶尔洛夫，”伦纳特慢条斯理地说，“可你显然让你女儿认为尼尔斯·坎特还活着，还住在他母亲维拉的老房子里，并且在灌木林拐走了你外孙。”

傍晚的玛纳斯养老院，耶尔洛夫坐在书桌旁盯着门口，活像个逃课却被逮了个正着的学生。

“我可能有过那么一点暗示，”最后他才说，“但我从没说过尼尔斯躲在维拉的房子里，我只是认为他有可能还活着……”

伦纳特只是叹着气。他身穿警服站在房间中央，面对耶尔洛夫。他到养老院来是通知耶尔洛夫，朱莉娅昨天在博里霍尔姆医院包扎伤口，打了石膏，今天去了斯滕维克，目前在阿斯特丽德家里休养。

“她的情况怎么样？”

“右脚扭伤，手腕和锁骨骨折，鼻子严重出血，多处淤伤，脑震荡。”伦纳特又叹了口气，“我说过，伤情本来可能更恶劣，她有可能折断脖子。本来不至于……比如说，本来她用不着毅然决然地闯进维拉·坎特家的。”

“她会不会被起诉？”耶尔洛夫问道，“非法侵入罪？”

“不会，”伦纳特说，“反正我不会起诉，屋主也不太可能找她麻烦。”

“你和他们联系过了？”

伦纳特点点头。

“维拉有个侄子在韦克舍，我来之前和他通过电话。他算是尼尔斯的表弟……他已经很多年没去过斯滕维克了，而且一口咬定坎特家族的其他人也没去。房子由他们几个在斯莫兰省的表兄弟共有，但显然他们还拿不准到底是该把房子翻修一下，还是直接卖掉算了。”

“意料之中，”耶尔洛夫摇摇头，望着警官，“我从没对朱莉娅说过我相信尼尔斯·坎特还活着，伦纳特，”他说，“我只说过有人持这种观点。”

“谁？”

“嗯……恩斯特。”耶尔洛夫不想让警方也找上约翰·哈格曼，“恩斯特·阿多尔弗松。我认为他坚信尼尔斯·坎特还活着，而且就是坎特在灌木林杀害了延斯。所以恩斯特想让我……”

伦纳特有些不耐烦地打量着他。

“私人侦探，”他打断耶尔洛夫，“有的人总认为他们比警察更了解该怎么破案。”

耶尔洛夫原本准备接一句俏皮话，却一时词穷。

“不过还有一件事，维拉·坎特家里确实有人。”伦纳特又说。

耶尔洛夫震惊地望着他。

“真的？”

“门被撬开了。楼上也发现有人活动的痕迹，墙上的剪报、腐烂的食物……还有一个睡袋。地下室的地面也被挖开了。”

耶尔洛夫陷入沉思。

“你已经检查过整座房子了？”

“只是简单看了一下，”伦纳特说，“当时最要紧的是先把你女儿送去医院。”

“很好。作为她的父亲我要特别谢谢你。”

“我送她去阿斯特丽德那儿，今天早上过来之前我又去了维拉·坎特家，”伦纳特说，“朱莉娅很幸运，她一脚踩空时，煤油灯摔在厨房的石板地上，如果灯被甩到墙上，整座房子都会烧毁。”

耶尔洛夫点点头。

“地下室是怎么回事？他们是想把什么东西挖出来，还是埋下去？”

“很难判断。我觉得是挖出来，或者只是挖一挖而已。”

“侵入别人家的家伙一般不至于挖地三尺，”耶尔洛夫说，“通常也不至于留下来过夜。”

伦纳特无奈地望着他。

“你又开始扮演私人侦探了。”

“我只是自言自语而已。现在我在想……”

“什么？”

“嗯……我觉得在那房子里的，一定是斯滕维克的某个人。”

“耶尔洛夫……”

“在厄兰岛，可以避人耳目做很多事，”耶尔洛夫又说，“你应该也很清楚。几乎不会有人发现……”

“尽管写信给报社，谈谈警察人手不足的问题。”耶尔洛夫厉声道。

“但有一种人总是逃不过人们的眼睛，”耶尔洛夫自顾自说下去，“就是陌生人。带着铲子的陌生人，停在维拉·坎特家门外的陌生汽车——一定会被斯滕维克的人注意到。但据我所知，他们还没有这种发现。”

伦纳特想了想。

“全年都住在斯滕维克的有哪些人？”最后他问道。

“不多。”

伦纳特好一会儿没吱声。

“可能需要你帮点忙，耶尔洛夫，”他说，接着忙不迭补充道，“不是当私人侦探，只是确认一些事实。我在地下室找到一些东西，”他把手伸进衣袋，“地下室的窗台和楼梯上有几个鼻烟罐，都是空的。不太可能是维拉·坎特那个年代的东西。”

他掏出一个放在小塑料袋里的鼻烟罐，还有一本笔记本。

“我不吸鼻烟。”耶尔洛夫说。

“对。但你知不知道斯滕维克有谁吸？”

耶尔洛夫迟疑了片刻，然后点点头。既然警方早晚都能查出来，隐瞒也没有意义。

“只有一个人。”

然后他给了伦纳特一个名字。伦纳特在本子上记了下来，点点头。

“多谢你的合作。”

“我和你一起去，”耶尔洛夫说，“如果你要去见他的话。”伦纳特刚张开嘴，耶尔洛夫就又说道：“今天我状态不错，可以自己走路。如果我在场，他会比较放松，让他开口也比较容易。我有把握。”

伦纳特长叹一声。

“那就穿上外套吧，”他说，“我们开车去。”

“很不错的演讲，约翰，”耶尔洛夫说，“我是指在恩斯特葬礼上那次。”

斯滕维克，在约翰·哈格曼家的小厨房里，约翰隔着餐桌坐在耶尔洛夫对面，轻轻点点头，没有答话。他往后靠了靠，几秒钟后又倾身向前。他很紧张，耶尔洛夫全都看在眼里。个中缘由也不难猜透：在场的第三个人是穿着警服的伦纳特·亨里克松。下午五点四十五分，天已经黑了。

空的鼻烟罐就躺在桌面上。

“那么你们又开始查这个案子了？”约翰问道。

“啊，我不知道算不算重新侦查……”伦纳特耸耸肩，“如果这的确是安德斯的鼻烟罐，我们想和他谈谈，因为这就意味着，睡在维拉·坎特家里的人必定就是他，他不仅挖开地下室，还在墙上贴了好几张与尼尔斯·坎特、延斯·戴维松有关的剪报。同时我们还想知道，小延斯失踪那天，安德斯在什么地方。”

“这一点不用问安德斯，”约翰说，“我知道。”

“好吧，”伦纳特拿出笔记本，“请讲。”

“他在这里。”约翰声音嘶哑。

“在斯滕维克？”

约翰点点头。

“你也在？你能为他提供不在场证明吗？”

约翰耸耸肩。

“时间太久了，”他说，“我记不清……但那天晚上我们参加了海边的搜查行动。我们两人都去了，这我还记得。”

“我也记得。”耶尔洛夫说。

纵然那天晚上的许多其他记忆都已非常模糊，他脑中却还印着那幅画面：约翰和他的儿子——当时应该只有二十岁左右——肩并肩沿着海岸往南走去。

“那天下午呢？”伦纳特问，“安德斯在干什么？”

“没印象，”约翰说，“可能出门了。但他肯定没去耶尔洛夫家附近，”他望着耶尔洛夫，“安德斯不是坏人，耶尔洛夫。”

耶尔洛夫点点头。

“大家都知道。”

伦纳特一直在做笔记。

“总之，我们得和他谈谈。”他说，“你儿子在不在？”

“他在博里霍尔姆。”约翰说，“昨天葬礼结束后去的。”

“他住在那里？”

“有时候是……和他母亲一起。有时和我住在这里。他比较随便，来去自由。他不开车，所以来回都搭公共汽车。”

“他今年多大？”

“四十二。”

“四十二岁……还住在父母家里？”

“这又不是犯罪，”约翰用大拇指指了指身后，“他自己也有座房子，就在我后面。”

“我想……”耶尔洛夫试探地插话，“……或许可以这么说，安德斯有点特别。难道你没有同感吗，约翰？他很善良，也很乐于助人，但他有一点点特别。”

“我见过安德斯两次，”伦纳特说，“感觉他很能干。”

约翰直直地凝视前方，紧绷着脖子。

“安德斯比较内向，”他说，“他想法很多，但不爱说话，和我不说，和别人也不说。可他不是坏人。”

“他的地址是？”伦纳特问。

约翰报了一个地址，是科普曼街的一间公寓。伦纳特记了下来。

“好的，”他说，“那我们就不打扰了，约翰。我们要回玛纳斯。”

最后这句话是对站在他身边的耶尔洛夫说的，耶尔洛夫觉得自己越来越像电视剧里警官的副手了。

这种感觉很不舒服，因为在谈话过程中，他看出约翰眼中那种因为不明真相而滋生的恐惧越来越浓。约翰是在害怕警察，害怕警察会像在空中盘旋觅食的大鸟，在荒芜的北厄兰岛锁定他和他唯一的儿子，令他们无路可逃。

“他不是坏人。”约翰又说了一遍，虽然伦纳特已经起身走向门口。

“没什么可担心的，约翰，”耶尔洛夫小声说，却丝毫起不到安慰的作用，“今晚我们通个电话？方便吗？”

约翰点点头，但还是十分紧张地望着在门口等候的伦纳特。

“走吧，耶尔洛夫。”

听着像命令的口吻。耶尔洛夫再也不觉得自己是个警察，而更像是只宠物小狗——但他还是顺从地站起身，跟着伦纳特出门。他很想去阿斯特丽德家探望女儿，但只能等下一次了。

耶尔洛夫走回房间，浑身的肌肉抖得比平时更厉害，关节也比往常更疼。是伦纳特送他回养老院的。

他在门外就听见了电话铃声，原以为来不及接听，但电话一直响个没完。

“戴维松？”

“是我。”

是约翰打来的。

“怎么样？”

耶尔洛夫重重坐到床上。

约翰没吱声。

“和安德斯谈过了？”

“嗯。我打电话到博里霍尔姆，和他谈过了。”

“很好。也许你不该告诉他警察想……”

“太晚了，”约翰打断他，“我告诉他警察来过。”

“好吧，”耶尔洛夫说，“他怎么说？”

“没说什么。他只是听着。”

沉默。

“约翰……我们都知道安德斯在维拉·坎特家里干什么，在地下室找什么，”耶尔洛夫说，“德国兵的财宝，那些人人都以为他们上厄兰岛时随身带着的战利品。”

“没错。”

“尼尔斯·坎特从他们身上夺走的财宝，”耶尔洛夫又说，“如果事情经过真是那样的话。”

“安德斯惦记那些东西好多年了。”约翰说。

“他肯定找不到的，”耶尔洛夫说，“我知道。”

约翰又沉默了。

“我们得去拉姆内比一趟，”耶尔洛夫接着说道，“去锯木厂和林业博物馆。明天就可以动身。”

“明天不行，”约翰说，“我要去博里霍尔姆接安德斯。”

“那就下周。等博物馆开门的时候。”耶尔洛夫说，“然后我们说不定还可以顺路去博里霍尔姆探访一下马丁·马尔姆。”

“好的。”

“我们会找到尼尔斯·坎特的，约翰。”

这天晚上九点左右，养老院的走廊里空旷而寂静。

耶尔洛夫拄着手杖站在玛雅·努曼紧闭的房门外。房里没有声音。门上的观察孔上方有一张小纸条，上面写着：“请敲门！《约翰福音》第十章之七。”

“我实实在在地告诉你们：我就是羊的门。[①]”耶尔洛夫凭着记忆念叨。

他迟疑了一阵，然后抬起右手敲了敲门。

没有回应，过了好一会儿，玛雅来开了门。和几小时前两人吃晚饭时一样，她还穿着同样的黄裙子和白上衣。

“晚上好，”耶尔洛夫微笑道，“只想看看你在不在。”

“耶尔洛夫。”

玛雅微笑着点点头。耶尔洛夫原以为一头华发的玛雅会皱起眉头，因为他不请自来。

“我能进去吗？”

玛雅略显犹疑地点点头，将他让进房间。

---

① 在《新约》中的《约翰福音》第十章，耶稣说：“我实实在在地告诉你们：我就是羊的门。凡在我以先来的，都是贼，是强盗，羊却不听他们。我就是门，凡从我进来的，必然得救，并且出入得草吃。”

“还没整理呢。”她说。

“没关系。”

耶尔洛夫拄着手杖缓步进门，房里还和他上次来的时候一样干净整齐。一张暗红色的波斯地毯覆盖了大半地面，墙上挂满画像和照片。

耶尔洛夫来过玛雅的房间好几次。他们之间曾经萌生过感情，从耶尔洛夫搬来养老院几个月后开始，大约过了一年就结束了，当时他的斯耶格伦综合征发作得非常厉害。此后两人仍维持着平和而坚固的友谊。两人都来自斯滕维克，都在多年婚姻结束后回到孑然一身的状态，有很多共同语言。

“觉得怎么样，玛雅？”

“挺好。一直都挺好。”

玛雅把一张椅子拉到窗边棕色的小桌旁，耶尔洛夫感激地坐下，玛雅也坐下了。然后便是冷场。

耶尔洛夫必须得说点什么。

“我一直在想，玛雅，有些我们以前谈到过的事情，不知你能不能告诉我……”

他从衣袋里拿出朱莉娅上周给他的那个白色小信封。

“我女儿在墓园里发现了这封信，在尼尔斯·坎特的墓碑旁边。”耶尔洛夫说，“我知道信是你写的，也是你放在那里的，但我要问的不是这件事。我是想……”

“我没什么可惭愧的。”玛雅立刻答道。

“那当然，”耶尔洛夫说，“我并不是……”

“最好的鲜花从来都不是给尼尔斯的，”玛雅说，“总是给我丈夫……每次我都先把赫奇的墓扫干净，才去尼尔斯那里。”

“很好，”耶尔洛夫说，“扫墓是应该的。”他又说，“我要问的不是这些，是别的事……记得你有一次提到过，在灌木林遇见了尼尔斯·坎特，就在他……他对德国兵下手那天。”

玛雅严肃地点点头。

“从他脸上能看出来，”她说，“虽然他什么也没说，但我看得出，出事了……可他没告诉我是什么事。我想和他说话，但尼尔斯又逃进灌木林去了。”

“我明白，”耶尔洛夫稍一停顿，又谨慎地说：

“你还说过，那天他给了你什么东西……”

玛雅瞪着他，点了点头。

“不知你方不方便把他给你的东西让我看看，”耶尔洛夫说，“还有，你有没有把这事告诉过别人？”

玛雅一动不动地坐着，凝视着他。

“其他人什么也不知道，”她说，“而且，他没有给我东西，是我拿走的。”

“什么？”

“尼尔斯没给过我什么东西，”玛雅说，“是我拿走的。我后悔了无数次……”

“一个小包，”耶尔洛夫说，“你说那是个小包。”

“我跟踪尼尔斯，”玛雅说，“那时我还年轻，好奇心旺盛。旺盛得过了头……我一路躲在杜松子树后面，偷窥尼尔斯的行动。他去了斯滕维克村外的石冢。”

“石冢？他去那里干什么？”

玛雅没有回答，目光仿佛游离在远方。

“他挖了个洞。”良久，她才说。

“是不是埋了什么东西？”耶尔洛夫追问，“就是那个小包？”

玛雅望着他。

“尼尔斯死了，耶尔洛夫。”

“貌似如此。”

“死了就是死了，”玛雅说，“虽然并不是大家都相信，但我很清楚。否则他一定会和我联系。”

耶尔洛夫点点头。

“尼尔斯走后，你把那个小包挖出来了？”

玛雅摇摇头。

“我跑回家了。”她说，“是以后的事……在他回家之后。”

耶尔洛夫好半天才反应过来。

“你是指……他躺在棺材里回家之后？”

玛雅点点头。

“我去灌木林挖出来了。”

她缓缓起身，抚平裙子，走到墙角的电视机旁。耶尔洛夫仍坐在原处，扭头追随她的一举一动。

“那是60年代的一个秋天，尼尔斯下葬之后两年，”玛雅回头说，“赫奇下地干活，孩子们都去玛纳斯上学了。于是我锁上家门，独自去灌木林，提着装了一把园艺铁锹的塑料袋。”

耶尔洛夫望着玛雅吃力地从电视机下面的架子里搬出一个有红玫瑰图案的蓝色木箱。他以前见过这个箱子，是玛雅用了很多年的针线箱。她把箱子放到桌上，摆在耶尔洛夫面前。

她掀开箱盖，耶尔洛夫看见里面放着剪刀、纱线和一卷卷棉线，不禁想起自己常常修补渔网的那段时光。然后玛雅拿起假箱底放到一边，底下的暗盒里躺着一个扁扁的盒子。

一个铁盒，盒盖上点缀着几块陈旧的锈斑。

至少，耶尔洛夫希望那只是锈斑而已。

“给。”

玛雅把盒子递给耶尔洛夫。盒子里咔嗒咔嗒响了两声。

“我能打开吗？”

“随你怎么处置都行，耶尔洛夫。”

盒子没上锁，他小心翼翼地打开了。

里面的东西光芒璀璨，熠熠生辉。

说不定盒子里只是二十来颗玻璃珠，普普通通的便宜货——但某种与众不同的特质，某种珍奇瑰丽的气息却令人无法忽视。宝石中间还有个十字架。耶尔洛夫虽不是行家，但也看得出这十字架多半是纯金打造。

耶尔洛夫合上盒盖，抵住了捏起宝石在指尖细细赏玩的诱惑。

“这件事你有没有告诉过别人？”他小声问道。

“我丈夫去世前不久，我向他坦白了。”玛雅说。

“他有没有可能透露给其他人？”

“他不会和别人讨论那种事，”玛雅说，“就算他说了，也一定会让我知道。我们之间没有秘密。”

耶尔洛夫相信她。赫奇不是多嘴的人。可是，死在尼尔斯手上的士兵从波罗的海另一边带来战利品这一传言，不知为何渐渐在北厄兰岛散播开来，还传到了耶尔洛夫耳朵里——还有约翰和安德斯父子。

“所以你一直都把宝石藏在这里面？”

玛雅点点头。

“我从没动用过它们，它们不属于我。”她说，“我曾经想把它们还给尼尔斯的母亲维拉。”

“哦？什么时候？”

玛雅慢慢坐到他旁边的椅子上，耶尔洛夫注意到她将椅子往前拉了拉，于是两人的膝盖就在漂亮的桌腿间刚好碰到一起。

“那是几年之后的事，60年代末。赫奇听说维拉·坎特入不敷出，开始出售海边一带属于她的土地。所以我想也许该把宝石还给她……”

“你去见她了？”

玛雅点点头。

“我坐公共汽车去斯滕维克，进了维拉的花园……当时是夏天，花园的门半开着，我两腿哆嗦着走上台阶。和很多人一样，我很害怕维拉……”玛雅稍一停顿，又说，“屋里有留声机或是广播的声音，我听到了音乐声，还有谈话声，她有客人。”

耶尔洛夫屏住呼吸。

“几年前她雇了一个管家，所以应该是……”

“不，是两个男人，”玛雅打断他，“我听见厨房里有两个男人说话。其中一个嘀嘀咕咕，另一个的声音大得多，也坚决得多，像是个船长……”

“你看见他们了吗？”

“不，不，”玛雅连忙道，“我也没站在那里偷听……我一走上台阶就去敲门，谈话声停住了，维拉突然冲到门廊上，顺手关上厨房的门。时隔多年回到村里，再次见到她，我吓了一跳。她变得那么瘦，那么古怪……像一条干瘪的绳子。但她还是那么多疑，打量着我，似乎我是小偷之类的。‘你想干什么？’她问道，既没好口气，也不礼貌。我顿时慌了手脚。盒子就在衣袋里，我却根本没拿出来。我开始结结巴巴说起尼尔斯和灌木林……实在太傻了，太傻了。维拉尖叫着要我滚。然后她就回到厨房里，我也回家了……又过了几年，她就去世了。”

耶尔洛夫点点头。维拉就死在朱莉娅跌落的那段楼梯上。他问道：

“你听见他们说什么了吗？那两个男人。”

玛雅摇摇头。

“敲门之前我只听到一点点，”她说，“和某人的愿望有关。嗓门比较大的那个人说什么有人满怀期待：‘当然，你们俩都渴望见到对方’，诸如此类。”

耶尔洛夫略一沉吟。

“他们说不定是维拉的亲戚，”他说，“从斯莫兰省来的亲戚？”

“也许吧。”玛雅说。

两人相对无言。耶尔洛夫没有问题要问了，他还得再好好想想。

“嗯……”他想伸手轻轻拍拍玛雅的肩膀，但她刚好微微前倾，于是他的手指触到了她的脸颊。

时间仿佛凝固了，几乎是不由自主地，他的手指轻轻抚摩着她的面庞。

玛雅闭上双眼。

耶尔洛夫忽然一惊，准备起身。

“啊……我不能……再也不能。”

“真的？”玛雅睁开眼问道。

耶尔洛夫悲伤地点点头。

“我的病太痛苦。”他说。

“也许到春天症状就会消失，”玛雅说，“有时会这样。”

“但愿吧。”耶尔洛夫忙不迭站起来，“谢谢你把秘密告诉我，玛雅。我不会传出去的，这你知道。”

玛雅依然坐在桌旁。

“没关系，耶尔洛夫。”

耶尔洛夫发现盒子还在他左手里，便放回桌上。但玛雅拿出十字架，然后又把盒子递给他。

“拿去吧，”她说，“我不想再留着它们。还是由你保管比较好。”

“你确定？”

耶尔洛夫点了好几次头，像是笨拙的道别，然后把盒子放进衣袋，离开玛雅的房间。盒子很沉，很冷，在空荡荡的走廊里，随着他的脚步嗒嗒地轻轻晃动。

耶尔洛夫一回到自己房间就关上门。平时他一般不锁门，但这次立刻锁上了。

战利品，他想，士兵们免不了搜刮战利品。那些德国兵是从谁那里得到，或是抢到这些宝石的？除了他们自己，还有没有其他人也因这些宝石而送命？

他又该把宝石藏在哪里？耶尔洛夫环顾四周。他可没有带暗盒的针线箱。

最后他走向书架。架子上有个装在瓶子里的船模，象征着帆船“蓝鸟”的最后一次航程。一想到这里，博哈斯兰省[①]海岸的那个暴风雨之夜仿佛又重现于眼前。这个船模刻画的就是即将撞上博哈斯兰海域暗礁的“蓝鸟”。

耶尔洛夫拿下瓶子，拔出木塞，然后打开盒盖，慎之又慎地将宝石放进瓶中。他摇动瓶子，调整宝石的位置。于是，如果不定睛细看，那些宝石也就只是帆船即将撞上的礁石而已了。

暂时就这么处置吧。

耶尔洛夫把船模放回书架，又将空盒子藏在另一个较低的架子上的一排书后面。

这天晚上睡觉之前的其他时间，他都一直盯着瓶子看了又看。第十二次，也许是第十五次之后，他才渐渐理解，为什么玛雅将那旧铁盒交给他之后，会那样如释重负。

夜里，航海生涯中唯一一次真正的梦魇又回来造访他。

他梦见自己身处船舷边，这艘船航行在波罗的海上，位于厄兰岛北端

---

① 瑞典最西部的一个省。

和瓦克森岛[1]之间的海域。时值黄昏，海面上没有一丝风，耶尔洛夫遥望着金光粼粼、直通天际的大海，视线之内看不到陆地的影子……

接着，他俯瞰船身下的水面，发现了一颗二战遗留下来的旧水雷。

水雷就漂浮在水面之下：一颗硕大的漆黑铁球，被海藻和贝类密密麻麻包裹着，黑色的撞针直勾勾刺出来。

掉头逃跑是不可能了。耶尔洛夫只能哑然地盯着船身和水雷缓慢而又冷酷地向彼此滑去，越来越近，越来越近。

水雷一触即发之时，他猛然醒转，在养老院的暗夜中迸出一声惊叫。

23

星期天早晨，朱莉娅坐在阿斯特丽德的客厅窗前，拐杖靠着椅背，眼睁睁看着她姐姐莱娜和姐夫理查德从桥上把车开走。

她比原计划多占用了那辆车两星期，但也到此为止了。无所谓，反正她骨折后也没法开车。

莱娜和理查德星期六临时赶来厄兰岛探望耶尔洛夫，在玛纳斯喝了咖啡，又去别墅过夜。第二天一早他们就造访阿斯特丽德·林德尔家，显然还想把朱莉娅接回哥德堡去。

这一计划自然无须知会朱莉娅。她甚至是在发现路上开来一辆墨绿色沃尔沃，停在阿斯特丽德家门口时，才得知莱娜和理查德要来，逃跑已经来不及了。

“嘿！”莱娜被阿斯特丽德迎进门时，满面春风地打招呼。她上来拥

---

① 位于斯德哥尔摩西南、南泰利耶以南，运河出海口水域中的一个小岛。

抱朱莉娅，这只令朱莉娅折断的锁骨更加剧痛难当。“还好吗？”莱娜盯着拐杖。

“现在没那么惨。”朱莉娅说。

“爸爸都在电话里和我们说了，”莱娜说，“真糟糕……但也算不幸中的万幸……只能往这方面想，还好只是受了点伤。”身为姐姐，对朱莉娅的伤势也只有这几句话。莱娜又说：“多亏阿斯特丽德留你住下，对吧？”

“阿斯特丽德简直是天使。”朱莉娅说。

真的，阿斯特丽德就是一位天使，享受着斯滕维克的宁静寂寥，但她也说过，有时也难免被孤单所包围。她是个寡妇，唯一的女儿在沙特阿拉伯当医生，只有圣诞节和六月下旬的假期才回家。

理查德没什么话好说，只是不耐烦地朝朱莉娅点头致意，没有脱下浅棕色的薄外套。他每隔几分钟就看看他的劳力士表。朱莉娅心想，毫无疑问，对他而言唯一要紧的，就是把车开回托斯兰达，好给他女儿去开。

阿斯特丽德端来咖啡和饼干，莱娜对这个季节游客散去后斯滕维克的清静和安宁赞不绝口。理查德呆板地坐在妻子身边，一声不吭。桌子对面的朱莉娅望着窗外，脑子全被高高的树丛后维拉·坎特那座房子占据了。

“嗯，好了，我们也该动身了，”喝完咖啡，莱娜说，“回家的路很远。”

她麻利地收拾咖啡杯，理查德则到房子后面帮阿斯特丽德固定一个松动的水槽。

朱莉娅帮不上忙，只能傻坐着旁观。她的腿动不了，没有工作，也没有孩子。但生活总得继续。

“谢谢你来看我。”她说。

莱娜点点头。

“一听到消息，我们就决定马上赶来接你回家，”她说，“我的意思是，你现在没法开车。”

“谢谢，”朱莉娅说，“不过没这个必要，我准备留下。”

莱娜没听见。

“我开福特载你，理查德开沃尔沃，”她刷着咖啡壶的内壁，“我们一般都在韦纳穆[①]吃午饭，那里有个很不错的餐馆。

“我不能抛下延斯自己回去，”朱莉娅说，“现在我一定要找到他。”

莱娜转身盯着她。

“你说什么？”她问道，“可是已经……”

“我知道延斯已经死了，莱娜，”朱莉娅迎向姐姐的目光，“他死了，我现在很清楚。但这不是关键。我只想找到他，无论他在什么地方。”

“好吧，好吧，这样也好。你留下来爸爸会很高兴的，”莱娜说，“非常好。”

是啊，总比在哥德堡对着电视喝酒、吃安眠药来得好，朱莉娅想。一瞬间，她顿时觉得挥霍掉的那些年宛如一股巨大的压力抵在胸口——那些年，她任凭失去儿子的悲伤压倒一切，甚至吞噬了儿子留下的所有快乐记忆所能赋予她的慰藉，她深陷于黑暗的痛苦深渊之中，让生活随波逐流。

但现在她平静了，只是一丁点儿的平静。

人到了一定年龄，最后总会遇到那么一个地方，能给你家的安宁，能让你和喜欢的人在一起。就像斯滕维克，这里有天使般的阿斯特丽德，有

---

① 瑞典中南部城市，位于厄兰岛到哥德堡的途中。

耶尔洛夫，有伦纳特。朱莉娅喜欢他们。

莱娜也是好意，朱莉娅明白，就连她这个姐姐，多多少少也是为了她好。

“那好，等我回哥德堡再见。”

半小时后，理查德坐进停在阿斯特丽德家门外那辆硕大的墨绿色沃尔沃，莱娜则去开小福特。

她倾身向前，隔着风挡玻璃向朱莉娅挥手道别，然后两人驱车离去，理查德在前，莱娜随后。

朱莉娅长出了一口气。

刚过了一分钟左右，门厅里的电话就响了起来，但她无力去接听。

“我去接，”阿斯特丽德说。朱莉娅听着她拎起话筒。阿斯特丽德听了一会儿，然后喊道：“是警察，朱莉娅，找你……是伦纳特。”

只拄一边拐杖，朱莉娅在光滑的地板上移动起来反倒更容易、更快。她到门厅接过话筒。

“嘿。”

“身体怎么样？”伦纳特问。

“好些了，”朱莉娅说，“时间会让伤口愈合……有阿斯特丽德照顾我。”

“那就好，”伦纳特说，“我有一些消息……但你也许已经听说了。”

“你找到尼尔斯·坎特了吗？”

电话那头的伦纳特似乎轻轻叹着气。

“在地下室乱挖的可不是什么鬼魂，”他答道，“耶尔洛夫还没告诉你？”

“我们说话的机会不多。”朱莉娅说。

“你父亲帮我找到了鼻烟罐的主人，”伦纳特说，“你知道的，维拉的地下室里那些鼻烟罐。”

“是谁？”

“安德斯·哈格曼。”

“安德斯·哈格曼？”朱莉娅说，“你是指……露营地的安德斯？约翰的儿子？”

“就是他。”

“你确定？”

“他还没亲口承认，因为我们还没和他谈话，”伦纳特说，“安德斯一直遮遮掩掩，但所有线索都指向他。”

“所以睡在房子里的不是尼尔斯·坎特？”

“不是，”伦纳特说，“答案往往比想象的简单，朱莉娅。安德斯·哈格曼就住在离维拉·坎特家几百米外的地方，天黑以后偷偷溜进去很容易。”

“但他为什么要在地下室乱挖？”

“有好几种可能，我有我自己的看法，也和博里霍尔姆的同事们讨论过了，”伦纳特又问，“你认识安德斯吗？以前住在斯滕维克的时候和他有没有过接触？”

“没有。他比我小……四到五岁吧。”朱莉娅几乎想不起在她小时候，安德斯·哈格曼是什么样子。

她只隐隐约约有点印象，安德斯是个健壮、害羞、沉默寡言的男孩。他十分内向，在父亲的露营地帮忙，几乎从不参加夏季舞会和码头上的聚会，也几乎与斯滕维克的一切绝缘——至少在她记忆中如此。

“他犯过人身伤害罪，”伦纳特说，“你知道吗？”

“人身伤害？”

“十二年前，露营地发生了一起酒后斗殴事件。安德斯觉得受到威胁，把斯德哥尔摩来的一个年轻人打倒了。那天晚上是我去逮捕他的。他被判缓刑和罚金。”

几秒钟的沉默。

“现在他是不是有嫌疑？”朱莉娅问道，“你们在追捕他？”

“没有，要抓他不成问题，”伦纳特说，“我们只想找到他，和他聊聊……查出他在维拉·坎特家里到底干些什么。无论如何，他犯了非法侵入罪。”

我也一样，朱莉娅暗忖。

“你不打算询问他延斯的事？”她问道，“问问安德斯，延斯失踪时他在哪里。”

“也许吧，”伦纳特说，“你觉得我们该不该问？”

“不知道。”朱莉娅说。

她想不起来安德斯·哈格曼是否见过她儿子。但肯定见过吧？夏天他们常常去码头边游泳，正处在露营地的视野范围内。延斯一天到晚都穿着游泳裤，戴着太阳帽在海边跑来跑去。安德斯是否曾在桥上注视过他？

“安德斯显然还在博里霍尔姆。我们会去查一查他。”伦纳特说，“如果有什么发现，我会和你联系。”

朱莉娅出事以后，耶尔洛夫也来过电话，但她没有多聊。她很难为情。越琢磨闯进维拉·坎特家这件事，以及延斯可能在那房子里的念头，她就越觉得难为情。

星期一下午，耶尔洛夫终于搭约翰·哈格曼的车来到斯滕维克，摁响门铃。朱莉娅挣扎着拄着拐杖去开门，只有她在家。阿斯特丽德去玛纳斯买东西了。

开车的是约翰，但他留在车里。朱莉娅看见驾驶座上的他垂头丧气，满面愁容。

“只是顺便来看看你好点了没。”耶尔洛夫下车后靠自己走了二十米远，来到门口，倚在手杖上，喘着粗气。

“我很好，”朱莉娅也拄着拐杖，“你和约翰要出门？”

“我们去斯莫兰省。”耶尔洛夫轻描淡写。

“什么时候回来？”

耶尔洛夫勉强一笑。

“波尔也问了同样的问题。她巴不得我从早到晚都待在房间里。”他又说，“估计今晚就能回来，或者傍晚……我们可能还会去拜访马丁·马尔姆，如果他的神志比上回清醒一些。”

“这是不是和尼尔斯·坎特有关？”

“也许吧，”耶尔洛夫说，“看情况。”

朱莉娅点点头——如果他不想透露详情，也没关系。

“我听说了安德斯·哈格曼的事，”她说，“你把他的情况告诉警察了。”

“我提了他的名字……约翰估计不太高兴，但他们早晚都会查出来。”

“警察想找他谈谈，”朱莉娅说，“我不太确定……不过博里霍尔姆警方可能准备重新调查那个案子。我是指延斯的失踪案。”

“嗯……可我认为他们往安德斯这条线去查，是走错了方向。约翰当然也这么想。”

“难道你不打算把他们引回正轨吗？”

“我们这些老头子的话，警察是不会听的，如果他们觉得我们的观点过于疯狂。”耶尔洛夫说，“我们靠不住。”

“可你从没放弃，这很令人敬佩。”

“好吧，”耶尔洛夫拉开房门，“我们会尽力的。”

“继续查，”朱莉娅说，“反正也没什么坏处。”

这句话有点讽刺，虽然她这时还不知道——下一次看见耶尔洛夫时，他已生命垂危。

“再见。”耶尔洛夫说。

巴拿马城
1963年4月

巴拿马运河畔的巴拿马城。

高大的公寓楼群和破败的贫民窟毗邻而居。小汽车、公共汽车、摩托车和吉普车。印第安人和欧洲人的混血儿，宪兵队、银行家、乞丐，嗡嗡乱飞的苍蝇，大街上成群结队汗流浃背的美国士兵。燃烧的汽油味、腐烂的水果味，还有烤鱼的味道。

尼尔斯·坎特每天都在狭窄的街道中游荡，脚板底在鞋子里火烧火燎的疼。

他在寻觅瑞典来的水手。

哥斯达黎加没有瑞典水手——至少尼尔斯从没遇到过。为了确保能找到瑞典人，他只能来到这里，来到巴拿马城。

乘公共汽车南下用了六小时。两年来，尼尔斯已经五次造访运河区。

连接两大洋的长长运河中船舶川流不息，省去了绕道合恩角[①]的漫长航程。水手们从港口登岸寻欢作乐，还有少数人流落在此，以乞讨度日。

尼尔斯在这些被遗忘的水手中寻找目标：每当来自斯堪的纳维亚半岛的船舶靠岸时，挤进码头的那些人；斯堪的纳维亚教堂分发食物时一拥而上的那些人；还有把时间都耗在酒吧、商店周边的人；那些什么都喝，只要和“酒”字沾点边，从廉价的哥伦比亚甘蔗酒到从鞋油里蒸馏提炼的纯酒精都一概笑纳的人。

第五次光临巴拿马城的第二天晚上，他在裂纹丛生的水泥人行道上漫步，只见前方一间斯堪的纳维亚教堂门口的阴影中，有个握着酒瓶、身形佝偻的人影。那人弯着膝盖，行动迟缓，涕泪交流，咳嗽不止，身上散发着呕吐物的臭气。

尼尔斯在他面前停下。

“你还好吧？”

他说的是瑞典语。如果对方听不懂，就不必再浪费时间。

“什么？”那醉汉问道。

“我是说，你还好吧？”

“你是瑞典人？”

那瑞典人眼中的神情与其说是迟钝呆滞，倒不如说是悲伤和疲惫。他胡须蓬乱，但嘴边和眼角的皱纹并不深。这家伙酗酒的时间不算长，年龄大约三十五岁——和尼尔斯差不多。

尼尔斯点点头。

---

① 南美洲最南端的岬角，巴拿马运河未通航前，是船舶往来于太平洋和大西洋之间的必经之地。

“我来自厄兰岛。”

“厄兰岛？”醉汉抬高嗓门，又连连咳嗽，“厄兰岛，该死……我是斯莫兰人……该死。出生在尼布鲁[①]。”

“世界真小。”尼尔斯说。

“可现在……我没赶上过运河水闸的船。”

“真的？可惜啊。”

“去年，我没赶上……船过闸的时间推迟了两天。我到处逛，结果被捕了……在酒吧打架。一出监狱我就猛灌啤酒。”那人眼中闪出新的光芒，“有钱吗？”

“也许有。”

“那就买点什么吧，买威士忌……我知道哪里有。”

他想站起来，僵硬的腿却不听使唤。

“我可以去买一瓶，”尼尔斯说，“一瓶威士忌，一起喝。但你可得在这里等着。你会等我回来吧？”

那人连连点头，又蹲下了。

“买点什么吧。”他翻来覆去只念叨这一句。

“很好，”尼尔斯直起腰，避开对方的目光，“说不定我们能交个朋友。”

五星期后，在牙买加镇——利蒙港的英文社区。

虽然挂着“蒂坎旅馆”的招牌，但这地方实在算不上旅馆，前台只是两条桌腿间挂着的一块破木板，还有一本发了霉的登记册。房子外墙上有

① 位于瑞典东南部。

座楼梯，通往二楼的几间小客房。尼尔斯听见街对面的房子里有人大声说着英文。

他轻轻走上楼梯，与一只肥大油亮、沿着墙往下爬的蟑螂擦身而过。来到二楼狭窄的走廊上，他敲了敲四间客房中第二间的门。

“请进，先生！”屋里有人喊道。尼尔斯推开门。

他第三次见到了那个自称是来帮他回家的瑞典人。

温暖的客房里只有一张床，那瑞典人坐在床上一堆皱巴巴的床单和污渍斑斑的枕头中间，上半身的汗水闪闪发亮，手里捧着个玻璃杯。一台小电扇在床头柜上嗡嗡转动。

此前尼尔斯已开始揣测，此人可能来自厄兰岛。他从未自报籍贯，但尼尔斯仔细分辨之下，从对方的话语中捕捉到了一丝微弱的厄兰岛口音。他也意识到，此人对厄兰岛非常熟悉。尼尔斯在岛上见过他吗？

“进来，进来。”那瑞典人微笑着靠到墙上，冲着床头柜上的一瓶西印度群岛甘蔗酒点点头，“来一杯，尼尔斯？”

“不喝。”

尼尔斯关上门。他已经戒酒了。还没彻底戒掉，但差不多了。

“利蒙港真是个好地方，尼尔斯，”床上的人说，尼尔斯听不出他话里有暗讽的意思，“今天我出去溜达了一圈，完全是偶然的机会，发现了一家真正的妓院，藏在酒吧后面的几个房间里。那些女人真带劲。不过，我当然没有纵情声色啦……只喝了一杯就走了。”

尼尔斯轻轻点头，靠在门背后。

“我找到一个人，”他说，“非常理想的人选。”背井离乡十八年后，每次一开口说瑞典语，他都很不自在。他结结巴巴地寻找合适的词汇：“他也是斯莫兰人。”

“好，很好，”那瑞典人说，“在哪里？巴拿马城？”

尼尔斯点点头。

“我带他上路……边境检查比以前更严，只好花点买路钱，好在一切顺利。现在他到了圣何塞[①]，住在一家廉价旅馆里。他的护照丢了，但我们去瑞典大使馆申请了一本新的。”

“好，很好。他叫什么名字？”

尼尔斯摇摇头。

“无名无姓。”他说，“你还没告诉我你的尊姓大名呢。”

“去前台查查就知道了，”床上的人说，“我登记过。你该去看看才对。”

“我查过。”尼尔斯说。

“然后呢？”

“弗里肖夫·安德松。”

那人满意地点点头。

“叫我弗里肖夫就可以，没关系。”

尼尔斯又摇摇头。

“这只是一首古老的水手之歌里的名字——我要知道你的真名。”

“我的姓名并不重要，”那人盯着他，“弗里肖夫就很好。你说呢？”

“也许吧，”尼尔斯缓缓点头，“暂时如此。”

“很好。”弗里肖夫用床单擦了擦胸膛和前额，“现在来讨论几件事。我准备……”

“真是我妈妈派你来的？”

“这我已经告诉过你了。”

床上的人似乎不喜欢被打断。

“她应该让你捎一封信来。”尼尔斯说。

---

① 哥斯达黎加首都。

“以后会有，”弗里肖夫说，“你不是拿到钱了吗？那是你母亲给的。”他喝了一大口酒，“不过现在有其他事情要讨论……我过两天就回国，一段时间内不会和你联系。但万事俱备的时候我会再来，也是最后一次来。你觉得需要多久？”

“嗯……两星期，大概吧。得等他领了护照，然后来这里。”尼尔斯说。

“好吧，”弗里肖夫说，“盯紧他，按规矩办事，然后你就可以回家了。”

尼尔斯点点头。

“很好。”弗里肖夫又抹了把脸。

有人在楼下的街道上大笑，一辆摩托车呼啸而过。尼尔斯准备开门，离开这恶臭的房间。

“对了，感觉怎么样？”床上的人倾身问道。

“什么感觉怎么样？”

“我有点好奇，”自称弗里肖夫·安德松的家伙在肮脏的床单中微笑道，“我在想，尼尔斯，我完全是出于好奇……杀人的感觉究竟怎么样？”

24

耶尔洛夫和约翰开车穿过大桥，经卡尔马沿斯莫兰省海岸北上。一路上，两人都少言寡语。

耶尔洛夫主要是在想，离开玛纳斯养老院越来越困难了——今天一早，波尔详细盘问他要去哪里，去多久。最后她还暗示，可能他的健康状况过于理想，没必要继续留在养老院。

“北厄兰岛还有很多行动严重不便的老人想住进来，耶尔洛夫，”波尔说，“我们永远都要分清楚轻重缓急。”

“说得很对。”耶尔洛夫答道，然后拄着手杖离开了。

难道他没有权利接受照顾吗？在他连移动十米都得靠别人搀扶的时候？他时不时出来呼吸一下新鲜空气，和约翰这样的老朋友聚一聚，难道波尔不该为此高兴吗？

“那么，安德斯逃走了？”离拉姆内比只有几公里时，耶尔洛夫终于打破沉默。

“是的。”约翰说。

他开车时总是严格遵守限速，就算后面的车辆已排起长龙。

“想必你已经通知安德斯，说警察在找他了吧。”耶尔洛夫说。

驾驶座上的约翰默不做声，但最后还是点了点头。

“我不知道这是不是上策，”耶尔洛夫说，“如果不肯和警察谈话，可能会惹恼他们。”

“他只想安安静静待着。”约翰说。

“这不见得是好主意。”耶尔洛夫又说。

约翰不答话。

“上星期你去博里霍尔姆的时候，和罗伯特·布罗姆贝里谈过了吗？”过了一会儿，他问道，“我是说那个卖车的。”

“见到他了，”耶尔洛夫说，“他在展示厅里。我们没有对话……我真不知该说什么。”

“他会不会是坎特？”

“既然你问得这么直接……我考虑过这个问题，但我觉得不太可能，”耶尔洛夫答道，“尼尔斯·坎特这样的人，似乎不太可能换个新名字就从南美洲溜回来，然后混进博里霍尔姆开始新生活。”

“难说。”

几分钟后，他们驶过黄色路牌，进入拉姆内比。这时是早上十点四十五分。一辆平板拖车拉着新砍伐的木材，从他们身边隆隆驶过。

耶尔洛夫从没来过拉姆内比，无论坐车还是乘船。他只从这附近经过过一次。这里不比玛纳斯大，很快他们就穿过村子来到另一边，拐弯驶向锯木厂。

锯木厂的铁门紧闭，约翰把车停在铁门外的停车场。

耶尔洛夫拎起提包，两人走到宽敞的铁门前摁下门铃。过了一会儿，门铃旁的一个小扩音器中传出一阵杂音。

“有人吗？”耶尔洛夫拿不准该对着门铃、扩音器还是天空讲话，“嘿……我们想参观林业博物馆。能不能开开门？”

扩音器里鸦雀无声。

“他们听得见吗？”约翰小声嘀咕。

“不知道。”

背后传来乌鸦的叫声，耶尔洛夫一扭头，只见两只乌鸦站在停车场旁一棵光秃秃的桦树上。它们叫个不停，声音听起来和厄兰岛乌鸦的有些不同。难道鸟儿也有不一样的口音？

然后他注意到铁门内有人走来，是个上了年纪的人，戴着帽子，穿一件黑色厚外套，步伐几乎和耶尔洛夫一样迟缓。那人摁了门里的一个按钮，铁门开了。

“我是海默松。”他伸出手。

耶尔洛夫和他握了手。

“戴维松。”他说。

“哈格曼。”约翰说。

“我们想参观一下林业博物馆，”耶尔洛夫又说，“昨天我打过电话……”

“好的，”海默松转身为他们带路，“幸好你打了电话。博物馆其实只有夏天才开放，包括八月。但如果事先电话预约，一般都没问题。”

他们进入厂区。耶尔洛夫嗅到了新锯木料的味道，戴帽子的工人们在大堆大堆的锯木屑中搬运木板——这立刻令他回忆起过去。由铁皮和铝片盖成的巨大灰色厂房之间，是铺着柏油的路面和作业场地，厂房的墙上刷着大字：拉姆内比木材公司。

“我在这里工作了四十八年，”海默松扭头对耶尔洛夫说，“刚来的时候才十五岁，一直留到现在。世界上的事都是这样……现在我负责管理博物馆。”

“我们来自你们老板住过的地方，”耶尔洛夫说，“北厄兰岛。”

“老板？”海默松问道。

“坎特家族。”

“现在这地方不是他们的产业，”海默松说，“70年代末奥格斯特·坎特去世后，坎特家族出售了这个地方。现在拉姆内比的老板是加拿大一家林业公司。”

“前任老板是……奥格斯特·坎特？”耶尔洛夫问道，“你见没见过他？”

“我见没见过他？”海默松笑了，似乎觉得这个问题很好玩，“每天都见。他总是开那辆旧名爵跑车……啊，到了，这是旧办公室，后来不够用了。”

门上有个木牌写着“林业博物馆”。海默松开了锁，走进去打开灯。

“好……欢迎两位光临，门票是每位三十克朗。”

他站到摆着一台硕大的老式收音机的柜台后面。

耶尔洛夫付了钱，收下两张门票，门票与恩斯特·阿多尔弗松钱包里那张是一个式样。两人步入博物馆。

博物馆不大，只有两个房间，由一条短短的走廊连接起来。房间中央立着一些老式的锯子和测量工具，墙上挂了很多照片，装裱在玻璃相框里的黑白照片，每张旁边都有标签说明来由。耶尔洛夫默默近前查看，审视着锯木厂工人们的合影，手握锯子的林业工人，还有停泊在港口的大船，甲板上堆着大量木材。

“另一个房间的照片比较新。”海默松在他们身后提醒。

“好的。”耶尔洛夫答道。

他更希望单独参观，同时留意到约翰一直小心地躲着他们这位导游。

“那里还有我们的第一台电脑，”海默松说，“重大进步……现在整个锯木过程都由电脑控制，我其实不太明白它的工作原理，但效率非常高。”

“是啊。”

耶尔洛夫继续在黑白照片中搜寻。

“拉姆内比的精加工木材大量出口，销路远至日本，”海默松说，“你们该不会在那边做生意吧？”

“没有，”耶尔洛夫答道，又连忙补充，“不过伦敦圣保罗大教堂的地板，用的是厄兰岛出产的石料。”

海默松没有答话，耶尔洛夫便换了话题：

“其实，我们有个朋友上个月来过这个博物馆，恩斯特·阿多尔弗松。”

“从厄兰岛来？”

耶尔洛夫点点头。

“他以前是个石匠。九月中旬来的。”

“对，我对他印象很深，”海默松说，“特意为他开馆，和两位的待遇一样。与他的交流很愉快，他自称住在厄兰岛，但籍贯却是这个村子。”

“他是拉姆内比人？”

“没错。他在这个村子长大，后来才迁往厄兰岛。”

这对耶尔洛夫来说是新信息，他从没听恩斯特谈起过家乡。

他又往前走了两步，看见了那张照片：马丁·马尔姆和奥格斯特·坎特并排站在港口，身后是一排站得直挺挺的年轻工人。

照片下方的字条上写着：“在锯木厂码头的一次友好商务会谈，1959年。”但照片里只有一个人脸上挂着友好的微笑，其余各人，包括马丁·马尔姆和奥格斯特·坎特，注视镜头时的表情都很严肃。

1959年。那么这是在马丁买下他的第一艘大船的几年前照的，耶尔洛夫暗忖。

这张照片比书里那张大，搭在马丁左肩上的手看得很清楚，这最起码是友好的表示。耶尔洛夫肯定不会把手搭在马丁·马尔姆肩上，马丁并不欢迎他人的亲密举止。但奥格斯特·坎特却是例外。

“这位也是我们的朋友，”耶尔洛夫指着马丁·马尔姆的脸，“厄兰岛的一位船长。”

“噢，对，”海默松不太感兴趣，“从前天天有货船到这里来……经常把木材运往厄兰岛。那边的森林木材产量很有限。”

“森林倒是有，可是都被本土来的人砍光了，”耶尔洛夫又指了指照片，“这位不就是奥格斯特·坎特吗？”

“对，就是老板。”

“他的外甥名气很大，”耶尔洛夫说，“尼尔斯·坎特。”

“噢，没错，他啊，”海默松说，“我听说过他——杀了一个警察。报纸上也报道过。但他不是死了吗？掉到海里淹死了？”

“嗯，”耶尔洛夫说，“可是，他活着的时候来过这里吗？”

“我觉得老板不怎么喜欢尼尔斯，”海默松说，“他从没谈起这个外甥，所以大家也都不怎么议论，就算老板不在的时候也一样。”

“他会不会知道尼尔斯在哪里，但不想走漏风声？”

“我猜有可能，”海默松说，“不过，尼尔斯逃离厄兰岛时来过一次，在他杀害警察之后。”

“真的？舅舅和外甥见面了？”

“不清楚。不过他在这附近转悠了好几天……有人在森林里见过他，”海默松指了指一张照片，“这位冈纳当时和我一样是个跑腿的，他吹嘘说遇到了尼尔斯，还拿了他的钱。不过那时候他经常吹牛……我只记得后来有人向警察通风报信，说尼尔斯就在这里。警察监视了锯木厂好几天，一等尼尔斯出现就逮捕。大家都有点紧张……不过活儿还得照样干。凶手最后也没现身。”

耶尔洛夫仿佛看见年轻的尼尔斯藏在办公室另一头，弯着腰，想从窗缝里瞟一眼，看看他的奥格斯特舅舅在不在。

“我们的朋友恩斯特有没有提到过这张在码头边照的照片？”他问道。

海默松想了想。

“有，”他说，“他在那张照片前面停下，想知道名字。”

“名字？这些锯木工人的名字？”

“是啊。我凭印象告诉他了。年纪一大，记性越来越差，比如这些天吧，我就……”

“能不能也把名字告诉我们？”耶尔洛夫打断他。

他从提包里拿出笔记本和圆珠笔。

“没问题，”海默松说，“那好，来看看，从左边开始……”

海默松记不清后排中三个人的名字，他们可能都是水手。但其余几位耶尔洛夫都记下来了：佩尔·本特松、纳特·埃克伦、克雷斯·弗莱赛尔、冈纳·约翰松、扬·埃坎达尔、麦卡伊尔·拉尔松。他又看了看这份名单，一个都不认识。他还是想不通恩斯特到底在找什么。

海默松兴致勃勃地领着他们穿过走廊，来到第二个房间。

“那就是我们的第一台电脑……足有一间房子那么大。不过以前的电脑都是那副模样。”

耶尔洛夫心不在焉地点头称是，由着海默松向他介绍锯木厂的技术革新过程，以及当地的林业概况。大部分内容都由各种数据和大机器呈现。

“的确很有意思，”十分钟后，耶尔洛夫说，“非常感谢。”

“不客气，”海默松笑道，“我们一向欢迎对林业感兴趣的人。”

他陪着耶尔洛夫他们走出博物馆，指着一座铁片建筑。

“我们刚刚安装了一台新的X光设备，用来检测木材的质量。两位要不要也参观一下？”

耶尔洛夫瞄到约翰微微摇头，他已经看够这些木头了。

“谢谢，”耶尔洛夫说，“但那对我们可能过于专业了点。不过我们还想去港口看看，如果方便的话。我们自己去就可以了。”

“港口？”海默松说，“这么说不太确切。水太浅，大船进不来。我们都用卡车往外运输木材。”

“我们还是想看一看。”

“好的，”海默松说，“那我去把博物馆的门锁上。”

他说得对——往海边走了几百米，耶尔洛夫就看出，这的确算不上港口。几乎没有能称之为码头的地方，地面上的沥青支离破碎，方形的石板都松动了，彼此之间有明显的缝隙。

一座木头栈桥往海中延伸了十多米。耶尔洛夫看得出，它也已年久失修。难道不能从锯木厂里拿点木材来修补一下？

栈桥边的海水里漂浮着一艘孤零零的老式木帆船，静静地等待主人赶在凛冽的狂风到来之前将它庇护起来。

从本土的方向望去，刺骨寒风中的厄兰岛只是天边的一道黑线。虽然拥有众多小岛和海湾的斯莫兰海岸美不胜收，但耶尔洛夫始终都期盼着回到厄兰岛上。

“这应该就是马丁·马尔姆的船曾经停靠的地方。”他说。

“没错，”约翰也说，“那张照片就是在这里拍的。”

没什么可看的了，耶尔洛夫已经感到寒意渐渐侵入大衣。他不想迎着这样的寒风走上栈桥，便随着约翰转身折返。

走到半路，耶尔洛夫又驻足回望，从锯木厂的厂房之间的空旷地带看去，岸边依然萧索荒凉。

恰在此时，他突然有了十足把握。某个毫无逻辑性可言的念头宛如一条漆黑的鱼，从潜意识深处骤然游出，浮现于水面下，夺人眼目。没等想清楚，他就脱口而出：

“这里就是起点。”

“什么起点？”约翰不解。

“一切一切的起点。尼尔斯·坎特、延斯，还有……我外孙的死，原因就是以此为起点的某件事。”

“这里？拉姆内比？”

“对，就是这里。这里的锯木厂。”

“你怎么知道？”

“我能感觉得到。”耶尔洛夫明白自己的话有多么愚蠢，但只能继续说下去，“有人在这里会面，我觉得是一次会面。尼尔斯来到这里……他一定见过他的舅舅奥格斯特，达成了某种协议。事情的经过一定是这样的。”

但刚才那种把握十足的感觉已然消失了。

“好吧。现在回家？”约翰说。

耶尔洛夫缓缓点头，继续前行。

———

耶尔洛夫独自坐在约翰的车里。车停在卡尔马市中心一条人烟稀少的街道旁，周围有几座石屋。回厄兰岛之前，约翰要去城里短暂探望一下他的妹妹英格丽。

耶尔洛夫思前想后，这次来博物馆，他们真的一无所获？他拿不准。

街对面是英格丽住的公寓楼，楼门开处，约翰走了出来。他直接过来拉开车门。

“她还好吗？”

约翰坐进驾驶座，没有回答。然后他发动引擎，踩下油门。

他们在沉默中离开卡尔马，沿着笔直的高速公路驶向厄兰岛。接近大桥时，耶尔洛夫觉得该说点什么了。

“怎么了？是不是英格丽家里出了什么事？”

约翰只是点点头。

“警察抓了安德斯，”他说，“午饭时，他们从那里把他带走了。”

“哪里？英格丽家？”

约翰点点头。

“安德斯在他姑妈英格丽家避风头。现在他被逮捕了。”

“逮捕——你确定？”耶尔洛夫说，“警察不会轻易逮捕人，除非他们认为——”

“英格丽说，他们没敲门就冲进家里，”约翰打断他，“他们告诉安德斯，必须跟他们去博里霍尔姆。而且，他们拒绝回答英格丽的问题。”

“你原来知不知道他在卡尔马？”

约翰什么也没说，只是点点头。

“今天早上我说过，”耶尔洛夫缓缓说道，“警察想和你谈话的时候，避而不见绝不是上策，只会让他们更起疑。”

“安德斯不信任他们，”约翰说，“那次在露营地，他本来是去劝架的，到头来上法庭的是他，而不是博里霍尔姆的那群人。”

“我明白，”耶尔洛夫说，“那是警察的问题。”他沉思了一阵，然后尽可能拿出试探的口吻，“可是，如果……如果警察认为安德斯可能和我外孙的失踪有关，想找他谈谈……有没有什么线索可能支持他们的观点？我的意思是，你比谁都了解安德斯……你有没有产生过怀疑？”

约翰摇摇头。

“安德斯有分寸。”

“你不先好好想想吗？”

“我只见他做过唯一一件蠢事，”约翰说，“一天晚上，他躲在栈桥附近的树丛里，偷看游泳俱乐部的女孩们换衣服。那时他才十二三岁。我叫他再也别干那种事。据我所知，此后他都安分守己。”

耶尔洛夫点点头。

“那倒不算什么大事。”

“他自有分寸，”约翰重复道，“可还是被他们逮捕了。”

他们下了大桥，回到厄兰岛。

耶尔洛夫望着大路东面暴露在寒风中的灌木林，思绪万千。他又点了点头。

“那好，我们去博里霍尔姆，”他说，“我要和马丁·马尔姆最后谈一次。他会告诉我事情真相。”

"准备和安德斯·哈格曼谈话的人不是我，"在开着警车前往博里霍尔姆的途中，伦纳特对朱莉娅说，"有一位警探正从卡尔马赶来，他受过这方面的专业训练。"

"审问会不会持续很长时间？"朱莉娅望着驾驶座上的伦纳特。

他穿着新警服，是件防寒棉外套，肩上佩着警徽。可见他为这趟进城特意换了一身像样的衣服。

"算不上审问，"伦纳特连忙答道，"只是聊一聊，谈谈话。我们并没有将他作为嫌疑人逮捕或者拘留。没有证据。但如果安德斯承认他就是非法侵入维拉·坎特家，还保存那些旧剪报的人，那么我能肯定，他们的谈话也会涉及你儿子。然后再看看安德斯怎么应答。"

"我拼命回想他是不是……他是不是曾经特别留意过延斯，"朱莉娅说，"但我一点印象也没有。"

"那就好。总不能对任何人都疑神疑鬼。"

星期二早晨，朱莉娅和阿斯特丽德一起喝咖啡时，伦纳特打来电话，通知说警方在卡尔马找到了安德斯·哈格曼，并已将其带去博里霍尔姆。半小时后他会开警车来接朱莉娅。她十分感激伦纳特在调查行动——无论什么名目——伊始就允许她加入，但在前方等待她的会是什么？朱莉娅同时也不由暗暗紧张。

“我应该不用和他坐在同一间屋子里吧？”她问道，“我觉得不太……”

“不用，不用，”伦纳特说，“只有安德斯和尼可拉斯·贝里曼，从卡尔马来的警探。”

“你们是不是有那种可以单向透视的镜子……之类的东西？”朱莉娅又问。

伦纳特笑了，她不禁有点后悔。

“不，没有那种东西，”伦纳特说，“那种镜子大多出现在美国电视剧里询问证人之类能调动戏剧氛围的场面。我们有时候会录像，但使用的频率也不高。他们在斯德哥尔摩询问证人的时候可能会玩点花样，但我们这里没有。”

“你觉得是他吗？”驶入博里霍尔姆，在第一个红灯前停下时，朱莉娅问道。

伦纳特摇摇头。

“不知道，但有必要和他好好谈谈。”

博里霍尔姆警察局位于和城里主干道交叉的一条大街上。伦纳特在停车场停好车，打开仪表盘旁的盒子，在报纸、名片和口香糖中间翻找起来。

“可别忘了这东西，”他说，“虽然没必要，可是按规定必须随身携带。”

伦纳特找出装在黑色皮套里的手枪，皮套上刻着“格洛克①”。他麻利地把枪塞进后裤袋，等着朱莉娅下车，拄好拐杖，才领着她走进警察局。

朱莉娅在博里霍尔姆警察局的休息室里等候。这里和其他房间没什么

---

① 奥地利出产的著名手枪。

两样，只不过墙角里多了一台电视机。电视里播放的美国购物频道，和她平时白天在哥德堡自家公寓里看的一模一样。

现在想来真不可思议，以前她居然觉得电视购物节目值得一看？

已经快两点，伦纳特回来找她。

“差不多了，”他说，“暂时告一段落。要不要去吃点东西？”

朱莉娅点点头，不想表露出她的好奇心。时机成熟的时候伦纳特自会告诉她。于是她拄着拐杖，跟着伦纳特走出警察局。

“安德斯还在吗？”街上的冷风迎面扑来，朱莉娅问道。

伦纳特摇摇头。

“批准他返回在博里霍尔姆的公寓了。”

他在人行道上缓缓前行，配合着朱莉娅的节奏。朱莉娅尽可能更快移动拐杖，但刺骨的寒风几乎令她的手指麻痹。

伦纳特又说：“也许是他母亲的公寓，我不太清楚。总之他保证不会逃走，我们要找他谈话随叫随到……吃中国菜怎么样？我吃腻比萨了。”

“只要不是太远就行。”朱莉娅跟着伦纳特进了博里霍尔姆教堂旁的一家中餐馆。

餐馆里只有寥寥几位客人，伦纳特和朱莉娅挂好外套，在靠窗的桌旁落座。朱莉娅望着窗外白色的教堂，不禁回忆起她在那里接受坚信礼[①]的那个炎热夏天，她和参加坚信礼的仪式培训时认识的一个男孩坠入爱河……他叫什么名字来着？当时那么重要的事情，现在却忘得一干二净。

“可安德斯到底在那房子里干什么？”他们点了五道小份的菜，她小声问道，“他说了吗？”

---

① 一种基督教仪式，孩子只有受坚信礼后，才能成为教会的正式教徒。

“嗯……他说他在挖宝石。”

“宝石？”

伦纳特点点头，目光移向窗外。

“多年以来一直有传言……我也听说过：尼尔斯·坎特杀害的德国兵从波罗的海另一边带来了战利品。据说是些珍贵的宝石。安德斯坚信尼尔斯逃亡前把宝石埋在了地下室。所以他挖了又挖……却始终一无所获。”伦纳特又说，“反正这是他的说法。这人有点不太正常。”

“那些剪报呢？”

“本来是藏在一个柜子里的，安德斯发现以后就贴到墙上去，他认为是维拉藏起来的，”伦纳特看着他，“你知道他还说了什么吗？他说他感到维拉·坎特还留在房子里。鬼魂……”

“这样啊。”朱莉娅说。

她不想告诉他，她自己也有同样的怀疑。她一刻也不愿再次回想在维拉家中的那一夜。

朱莉娅还有个问题，却拿不准自己到底想不想问。菜还没端上来时，伦纳特给了她答案：

“安德斯说，那天他没见过你儿子。这个问题是直截了当抛给他的，而他说什么也不知道。那天他待在家里，外头雾太大、太潮湿，别人来找他帮忙找人时他才知道出了什么事。”他又补充道，“尼可拉斯·贝里曼判断，安德斯说的是实话。对于这个问题，他的回答和侵入维拉·坎特家一事一样坦率。”

朱莉娅轻轻点头。

“那么，我觉得从这条线索也不会有什么进展，”伦纳特又说，“除非有新情况出现。”

朱莉娅又点了点头，低头看着双手说道：

“我也试过开始新生活……不再把自己淹没在过去之中。以前不太顺利，但这个秋天，感觉好些了。好了一点点。我终于能够体会到悲伤……这在从前可办不到。”她抬头望着伦纳特，“所以，我想这次来厄兰岛也是件好事……又看到爸爸，还有，遇到了你。”

“听你这么说，我很欣慰，”伦纳特说，“我也有很长一段时间无法摆脱过去。”他沉默了片刻，又说，“有时我的心情恶劣到无以复加，但后来我意识到，复仇并不能令自己快乐。人应该向前看。未来的道路很难看清，但你别无选择。”

“是的，”朱莉娅平静地说，“应该让死者安息。”

利蒙港

1963年7月

酒喝光了，聚会也近尾声，尼尔斯离开利蒙港城外这片名为“美丽海岸”的沙滩。这个晚上，他一个人喝掉了两瓶智利红酒，却还没能为接下来要发生的事攒够醉意。

“美丽海岸”今天的游客不多，而且基本上都早早打道回府了。

留下的只有两个人。他们像两团影子，坐在沙滩上一丛微微发红的篝火旁，勾肩搭背，小声唱着歌，醉醺醺地笑个不停。其中一个影子就是在尼尔斯面前自称弗里肖夫·安德松的家伙，另一个则是他们选定的牺牲品。尼尔斯通常都称呼他波利科恩，酒鬼波利科恩。

波利科恩觉得哥斯达黎加比巴拿马好得多，他想不通自己为什么没早点来。利蒙港更是梦幻般的去处。他不想回家，从来不想。

尼尔斯说，波利科恩可以留下来，想待多久就待多久。

帮助波利科恩入境哥斯达黎加的就是尼尔斯。他故意让波利科恩喝得酩酊大醉，给他一张从巴拿马城的大使馆申请到的临时护照，然后他们乘火车北上圣何塞。尼尔斯在中央车站附近的廉价旅馆里订了一个房间，给了波利科恩一些钱买喝的买吃的，然后静候弗里肖夫·安德松到来。

波利科恩自是千恩万谢，感激涕零。他找到了一个新朋友，一个能理解他的人，一个他愿意为之赴汤蹈火两肋插刀的人。

尼尔斯对波利科恩点头微笑，但心里却祈祷弗里肖夫·安德松赶紧回来帮忙。弗里肖夫·安德松终于来了……尼尔斯不想结交波利科恩这种失败的瑞典人——对方完全是他自己的反面：他只想回家，回厄兰岛。弗里肖夫答应过会安排一切，而他索要的回报……

嘿，如果你愿意，只要说出那句话，

我们就回家……

——弗里肖夫只想要尼尔斯藏起来的宝石。

这是尼尔斯的揣测。弗里肖夫和他的几次见面过程中，屡屡提起宝石。他知道战争结束后尼尔斯在灌木林里的所作所为。

“那些德国人说过他们是从哪里来的吗？”弗里肖夫问过，“他们是不是带了什么东西上厄兰岛——什么战利品？如果他们确实带了……那些东西怎样了？你是怎么处理的，尼尔斯？”

问题一个接一个，但尼尔斯怀疑，这个自称弗里肖夫的家伙其实已经掌握了大部分答案。

尼尔斯简要回答了那些问题，但他对藏匿宝石的地点守口如瓶。不管值多少钱，那都是属于他的宝藏。一贫如洗地过了这么多年，那些宝石理应归他所有。

没多久，波利科恩在圣何塞的小房间里就待不住了，但尼尔斯只能尽量稳住他，等待弗里肖夫赶来。三天后，他们已无话可谈，又过了一星期，尼尔斯和波利科恩的共同语言只剩下喝酒。他们默默坐在旅馆房间里，身边堆着空酒瓶，门外，烈日炙烤着大地。

后来，弗里肖夫的航班总算在机场降落了，他戴着墨镜，笑容可掬地出现在旅馆。波利科恩从浑浑噩噩的醉态中醒来，还没搞清楚新来的这个瑞典人是谁，有什么目的。但弗里肖夫买了更多的酒，又拉他去参加聚会。弗里肖夫又唱又笑，却始终控制着局面，他屡屡用镇定的目光审视着波利科恩。

弗里肖夫抵达后的第二天，尼尔斯乘火车前往利蒙港。他回到自己那间陋室，向房东门多萨太太付了最后一笔房租，又把头发剪得和波利科恩一样短。随后，他去了港口边的酒吧，和所有绝不会离开利蒙港的可怜虫点头致意。他喝了很多酒，故意一连几晚在城里泥泞的街巷中醉意十足地游荡，尽可能引人注目。

“再见。”他逢人就打招呼。

他还告诉门多萨太太和几个酒吧服务生，说他马上要沿着海岸往北远足一小段时间，经过“美丽海岸”——但过几天就回来，到时有个瑞典朋友会来看他。

“再见，”他说，“再见。”

在利蒙港的最后一个清晨，他起床后在厨房的抽屉里放了点钱，留下大部分家当，只带上几件衣服和一些食物，还有钱包和维拉的来信。然后，他终于告别了利蒙港。他穿过广场集市，已经摆好摊位的老鱼贩们成为他归家之旅起程之际无声的见证者。他经过火车站，往北出城，头也不回地去见弗里肖夫·安德松。

不是逃跑——而是回家。

近二十年来，这是第一次，尼尔斯踏上了重返厄兰岛的旅途。

拉开马丁·马尔姆家笨重的前门的人并不是上次那名护士，而是一位中年妇人，一头灰色长发，穿着衬衫和浅色裤子。耶尔洛夫认得她：马丁的妻子，安-布丽特·马尔姆。

“下午好。”耶尔洛夫说。

妇人冷冷地站在门口，苍白的面庞神情严肃。看得出来，她不认识两位来客。

“我是耶尔洛夫·戴维松，”耶尔洛夫把手杖移到左手，伸出右手，“从斯滕维克来。”

“噢，对，”她说，“耶尔洛夫，对对。上星期你也来了，和一个女人一起。”

“那是我女儿。”耶尔洛夫说。

“你们离开的时候，我站在楼上的窗口。后来我问了耶娃，可她忘了你们的名字。”安-布丽特·马尔姆说。

“没关系，”耶尔洛夫说，“其实我是想和马丁叙叙旧，但他身体不好。今天他的情况好些了吗？”

从海峡吹来的风像冰一样贴在后背上，耶尔洛夫竭力不让自己发抖，但他恨不能马上就进屋暖和暖和。

“马丁今天的情况其实也不太乐观。”安-布丽特·马尔姆说。

耶尔洛夫同情地点点头。

“但稍微好一点点了吧？”他的语气就像个推销员，“我不会待太久的。”

最后她让到一旁。

“我去看看他怎么样，”她说，“请进。”

耶尔洛夫进门前转身看了看街上。

约翰还坐在车里，耶尔洛夫朝他点点头。“三十分钟，”他说，“如果他们让我进去，你过三十分钟再回来。”

约翰举手示意，然后开车离去。

屋内的暖意让耶尔洛夫的四肢不再哆嗦。他把提包放在门厅宽阔的石板地上，脱下大衣。

“今天的天气简直像是冬天已经来了。”他对安-布丽特·马尔姆说。

她轻轻点点头，显然对这种闲聊不感兴趣。

房门虚掩着，她走过去推开门，耶尔洛夫默默跟随。

这间客厅很大，沉闷的空气中散发着霉味，还有陈腐的香烟味。几扇窗户对着后花园，但深色窗帘却拉得紧紧的。从天花板上垂下来的枝形吊灯蒙着白布。两个墙角里分别有贴着瓷砖的壁炉，第三个墙角里则摆着一台正在播放动画片的电视机，声音调得很低。

耶尔洛夫注意到电视里播的是《摩登原始人》[①]。

电视机正前方有一架轮椅，一个老人缩在椅中，膝上盖着毯子，光秃秃的头顶上长着深色的黄褐斑，前额还有一道白色的旧伤疤，下颌频频打战。

这就是马丁·马尔姆，就是他寄来了延斯的凉鞋。

“有客人来看你，马丁。”安-布丽特说。

正看电视的老船东一扭头，目光定在耶尔洛夫身上。

“下午好，马丁，”耶尔洛夫说，“近来还好吗？”

---

① 20世纪60年代美国风靡一时的动画片。

马尔姆轻轻点头，颤动的下颌往下沉了几厘米。

“身体舒不舒服？”

马尔姆摇摇头。

“不舒服？我也是。”耶尔洛夫说，“到了这把年纪，也难免。”

冷场。电视屏幕上的弗雷德[1]跳进轿车扬长而去，消失在一片烟尘中。

“要不要来杯咖啡，耶尔洛夫？”安-布丽特问道。

“不用了，谢谢，没关系。”

耶尔洛夫衷心希望她不要留在房间里。

她显然没有离开的打算。安-布丽特·马尔姆握着门把，又看了耶尔洛夫一眼，突然明白他的想法。

“我过一会儿再来。”她说。

随即她就走出去，关上门。

客厅里的一切都非常安静。

耶尔洛夫默默地站了片刻，然后坐到墙边的一张椅子里。离马丁还有几米，但耶尔洛夫没力气把椅子拉到马丁面前，只能在原处坐下。

“那么，总算见面了，”他说，“现在我们可以聊聊。”

马尔姆依然盯着他。

耶尔洛夫发现客厅里没有任何航海生涯的纪念品，与这座房子的门厅，以及他在玛纳斯养老院的房间都大异其趣。没有船舶的照片，没有航程表，也没有旧罗盘。

“难道你不怀念大海，马丁？”他问道，“我很怀念，即便在这种狂风呼啸、不必出海的日子。我还带来了这个……”他举起提包，“我出海时一般会把所有文件都放在这里面，现在这个包还挺好用的。我有东西给你看看……”

---

① 《摩登原始人》的主角。

他打开提包，取出马尔姆航运公司的纪念册，又说：

“你肯定认识这个。我翻过很多次，对你的船、你的海上冒险都知道不少，马丁。不过，这里有一张特别有趣的照片。”

他翻到摄于拉姆内比的照片那一页。

“这一张，”他说，“是50年代末照的，对不对？在你买下第一艘远洋轮船之前。”

他抬头望向马丁·马尔姆，明白他已成功攫住了老船长的注意力。马尔姆瞪着照片，右手动了动，似乎想伸手指照片。

“认出你自己了吗？”他说，“应该没问题。船呢？‘阿梅利亚’号，对吧？这艘船经常在博里霍尔姆码头和我的‘破浪’停在一起。”

马丁·马尔姆瞪着照片，一言不发。他的呼吸异常粗重，似乎屋里空气不够用。

“你记不记得这张照片是在哪里照的？我在斯莫兰省沿岸做生意的时候，经常运机油去奥斯卡港，但这个地方还在更南边，对不对？”

马丁没有回答，但他的目光依然牢牢盯在耶尔洛夫举着的老照片上。栈桥上的那群人也以目光相回应，耶尔洛夫注意到马丁的下颌又开始不由自主地颤抖。

“是拉姆内比锯木厂，对吗？照片旁边没有说明，但恩斯特·阿多尔弗松认出了这个地方。照这张照片的时候，单靠一艘货船就可以养家糊口了，差不多吧……”耶尔洛夫又指着照片，“这位是锯木厂的主人奥格斯特·坎特，斯滕维克的维拉·坎特的兄弟。你和奥格斯特很熟，对不对？你们俩一起做了不少生意。”

马丁试图走出轮椅，靠近耶尔洛夫，至少他做出了这种姿态：他大口喘气，双肩抽搐，两腿紧紧踩住轮椅的踏板。他仍然紧盯着照片，张开嘴唇。

“弗——肖夫。”他的声音十分粗重。

“什么？”耶尔洛夫问，“马丁，你说什么？”

“弗——肖夫。”马丁又说了一遍。

耶尔洛夫不解地望着他，放下印有锯木厂那张照片的纪念册。马丁说了什么？听起来像是弗里……

莫非他说的是个名字——弗里多夫？

还是弗里肖夫？

利蒙港
1963年7月

尼尔斯背对海滩，在棕榈树下的黑影中焦躁地等了半个多小时。身边的蚊子密密麻麻，他一边驱赶，一边想着厄兰岛，想着漫步在灌木林中那无拘无束、无忧无虑的滋味。同时，他不时侧耳倾听，却听不见下方的海滩上传来任何声音。

最后，身后沙滩上的脚步声渐渐接近。

“花了点工夫，不过他已经睡着了。”弗里肖夫说。

“那就好。”

尼尔斯和弗里肖夫一起回到海滩上，那瑞典人波利科恩像一袋烂煤瘫倒在火堆旁，耷拉着脑袋，一只手还搁在最后一个酒瓶上。

“好，你可以动手了。”弗里肖夫说。

“我？”

“对，你来，”弗里肖夫瞪着他，“一路上我让这醉鬼保持清醒已经够费事的了。现在该由你接手。”

尼尔斯望着波利科恩，挪不开腿。

“他是个废物，尼尔斯，”弗里肖夫说，“他已经没有利用价值了。”

尼尔斯还是没动。

“你以为做这种事会下地狱？”弗里肖夫问道。

尼尔斯摇摇头。

“不会的，”弗里肖夫说，“完事后你就可以回家了。”

“这里才是。”尼尔斯说。

“是什么？”

“地狱，”尼尔斯说，“这里才是地狱。”

“很好。”弗里肖夫频频点头，“那么是时候离开了。”

尼尔斯疲惫地点着头，然后弯腰抱住波利科恩的上半身。这家伙在梦乡中咕哝了几句，但没有反抗。尼尔斯将他从火堆旁拖开，拖下沙滩，拖往黑漆漆的大海。

“当心鲨鱼。”弗里肖夫在身后提醒。

海水余温尚在，浪头虽宽广，却没有力道。尼尔斯拖着波利科恩的身躯，后退着踏进加勒比海。

突然，这具躯体有了动静。浪花拍上波利科恩的脸颊，他咳了两下，开始挣扎。尼尔斯咬紧牙关，又后退了两米，直到海水漫上大腿，便将波利科恩摁到水下。他闭上眼，开始默数：一、二、三……

身下的人疯狂地挥舞双臂，绝望地想把头探出水面。尼尔斯死死摁住他，回想着厄兰岛，继续默数。

……四十八、四十九、五十……

仿佛过了整整一小时那么久，这家伙才安静下来。尼尔斯仍僵在原处，继续摁住水下的身躯。必须彻底消除生命迹象，什么也不能留下。时间久了，也许将来波利科恩不会像亨里克松警长那样出现在他的梦境中。

“结束了？”海滩上的弗里肖夫喊道。

“对。”

“干得好，尼尔斯。”弗里肖夫涉水而来，弯腰抬起波利科恩的一只手臂，再任其落下，“干得好。”

尼尔斯一言不发，弗里肖夫将尸体拉回岸边时，尼尔斯只是站在原地，任海浪冲击，突然之间，他想起了他的弟弟，阿克塞尔。

那是一次事故，阿克塞尔，我不是故意的……杀戮，令那些已死之人卷土重来，来势比以往任何时刻都猛烈。

弗里肖夫退回沙滩，用衬衫袖子擦擦额头，大口喘息。

“很好，完事了。”他对尼尔斯说，“现在总可以告诉我了吧。”

“告诉你什么？”

尼尔斯缓缓从海中走回，站到他面前。

“被你藏起来的那些宝贝。在哪里，尼尔斯？”

斯莫兰人的尸体横躺在他们中间的沙滩上。尼尔斯知道，主动权现在在弗里肖夫手中，但他不肯屈服。

“这么说来，你叫什么名字，弗里肖夫·安德松？你的真名是什么？”

对面的人没有回答。

“如果你带我回家，”半晌，尼尔斯说，“我就把东西给你。”

“得花点时间，”弗里肖夫赶走一只蚊子，“一切包在我身上，不过得花点时间，一步一步来。首先要把这具尸体送到厄兰岛……下葬，然后被人遗忘，忘得越干净越好。到时候你就可以回家了。明白吗？”

尼尔斯点点头。

弗里肖夫用鞋踢了踢两人之间的尸体。

“再把它拖回去，几米就可以，把这张脸弄花点，沉到底下……剩下的工作就交给鱼群。这样一来，谁也认不出它和你有什么不同了。”他冲着火堆旁波利科恩的小包点点头，“别忘了拿上他的护照。否则你就去不了墨西哥。”

“然后呢？”尼尔斯问，“你还会回来？”

“会。你留在墨西哥城，我过一星期左右再回来。我会把尸体拖上海滩，消除一切痕迹，开车到利蒙港城里，到处打听有谁见过我的瑞典朋友尼尔斯。最好是让其他人来发现尸体，不然我就只能亲自扮演发现者。”

尼尔斯开始脱衣服。

“那我们得掉换衣服。”

弗里肖夫盯着他。

“别的呢？”他说，“你是不是还忘了什么事？”

尼尔斯在黑暗中脱下衬衫。

“比如什么？”

弗里肖夫无言地指指尼尔斯左手那两根有点弯曲的手指。然后，他弯腰抓住波利科恩的手臂，将其抻直，让尸体的左手平摊在沙滩上。尼尔斯用鞋跟使劲踩踏无名指和中指，力道越来越大，最后，黑暗中传出轻微的骨头折断声。

“好了，”弗里肖夫从衣袋里掏出一条手帕，将折断的手指朝掌心弯成一个扭曲的角度，“你们马上就一模一样了。”

尼尔斯只是傻傻地望着对方。这个男人，弗里肖夫，每一步计划都想在他前面。这家伙究竟想如何终结这一切？

尼尔斯暂时将隐隐的不安推到一边。

“脱掉他的裤子，”他说，“我拿到火上烘一烘。让他穿上我的裤子，我的钱包也塞进去。”

现在，他只想回家。如果他能回到斯滕维克，这一切就将迎来大团圆结局。

相比之下，暂时还身处地狱，也就无所谓了。

第五章
沉睡千年的遗骸

“我们都老了，”耶尔洛夫对马丁·马尔姆说，“人一老，思考的时间就多了。最近我想了很多很多……”

他迎上马丁的目光。两人对坐在昏暗的客厅里，电视上的弗雷德正在山脊上奋力劈石。

耶尔洛夫手中仍握着印有拉姆内比那张照片的纪念册。

“照这张照片时，你的航运公司规模还没那么大，”他说，“我很清楚，因为我自己的企业也很小。你有几艘运货的帆船，只在波罗的海沿岸运石头、木材、各种货物，和我们其他人一样。但刚过了三四年，你就买了第一艘汽船，把生意做到欧洲各大港口，甚至横跨大西洋。我们其他人靠帆船多支撑了几年，后来政府对船员人数的下限和货物重量的上限作了限制，我们达不到要求，银行也不肯贷款给我们买更大的船，只有你一个人敢投血本，及时转型到现代航运业的模式。”他牢牢盯着马尔姆，“但你的资金是哪来的，马丁？当时你自己的本钱和其他船长差不多，银行不会在对我们一毛不拔的情况下，对你慷慨解囊的。”

马丁的下颌绷紧了，但没有回答。

“是奥格斯特·坎特资助的吧，马丁？”耶尔洛夫说，“拉姆内比锯木厂的老板？”

马丁瞪着耶尔洛夫，脑袋不停抽搐。

“不是吗？可我应该没猜错。”

耶尔洛夫又把手伸进提包，然后拄着手杖站起身，缓缓走到电视机前，直视马丁。

“马丁，我认为你拿了他的报酬，从南美洲带回来一个杀人凶手。尼尔斯·坎特，杀害了一名警察的凶手……他是奥格斯特的外甥。”

马丁的脑袋前后晃动，他又一次张开嘴。

“伊——拉，”他说，“伊——拉·安——特。”

“是维拉·坎特，”耶尔洛夫渐渐习惯了马丁的发音方式，“尼尔斯的母亲。她当然也盼着儿子回家。但付钱的是她的兄弟奥格斯特，对不对？他先让你把一具装着尸体的棺材带回厄兰岛，在玛纳斯下葬，好让所有人都相信尼尔斯·坎特死了。几年后，你悄悄带尼尔斯回国。”

他站在马丁面前，马丁只能勉力仰起脖子去看他。

“尼尔斯可能在60年代末左右回国，躲在厄兰岛的某个地方。他没有刻意隐藏，因为已经过去二十五年，没人能认出他。他肯定经常去探望母亲，还在灌木林中出没。”

耶尔洛夫低头盯着轮椅中的人。

“我认为九月那一天，起了大雾，尼尔斯在外头遇到了一个在雾中迷路的小男孩，我的外孙，延斯。”

耶尔洛夫望着地板。

“然后出了点意外，”他低声说，“发生了某些状况，尼尔斯吓坏了。我不太相信尼尔斯·坎特真像有些人说的那么邪恶、疯狂。他只是吓坏了，容易冲动，而且偶尔会非常狂暴。所以延斯死了。”

耶尔洛夫叹着气：“后来……你比谁都更清楚。我猜尼尔斯跑来向你求助，你们一起把尸体埋在灌木林的什么地方。但你留下了一个东西。”

他把刚才从提包里拿出的东西递到马丁眼前。是那个用邮件寄给耶尔洛夫的棕色信封，上面马尔姆航运的标志被撕掉了。

“你留下延斯的一只凉鞋。两个月前，你用这个信封把凉鞋寄给我。”耶尔洛夫稍一停顿，又问道，“为什么这么做？你想坦白？”

马丁看着信封，下颌又开始颤动。

“没——吧——呀。”

耶尔洛夫虽没明白他的意思，但还是点点头。他缓缓坐下，调整呼吸，向马丁投去深深的一瞥。

“是不是你杀了尼尔斯·坎特，马丁？”

不出所料，耶尔洛夫这最后一问没有得到答案，于是他自己答复：

“我猜是你杀的……尼尔斯对你太危险了。你额头上那道伤疤估计也是拜他所赐。不过，我当然无法证明这一切。”

他倾身向前，慢慢地将纪念册和信封塞回提包里。这是一次艰难的会面。

靠着墙的一个书架上放着马尔姆一家的相框，好几个年轻人脸上都带着微笑。

“我们的孩子，马丁……”他说，“只能希望他们把我们遗忘。无论如何，我们都只想让他们记住我们所有做得对的事，却往往事与愿违。”

耶尔洛夫累了，想到什么便说什么。蜷缩在轮椅中的马丁·马尔姆已经失去了全部力量，不仅动弹不得，也说不出话来。

客厅里的空气仿佛已完全耗尽，光线也比先前更暗。耶尔洛夫缓缓起身。

“好吧，马丁，我该走了。”他说，“请多保重……也许我还会再来。”

最后这句话听着像是威胁，从某种程度上说，他确有此意。

还没到房门口，门就开了，露出安–布丽特·马尔姆苍白的脸。

耶尔洛夫疲惫地对她笑笑。

“我们聊过了。”

其实聊天的过程都由耶尔洛夫一人包办，他连一个简明扼要的回答也没得到。

他从马丁·马尔姆的妻子身旁走过，她关上客厅的门。

“对了，嗯，非常感谢你。”耶尔洛夫朝她点头致谢。

“是我寄的。”安–布丽特·马尔姆说。

耶尔洛夫愣住了。她指着他的提包，棕色信封的一角从包里露了出来。

“马丁患的是肝癌，”安–布丽特说，“时间不多了。”

耶尔洛夫像是脚下生了根，呆立当场，一时词穷。他低头看看提包。

“你怎么知道……”他清了清嗓子，“……要寄到哪里？”

“今年夏天，马丁把信封交给我，”安–布丽特说，“凉鞋已经在里面了。他还在信封上写好你的名字。我只需寄出去而已。”

“给我打电话的也是你？”耶尔洛夫追问，“信封寄来后有人打来电话……接通后又挂断了。”

“对。我想问个明白……关于那只凉鞋，”安–布丽特说，“为什么会在马丁手里，意味着什么。但我害怕听到答案……害怕马丁可能对你的孩子做了什么事。”

“不是我的孩子，”耶尔洛夫黯然道，“延斯是我的外孙。可我不知道这只凉鞋意味着什么。”

“我也不知道，而且……”她沉默了片刻，“马丁拿出来的时候什么也不想说，可我……我有一种感觉，他保留这只凉鞋，是为了安全起见。是这样吗？”

“安全起见？”

“用来防范某个人，”安-布丽特说，“我不知道。”

耶尔洛夫看着她。

“马丁是否提起过坎特？坎特家族？”

安-布丽特迟疑着，然后点点头，避开耶尔洛夫的视线。

“是的，但只是说他们一起做生意……总之，维拉在马丁的船上有投资。”

“斯滕维克的维拉？”耶尔洛夫问，“应该是奥格斯特才对吧？”

安-布丽特摇摇头。

“马丁的第一艘汽船是斯滕维克的维拉·坎特投资的，”她说，“他真的很需要那笔钱，这我知道。”

耶尔洛夫轻轻点头。他只想问完最后一个问题，然后走出这座巨大而阴郁的房子。

“马丁给你这个信封之前，是不是有人来找过他？”

“我们的客人不多。”安-布丽特说。

“我想斯滕维克的什么人可能来过，”耶尔洛夫说，“一个老石匠……恩斯特·阿多尔弗松。”

“恩斯特，对，没错，”安-布丽特答道，“我们从他那里买了一些石雕——他死了。他确实来找过马丁……不过应该是在初夏的时候。”

又是恩斯特抢先一步，耶尔洛夫心想。

“谢谢。”他只说了两个字，拿起大衣。大衣似乎重了许多，像一具盔甲。“马丁是不是很快要住院？”

“不会，”安-布丽特说，“不去医院，都是让医生到家里来。”

门外的台阶上，寒风再度席卷全身，这次他禁不住晃了几下，脚底踉跄。天空开始飘起毛毛细雨。在这条车辆罕至的街道上，他眯起眼睛，独自抵挡寒意，但随即便发现约翰的车停在十余米外。

耶尔洛夫拉开副驾驶座的车门，坐进车里。约翰点了点头。

“那就走吧。”耶尔洛夫说。

“好。”

耶尔洛夫这时才发现后座上有人：一个肩膀宽阔的人陷在约翰背后的座位里。是安德斯，他的儿子。

“我去过他的公寓，”约翰说，“安德斯回家了，他们放了他。”

“太好了。嘿，安德斯。”

约翰的儿子只是点了点头。

“幸好警察相信你，是吧？”耶尔洛夫说。

“是啊。”安德斯答道。

“以后你不会再去维拉·坎特家里了吧？”

“不去了。”安德斯摇摇头，“那里闹鬼。”

“我也听说了，”耶尔洛夫说，“你不怕？”

“不，”安德斯说，“她待在她的房间里。”

“她？你是指维拉？”

安德斯点点头。

“她怀着仇恨。”

“仇恨？”

“她觉得自己上当了。”

“原来如此。”耶尔洛夫说。

他想起玛雅·努曼说过，她曾听见维拉的厨房里有两个男人的声音。其中一个会不会就是马丁·马尔姆？

雨还在下，约翰打开雨刷，发动汽车。

“我想和安德斯在博里霍尔姆多待一会儿，”他说，“我们准备去和他妈妈喝咖啡。你也一起来吧。”

“不，我得赶回去，”耶尔洛夫连忙说，“不然波尔会生气。”

“也对。”约翰说。

“我可以坐公共汽车回玛纳斯，”耶尔洛夫立刻补充，“三点半不是有一班车吗？”

“去车站看看。”约翰说。

他们开车穿过博里霍尔姆，耶尔洛夫沉思着。一如既往地，他觉得在马丁·马尔姆家里错过了些什么，没问对问题，也没正确理解对方吐露的寥寥几个字。他应该再做点笔记。

“马丁说不出话了。”他叹道。

“噢，是吗？”约翰应道。

车在广场往右拐了个弯，耶尔洛夫偶然一转头，忽然望见朱莉娅就在街对面的一扇窗户后。

她和伦纳特·亨里克松警官坐在教堂旁的一家餐馆里。他们在一起，耶尔洛夫并不意外。

朱莉娅望着伦纳特，神情很平静。约翰的车从餐馆外驶过时，耶尔洛夫心想，她也许并不快乐，但心情平和。伦纳特看上去也比这么多年来的他更精神。这是好事。

“你坐公共汽车不要紧吧？”约翰问道。

耶尔洛夫点点头。

“我现在感觉挺好。”这话说对了一半，反正他还能走路，“何况我们也得支持一下公共交通事业嘛。要不然他们肯定会连公共汽车都撤掉的。”

约翰往北驶向博里霍尔姆旧车站。这里过去曾是火车站，尼尔斯·坎特杀害警长，跳车逃亡那次，搭乘的火车便是开往这里——但现在在此停靠的只有公共汽车和出租车。

约翰把车开进停车场，下车后绕到副驾驶座外，拉开车门。

“谢谢。”耶尔洛夫颤巍巍地下了车，向安德斯点头道别。

经历了劳累的一天，他吃力地稳住脚步，昂首走向车站后的公共汽车，一手拎着提包，一手拄着手杖。细雨飘得更密。开往比克赛尔洛克，经停玛纳斯的车已经到站，驾驶员正坐着看报纸。

耶尔洛夫来到车门前。

“反正现在都结束了，”他自言自语，“我们尽力了。无论马丁还能活多久，都会终生背负着他所犯下的罪孽。”

“是啊。”约翰说。

“还有件事……”耶尔洛夫说，“弗里多夫……你有没有听说过马丁认识一个叫这名字的人？”

约翰摇摇头。

“弗里多夫？”

“也可能是弗里肖夫，”耶尔洛夫说，“弗里多夫，或者弗里肖夫。”

“没听说过。这很重要吗？”

“不，应该不要紧。”

耶尔洛夫在约翰面前默默站了几分钟，两个穿着黑色夹袄、头发条缕分明的十几岁的男孩从他们身旁跃上车，没多看他们一眼。

耶尔洛夫意识到，无论他刚才是不是揭穿了一个凶手的面目，都不重要。什么也改变不了。生活的河流还一如既往地流淌，厄兰岛也依旧是人烟稀少。

他顿时有些沮丧。也许是被年过八旬的危机感所感染。

“今天辛苦你了，”他对约翰说，“回去以后给你打电话。”

“好啊。”

约翰点点头，帮他拿着手杖。耶尔洛夫费劲地登上公共汽车的台阶，接过手杖，按老年人的优惠价付了车票钱，坐到靠右侧车窗的座位上，目送约翰回到自己的车里。

耶尔洛夫往后一靠，闭上双眼，耳畔响起公共汽车发动的声音。缓缓地，犹如一艘老货船从车站起航。

弗里多夫，或者弗里肖夫，他想。还有在拉姆内比的一次会面，那是恩斯特长大的地方。

弗里多夫？弗里肖夫？

耶尔洛夫不记得厄兰岛有谁叫这个名字。

28

“不，我是单身，”伦纳特说，“从来没结过婚。”

“没有孩子？”朱莉娅问道。

伦纳特摇摇头。

“也没有孩子。”他低头望着半杯水，“准确说来，我这辈子只有过一段真正的情感经历，持续了差不多十年。五年前结束的……现在她住在卡尔马，我们还是朋友。”他朝朱莉娅一笑，“从那以后，我的全部精力都交给了房子和花园。”

“北厄兰岛恐怕不是最合适的地方，”朱莉娅说，“我的意思是，如果你想寻找新恋人的话。”

“你是指那里没有多少选择可言，”伦纳特还在笑，“的确如此。哥德堡应该好得多吧？”

“不知道……”朱莉娅说，“我基本上已经停止寻觅了。”她喝了点水，又说，“我也只有过一段认真的感情。结束得比你更早……是延斯的父亲迈克尔，他总是安定不下来，于是分手……唉，后来的事，你都知道了。”

伦纳特点点头。

“终止一段感情需要下很大的决心。”他说。

朱莉娅也点点头。

“你今后有什么打算？”伦纳特问道，“准备留在厄兰岛？”

“没想好……也许吧，”朱莉娅说，“哥德堡没有什么值得我留恋的。耶尔洛夫的身体也不好。虽然他不希望让人伺候，但我觉得他需要人照料。”

“北厄兰岛也需要护士，我知道，”伦纳特望着她，“我想你可以……”

持续不断的嘀嘀嘀声打断了他，朱莉娅吓了一大跳。伦纳特看看腰带上的寻呼机。

“他们又找我了。”他嘀咕着。

“有要紧事？”朱莉娅问。

“不是，我只要去局里处理点事情。”伦纳特站起身，“我去结账。”

“我们AA吧。”朱莉娅说。

“不用，不用，”伦纳特连连摆手，“是我拉你来的。”

“谢谢。”

她手头还是很紧。

“不如我们……”伦纳特看着手表，“三点四十五分在车站碰头？那时我应该没事了，到时我们出城回家去。”

“好。”

“你要不要去看看我住的地方？房子不大，不过就在玛纳斯以北的海边。说得诗意一点，每天都能看到新的太阳从海上升起。”

“我想我肯定喜欢。”朱莉娅说。

他们在餐馆外分手。伦纳特快步走向警察局，朱莉娅则拄着拐杖，在昆斯大街上闲逛，随意观察着两旁的商店。这星期好像没有打折的衣服，不过至少可以研究一下橱窗里的款式。

她经过一个报亭，漫不经心地浏览着外面布告栏上的大标题——**“E22号的严重事故”**——**“死者的身份均未确认”**——**“卡罗拉重绽笑颜”**——**“本周末电视节目预告！”**——**“你中过彩票吗？”**——她统统不感兴趣。

虽然骨头还没愈合，但她感觉好多了，甚至有点高兴。高兴的是她和耶尔洛夫比以往任何时候都亲近，周末和姐姐莱娜告别时也差不多成了朋友，还有，伦纳特·亨里克松似乎很喜欢有她做伴。

她甚至为警方释放安德斯·哈格曼而感到高兴。如果斯滕维克的人和她儿子失踪有关，那就太可怕了。无论如何，假如延斯是在那天的大雾中去了海边却没人看见，也许是更好的结果。他克服了对海的恐惧，在岸边的礁石上又蹦又跳，不小心失足跌入海中。

现在朱莉娅相信了。

延雪平
1970年4月

“地方不大，但可以俯瞰维特恩湖，”房东指了指一扇窗外，“厨具和床铺都包含在房租里了。”

房间很小，房东不停吞吐着烟圈。这座建筑物的电梯坏了，他徒步爬上四楼，额头上细密的汗珠闪闪发亮。此人西装革履，大腹便便。

“很好。”来看房的人说。

“停车也很方便。”

“谢谢，不过我没车。”

将整间公寓巡视一遍只花了五分钟，其实还不到五分钟。公寓位于延雪平城南的格罗纳街末端，有一间卧室，一间厨房。

“我要了。租六个月，还可能更长。”

“您不是旅行推销员吗？没开车？”

“我乘火车和公共汽车。”房客说，“经常搬家……我在等老板回来下指令。”

尼尔斯还在适应新名字和新生活的过程中。他渐渐进入角色，也感觉到他的前半生正飘然远去，但并未完全消逝，而像是被暂时扣在奶酪盘的盖子底下的另一段人生。他的新生活自由得多，他有身份证号码，有一张能顺利通过海关的护照——尽管如此，他却始终觉得身在梦中。在哥斯达黎加的岁月里，在滞留墨西哥的那些年头里，在阿姆斯特丹市郊的一年，以及刚刚在哥德堡东郊贝里斯扬区一处空空如也的公寓里度过的六个月，无一例外不似梦境。他偶而会惊醒，浑身冷汗，认为自己又回到了哥斯达黎加灼人的热浪中。

“不好意思，请问您的年龄是？”房东问道。

“四十四。”

“正当盛年呀。”

“也许吧。”

每次尼尔斯追问何时才能回到厄兰岛，弗里肖夫总是闪烁其词。

“没耐心的人一定会犯错误，”三个星期前，弗里肖夫在杂音频频的电话里说，“不要急，尼尔斯。棺材已经在玛纳斯下葬了，坟头上开始长草，你的老母亲隔三差五就去献花。她在等着你。”

“她还好吗？”他想知道。

“她很好。”

弗里肖夫略一停顿，又说：

“但她有明信片，很多明信片。起初是从哥斯达黎加寄来的，后来是墨西哥、荷兰。你知道吗？”

尼尔斯当然知道。这些年来，他坚持给母亲寄信和明信片，但他一直都很小心。

“我没写名字。”尼尔斯说。

“那就好。她收到的时候一定很开心，”弗里肖夫说，“……但现在有传言说尼尔斯·坎特还活着。警察倒不在意，他们对村里的流言飞语没兴趣。但斯滕维克的人都在议论纷纷。所以你不能太心急。明白吗？”

“嗯。可我回到厄兰岛以后会怎样？”

“会怎样……”弗里肖夫似乎觉得答案一点儿都不好玩，“你会回家，回到母亲身边。但我们首先要去寻宝，不是吗？”

“我们说好的，等我一回家，就带你去藏宝的地点。”

“非常好。我们只需等待合适的时机。”弗里肖夫说。

“那到底是什么时候？”

但弗里肖夫已经挂断电话。

这个显然是用了假名的人，二话不说就挂了电话。尼尔斯有一种预感，他完全被弗里肖夫·安德松玩弄于股掌之间，他只是一个死人，一个埋在玛纳斯教堂墓园里的死人。

“需要先付租金。”房东说。

“可以，”尼尔斯说，“现在就付。”

“退房请提前一个月通知。”

“没问题，足够了。”

自称弗里肖夫的那家伙最好不要节外生枝。

29

耶尔洛夫在回玛纳斯的公共汽车上反复思量。从博里霍尔姆到雪平斯维克这期间他打了个盹，不过汽车驶入灌木林时他醒了。现在他正在思考。

比起刚才和马丁·马尔姆的会面，此刻他的思绪延伸得更远。大量缺乏依据的假设，可能都无法证明。虽然没听到马丁坦白认罪，但至少耶尔洛夫把前因后果都搞清楚了。

现在他也该向前看。多做几个船模，请约翰来喝咖啡，读读报纸上的讣告，遥望着冬天在玛纳斯养老院外慢慢来临。

但遗忘是那么艰难，需要考虑的事情还很多。

他又翻开马尔姆航运公司的纪念册，由于经常翻出，书页磨损得很厉害。耶尔洛夫翻到拉姆内比码头上的那张照片，又看到马丁·马尔姆和奥格斯特·坎特并肩站在一排神情严肃的锯木工人身前。

他回想着安-布丽特·马尔姆说的话——借钱给马尔姆买第一艘大船的人，是维拉·坎特，而非奥格斯特。换句话说，这就意味着是维拉付钱给马丁，让他带尼尔斯回家。

但如果奥格斯特·坎特不想和这个外甥扯上关系，说不定还巴不得他永远留在南美洲——那这张照片上他和马丁·马尔姆的密友姿态意味着什么？奥格斯特的手搭在马丁肩上……

因为那是奥格斯特的手，是吧？耶尔洛夫把照片凑到眼前。那只手的拇指，位置好像不对。

他瞪着照片，直到两眼酸疼，黑白像素的轮廓渐渐模糊，画面融为一体。他从提包里拿出老花镜戴上再看，却无济于事。于是他又摘下眼镜，当做放大镜放到照片前。那几位锯木工人瞪着双眼的白色面孔离他更近了，同时也分解成一片只有黑白两色的斑点。

耶尔洛夫移动眼镜，更仔细地观察马尔姆肩上的那只手。那只手友好地搭在船长颈后，但此时耶尔洛夫清楚地辨认出，本该是奥格斯特的右手的那只手，实际上是一只左手，而就在那只手后面……

耶尔洛夫望着照片中微笑的脸。

突然，他终于第一次看出，恩斯特究竟发现了什么。

“基督啊。”他说。

呼唤耶稣基督之名，是非常古老的诅咒——耶尔洛夫的母亲七十年前就禁止他这么做。从那时起，这个词再也没从他口中蹦出，直到此刻。

为了进一步确认，他拿出笔记本，一页页翻到他在拉姆内比的博物馆记下的那些名字，盯住其中一个。

“基督啊……”耶尔洛夫又脱口而出。

好一会儿，他完全深陷在这一发现中——随后他抬起头，才想起自己身在一辆往北驶向玛纳斯的公共汽车上。但还没到玛纳斯，他们还在斯滕维克以南。他往车窗外望去，只见汽车刚好经过一块路牌：离露营地两公里。

斯滕维克，这里离斯滕维克很近。他必须和约翰讨论刚才的重大发现。

耶尔洛夫立刻伸手按了红色的停车键。

公共汽车缓缓在站台前停下，这个位置在斯滕维克的路口以北一百米左右。耶尔洛夫把书和眼镜塞进提包，双腿颤抖着站起来。

汽车的中门砰的一声开了，耶尔洛夫走下台阶，顿时又陷入寒风的包围。斯耶格伦综合征在他的四肢中蔓延，好在疼痛感还不算太强烈。

车门一关，汽车开走了。他独自留在站台上，绵绵细雨仍未停歇。本来这里应该有个木头遮雨棚，下雨时可以坐下来等车或是等雨停后回家，但现在也被拆掉了。一切方便好用的东西都是这样，一眨眼就不见了。

引擎沉闷的吼声渐渐远去。耶尔洛夫望了望四周荒芜的乡野，将大衣领口的扣子扣上，又看看指示斯滕维克方向的路牌。那就是他的目的地。

他左右张望，确保过马路时不会被车撞到，但视野范围内一辆车也没有。大路上空无一人。他快步走了五十来米，赶到拐向斯滕维克的路口，但一转过弯，风便迎面刮来，他不得不放慢脚步。

沿着路边朝村里走了大概有两百米，他才突然想起来，约翰·哈格曼不在斯滕维克。

约翰现在还在博里霍尔姆。

耶尔洛夫呆站着，在风中使劲眨眼。

见鬼，他怎么连这都忘了？不到半小时前他刚在车站和约翰分手。但刚才从照片里找到的线索令他过于亢奋，竟完全把约翰还没回斯滕维克这事给忘得一干二净。

不过，斯滕维克总该还有人在吧？朱莉娅可能也还没回来，但阿斯特丽德应该在村里。她大部分时间都在家。反正现在也别无选择，只好继续往前走——去玛纳斯会更远。

他的步伐越发沉重，大衣也逐渐无力抵挡丝丝侵入的寒气。风不停地将他往后推去，他只能低下头。

在碎裂的柏油路上，一次只能迈出一步。他一边走一边数：一、二、三……每当数到二十五，他就抬头望望，但标志着灌木林的终点，村子的起点的那几棵树，似乎还是那么遥远。

耶尔洛夫第一次感到紧张。他就像个鲁莽地决定横渡冰湖的游泳选手，游到半途突然耗尽了气力。返回大路几乎不可能，但继续前行也同样困难重重。

他的左脚忽然一扭，打了个趔趄，差点摔进沟里。他刚刚用手杖稳住身子，便听到引擎低沉的吼声。

是一辆小汽车，从斯滕维克方向驶来的。

墨绿色的宽敞车身闪着光，耶尔洛夫看着车越来越近：是一辆捷豹，风挡玻璃前的雨刷正有节奏地晃动着。

车在他身边停下，深色车窗摇了下来，露出一张留着花白胡须的脸。

“嘿！”一个欢快的声音。

耶尔洛夫认出对方是朗维克的冈纳·扬涅尔。

这位每次见面时都想要更多船模的饭店老板，是耶尔洛夫此刻最不愿遇到的人。但他不得不举起右手，无精打采地问好。

“下午好，冈纳。”他的声音在风中听来格外微弱。他又往前走了一步。

“嘿，耶尔洛夫，”冈纳在车里喊道，“你这是要去哪里啊？”

这么愚蠢的问题，免不了催生一个愚蠢的答案。可耶尔洛夫还是朝村子的方向点点头说：

“去斯滕维克。”

“去别人家做客？”

“是啊，也许吧，”耶尔洛夫迎风挥挥手，“可能去阿斯特丽德家。”

“阿斯特丽德·林德尔？”扬涅尔说，“我开车经过时，她好像不在家……窗户里没有灯光。”

“哦？”

如果阿斯特丽德也不在家，那斯滕维克就没人在家了——耶尔洛夫会在寒风中活活冻死。警察明天就会在某棵杜松子树后面发现他冰冷僵硬的尸体。

他沉吟片刻，望向扬涅尔。

“你会不会路过玛纳斯，冈纳？”他问道，“经过养老院？”

“当然……我要去五金店买点东西。我送你一程吧。”

“方便吗？”

“没问题。”扬涅尔倾身推开副驾驶座的车门，“快上来。”

“太感谢了。”

耶尔洛夫吃力地拿着手杖和提包爬进温暖的车里。

车里很安静，暖意融融，暖气已开到最大。扬涅尔身上的黄色夹袄没扣上扣子。虽然耶尔洛夫还全身发冷，但他也把扣子解开了。

“好，出发。”扬涅尔说，“直奔玛纳斯。”

他一踩油门，车身呼啸，十足的力道将耶尔洛夫往椅背上一压。

“耶尔洛夫，你是不是要赶在什么时间回去啊？”扬涅尔问道。

耶尔洛夫摇摇头。

“没有，不过我想……”

“很好，那我们就有时间去看点东西了。”

他们已经开到了路口，周围还和先前一样空旷。扬涅尔拐上大路，但并未向北，而是往南。

“我恐怕不能……”耶尔洛夫刚开口就被扬涅尔打断了：

“船模做得怎么样啦？”

“挺好，”耶尔洛夫说，虽然他一星期都没碰过那些东西了——甚至想都没想过，“过了圣诞节你找个时间来养老院，一起看看……”

扬涅尔点点头。他在大路上只开了几百米，便拐进一条逼仄的石子小路，这条路没有路牌，一侧是犁过的田野，另一侧是一堵旧石墙。小路往东指向海边。

“我在想……把船帆都漆成红色，还来得及吗？”扬涅尔说，“如果可能的话就试试，一定很漂亮。”

“这不成问题，”耶尔洛夫点点头，深吸一口气，“冈纳，我们这是要去哪里？”

“不远，”扬涅尔说，“马上就到。”

此后他再也没开口，只是驱车在狭窄的小路上缓缓行进。耶尔洛夫只能随着车身的摇摆，眼睁睁望着雨刷以一成不变的节奏来回摆动。

他低头看看两个座位之间的储物盒，里面放着冈纳的手机，黑色机身，银色边框，比耶尔洛夫见过的所有手机都小得多——只有朱莉娅的手机一半大。

“我们要去哪里，冈纳？”他小声问道。

扬涅尔没有回答——他似乎没再听耶尔洛夫说些什么。他只是盯着车前方裂纹横生、被雨浸湿的路面，不时轻转方向盘，避开一个个小坑。他露出了笑容。

耶尔洛夫的前额渗出细密的汗水。

他本该说点什么，随口寒暄几句。比如礼貌地问问饭店的生意怎么样。但他已经累了，此时此刻，脑子里根本冒不出任何一句客套话。

最后，耶尔洛夫唯有一个问题：

“冈纳，你去过南美洲吗？”

扬涅尔摇了摇头，脸上仍挂着微笑。

“不巧，没去过。”他答道，随后又补上一句，“我去过的离南美洲最近的地方，是哥斯达黎加。”

厄兰岛
1972年9月

蓝色沃尔沃驶上崭新的大桥，副驾驶座上的尼尔斯·坎特倾身向前，透过风挡玻璃眺望卡尔马海峡。午后的海面上水汽升腾，一道浓厚的雾霭从海峡中浮起，向厄兰岛飘去。

“今晚有大雾。”他说。

“正合我们的心意。”身边的弗里肖夫说。

“我们？”尼尔斯问道，“不止你一个人？”

弗里肖夫点点头。

“很快你就会见到他们了。”

尼尔斯尽量放松身体，视线越过桥栏杆，仿佛看见那个年轻的自己为了逃生，正奋力横渡海峡游往本土，那时他才二十岁。

他怎么可能在冰冷的海水中游了那么远？现在他四十六岁了，连一百米也游不动。

厄兰岛大桥气势恢弘，不知耗了多少吨钢筋水泥，才在海面上筑起这样一座庞然大物，宽度堪比高速公路的桥面，长达几公里。尼尔斯做梦也想不到，他的岛屿竟能以这种方式与本土相连。

“这座桥建成多久了？”他问。

“还很新。”驾驶座上的弗里肖夫答道。

自从昨晚到延雪平接尼尔斯开始，一路上他的话就不多。他让尼尔斯换了一身路上穿的深色衣服，又戴上一顶黑色毛线帽遮住额头。但他一直没怎么说话。

十多年前在哥斯达黎加找到尼尔斯的那个乐观、富有魅力的弗里肖夫·安德松一去不复返了。其实，从那个斯莫兰人淹死在利蒙港以北的海边时起，他就不是原来的那个弗里肖夫了。那一夜之后，弗里肖夫把尼尔斯当成一个包裹，辗转各地，换了一个又一个国家，每次都在城市最不景气的地段找个又小又便宜的公寓或者旅馆房间安顿他，一年充其量也只和他电话联系一两次。

动身前往厄兰岛的前夜，弗里肖夫再次提起宝藏。在什么地方？尼尔斯把东西藏在哪里？是不是在家里？

尼尔斯一直摇头。最后他告诉弗里肖夫：

“埋在灌木林里，就在斯滕维克东面，旧石冢旁边。我们可以一起去挖。”

弗里肖夫点点头。

“好极了，就这么办。”

为了这趟归家之旅，尼尔斯已经等了太久太久。现在他终于回来了。

“从今往后我就待在家里。”他对弗里肖夫说。

汽车驶下大桥，触到法耶斯塔登①以北的土地那一瞬间，尼尔斯闭上双眼。走过千山万水，我回来了，厄兰岛。

“我要留在家里，”他又说了一次，“和妈妈在一起，不让任何人发

---

① 经过卡尔马大桥来到厄兰岛后进入的第一个村子。

现我。”他停了停，又问道，“她身体还好吗……维拉？”

“好得很。”

弗里肖夫·安德松轻轻点头，踩下刹车，驱车进入宽广的灌木林，驶向博里霍尔姆。

尼尔斯意识到，比起他年轻时，厄兰岛现在的变化太大了。岛上的灌木和大树更多，通往博里霍尔姆那条窄窄的石子路，现在已变成开阔的柏油高速公路，和大桥一样平坦笔直。贯穿南北的铁路可能已经停运，因为尼尔斯看不到灌木林中还有铁轨穿过。当年矗立在岸边、捕捉来自海峡的风力的那排风车，如今也只剩下稀稀落落的几座。

岛上的人似乎也变少了——不过海边出现了很多新别墅。尼尔斯冲着它们点点头。

“住在那些房子里的是什么人？”

“夏季居民，”弗里肖夫言简意赅，“他们在斯德哥尔摩赚够了钱，跑到厄兰岛买别墅。从大桥开车过来，躺在太阳底下度假，然后又忙忙碌碌开车回去赚更多的钱。他们不愿意在岛上过冬……太冷，太难受。”

听起来他好像挺同情那些人，在某种程度上。

尼尔斯什么也没说。弗里肖夫对这些夏季居民的评价很对，因为尼尔斯看到的每辆车的确都和他们背道而驰，驶离厄兰岛。夏天结束了，秋天来了。

但城堡的废墟还在，还盘踞在博里霍尔姆的后山顶，空洞的眼窝恍若永恒。

一过城堡，差不多就进城了，浓雾渐渐在空气中扩散开去。弗里肖夫减慢速度，驶入城郊一个能望见城堡的停车场，未加解释就把车停下。

“好了，”他只说，“我说过还有其他同伴。”

他推开车门招手示意。

尼尔斯左右张望，发现有人正沿路边缓缓走来：是个男人，看上去五十多岁，穿一件灰色毛衣和厚呢裤子，闪亮的皮鞋似乎价值不菲。他向弗里肖夫点头致意。

“你迟到了。”

这个人戴着帽子，帽檐拉得很低，除了一根抽了一半的香烟，手中别无他物。他最后猛吸一口，将香烟丢到一边，警惕地左顾右盼一阵，才走到车门旁边。

“尼尔斯，你坐到后排去吧，”弗里肖夫小声说，“安全起见，我们要去斯滕维克。”

他随即下车。停车场另一头有个电话亭，弗里肖夫疾步走过去。他投进几个硬币，拨了号码，对着话筒小声说起来。

尼尔斯也下了车，那个衣着华丽的男人用右脚踩熄烟头，打量了尼尔斯几眼，连句“你好”也没说，就坐进副驾驶座。

尼尔斯没有马上坐进后座。他在路边漫步了几米，享受着重返厄兰岛的自由时光。

属于他的岛屿。

忽然，大路上驶过两辆车，尼尔斯看见车窗后几张雪白的面孔直勾勾盯着他。他也报以同样的目光，直到他们在雾中远去。

“快点！”弗里肖夫在身后恼怒地吼道。

他已经在车里了。

尼尔斯慢吞吞地走回去，拉开后车门，只听副驾驶座上那人小声问道：

“还顺利吗，冈纳？”

旋即，他仓皇地瞄了尼尔斯一眼，既紧张又后悔，仿佛闯了大祸。

一直以来自称弗里肖夫的人扭过头笑了。

“没关系，现在我们可以自报家门了，”他说，“我是冈纳，这位是马丁，后面的是尼尔斯·坎特。我们都是一条船上的人，对吧？”

“这还用说。”

尼尔斯点点头，关上车门。

那么弗里肖夫的真名是冈纳。尼尔斯知道自己曾在什么地方见过他，但还是想不起来。

“那就去斯滕维克吧。”冈纳说。

他驱车开上大街，穿过博里霍尔姆，往北进发。窗外的风景越来越亲切，但来自海峡的雾气也越来越浓，遥远的地平线一片朦胧。

可见度越来越低。冈纳知道今天会起雾，他需要这种天气做掩护，所以才选定这个日子让尼尔斯回家。他如此机关算尽，莫非另有企图？

过了雪平斯维克再往北，冈纳打开雾灯，加快车速。尼尔斯看见黄色的路标从车旁掠过，是厄兰岛上一个个熟悉的村庄名字。但最令他动容的莫过于窗外的景象：疯长的野草，还有不知何时出现的石墙，笔直地向前延伸，直至消隐于雾中。

还有灌木林，只属于他的灌木林。灌木林向四面八方伸展开去，那灰褐相间的浓郁色泽，那无边无垠的广袤天穹，依然是记忆中那么大、那么美。

尼尔斯又回家了。

车里的三人都沉默无言。十五分钟后，尼尔斯看见了他朝思暮想的路牌：斯滕维克。村名下方有个硕大的箭头，箭头上写着“露营地”。

通往村里的路铺上了柏油，斯滕维克也成了露营地。这是什么时候的事？

汽车拐进通往斯滕维克的路口，放慢了速度。

“我们走北边那条路，”冈纳说，“那里车比较少，也省得开车穿过整个村子。”

过了几分钟，他们绕到村北的路口，路边有个荒废无人的奶站。尼尔斯上一次看到这个奶站时，从各个农场送来的牛奶桶一直排到路边。可现在奶站的墙上已爬上了星星点点的白色苔藓，看上去随时有坍塌的可能。

二十五年来，整个厄兰岛发生了天翻地覆的巨变，但斯滕维克北面的这条路还和他记忆中的相差无几：狭窄、曲折，还是原来的石子路面。路上空无一人，两边都有长着野草的水沟，再往远处便是灌木林。

冈纳逐渐放慢车速，在开了几百米后完全停住。他转身望着尼尔斯，身旁的马丁也转过身来。

冈纳紧紧盯着尼尔斯，马丁的目光则闪烁不定。

“好了，”冈纳正色道，“我们把你带回斯滕维克了，现在你会去石冢那里把宝藏挖出来，对吗？”

“我要先和母亲见面。”尼尔斯稳稳地回应冈纳的视线。

“维拉又不会到别处去，尼尔斯，”冈纳说，“她可以多等一会儿。这样最好，因为我们还是等天完全黑下来再进村才安全。你看呢？”

“宝石要由我们平分。”尼尔斯马上说。

“这是自然。不过总得先挖出来吧。”

尼尔斯又盯了他几秒钟，然后看了看车窗外。雾很浓，天快黑了。

他点点头。他准备把宝石分一半给冈纳和马丁，打发他们离开。

“得有挖地的工具。”他低声说。

“没问题，后备厢里有铲子和锄头，”冈纳说，“我们都考虑到了，别担心。”

但尼尔斯可不轻松。现在他独自面对两个陌生人，恰似那个斯莫兰人在加勒比海边沙滩上那一夜的处境。区别在于那个斯莫兰人完全信任他的新朋友——尼尔斯则不然。

冈纳没有把车停在路边，而是开到石墙的一个狭小豁口处，一踩刹车，转动方向盘，离开了村道。

他们慢慢开到灌木林中平坦的草地上。

尼尔斯回头望去，但后车窗外只有铺天盖地的浓雾。通往他家、他的村子的那条路，完全消失了。

30

捷豹一路开进玛纳斯南边的荒野中，耶尔洛夫不声不响地坐在冈纳·扬涅尔身旁的副驾驶座上，后背绷得紧紧的。刚才他试探着挑起的话头没了下文，因为冈纳·扬涅尔不予理睬。耶尔洛夫只能一边由着他越开越远，一边解开扣子，脱下大衣，车里的暖气温度太高了点。也许调整车内空调的按钮就在副驾驶座前方，但他不知该如何操作。仪表盘似乎完全是电子控制，冈纳也没有帮他一把的意思。

现在他们离厄兰岛东海岸很近了。汽车在半米高、几米宽的海堤上缓缓前行，跨越平坦的原野。耶尔洛夫顿时明白了身在何处。这是从前那条穿越灌木林的铁路路线，后来这条路被国家铁路公司停止运营。

他看看表，快五点了。

“我得回去了，冈纳，”他小声说，“玛纳斯养老院的人很快就会好奇我去了哪里。”

扬涅尔点点头。

“有可能，”他说，“但他们不太可能跑到这里来找你，不是吗？”

面对如此赤裸的威胁，耶尔洛夫忍不住扭过头，拼命转动车门把手。

车速不快，他有机会跳车逃走，也未必会摔成骨折，还能赶在天黑之前回到大路上——但副驾驶座的车门怎么也拧不开。扬涅尔早就用某种远程控制装置上了锁。

“冈纳，我要下车。”他尽量压抑着不用当船长时那种命令式的口吻。

“马上。”扬涅尔继续开车。

他们穿过两堵石墙间一道生锈的老旧牛棚，波罗的海终于出现在眼前。灰蒙蒙的海面，望去令人寒意陡生。

“你为什么要这么做，冈纳？”耶尔洛夫质问道。

“不瞒你说，我也是临时起意，”扬涅尔说，“我一路跟踪从博里霍尔姆开出的公共汽车，见你在斯滕维克南面的路口下车，我就绕行北面路口，穿过村子去接你。”他把车速放得更慢，转头说道，“今天你去马丁·马尔姆家干什么？”

耶尔洛夫顿时觉得自己已经暴露了。他沉吟半晌，才答道：

“去马丁家？你是什么意思？”

“你和约翰·哈格曼，”扬涅尔说，“你进去了，约翰在外面等。”

“嗯，马丁和我聊了一会儿……毕竟我们以前都在海上讨生活，”耶尔洛夫说，“你怎么知道的？”

“你和马丁叙旧的时候，安-布丽特·马尔姆打电话到我的手机上，”扬涅尔说，“她对来探望马丁的老船长一直很警惕……先是恩斯特·阿多尔弗松，现在又是你。几个星期内接连两次。马丁家里真是贵客如云呀。”

“原来你和安-布丽特关系很不错。”耶尔洛夫十分懊恼。

扬涅尔点点头。

“其实，马丁和我以前是生意上的伙伴，但那时候你和他来往不多。

安-布丽特帮他处理业务，经常向我求助。”

耶尔洛夫靠到椅背上，看来该到摊牌的时候了。

“生意伙伴？”他说，“你们合作很长时间了，不是吗？从五十年代开始？”

他从提包里拿出马尔姆航运公司的纪念册。

“我给马丁看了这张照片，”他说，“后来我又仔细看了很多次……但过了很久，我才发现其中的玄机。”

“是吗？”冈纳驾车绕过一丛低矮的榆树。他们离海边只有一百米左右。“现在你看出来了？”

耶尔洛夫点点头。

“拉姆内比的码头上有两个大有来头的人物：锯木厂的老板奥格斯特·坎特，还有货船船长马丁·马尔姆，他们站在一群年轻的锯木工人身前。乍看之下，奥格斯特的一只手友好地搭在马丁肩上。”他略一停顿，又说，“但那只手的主人其实并非奥格斯特·坎特，而是马丁·马尔姆身后的那个人。我也是刚才在公共汽车上才发现的。”

“一张照片胜过千言万语，”扬涅尔一踩刹车，“俗话是这么说的吧？”

此刻，隔着一片发黄的草坪，厄兰岛东海岸展现在他们面前。陆上和海面上都下着雨，冷雨潇潇，恍如飘雪。

“马丁·马尔姆背后是个名叫冈纳·约翰松的锯木工人，后来他改了姓，”耶尔洛夫说，“不是吗？”

“不完全正确。当时我已经是锯木厂的一个工头了，”扬涅尔说，“不过我到厄兰岛之后，的确把姓改成了扬涅尔。”

他关掉引擎，四周霎时安静下来，只剩风声和雨声。

“真不该让那张照片出现在那本书里，”扬涅尔说，“是安-布丽特放进去的，直到书印刷出来以后我才得知。可是，认出我的也只有你和恩斯特·阿多尔弗松。恩斯特在学校时就认得我……”

“我也是最近才听说他是在拉姆内比长大的，”耶尔洛夫说，“对我而言，认出你没那么容易。不过我还有一件事没想清楚……”

耶尔洛夫深知自己危在旦夕，扬涅尔会像杀害恩斯特一样杀了他。他只能说个不停，好尽量延迟不可避免的那一刻。

“……我想知道，既然你是锯木厂的工头，应该听说过奥格斯特·坎特那可怕的外甥尼尔斯的事迹。你是不是从那时起就打定主意……”

“其实我见过他。”扬涅尔插话道。

“谁？尼尔斯·坎特？”

“对，是尼尔斯。”扬涅尔点点头，“战争结束后我进了锯木厂，一开始只是个打杂跑腿的。尼尔斯躲避警方追捕，逃出厄兰岛之后就去了拉姆内比。他躲在工厂外面的树丛里，看见了我，就让我去给奥格斯特·坎特捎口信。我照办了，可老板不想听，他给了我五张一百克朗的钞票，让我把尼尔斯打发走。我扣下两张，给了尼尔斯三张。”沉浸在回忆中的扬涅尔微笑着，“我还记得，那年夏天剩下的时间，靠着这笔钱，我过得像个国王。”

“所以你早就察觉，尼尔斯·坎特是棵摇钱树。”耶尔洛夫望着车窗外的雨幕。

“不错，”扬涅尔说，“但他具体有多少价值，我当时还一无所知。我以为等风头一过，说不定可以到大西洋那头来一趟免费旅游，接回尼尔斯，赚个几千块。奥格斯特刚提拔我当上工头，我就向他提过，他却一口回绝。他根本不想让家族败类回瑞典。”

他伸手按下方向盘旁边的一个按钮，耶尔洛夫身旁的车门滴答一响。

“好，门开了，”他说，“你出去。”

耶尔洛夫坐着没动。

“可你还不死心，”他盯着扬涅尔，“在奥格斯特那里碰壁之后，你去斯滕维克找到尼尔斯的母亲维拉·坎特，要和她做笔交易。她答应了，对吗？”

冈纳·扬涅尔叹着气，仿佛身边是个不依不饶的小孩。他望着车窗外绵长的海岸。

“是维拉让我发现了这个美丽的岛屿，”他说，“我第一次上厄兰岛，是1958年夏天。我在斯托拉罗尔下船，然后乘火车北上。当时他们正逐步停止岛上的铁路运营，厄兰岛的航海业也一落千丈。想必很多人都认为厄兰岛将一蹶不振……但我在火车上听人议论，说是要建一座新大桥，很长很长的桥，以后人们随时都可以从大桥离岛。同时本土的人们上岛也会更方便。”

“本土来的有钱人。”耶尔洛夫说。

“不错。”扬涅尔深吸一口气，接着说道，“然后我到了北厄兰岛，这里有灿烂的阳光，到处是可以畅游的海滩。如此动人的阳光海岸，却几乎没有游客。所以我还没敲开维拉·坎特在斯滕维克的家门时，就开始动脑筋。”他叹道，“维拉孤零零地坐在大房子里，思念着她的儿子。我就和她攀谈起来。”

“孤身一人，郁郁寡欢，”耶尔洛夫说，“却富得流油。”

“没有你想象的那么富，”扬涅尔说，“采石场快要关门了，在斯莫兰省的家族锯木厂又归了她兄弟。”

“她拥有大片土地，”耶尔洛夫有气无力地说，“沿着海岸线……都是她的地产。”

他在想自己会如何死去。扬涅尔是不是带了武器？或者扬涅尔打算捡起厄兰岛成千上万石头中的一块，轻而易举地敲碎他的脑袋，就和他对恩斯特下手的方式差不多？

“维拉有很多很多土地，没错，”扬涅尔说，“恐怕斯滕维克还没有人真正意识到她拥有的土地面积是多么宽广，不仅北厄兰岛，还有南厄兰岛。当然，既然她不去开发，这些土地就分文不值。但只要有合适的人选接手，将地皮卖给本土来的人……”他扣上大衣扣子，又说，“50年代时，这里只有区区几座度假别墅，但我知道潜在的需求非常旺盛——饭店和餐馆也一样。大桥建好以后，地价自然水涨船高。”

“所以你从维拉那里抢来了朗维克。”耶尔洛夫说。

“我什么也没抢，”扬涅尔摇着头，“我买下她的所有土地，程序完全合法。当然，价格非常低，用的钱也是从维拉那里借的，不过手续齐全，完全合法。”

“马丁·马尔姆则向她借钱买大船。”

“不错。马丁往拉姆内比运木材时和我认识的。”扬涅尔点头道，“我需要可靠的合作伙伴……要有人从海外将尼尔斯的棺材运回来，然后再接回尼尔斯。当然，不能急着安排尼尔斯回家，因为到那时维拉就不会再把土地转让给我。这一点我心知肚明。”

他满意地对耶尔洛夫微笑。

“下车。”

扬涅尔推开驾驶座的车门。

耶尔洛夫望向窗外，只见一片萧瑟的草坪通往海岸，小草在风中俯首帖耳，蜷伏于地。

“外面有什么？”

“没什么，”扬涅尔下车，“马上你就知道了。”

“下来，耶尔洛夫。”

冈纳·扬涅尔关上自己这边的车门，快步绕过来拉开副驾驶座的门。他不耐烦地催促耶尔洛夫下车。

“我得穿上……”耶尔洛夫开口。

但扬涅尔戴着手套的手伸进车内。

“大衣就免了，耶尔洛夫，”他说，“你现在不是很暖和吗？”

扬涅尔起码比耶尔洛夫年轻十五岁，又高又壮，手臂十分有力。他用一只手臂牢牢挟住耶尔洛夫，几乎是将耶尔洛夫架下车来。

扬涅尔自己穿着那件黄色夹袄，背后有行黑字：“朗维克会议中心”。

“快点！”

他砰地关上车门，然后对着车门按了钥匙圈上的一个小按钮，车门轻轻滴答一响，锁上了。

这在耶尔洛夫看来无异于魔术。他虽然带上了手杖，提包却还在车里的座位底下。他畏缩着走了几步，踏上海边的草坪，慢慢明白扬涅尔的用意所在了。

从桑拿浴般闷热的车里出来，一开始的确令人心旷神怡，在清新的海风中，似乎少穿件大衣也不足为惧。

但耶尔洛夫知道，少了大衣他肯定活不成。车外天寒地冻，气温接近零度。风从波罗的海呼啸而来，砸在脸上的雨点就像钉子。

“你看，耶尔洛夫。”扬涅尔在草坪边的石子路上走了几步，指着小树丛前的一堵石墙。墙边长着一棵形单影只，看似发育不良的树。“看得出这是什么吗？”他说。

耶尔洛夫蹒跚着朝他走近几步。

“一棵苹果树。”他低声说。

“不错，一棵老苹果树。”扬涅尔拽着耶尔洛夫的手臂，小心却又不容分说地将他拉向海边。他又伸出手，这次指向一丛杂乱的灌木，“那边，”他说，“你可能看不清，那是一丛老醋栗树。”他盯着耶尔洛夫，“这说明什么？”

“一个荒废的花园。”耶尔洛夫说。

“说得对。草坪底下就是房子的石头地基。”扬涅尔环顾四周，“几年前我发现了这片海滩。这里很宁静，就连夏天也不例外。可以让人坐下来静静思考，有时候还……”他又望向那棵苹果树，“有时我坐在这里，想着这棵树，想着从前住在这里的人。这么美的地方，为什么要离开？”

“因为穷。”耶尔洛夫打了第一个寒战。

他竭力在风中挺直身体，尽量不左右摇晃，但上半身只有一件薄薄的衬衫，内衣也同样单薄，深秋的寒气已从织物的罅隙渗了进去，无孔不入。

“对，他们不穷才怪。”扬涅尔说，“也许他们能远渡大西洋，就像尼尔斯·坎特和成百上千的厄兰岛人一样，但关键是……”他略一沉吟，“关键是，他们从没发现岛上的天赐良机。厄兰岛的所有人都没发现。”

耶尔洛夫轻轻点头，扬涅尔爱说什么就让他说吧。

“我想回车里去。”他说。

“车锁了。”扬涅尔说。

“我会很快冻死的。”

“那就回玛纳斯吧，”扬涅尔指着苹果树旁的石墙，“墙上有个缺口，从后面的小路往北，沿着海岸，穿过一大片开阔的野地……其实离玛纳斯只有两公里，苍蝇都能飞回去。”

耶尔洛夫在风中哆嗦着，现在他不在乎了，有些重要的话必须要说。

“我是唯一的知情者，冈纳。”

扬涅尔瞥了他一眼，没有答话。

“我刚才说过……我在公共汽车上发现马丁·马尔姆身后的人是你，然后才想通这一切的。”

扬涅尔耸耸肩。

“恩斯特·阿多尔弗松也拿那张照片来吓唬我，”他说，“……但他也说了一大堆废话，什么岛上的老规矩之类的，我可没那么容易被吓倒。”

“他比我抢先一步，”耶尔洛夫疲惫地说，“我以为恩斯特什么都告诉我了，但他没有。他向你提了什么条件？”

“采石场。他想以一个象征性的价格买下采石场，作为交换，他答应不把我和维拉的交易宣扬出去。”

“这也不算过分啊？”

“话不能这么说，”扬涅尔冷笑道，“地皮现在不值钱，将来却会升值。说不定厄兰岛的山里要建个赌场……谁知道呢？所以我回绝了他。”扬涅尔盯着耶尔洛夫，“可是，你们这些老船长如果幻想别人还会对几十年前的旧事感兴趣，未免太自以为是了。”

“起码你还有兴趣，冈纳，”耶尔洛夫说，“否则我们也不会来这里。”

“我不能让一群老头子到处说长道短，”扬涅尔不耐烦地说，“你明白吗？不光是眼下的工程……这段时间，我们向政府的建设部门提交了朗维克的重要规划。将来有大笔投资。接下去六个月，村子东边的六十处地产都要出售——你觉得能值多少钱呢？”

耶尔洛夫恍然大悟。

“但我说过，我是唯一的知情者，没有别人了。约翰和我女儿都不知道。”

扬涅尔忍俊不禁。

“你很勇敢，耶尔洛夫，危险全往自己身上揽，”他说，“我相信你。”

“冈纳，你是不是也杀了维拉·坎特？”

“不，不，我听说她自己跌下楼梯，摔断了脖子。我从没杀过人。”

“你杀了恩斯特·阿多尔弗松。”

“不对，”扬涅尔说，“我们商量的时候起了点争执。”

“争吵的过程中，他把一尊石像推进矿坑里，对吗？”

“的确如此。然后我推了他一下，他撞倒另一尊大石像，一起跌了下去。那是事故，和警方的结论一致。”

“你杀了尼尔斯·坎特。”

“没有。”

“那就是马丁干的，”耶尔洛夫说，“延斯呢？你们俩是谁对延斯下的毒手？”

扬涅尔笑不出来了。他看看表，返身往车旁走了两步。

“延斯是不是在灌木林里撞见你们了？”耶尔洛夫抬高嗓门，“为什么你们不放过我的外孙？他才五岁……对你们没有威胁。”

“不谈这个伤感的话题了，耶尔洛夫。总之，我得走了。”

千真万确——冈纳·扬涅尔的日程表排得满满当当，杀死耶尔洛夫只是今天的计划之一。

耶尔洛夫闭上眼迎着冷雨。他的双腿快要支持不住了，但他不想在冈纳·扬涅尔面前屈膝，他的尊严绝不容许。

“我知道宝石在哪里。”他说。

他拄着手杖，朝车的方向迈了一步。如果再走近点，说不定还能用手杖在车身上狠狠戳出个醒目的小坑来。

“宝石？”

扬涅尔望着他，一只手停在车门把手上。

耶尔洛夫点点头。

“德国兵带来的战利品。我拿到以后藏起来了。让我上车，我们一起去取。”

扬涅尔轻轻摇头，又笑了。

“多谢你的慷慨。我问过尼尔斯好几次，但真正想要宝石的其实是马丁。那些东西究竟能值多少钱，谁也不能保证。对我来说，维拉的土地已经足够……做人不能太贪心。”

话音刚落，他迅速拉开车门，坐进驾驶座。

他发动汽车，引擎并未即刻怒吼，而是闷响几声，以完美的调子缓缓苏醒。

扬涅尔开始倒车，耶尔洛夫刚刚迈出最后一步，正要举起手杖，车身却在石子路上慢慢往后滑去。

太迟了。基督啊!

耶尔洛夫无助地留在草坪上。他慢慢放下手杖，眼睁睁望着汽车载着他的大衣，越走越远。

舒舒服服端坐于驾驶座上的扬涅尔无暇多看耶尔洛夫一眼。他扭头望着车后，好在石子路上加速倒车。在从前铺设铁轨留下的路基上，他一打方向盘，车掉了个头开走了。

又开了一段，快到大路时，捷豹却停了。耶尔洛夫眯起眼，望见扬涅尔推开车门，先是扔出他的提包，然后是他的大衣。接着，扬涅尔关上车门，绝尘而去。引擎的声音也消失了。

耶尔洛夫仍站在原地，背上淋着雨，凄厉的风声在耳畔嘶鸣。

他浑身湿透，如坠冰窟。他已无力走回大路，更别提玛纳斯。扬涅尔对此一清二楚。

耶尔洛夫抬起一只脚，碎步踉跄，他颤抖着转了半圈。海岸线依然灰蒙而孤寂。

扬涅尔刚才指点给他看的那个老花园在五十米外。说不定他能坚持到那里，至少还能靠着石墙避避风。

“那就走吧。”他对自己嘀咕着。

耶尔洛夫开始挪动身体，一步一步地，每次双腿无力支撑时，手杖就是他唯一的靠山。他用另一只手捂着湿漉漉的衬衫前襟，勉强抵御着寒风。

脚底这条路是多年前用碎石铺成的，又糙又硬。冈纳·扬涅尔的车轮没有留下痕迹，即便大路上的泥浆里出现两道车辙，也会很快被雨水抹平，就像扬涅尔从不曾来过，而耶尔洛夫是凭一己之力来到此处的。

“警方认为没有犯罪迹象。”当他们发现他冻死的尸体后，《厄兰岛邮报》上的新闻无疑会以这句话作结。

天色越来越暗。

一步又一步，耶尔洛夫哆嗦着抬起手，擦去前额上冰冷的雨滴。

海浪有节奏地拍打草坪外那片狭长的沙滩，他离岸边越近，浪头的歌声就越清晰。再往远处，海面上有一只孤单的海鸥御风翱翔。它并非唯一的生命迹象，因为耶尔洛夫望见，几海里开外有个朦胧的灰影，是一艘大货船正向北航行。但纵然他使劲招手，拼命喊叫也无济于事——谁也看不见、听不到他。

在耶尔洛夫的记忆中，他从没来过这片海边的草坪。他怀念着斯滕维克陡峭的海岸，虽贫瘠却美丽。厄兰岛东海岸，太平坦，也太繁荣。

石子路突然到了尽头，取而代之的是草丛中一条狭窄的小径。这条路已经很长时间没人走过了，草长得很高，难以穿行，更何况耶尔洛夫的脚几乎抬不起来。海上不时有阵阵强风袭来，令他步履维艰，屡次险些跌倒。但他仍咬着牙，一步一步地，最后终于来到那棵苹果树旁。这几十米的距离，已耗尽了他的全部体力。

苹果树形容枯槁，纤细的枝丫早在无情的海风中扭曲变形，枝头一片树叶也不剩，无法为他遮风挡雨，但耶尔洛夫好歹还能靠在粗糙的树干上，稍微喘口气。

他摸了摸右侧裤袋，发觉里面有硬邦邦的东西，便伸手拿出来。

是冈纳·扬涅尔的黑色手机。

耶尔洛夫想起来了，先前扬涅尔下车，绕到副驾驶座门外时，他抓起了这小巧的手机，赶在扬涅尔将他拽下车之前塞进了裤袋。

可是偷走手机也没用，因为耶尔洛夫根本不知道怎样用手机打电话。他试着按了几个键——约翰·哈格曼的电话号码——但没有反应。手机毫无动静。

他慢慢把手机塞回裤袋。

是不是该感激冈纳·扬涅尔没抢走他的鞋？不然他连一米都走不了。

不，没什么可感激的，他恨透了扬涅尔。

土地和金钱——这就是一切的源头。马丁·马尔姆得到了购买新船所需的钱，而冈纳·扬涅尔得到了朗维克周边大片待开发的土地。

维拉·坎特年复一年地蒙在鼓里，尼尔斯亦然。

当然，还有耶尔洛夫。

现在耶尔洛夫差不多摸清所有真相了，这是他长久以来的目标，但还不够。他想告诉其他人，告诉约翰和朱莉娅，还有警察。

他一直都想站在所有当事人面前，详细解说来龙去脉，然后揪出凶手，揪出那个杀了尼尔斯·坎特和小延斯的人。整个房间沸腾了，低低的议论声不绝于耳。凶手会精神崩溃，坦承罪行，其余众人在真相面前都惊愕万分。欢呼谢幕。

“你只想让自己显得很重要。”朱莉娅曾这样对他说过。她说得很对。让自己显得很重要，这多半就是他的动力所在：甩掉那个老迈、健忘、半截入土的自己。

但他快要死了。生命需要光和热，而此刻时近黄昏，气温骤降，耶尔洛夫的双脚就像鞋子里的两坨冰块，手指几乎完全失去知觉。寒意令他陷于瘫痪，但却也令他身心放松——一股莫名的愉悦涌上心头。

他闭上双眼几秒钟，脑海中描摹着冈纳·扬涅尔开着捷豹离去的模样。耶尔洛夫猜测，扬涅尔扔掉他的大衣和提包，是为了制造假象。当人们最终发现这些东西时，事发经过就一目了然了：一个虚弱的老人下了公共汽车，迷了路，走错了方向，在茫然不知所措的状态中一路脱掉御寒的衣物，当黑夜来临时，在海边活活冻死。

光是夺走耶尔洛夫的性命还不够，扬涅尔还想让他变成人们眼中的蠢货。

他气喘吁吁，急促地呼吸着寒冷的空气。躯体什么时候会放弃抵抗，停止运转？是不是要等到血液的温度降到三十度以下？

他得采取行动，也许可以到海边沙滩上写下死前留言："冈纳·扬涅尔——凶手"，字要大，才不会被雨水擦除。但他已经筋疲力尽了。

又冷又湿又孤单，如同航行时从船上落水一般。耶尔洛夫从没学会过游泳，在茫茫大海上落水一直都是他最恐惧的情况之一，那意味着他死到临头了。

他想起了埃拉。他历来相信，在弥留之际她会来到身旁，但他什么也没感觉到。

然后他又想到朱莉娅。她离开博里霍尔姆了吗？也许此时此刻，她正坐在伦纳特的警车里，奔驰在大路上。但愿扬涅尔别去骚扰她。

"能坐着就绝不站着，能躺着就绝不坐着。"耶尔洛夫曾读到过这句话，现在却记不起出处了。

他的双腿罢工了，它们再也无法站立，耶尔洛夫缓缓滑坐下去，后背蹭过树皮，很疼。

耶尔洛夫明白，坐在苹果树下闭上双眼是个重大错误。一旦坐下来，迟早他都会躺倒在地，两眼一闭，堕入无边的黑暗。

如果睡着，就更是错上加错。

但耶尔洛夫最后还是放弃了，慢慢滑落在草坪上。

他只是坐下来闭目养神，就一小会儿。

厄兰岛
1972年9月

冈纳从沃尔沃的后备厢里拿出一把铁锹、两把铲子，递给马丁一把铲子，然后看着尼尔斯。

“好了，”他说，“目的地是哪里？”

尼尔斯感受着寒意，望着四周雾气弥漫的灌木林。野草、野花、贫瘠的土壤，气味是那么熟悉。那些杜松子树，那些石头，还有行迹模糊的小路，都和当年一模一样——但他不知道自己的具体位置。当初用来判断方向的地标都隐没在浓雾中了。

“去石冢。”他小声说。

“这我知道，昨晚你就说过，”冈纳很不耐烦，“可到底要怎么走？”

“就在……就在这附近。”

尼尔斯又四下扫视了一圈，朝远处走去。

一直没怎么插话的马丁立刻跟上。他刚下车就点了一根烟，此时更是猛吸几口，抿紧嘴唇，紧随尼尔斯而去。冈纳也赶上来与他并肩而行。

尼尔斯故意放缓脚步，不紧不慢，他想让两个人都走到前面去，这样他就可以监视他们。

尼尔斯有生以来还没见过这么浓的雾。他只记得十几岁时游荡在灌木林中的那段时光，似乎每天都阳光灿烂。此刻却像裹在一大包空气中，漫步于海底。仅仅十米开外的景象便已朦胧难辨，天地间只剩下一片灰白色。万籁俱寂。他只穿了一件薄毛衣、一件深色皮夹克和牛仔裤，周身发冷。

“跟上了吗，尼尔斯？”

冈纳停下脚步回头张望。他只是尼尔斯前方一个硕大的灰影，轮廓模糊，宛如一幅木炭画，他的表情难以看清，更无从揣摩。

“可别走丢了。”冈纳说，可还没等尼尔斯赶上，他就转身，大步踏过草丛。

暮色渐渐笼罩灌木林，尼尔斯恐怕要深夜才能回家和妈妈见面。她知不知道他今天回来？

尼尔斯走过一块表面平坦、棱边崎岖的埋在草丛里的近似三角形的大石头，记忆深处电光一闪，立刻明白身在何处了。

“再往左一些。”他说。

冈纳二话不说就掉转方向。

尼尔斯似乎听见迷雾深处有轻微的响动，他驻足聆听。是村道上驶过的汽车？他默默地竖着耳朵，却没再听到。

就在附近。然而当冈纳和马丁在一丛茂密的野草前停下时，尼尔斯仍以为还有一小段距离。他看不见石冢的石头在哪里。

“就是这里。”冈纳断言。

“不是。”尼尔斯说。

“是。”

冈纳踢了几脚，草丛中露出一块石头的边缘。

此刻尼尔斯才意识到，石冢已经不存在了，被人遗忘了。几十年都没有旅人往上面放石头纪念死者，石冢便渐渐隐没在灌木林的枯草丛中。

尼尔斯回想着他最后一次来到此地埋藏宝石的情景。那时他还那么年轻，少不更事，为射杀灌木林中那两个德国兵的功绩骄傲不已。

从那时起，一切都偏离了正轨，全乱套了。

尼尔斯指了指。

“这里……这一片，”他说，“挖这个地方。”

只见马丁握着铲子，笨手笨脚地把另一根烟塞到嘴里。他为什么这么紧张？

“挖吧，”尼尔斯说，“如果你们想要宝藏的话。”

他让开路，绕到石冢另一侧，身后响起铲子插进泥土的声音。挖掘行动开始。

尼尔斯凝望着浓雾深处，一切都凝固了，静谧如斯。

背后的马丁在地里挖出一道深深的壕沟，先后铲到了好几块石头，冈纳只好用铁锹把石头移开。马丁满脸充血，喘着粗气，恶狠狠地盯着尼尔斯。

“地里什么也没有，”他说，“除了石头。”

“肯定有，”尼尔斯往大坑里看了看，“我就藏在这里的。”

但他也看见了，正如马丁所言，坑里空无一物。

“给我。”尼尔斯很不高兴地去拿另一把铲子。

然后他亲自动手往下挖，频率很快，越挖越深。

约莫过了一分钟，很久以前他从石冢上拿下来的那些石片出现在眼前——当年他正是用这些石片把铁盒保护起来的。

虽然裹上了黑泥，但这些石片都还在，可是宝石却不见了。

尼尔斯抬头看着马丁。

“是你拿走了宝石，”他平静地说，进逼一步，“东西在哪里？”

“到了，”伦纳特熄掉警车的引擎，“你看我这小窝怎么样？”

“很不错。”朱莉娅说。

从玛纳斯往北几公里，伦纳特转入一条松树林中的小路，在林间缓缓行驶，然后停在一处空地上。蓝灰色的大海卧于前方，伦纳特的红色砖房以及小花园凭海而居。

如他所言，房子不大，但坐落的位置妙不可言。从房前望去，唯见天水相连，广阔无边。修建得整整齐齐的草坡倾向海岸，不留痕迹地衔接着一片宽广的沙滩。

花园四周是一棵棵光秃秃的松树，似是教堂的高墙，既荫蔽日头，又阻隔噪声。

伦纳特一关引擎，寂静的林间顿时显出几分肃穆，唯有风声飒飒掠过树顶。

“这些松树是特意栽种的，”伦纳特说，“不过那是在我来这里很久以前的事了。”

他们下了车，朱莉娅深深呼吸着森林的芬芳，情不自禁地闭上双眼。

“你在这里住了多久？”

“很久了……大约二十年。但我还是很喜欢这里。”他往四周瞥了几眼，问道，“你会不会对猫过敏？我养了一只波斯猫，名叫米西，不过它肯定跑出去玩了。”

“没事，我不怕猫。”朱莉娅拄着拐杖跟他走进屋内。

砖墙看上去很结实，即便波罗的海的凛冬寒风也难以撼动分毫。伦纳特开了厨房门上的锁，把门推开。

“还不饿吧？”

“不饿，挺好。”朱莉娅走进厨房旁的小门厅。

看来伦纳特喜欢整洁，但并不吹毛求疵。整座房子比朱莉娅在哥德堡的小公寓干净得多，一叠《厄兰岛邮报》整整齐齐夹在墙上的报夹里。唯一体现他职业特征的，是同一个报夹上的几本《瑞典警察》杂志。墙上挂着几根钓鱼竿，每个窗台上都有两三盆盆栽，厨房的炉子上方还有满满一架子烹饪书籍。

朱莉娅没发现啤酒罐或者酒瓶。她很满意。

伦纳特走上前打开厨房旁边大房间窗台前的灯。

“趁着天还没黑，要不要去海边走走？带上伞？”

“乐意之至，只要我的拐杖别拖后腿。”

伦纳特笑了。

“小心点就不成问题。如果天气好，在那里可以遥望伯达。”他又说，“沙滩很开阔。”

朱莉娅也笑了。

“嗯，我知道伯达的方位。”

“对对，”伦纳特往厨房里看了一眼，“我忘了，你是在那里长大的。走吧？”

朱莉娅点点头，看了一眼时钟。五点十五分。

“我能先打个电话吗？”

“没问题。”

“只是和阿斯特丽德说一声，告诉她我在这里。”朱莉娅说。

“电话在工作台上。”

阿斯特丽德接电话时都会自报号码，所以朱莉娅已经记在脑子里了。她迅速按下号码，听着话筒里的铃声。响到第五下时，阿斯特丽德接了电话，威利还焦急地在她身边汪汪乱叫。

“朱莉娅，”阿斯特丽德一猜便中，“我刚才在房子后面扫落叶。你在哪里？”

“我在玛纳斯，准确说是玛纳斯北边，伦纳特·亨里克松家。我们……”

“耶尔洛夫和你在一起吗？”

“没有，”朱莉娅说，“他应该在养老院吧。”

“不在。”阿斯特丽德斩钉截铁地说，“管理养老院的波尔女士不久前刚打来电话，她不知道耶尔洛夫上哪儿去了。今天早上他和约翰·哈格曼一起出门，一直没回去。不过既然你觉得他没事，我也就放心了。”

“那他肯定和约翰在一起。”朱莉娅说。

“也没有，”阿斯特丽德还是一口咬定，“是约翰先打电话给波尔的。他送耶尔洛夫到公共汽车站，耶尔洛夫回养老院后本该给他打电话。”

朱莉娅想了想。耶尔洛夫理应有行动的自由，他应该没事，但是……

“那我最好还是给养老院打个电话。”虽然她此刻只想和伦纳特一起去海边。

“也好。”阿斯特丽德说。然后两人相互道别。

朱莉娅挂断电话。

“怎样？”身后的伦纳特问道，他站在门厅入口，已经换好外套，“走吧？回来时可以喝点咖啡。”

朱莉娅点点头，但仍放心不下，眉头紧蹙。她跟着伦纳特走到门厅，穿上大衣。

天色渐暗，夜幕将至，温度比刚才更低。松树枝头的飒飒风声缭绕在房子周围，愈显凄冷。

死者的身份均未确认，朱莉娅心想。

她还记得，这是她在博里霍尔姆一个报亭里读到的一篇车祸新闻的标题。这句话在她脑海中一遍遍回响：*死者的身份均未确认，死者的身份均未确认……*

她转过身。

“伦纳特，”她说，“我知道，我这人很烦，我太多心……但我们能不能晚一点再去海边，现在就开车去玛纳斯养老院？我只想确认一下耶尔洛夫是不是平安抵达了。”

厄兰岛
1972年9月

“宝石？我才没拿什么该死的宝石。”那个叫马丁的人说。

“你把铁盒藏起来了，”尼尔斯再上前一步，“就在我刚才背对你的时候。”

“什么盒子？”马丁再次掏出烟盒。

“都冷静一下，”尼尔斯身后的冈纳说，“大家都是自己人。”

他站得太近了，就贴在尼尔斯背后。

尼尔斯可不想让冈纳站在那儿。他飞快地往后一瞥，随即又盯着马丁。

“你撒谎。”他再度进逼。

“我？是我带你回来的！”马丁大怒，“冈纳和我安排一切，用我的船带你回来，要不然你还待在那鬼地方。”

“我还不认识你。”尼尔斯满脑子只有一个念头：我的宝石。我的斯滕维克。

“是吗？”马丁点了根烟，“我他妈才不在乎你认不认识我。”

“放下铲子，尼尔斯。”冈纳说。

他仍在尼尔斯身后，太近了。

马丁也太近了。他忽然举起铲子。

尼尔斯觉得马丁想用铲子的手柄攻击他，但马丁慢了一步，尼尔斯手里也有铲子，而且他已经先举起来了。

他双手握紧手柄，奋力挥出，恰似三十年前他朝拉斯-扬挥出桨叶的那一击。熄灭多年的怒火重又熊熊燃起，所有的耐心都一扫而空。他已经等了太久太久。

“是我的！”他厉声大吼，眼前那人的身影突然模糊了。

马丁急忙躲避，却为时已晚，铲子击中他的左肩，继而撞上他的左耳下方。

他踉跄着闪到一边，尼尔斯拼尽全力又是一铲，这次正中他的前额。

“不！”

马丁大喊着，一转身便跌倒了，正好摔在石冢上。

尼尔斯再次高举铁铲，这回对准了马丁毫无遮挡的面部。

“住手！”冈纳怒吼。

倒在尼尔斯脚下的马丁抬起手臂，鲜血从脸上流下——他等待着将要落下致命的一击。

但尼尔斯无法再攻击他了。

“住手，尼尔斯！”

一只手攥住了铁铲的手柄。出手的是冈纳，力道极大，尼尔斯不由松了手。

“够了！”冈纳大声斥责，“根本没必要闹成这样！怎么回事，马丁？”

“真该死的……见鬼。”马丁喃喃自语，声音低沉，双臂依然挡在额前，“动手，冈纳！别等了……给我动手！”

“还太早。”冈纳应道。

“我走了。”尼尔斯说。

他后退一步，直面冈纳。

“管他该死的什么计划……我们动手吧，”马丁说，“该死的就是个疯子，这家伙……”

他慢腾腾地想站起来，可鲜血正不停地从鼻子，还有额头上的一个大口子里涌出。

“有人拿走了宝石……不是你们就是其他什么人，”尼尔斯瞪着冈纳，眼皮一眨不眨，“所以交易到此为止。”他深吸一口气，“现在我要回家，回斯滕维克。”

“好吧……”冈纳无奈地叹着气，避开尼尔斯的视线，“交易一笔勾销，现在就了结吧。”

“我要走了。”尼尔斯说。

“不行。”

“怎么不行？我要走了。”

“你走不了，”轮到冈纳逼近一步，“我们从来都没打算让你离开这个地方。难道你没想到？这里就是你的归宿。”

“不，我要走，”尼尔斯说，“我不能死在这里。”

“实话告诉你，就是这里……反正你已经是个死人了。”

冈纳缓缓举起沉重的铁锹，朝四周的浓雾张望一番，似乎是在确认没人看见接下来要发生的事。

“你回不了家，尼尔斯，”他说，“你已经死了，被埋在玛纳斯教堂的墓园里。”

耶尔洛夫大限将至，死去的人们一一在他眼前出现。

死人一点都不安静。无名战士的白骨在海边聒噪，那是青铜时代的一场大战，早被历史的记忆尘封——耶尔洛夫不想看见鬼魂的狂舞，便闭上双眼，那响声却依然在耳畔回旋。

他刚睁开眼，就看见好友恩斯特·阿多尔弗松在草坪上兜圈子，寻觅草中的石头，上半身鲜血淋漓。

接着他眺望大海，只见死神搂着暮色，乘着一艘老旧的木船顺风而来，船上悬挂着漆黑的帆。

最最糟糕的是，他的妻子埃拉身穿睡袍，坐在苹果树旁，一脸严肃地盯着他，劝他放弃抵抗。耶尔洛夫又闭上眼，果真想就此撒手，随她登上那艘黑船。他多想就此长眠，躲开雨水和寒意，抛却烦恼，就当自己躺在玛纳斯养老院房间里的床上。但不知为什么，他仍竭力保持清醒。死去需要太长时间，他觉得很麻烦。

岸边的响动无止无休，耶尔洛夫慢吞吞地扭过头，一眼望去。

海天相接处的水平线已经完全被黑暗吞噬。

沉睡千年的遗骸响个不停。莫非是其他什么东西？有人住在附近？

耶尔洛夫麻木的躯体深处尚存一星微弱的火花，求生的意志发出轻微的回音。依靠着老苹果树，他还可以慢慢挣扎起身。正如迎着狂风升起主帆——虽艰难，却并非不可能。他数着：一、二、三，然后撑起身体。

嘿——哟，嘿——哟。他心中默念，右脚踩到地面。

然后他只得休息了几分钟，双膝颤抖，浑身仿佛散了架。最后他一个踉跄，总算像举重运动员推举杠铃那样站住了。

嘿——哟，嘿——哟。

还真管用。他一手抓着树枝，另一手按着手杖，好歹站了起来。

主帆升了起来，船可以驶向大海了。如有必要，还可以唤醒发动机。耶尔洛夫一贯精心保养船上的机器。他的货船配备了压燃式发动机，运转时每小时都要上油，但他从没忘过，哪怕一次。

“嘿——哟。”他给自己鼓劲。

他放开树干，往海的方向迈出一小步，感觉还不错，关节已然麻木，不再疼痛。

他紧贴着石墙挪向海边，墙根下的野草比草地里的短一些。风从海上呼啸袭来，毫不留情地刺穿耶尔洛夫的湿衬衫，灌进他的上半身。但刚才听见的响声越来越大，他不由自主地循声而去，渐渐明白那究竟是什么了。

他猜对了——一个空塑料袋。

准确说来，应该是个垃圾袋，是黑色的，很大，一半埋在沙子里，想必是某一艘波罗的海上的航船丢下的。更远处的海滩上还有好些垃圾：一个旧牛奶盒，一个绿色玻璃瓶，一个生锈的罐头。人们随随便便就把垃圾扔下船，可如果耶尔洛夫想求得一线生机，就得借助那个塑料袋。要是把它从沙子里拉出来，在底下戳个洞套到身上，不仅可以挡雨，夜里还能维持身体的热量。

很好。

冻僵的大脑还能想出这主意，真不容易。

问题是怎样才能下到岸边。因为草坪尽头的石头被海浪切割得棱角分明，呈现台阶般的落差，离下方的沙滩有好几厘米。

二十年前，哪怕是十年前，耶尔洛夫都可以不费吹灰之力就迅速走下去，想都不用想——但此刻他对自己的平衡感并无信心。

他鼓起勇气，深吸了一口冰冷的空气，迎着风，抬起右脚，探出手杖。

出师不利，手杖先戳到海滩上，深深插入湿润的沙子里。

耶尔洛夫往前栽倒，松开手杖时为时已晚，只听咔嚓一声，手杖折断了。

他在海滩上连滚了好一段路，他拼命挥着右手想稳住身体。上身狠狠撞在和石板地一样硬的沙子上时，肺里的所有空气似乎都被震了出去。

耶尔洛夫横躺着，塑料袋还在几米开外。

他动弹不得——不知哪根骨头折了。来拿塑料袋这个主意本来挺好，但这时，他连站起来都办不到。

他又一次闭上眼，甚至连汽车引擎的响声飘进耳朵时也没睁开。

那声音和他没关系。

34

伦纳特的方向盘旁边的警用对讲机一直没响过，在他用手机给卡尔马一家急救中心打了电话后，对讲机里就接连传出噼噼啪啪的响声，朱莉娅听不懂。

伦纳特聚精会神地听着。

“出动警犬搜救还要过一阵才行，”他望着车窗外的夜幕，“但很快会派一架直升机来。”

“什么时候？”身旁的朱莉娅问道。

“几分钟后从卡尔马起飞，”伦纳特说，“还配备了一架红外照相机。”

“一架什么？”

“一架相机，”伦纳特重复道，“可以探测人体的热量。在夜里非常好用。”

“非常。”这并没有令朱莉娅的心情缓解多少。

她不停朝窗外张望，夜黑得深不可测。现在是六点半，天几乎全黑了。她甚至不知道身处大路上的什么位置。

他们赶到养老院时，波尔一开始很生气，因为联系不到耶尔洛夫。

“难道我们要把他锁起来？”她叹道，“真要弄到这个地步？”

旋即她就变得和朱莉娅一样忧心忡忡，并立刻发动值夜班的职员们组成搜查小组，从养老院出发，步行去寻找耶尔洛夫是否坐在某个公共汽车站。

伦纳特则比较镇定，但也意识到事态严重。他用对讲机向博里霍尔姆的值班警官通报情况。

几通简短的电话后，他成功联系上公共汽车司机，这位司机已从比克赛尔洛克返程，开车回到博里霍尔姆。他几乎不记得耶尔洛夫在车上，但知道他在没到玛纳斯之前的大路上至少停了两站，在玛纳斯和比克赛尔洛克之间至少停了三站。

刚过六点，朱莉娅和伦纳特就回到车里，继续寻找。养老院职员同时乘另两辆车分头出发。波尔留在办公室等电话。

雨还在下。朱莉娅和伦纳特从养老院驱车往南——虽然还不能确定耶尔洛夫是不是在那个方向下车。他有可能睡过头了，错过了玛纳斯站。但总得先从某个地方开始找。

伦纳特控制着车速，开得只比电动车快一点，他在每个公共汽车站和停车场都停下来查看，确保没有遗漏。

“什么都看不见……”朱莉娅喃喃道。

倒不是看不见，毕竟在这个凄冷的雨夜，没人会在大路上游荡。她目力所及之处，唯有漆黑的夜，笼罩着灌木林和灰白的树干。

警用对讲机又嗒嗒嗒响了起来。伦纳特仔细聆听。

“直升机起飞了，”他说，“正飞往玛纳斯。”

朱莉娅点点头。她觉得那也许是唯一的希望。

“这是耶尔洛夫的风格吗？”过了一会儿，伦纳特说。

“你的意思是？”

“我是指……他以前是不是像他们说的那样，也这么不可靠？”

“不，”朱莉娅迅速摇头，然后想了想，又说，“但我其实不算太意外……我是说如果他真的下了车，走丢了，无论发生了什么，我都不意外。我觉得他想得太多了。”

“我们会找到他的。”伦纳特轻声安慰道。

朱莉娅点点头。

“他早上出门时穿了大衣，有大衣就应该不会出事，对吧？”

“只要穿着大衣，就算整晚都在外头，也不要紧。”伦纳特说，“如果他能找到挡风的地方就更好了。”

灌木林中显然没有任何能挡风的去处，朱莉娅心想。

“耶尔洛夫？在哪里，耶尔洛夫？”

耶尔洛夫从另一个航行于海上的温暖梦境中醒来，缓缓睁开眼，雨还在下，他眨了眨眼。

“谁？”他用沙哑的声音问道——也许只是他的幻觉。

他仍然仰面倒在岸边，右腿阵阵抽痛。

草丛中，夜空下，一个巨大的黑影俯视着他。是饭店老板冈纳·扬涅尔，还穿着那件背后有广告语、十分难看的黄色夹袄。

他真的站在那儿？没错，不是做梦。但耶尔洛夫发现扬涅尔的笑容消失了，取而代之的是眉头紧锁、一脸怒容。

“我的手机呢？”他说。

耶尔洛夫咽了咽唾沫，他口干舌燥，几乎说不出话来。

“藏起来了。”他低声答道。

“你给别人打过电话？”扬涅尔又问。

耶尔洛夫轻轻摇头。他不懂得怎样使用手机，一大堆按键，怎么可能弄清楚该按哪个？

“在哪里？难道塞进你屁股缝里了？”

“自己下来找吧，冈纳。”耶尔洛夫轻轻喘着气。

扬涅尔没动。耶尔洛夫知道原因：如果扬涅尔下到海滩上，就会留下深深的鞋印。

手机在耶尔洛夫的裤袋里，藏得不深，但扬涅尔可得好好想想怎样才能拿到。

“你很顽强，耶尔洛夫。”他一边说一边直起腰，“可是看得出来，你摔倒了，还受了伤。”

耶尔洛夫彻底失声了，他虽张开嘴，却吐不出音节，干涸的双唇已被冻僵。

“只有死人才能得到真正的宁静。”扬涅尔平静地在上方说道，“死亡很残酷，却很光荣，那就歌唱吧，嘿——哟……可能你不知道，这是丹·安德松[①]的歌。我喜欢他的歌，埃弗特·托布[②]关于大海和水手的那些老歌也不错。其实那些歌都是维拉·坎特推荐给我的，她有很多老唱片。”

“她有土地，还有钱。”耶尔洛夫对着沙子喃喃地说。

“什么？”

“维拉的土地和金钱……这就是动机所在。”

扬涅尔摇摇头。

“动机有很多，”他说，“土地、金钱、复仇，还有恢弘的梦想……以及对厄兰岛的爱，如我先前所言。我爱这座岛屿。”

耶尔洛夫看见他从衣袋里掏出一双皮手套。

“该到让你长眠的时候了，耶尔洛夫，”扬涅尔说，“等你一睡着，我就会找出手机。你不该拿走的。”

耶尔洛夫听够扬涅尔的话了，滔滔不绝，没完没了。饭店老板站在草

---

① Dan Andersson（1888—1920），瑞典著名作家、诗人，曾将自己的一些诗作改编为歌曲。

② Evert Taube（1890—1976），瑞典著名作家、作曲家、歌手。

从边沿唠叨个不停，就是不让他安静一会儿。与此同时，黑暗中另有一缕轻微的杂音，越来越响。

“该到说谢谢和晚安的时间了，”扬涅尔说，“那么……”

他忽然噤声，扭头望去。

那杂音犹如澎湃的潮头，从海的方向奔腾而来，势头越发猛烈。海上吹来的气流仿佛聚积起了暴风雨的力量。

声音越来越大，阵阵怒吼的狂风撕扯着耶尔洛夫的薄衬衫。

耶尔洛夫看见站在上方的扬涅尔仰面望天，瞠目结舌。

于是他也望向天空，只见一团黑影从正上方扫过。

一个体积庞大、眼睛放光的巨大物体在海岸上空盘旋，上半身是黑色，下半身则一片雪白。从它身上传出源源不断的清脆巨响，平坦的下腹上有两个发光的大字：“警用”。

是一架直升机。

扬涅尔不再呆站望天，他撒腿仓皇逃跑——就像个被人发现，揭去面具的巨怪[①]，迈着大步在石子路上飞奔着。

耶尔洛夫瞪圆了眼。巨大的螺旋桨轰鸣，急速盘旋。没错，天上的确有架直升机，正慢慢下降，悬停在草丛上方，开始着陆。

警用直升机小心地着陆。耶尔洛夫闭上双眼。

他既不开心，也不宽慰，他什么感觉都没有。他的大脑还在等待那艘死神之船前来将他带向大海，但死神爽约了。

螺旋桨的巨响停止了，直升机的两扇门分别打开，两个戴着头盔的人爬下舷梯，弯腰查看着。他们一身灰色制服，不是飞行员就是执行空中巡逻任务的警察。随后，他们迅速穿过草丛，走向耶尔洛夫。

---

① 斯堪的纳维亚传说中的巨怪，有些身躯庞大、性情邪恶；有些体形较小，较为友好，但喜欢作弄人。

其中一位夹着一张电热毯，另一位则提着一个白色的袋子。耶尔洛夫这才意识到他们为何而来，他长出了一口气。

直升机是来救他的。他坚持住了。

第六章
回家

“他在那儿！”

朱莉娅大声喊道，伦纳特急忙猛踩刹车，车身顿时往侧面一滑。好在车速本就不快，车在路中间转了半圈，几乎一瞬间就停住了。他们正位于斯滕维克路口的南面。

“在哪里？”伦纳特说。

朱莉娅指着窗外。

“我能看见他，在那边……在野地里。他躺在那儿！”

伦纳特倾身张望，然后一踩油门，转动方向盘。

“我来掉头。”汽车在湿漉漉的路面上转了个大弯，“这里有车辙……我顺着痕迹开过去。”

然而当他们驶进那条石子小路时，朱莉娅发现自己看错了，路面上那东西不是人，而是……

伦纳特刚停车，朱莉娅便迅速推开车门，可是拄着拐杖毕竟不方便，还是伦纳特先到一步。

他俯身将那东西从路边的水沟里捡起来。

“是一件大衣，”他举起大衣，“别人扔掉的大衣。”

朱莉娅上前看了看。

“是爸爸的。”她说。

“你确定？”伦纳特说，“这看着像是……”

“你看看里面的口袋。”

伦纳特掀开大衣，在内侧衣袋里摸索着，掏出一个钱包，将其打开。

“真该带上手电筒……”他一边嘀咕一边借着汽车前灯的光线查看钱包。

“是耶尔洛夫的，”朱莉娅说，“我认得。”

伦纳特抽出一张旧驾驶证，点点头。

“没错，是他的。”

随即，他环顾四周。

“耶尔洛夫！”他呼唤道，“耶尔洛夫！”

但他的喊声很快就被风声与汽车发动机的响声吞没了。

“最好开车到前面看看，”他说，“我不认识这条路……估计通往海边。”

他转身回到警车里，对着对讲机简单说了几句。

朱莉娅跟在后面，也坐回副驾驶座。

“直升机知道我们的位置了。”伦纳特说。

他将警车调到一挡，缓缓前进，仔细观察着车窗外的情况。

“我把灯关掉，”他说，“这样看得更清楚些。”

霎时前方的路面漆黑一片，但当朱莉娅的眼睛适应之后，两侧灌木林的景象渐渐成形。每个新出现的影子看上去都像是站在草丛中的老人，但那些影子无非只是杜松子树而已。

伦纳特忽然指了指天上。

“来了，”他说，“谢天谢地。”

朱莉娅抬头一望，只见两道红白交替的灯光疾闪着从空中飞过，是直升机。与此同时，警用对讲机也再次出声。

伦纳特露出如释重负的神情。

“看来他们有发现了，”他说，“在海边。”

他加速前进，转过一个弯道——刚过一秒钟，整个车身突然被一道炫目的白光迎头罩住。是另一辆车。

“见鬼！”伦纳特怒喝道。

他猛踩刹车，但为时已晚，从弯道另一头驶来的那辆车速度不减。

“抓紧！”

眼看两车就要相撞，朱莉娅咬紧牙关，拼命按住仪表盘，绷紧身体。

她被撞击的力道往前猛推，幸好有安全带拦住。只见警车的前盖竟像纸一样起了褶皱。

安全带发挥了作用，但受到冲撞的肋骨一阵疼痛。

死寂。撞车后的几秒钟，整个世界仿佛凝固了。

朱莉娅听见驾驶座上的伦纳特一边喘气一边小声咒骂。

然后他打开车灯，两个车前灯只亮了一个，灯光射向撞过来的这辆锃亮的汽车。

伦纳特伸手从敞开的储物盒里拿出手枪皮套。

“你没事吧，朱莉娅？”他问道。

朱莉娅眨眨眼，点了点头。

“嗯……没事，应该没事。”

“你留在这儿，我马上回来。”

伦纳特推开车门，冷空气涌进车内。朱莉娅稍一迟疑，也推开了她这一侧的门。

几乎在同一时间，另外那辆车的门也开了。一个肩膀宽阔的高大男人跌跌撞撞地跳下车。

“是谁？”只听伦纳特高喊道。

“该死的你是从哪里来的？”另一个声音更大，“该死的怎么不开车灯！你该死的开车怎么不亮灯？”

“冷静点，”伦纳特说，“我是警察。”

“谁……你是亨里克松？”那人问道。

朱莉娅把腿伸出车外，摸索着拐杖。虽然地面并不平坦，她还是站住了。

“你从海边过来？”伦纳特也问。

借着车灯，朱莉娅猛然认出了对方。那人来自朗维克，是饭店的老板。

随即她也记起了他的名字：冈纳·扬涅尔。

“那又是谁？”扬涅尔喊道。

伦纳特显然也认出扬涅尔了。

“别急，冈纳，”他说，“你从哪里来？”

“嗯……海边。”扬涅尔的嗓门放低了，“我开车出来兜风。”

“你看见耶尔洛夫·戴维松了吗？”

扬涅尔沉默了几秒钟。

“没有。”最后他答道。

“我们在找他，”伦纳特指了指天空，“上面那架直升机也是来找他的。”

“这样啊。”

朱莉娅觉得扬涅尔似乎完全不感兴趣。她上前一步，隔着车盖问伦纳特：

“这里离海边远不远？”

“应该不远，”伦纳特说，“几百米。”

这对朱莉娅已经足够了。

“我要去看看。”她说。

朱莉娅牢牢握住拐杖，一步步从冈纳·扬涅尔的汽车旁经过，沿着石子小路朝大海的方向走去。

“冈纳，你得倒车，把路让开，”她听见身后的伦纳特说，“我开车去海边。”

“亨里克松，你不能……”

“把车移走，”伦纳特大声说，“你待在车里，我们要查清楚……”

他的声音很快在朱莉娅身后的风中飘散开去。她又看见了直升机的灯光，直升机在两百米外降落。

朱莉娅加快步伐，有两次踩进路面上泥泞的小水坑，险些滑倒，但她靠着拐杖稳住了身体，继续向前。

走近之后，她看见直升机的探照灯光束中有两个穿着浅灰色制服的人，他们正俯身在岸边查看。一个人。他们将那人从沙滩上抬起，给他裹上一张电热毯。

“爸爸！”

那两人望了她一眼，继续工作。

沙滩上的人躺在毯子里，一动不动。朱莉娅多么希望他动一动，抬抬头，她走到离岸边只有几米的地方时，终于看到了一丝生命迹象。

耶尔洛夫咳嗽了，声音干涸而嘶哑。

“爸爸。”朱莉娅又喊道。

耶尔洛夫慢慢把头转过来。

“朱莉娅……”

他又咳了一声。

“请当心，”一位救护人员说，“我们要把你抬起来。”

他们抬起裹着毯子的耶尔洛夫，立刻将他运往直升机的着陆点。

“我能不能一起去？”朱莉娅追在他们身后问道，“我是他女儿，而且我是护士。”

“不能，”离她最近的那人头也不抬，“坐不下。”

“你们要飞往哪里？”

“卡尔马急救中心。”

朱莉娅顾不得拐杖在草丛里绊了又绊，坚持跟着他们来到直升机附近，硬是挤到毯子里那具身躯旁。

“我会去医院看你，爸爸。”

即将被抬进直升机时，耶尔洛夫微微抬起头，朱莉娅看见了他的脸，白得像纸。但他的眼睛睁开了，目光忽然集中到她脸上。他说了些什么，但声音太小，听不清。

“什么？”她靠上前，努力倾听。

“是扬涅尔干的。”耶尔洛夫轻声说。

朱莉娅也小声问道：

“干了什么，爸爸？”

“带走了……我们的延斯。”

然后他就像个包裹似的被塞进直升机的后座，机舱的门关上了。

朱莉娅笨手笨脚地拄着拐杖往后退。

当她退到五十米外时，螺旋桨又开始旋转，越转越快。技术的奇迹。清脆的震音穿透夜幕——直升机载着她的父亲飞上漆黑的夜空，越来越高，往西南方向加速驶去。

柔和的风声和海浪声又回来了。朱莉娅听见远处有人喊她，便扭头望去。

是伦纳特。两辆车都还停在路的拐弯处。虽然朱莉娅的双臂疼痛不已，但她还是再度紧握拐杖，沿着石子路返回事故现场。

“耶尔洛夫在那边吗？”她刚到，伦纳特就问道。

朱莉娅点点头。

“他们送他去卡尔马了。”

“那就好。”

冈纳·扬涅尔仍坐在他的车里，车门敞开着，但他已无法将车倒到路旁，让警车通过了。

两车相撞后他关掉了发动机，却无法再次打火。他转动钥匙，车头却只发出微弱的呻吟。

扬涅尔气冲冲地猛拍覆着一层皮革的方向盘。

“锁好车，离开这里，”伦纳特说，“你可以搭我们的车回玛纳斯。”

扬涅尔长叹一声，但他别无选择。他从捷豹里拎出一个皮箱，坐进警车的副驾驶座。朱莉娅只好坐到伦纳特背后的座位上。

在前往玛纳斯的途中，她倾身观察着扬涅尔。

他在海边干了什么？他对耶尔洛夫说了什么？

扬涅尔的背挺得笔直，显然没留意到朱莉娅的视线，但车里的气氛颇为紧张。

“现在可以告诉我了吧？”几分钟后，伦纳特开口了。

“告诉你什么？”

“你在海边的小路上干什么？”

“吹吹风。”扬涅尔冷冷答道。

“为什么开得那么快？”

“赶时间。”

“你知不知道耶尔洛夫躺在海滩上？”

“不知道。”

朱莉娅叹了口气。

“他撒谎。”她对伦纳特说。

扬涅尔对她的打岔置之不理。

“直升机检测到的一定是你的体温，冈纳。”伦纳特说，“耶尔洛夫的体温太低了。你在那里，真是万幸。”

扬涅尔没理他，只是半眯着眼望向窗外，他是漠不关心，还是筋疲力尽？

几分钟后，警车驶进玛纳斯的中心地带。

警察局前有块空地，伦纳特把车停好，开了警察局的门，三人都走进屋里。

他开了灯，又弯腰开了桌上的电脑。扬涅尔站在房间中央，活像面对整支军队的士兵。

“我只说一句，”他盯着伦纳特，“除非必要，否则今晚我不想再留在这里。我要回家。”

“我们都想回家，冈纳。”伦纳特在电脑上做记录，“喝咖啡吗？”

“不喝。”扬涅尔看看朱莉娅，又问道，“她会留下吗？”

听到扬涅尔用“她”指称朱莉娅时，伦纳特似乎浑身一僵——但朱莉娅只是摇了摇头。她担心的是其他问题。

“我要去医院探望我爸爸，”朱莉娅说，“看看他能不能活下来。”她瞪着扬涅尔，“我会向他问清楚海边发生了什么事。”

“很好，随便你。”

扬涅尔甚至懒得再看她，但他的嘴角却浮现出清晰的笑容，似乎觉得整件事都很可笑。

“请坐，冈纳。”伦纳特指着办公桌旁边的椅子。

接着他走到站在门口的朱莉娅身旁，压低嗓门：

“你应付得来吗？”

朱莉娅点点头，拿起拐杖。

“我去看看还有没有公共汽车，”她说，“如果没有就找出租车。”

“好的，”伦纳特说，“回头给我打电话，这里一忙完我就回家。”

朱莉娅微笑着点点头，仿佛今晚的一切都很美好。

“待会儿见。”

她想拥抱伦纳特，但不能当着冈纳·扬涅尔的面。

朱莉娅走下台阶，回到冷冷清清的街道上，遥望广场另一头的公共汽车站，那里停着一辆车——不知道是不是向南开的。

乘出租车去卡尔马要花好几百克朗，但现在十万火急，该花的也一定要花。就算搭上账户里所有的钱，就算整夜都只能坐在急救中心，她也要赶去。当耶尔洛夫醒来时，她希望自己能陪在他身旁。此时此刻，她必须守着耶尔洛夫，伦纳特会理解的。再说，今晚他自己也有很多事要做。

她举步走向广场对面。

突然，她琢磨起那个微笑——冈纳·扬涅尔那匪夷所思的一缕微笑。

他撞坏了自己的车，而且耶尔洛夫差不多已经指认他是凶手，但当他站在警察局里伦纳特的办公桌旁时，嘴角居然还挂着那种笑容，似乎就有逃脱的出口在等着他……

如果他想……

朱莉娅呆站在街对面的人行道上。快到公共汽车站了，但她不假思索便转身返回。她拄着拐杖，蹒跚着赶回警察局。

这段路程只有一百米左右，但朱莉娅还是慢了一步。

她在人行道上听见了一声枪响。短促的爆裂声，没有回音，但却是从警察局里传来的。

窗户里又传出沉闷的撞击声。

几秒钟后，又是一枪。

朱莉娅拄着拐杖又走了几步，但她嫌速度太慢，便甩掉拐杖飞奔而去。

她三步并作两步冲上警察局门前的台阶，脚下一阵刺痛。

一开门，硝烟味迎面扑来，她霎时愣住了。

一切都很安静，警察局里鸦雀无声。

朱莉娅小心地走进门，一开始只能看见办公桌旁伦纳特的两条腿。她的心跳几乎停止——然后才发现他还在动。

他蹲在桌旁，一只手撑着地板，另一只手紧紧按住流血的额头。

伦纳特的手枪皮套松开了，他跌坐到一旁，抬头望着朱莉娅，眼神迷茫而困惑。

“他在哪里？”他问道，“扬涅尔？”

朱莉娅终于看清出了什么事。

中枪的不是伦纳特——而是冈纳·扬涅尔。

朱莉娅意识到，饭店老板的确找到了逃脱的路径。

扬涅尔再也笑不出来了。他的身体倒在办公桌另一边的地板上，穿着锃亮皮鞋的脚还微微抽搐着。他的脑袋底下积聚了一大摊血，黄色的夹袄上也溅到不少血滴，鲜血映着灯光，闪闪发亮。

扬涅尔瞪着天花板，半张开嘴。他的脸上写满惊愕，似乎他还没真正明白，一切都结束了。

他的右手上还握着伦纳特的手枪。

37

“感觉怎么样，伦纳特？”病床上的耶尔洛夫低声问道。

伦纳特疲惫地耸耸肩。

“还行。我应该更警觉一些才对。”他重重叹着气，“我本该预料到他的意图。”

“别想了，伦纳特。”病床另一头的朱莉娅说。

“上了他的当。他刚坐下，我以为他的神经放松了……但他突然冲过来把我往桌上一推，扯开手枪皮套，我措手不及。”他叹着气，摸摸缠着绷带的前额，“年纪大了，反应太慢。按理说……”

“别想了，伦纳特，”朱莉娅再次安慰道，“先动手的是扬涅尔，不是你。”

伦纳特点点头，但似乎仍未释怀。

冈纳·扬涅尔的第一枪只击中了警察局的墙壁，伦纳特奋力夺枪，在打斗中额头撞到了办公桌边缘，划开一个大口子。他在玛纳斯的诊所缝了几针，额头缠着绷带。

此时，在博里霍尔姆医院，伦纳特和朱莉娅分别坐在耶尔洛夫的病床两侧。时近黄昏，深黄色的秋日夕阳斜照在窗外的小镇上。

耶尔洛夫希望这次探视不会持续太久。他只想一个人好好睡一觉。现在他还是浑身乏力，无法下床。

他的头脑还算清醒，但依然记不清过去几天所发生的事。要不是直升机争分夺秒地将他送到卡尔马的急救中心，可能他就活不成了。两天后，他总算脱离生命危险，但身体状况依然不容乐观，后来才渐渐稳定下来，到了第四天，他被救护车转移到博里霍尔姆医院。

这里比卡尔马更自在。耶尔洛夫住在二楼的单人病房，窗外可望见森林、城堡和博里霍尔姆大大小小的别墅。朱莉娅和伦纳特都来看他。从扬涅尔在玛纳斯郊外海边企图谋杀他算来，已是第五天了。

“这三天我们来了三次，爸爸，”朱莉娅说，“这是你第一次醒着。”

耶尔洛夫轻轻点头，倦意未消。

他摔到沙滩时左臂骨折了，现在缠着绷带，用夹板固定着。一只脚也打上了石膏。手臂上的针头连着导管，正输入某种营养液。下身还插着导尿管。他身体底下铺了两层毯子。虽然如此狼狈，但感觉总算比昨天舒服了些，体温也下降了，虽然下降的速度不快。

耶尔洛夫想坐起来，看清朱莉娅和伦纳特。朱莉娅连忙起身在他背后多垫了个枕头。

“谢谢。”

耶尔洛夫的声音很虚弱，但好歹能开口说话了。

“今天感觉怎么样，爸爸？”朱莉娅问道。

耶尔洛夫慢慢举起大拇指。他咳了两声，费劲地喘着气。

“起先他们认为我得了……肺炎，”他慢吞吞地低声说道，又喘了口气，“不过今天早上……他们说我只是支气管炎。”他再次咳嗽，“而且……我的两条腿肯定能保住。”他顿了顿，又说，“我很高兴。”

“你很顽强，耶尔洛夫。”伦纳特说。

耶尔洛夫点点头。

“冈纳·扬涅尔……也这么说。”

伦纳特皮带上的寻呼机突然尖叫起来。

“又来了……”

他看着寻呼机的屏幕，不耐烦地叹着气。

“看来我的上司又要找我谈话，没完没了的问题……我得去回个电话，很快回来。”

伦纳特对朱莉娅笑了笑，朱莉娅也报以微笑。伦纳特朝病床点点头。

“可别逃跑，耶尔洛夫。”

耶尔洛夫也轻轻点头。伦纳特关上门出去了。

病房里重归沉寂，安静得令人颇不自在。其实也不需要再多说什么。朱莉娅按着耶尔洛夫的床单，轻声说道：

“大家都很关心你。莱娜昨晚从哥德堡打来电话，她很快就会赶过来。阿斯特丽德也问候你。约翰和戈斯塔昨天来看你，但他们说你当时睡着了。你认识的所有人都在惦记你。”

“谢谢。”耶尔洛夫又咳嗽了，“那你……你还好吗？”他低声问道。

“我没事，”朱莉娅马上答道，“这几天我常去伦纳特家，松树林里那座房子——很漂亮。当然，大多数时间他都在写报告，或者到博里霍尔姆上班……所以我也帮不上什么忙。我基本上都在旁边的休息室里担心你的状况。”

“我……会好起来的。”耶尔洛夫小声说。

“对，我现在全明白了，”朱莉娅说，“我也是。”

耶尔洛夫咳了一声，又问：

“那么，你现在是不是很有勇气？”

“当然。”朱莉娅其实不太明白父亲的意思，但还是笑道，“反正比以前坚强很多。”

耶尔洛夫又低语道：

“我一直在想……”他说，“虽然不太确定……但我觉得我明白全部真相了。”

朱莉娅盯着他。

“全部？”

“全部。”耶尔洛夫说，“你想不想知道……延斯究竟出了什么事？”

朱莉娅的表情很严肃，她屏住呼吸。

“你已经知道了吗，爸爸？”她问道，“是不是扬涅尔告诉你真相的？”

“他……只说了一部分，”耶尔洛夫说，“但我怀疑还不是全部。所以真相的另一部分……只是我的猜测。但是……结局并不美好，朱莉娅。真相就是真相，由不得人。你真想知道吗？”

朱莉娅紧抿双唇，点了点头。

“告诉我。”

“还记得吗，你来厄兰岛时，我说过……可以用延斯的凉鞋引诱凶手现身？”耶尔洛夫问道。

朱莉娅又点点头。

“但凶手没出现。”

耶尔洛夫遥望着窗外树林上空的夕阳。他多么希望自己还是个听着大人们讲可怕故事的小男孩，而不是一个需要亲口讲述那些故事的老人。

“我认为他出现了，”他说，“凶手找上了我们……只是你我都没看见他。”

厄兰岛
1972年9月

冈纳面对尼尔斯，缓缓举起沉重的铁锹，朝四周的浓雾张望一番，似乎是在确认没人看见眼前这一幕，或是接下来要发生的一幕。

“你回不了家，尼尔斯，”他说，“你已经死了，被埋在玛纳斯教堂墓园里。”

尼尔斯摇摇头。

“放下铁锹。”他说。

霎时，整片灌木林仿佛沉浸在死一般的寂静中，天地间的空气似乎全都消失了。

“你先放下铲子，尼尔斯。”

尼尔斯再次摇头。他迅速瞄了另一个寻宝者马丁一眼，马丁躺倒在几米外的地上，气喘吁吁，按着额头。这家伙构不成威胁。

但冈纳则很危险。他双腿分开，站在对面倾听着什么。忽然，他似乎捕捉到了远处的某个声音。

“好吧，”他说，“那我把铁锹放下。”

他照办了，铁锹砰的一声落在石冢旁边。

“很好。”尼尔斯也放下铲子，但并未放松警惕，“现在我要回村子里……”

突然他也听到了那个声音。从村道上传来的嗡嗡声，迅速膨胀为沉闷的轰鸣。

是汽车发动机的声音。

“看来我们的伙伴来了。”冈纳说。

他貌似一点也不吃惊。

几秒钟过去了。浓雾中现出一个庞大的身影，有四个轮子，越过草地向这个方向赶来。

是另一辆沃尔沃，一辆崭新的棕色沃尔沃，慢慢开到他们附近，在冈纳的车旁边停下，接着发动机被关掉了。

驾驶座的车门开了。

尼尔斯不认得这辆车，也不认得下车的人。但看得出这人比他年轻得多，身穿整齐的警服，腰间的皮套里佩着枪。来人关上车门，理了理衣服，一言不发地走向他们。

新来的人在尼尔斯面前几米处站定，两眼紧盯着尼尔斯。

“我们没见过面，”这名警察说，“但我惦记你很久了。”

尼尔斯瞪圆了眼，微微张开嘴。

“你杀害了我父亲。”警察说。

尼尔斯好几秒钟都没反应过来。

“尼尔斯，这位是伦纳特，”冈纳在几米之外介绍道，“伦纳特·亨里克松。他父亲是地区警长。还记得吧，你年轻时，很多年前……你在去博里霍尔姆的火车上遇见的那位。”

警长的儿子。

那么，终于，尼尔斯恍然大悟。他明白接下来会发生什么了，也终于有所反应。只见亨里克松伸手去摸枪，尼尔斯后退几步，转身向着浓雾撒腿就跑。

“站住！”

尼尔斯当然不可能停步，他一路狂奔。罗网收紧了，但他及时冲了出来。

他已不再年轻，在草丛中奔跑的步伐也很慢，但这毕竟是灌木林，是他的天下。他扎进浓雾，低着头冲向最近的一大片树丛，满以为背后会响起枪声——但他抢在枪响之前躲到了杜松子树后面。

尼尔斯听见有人在雾中高喊了几声，但距离很远。

他没有停歇，迈开大步径直往前。

这是不是通向村里的路？

尼尔斯觉得他没走错。他就要到家了，终于要和妈妈重逢了，谁也阻止不了他。

突然，前方的雾中浮现出一个人形，尼尔斯顿时屏住了呼吸。

他准备转向逃走，但那并不是追兵。是个小男孩，可能只有五六岁。他从灰色的雾中走出来，站在几步开外。

瘦小的男孩穿着短裤，戴一顶薄薄的红色帽子，脚上是一双凉鞋。他好奇地打量着尼尔斯，却不做声，有些迟疑，似乎并不害怕，但他知道他应该感到害怕。

尼尔斯并不危险，一个孩子对他来说算不上威胁。除了自卫，他什么也没做，而且当年夏天，他确实想从海里救出溺水的弟弟，只是太迟了——他这辈子从没伤害过孩子，从来没有。

“你好啊。”尼尔斯喘着气。

他竭力压住粗重的呼吸，以免吓到孩子。

男孩没回答。

尼尔斯迅速扭头看看四周，好像没人追来，浓雾掩护了他。他不能在此久留，但暂时可以松口气。

然后他又望向男孩，脸上不带一丝笑容，平静地问道：

“只有你一个人？”

男孩默默地点了点头。

“你迷路了？”

“我想是吧。”男孩小声答道。

“不要紧……在灌木林里任何地方我都能找到出路。”尼尔斯近前一步，“你叫什么名字？”

“延斯。”男孩说。

“名叫延斯？姓什么？”

“延斯·戴维松。”

“很好。我叫……”

他犹豫了——该用哪个名字？

“我叫尼尔斯。”最后他说。

“你姓什么？”延斯问道。这有点像做游戏。

尼尔斯的笑声转瞬即逝。

“我的全名是尼尔斯·坎特。”他一边说一边再上前一步。

男孩静静地站在只有野草、灰石和几棵杜松子树的天地间。浓雾中除了野草、石头、杜松子树，什么也没有。尼尔斯朝他笑了笑，表示一切正常。

浓雾将他们裹得严严实实，四周听不到一丁点儿动静，就连鸟儿的啁啾也绝迹了。

“不要紧的。”尼尔斯说。

他想带男孩回村里，送他回家，然后再回自己家和妈妈见面。

现在他们所站的位置非常接近了，尼尔斯和延斯。

此时，他们身后的雾中猛然传出发动机的巨响，尼尔斯正要转身逃跑，却来不及迈出一步了。

声音越来越大，似乎来自四面八方。

是那辆棕色沃尔沃，从石头和树丛之间猛冲出来，滑过草坪，径直冲向他，不偏不倚地瞄准尼尔斯，没有减速。

右边还是左边?

车身急速变大，变得那么宽。尼尔斯只有一刹那来作决定，就那么一秒钟——太迟了。他只能眼睁睁看着车头撞过来，一手护着男孩。他们身前没有任何防护。

霎时间，天地万物都化作虚无。

一切都归于沉寂，冰冷的黑暗。

那些声音又出现了，像沉闷的回响。浓雾，寒冷，仍在响个不停的汽车发动机。

“撞到他了？”有人问道。

“嗯……我看见他了。”

尼尔斯仰面朝天，四肢展开倒在草地里。他的右腿以奇特的角度折在身下，但他感觉不到疼痛。

汽车就停在几米之外，发动机还没熄火。驾驶座的门开了，那警察缓缓下车，手里握着枪。

另一侧副驾驶座的门也开了。冈纳跳出来，但留在车旁，望向灌木林的另一头。

那警察走到尼尔斯身旁停下。

他什么也没说，只是瞪着眼。

尼尔斯突然想起雾中的男孩来，延斯——他在哪里?

他消失了。

尼尔斯希望延斯·戴维松是真的消失了，穿着他那双小凉鞋，跑进雾中，跑回斯滕维克去。多么成功的逃亡。尼尔斯也想跟着他，回家去，但他动不了。他的腿肯定断了。

“结束了。”他只说了一句。

结束了，妈妈。在这灌木林中，走到终点。

尼尔斯很累。他可以爬回斯滕维克，但他没有力气。

死亡渐渐逼近，灰色的暗影无声地聚拢而来。

爸爸和弟弟阿克塞尔、两名德国士兵、火车上的警长，还有来自尼布鲁的瑞典水手。

都死了。

年轻的警察对他点了点头：

“没错，结束了。”

他停在离尼尔斯只有两步的地方。

警察松开手枪的保险栓，枪管朝下。随即，他抬起枪口，对准尼尔斯的脑门，扣下扳机。

38

耶尔洛夫以微弱的声音断断续续讲完了尼尔斯·坎特之死的经过。

朱莉娅只能俯身凑过去才能听见，但她听清了每个字，直到结束。

此刻，她呆坐在病床旁，说不出话。她看着耶尔洛夫。

“这……是真的？”沉默良久，她才问道，“刚才你说的这些，是真的……你确定？”

耶尔洛夫缓缓点头。

“完全确定。”他低声答道。

“为什么？”朱莉娅追问，“为什么这么有把握？”

“嗯……扬涅尔等着我冻死时，对我说的那些话……”耶尔洛夫说，

“他说……动机不光是榨取维拉·坎特的金钱和土地，他说还有复仇。可是……向谁复仇？谁想复仇？我躺在那里想了又想……想到的只有一个人。”

朱莉娅摇着头。

“不。”她说。

“为什么一定……要带尼尔斯·坎特回来呢？”耶尔洛夫小声说，“并不是为了冈纳·扬涅尔。对扬涅尔而言，尼尔斯留在南美洲反而更有价值……他在那里对扬涅尔构不成威胁，而且每过一年，扬涅尔都能从维拉手里夺得更多土地……比起冈纳控制的土地，德国兵的宝藏不算什么。”他喘了口气，“但还有其他人想让尼尔斯回来……让他回到和母亲近在咫尺的地方，然后结果他，以牙还牙。”

朱莉娅又摇摇头，但有气无力。

“有人暗中相助，”耶尔洛夫继续说道，“帮助冈纳·扬涅尔和马丁·马尔姆将棺材运到厄兰岛，开棺检查时这人也在场……而且他还让所有人都相信运回来的就是尼尔斯·坎特的尸体。一个可靠的年轻警察。”

再次沉默。耶尔洛夫扭头望向门口。

朱莉娅也转过身。

伦纳特回来了。刚才他悄悄推开病房的门走进来，仿佛一切都平静如常。

“果然，”他说，“上司又让我回电话。他们在玛纳斯的调查全部结束了，所以我马上可以回去工作……”

望见两人严肃的神情，伦纳特打住了。

“出了什么事？”他站到先前自己坐的那张椅子后面。

“我们在讨论……那只凉鞋，伦纳特，”耶尔洛夫说，“延斯的凉鞋。”

“凉鞋？”

“你从我这里借走的那只……如果你还没忘记。”耶尔洛夫说，“本土的法医检验室给你答复了吗……有没有什么发现？”

伦纳特望着耶尔洛夫，好一会儿没有开口，然后才摇摇头。

“没有，”他说，“没有线索……什么都没发现。”

“你说过已经寄出去了。”朱莉娅盯着他。

“确实寄出去了，对吧？”耶尔洛夫说，“我们肯定可以查一查……他们有没有收到。”

“不知道……应该可以吧。”伦纳特说。

他的目光始终定在耶尔洛夫身上，但眼中并无怒意。没有任何情感波澜。他脸色苍白，慢吞吞地抬起手，放在椅背上。

“有件事我一直很疑惑，伦纳特……”耶尔洛夫又问道，“你第一次和冈纳·扬涅尔见面，究竟是什么时候？”

伦纳特低头看着双手。

“我忘了。”他说。

“真的？”

“应该是……1961或者1962年。”他的声音单调而乏力，“那时是夏天，我刚到玛纳斯警察局工作。他在朗维克的饭店有东西失窃了……我去做笔录，我们聊了几句。”

“聊尼尔斯·坎特？”

伦纳特点点头，他还是没看朱莉娅。

“还聊了别的，”他说，“扬涅尔知道……他知道我就是被枪杀的警长的儿子。过了几个星期，他打电话给我，让我再去见他。他想知道我想不想找到坎特，用几年时间引诱他回国，我就可以报杀父之仇……”

伦纳特没说下去。

“你当时怎么说？”

“我说我有兴趣，”伦纳特答道，“我会帮他一把，他也帮我一把。

一笔交易。”

耶尔洛夫缓缓点头。

“几天前，交易终于破产了？”他平静地说，“在玛纳斯警察局时？你是不是害怕他会向你的同事揭发你？伦纳特，冈纳·扬涅尔挨的那一枪……究竟是谁开的？”

伦纳特只是盯着双手。

“这不重要。”

“一笔交易。”朱莉娅冷冷地说。

她望着窗外，暮色苍茫。但她脑海里想的完全是不相干的事。

她在想，马丁·马尔姆得到了买新船的钱。

还有冈纳·扬涅尔以低价买入大片土地，再高价卖出。

以及伦纳特·亨里克松，她刚刚深信自己爱上的这个男人。这个男人终于实现了对尼尔斯·坎特的复仇。

这一切都以她儿子的生命为代价。

“只是一笔交易，”伦纳特说，“我协助扬涅尔和马丁·马尔姆……他们也会帮助我。”

“于是那天……你们在大雾弥漫的灌木林会合。”耶尔洛夫说。

“那天早上扬涅尔给我打电话，说他们要去石冢。”伦纳特说，“我们约定在那里碰头。但我迟到了，赶到时局面已经很混乱……马丁·马尔姆倒在地上，满脸是血。坎特用铲子打了他。马尔姆后来一直没彻底康复……几天后他就第一次脑出血了。”

“延斯呢？”朱莉娅低声问道。

“那是意外，朱莉娅。我没看见他……”伦纳特嗓音低沉，依然没有看朱莉娅，“坎特死后，我们发现……孩子小小的身体在车底下。我撞上坎特时，孩子……没来得及躲开。”

他沉默了。

“你们把他埋在什么地方？”耶尔洛夫问。

“在墓园，坎特的坟墓里。”伦纳特仿佛被迫回忆一场可怕的梦魇，“我们摸黑把孩子和坎特的尸体带到那里，在教堂门口放了一个铃铛，万一有人进来时可以提个醒。我们开始挖坟，挖出来的土都堆在一块防水布上。我们一直挖到半夜。马丁·马尔姆、扬涅尔，还有我，我们三个人……不停地挖。不堪回首。”

朱莉娅闭上眼。

在一堵石墙边，她想。延斯被埋在环绕玛纳斯教堂墓园的石墙边，被一个满腔仇恨的男人杀害了——正如兰伯特所言。

她深吸一口气。

“可是，在你埋葬延斯之前，”她闭着眼，声音微弱，“那天晚上你跑来斯滕维克，帮我们找他。你带领大家寻找你杀害的男孩……他是我儿子。”朱莉娅无力地叹道，“然后你开车走了，假装去灌木林里搜查，趁机清除你留下的痕迹。”

伦纳特默默点头。

“这很艰难，”他低声说，仍旧没看朱莉娅，“我只想说，朱莉娅，要装做什么也没发生真的很难。这个秋天，当你回来的时候……我是真的想帮你。我尝试过……我想忘掉二十年前发生的一切，也想让你忘掉。”他略一停顿，又说，“我本以为可以办到。”

“那么尼尔斯·坎特就在他自己的棺材里。”耶尔洛夫说。

伦纳特点点头，望着他。

“我很多年没和冈纳·扬涅尔说过话了。这次也没有……我不知道他打算对你下手，耶尔洛夫。”

他放开椅背，慢慢转过身去。再一次，他看上去就和朱莉娅在采石场与他初遇时那样，精疲力竭，甚至比当初更加精疲力竭。

他走向门口，最后一次转过身。

“我只说一句……朝扬涅尔开枪，感觉比向尼尔斯·坎特报仇好多了。”

伦纳特拉开门走出去。

病房里一片沉寂，只有耶尔洛夫的喘息声。真相大白，无人喝彩。

他望着女儿。

“对不起……朱莉娅，”他喃喃道，“非常对不起。”

朱莉娅点点头，迎上他的视线，泪水流下脸庞。

此时此刻，朱莉娅觉得她终于看见延斯长大后的模样了。她能从耶尔洛夫的脸上找到。

他们肯定很像，外祖父和外孙。延斯会有一双略带忧伤的大眼睛，思考时微微蹙眉。还有那睿智而富有同情心的目光，能够穿透这世界的黑暗与光明。

“我爱你，爸爸。”

她捧起耶尔洛夫的手，紧紧握住。

第七章
尾声

这是今年第一个真正意义上的春日，阳光明媚，暖意融融，鲜花盛开，鸟儿欢唱，厄兰岛上方的天空宛如一面浅蓝色的帆迎风招展。在这样的日子里，无论你是多么老迈，生活仿佛都会迎来无限可能。

每当春天姗姗来迟，记者班尼特·尼贝里都觉得，只有走进春天，厄兰岛才算真正迎来新年的伊始。在这样的日子里，他总喜欢尽可能待在户外。

班尼特的确有充裕的空闲时间。他可以一连请假好几天，漫步在大好春光里，聆听灌木林中夜莺自由自在的歌唱，林中最后几个雪水聚成的小池塘刚刚在阳光中蒸发殆尽——但今天是个特殊的日子，他想工作。

班尼特在阳光下闭目，望向石墙另一边的玛纳斯教堂。

去年冬天挖开坟墓时，大批好奇的旁观者不请自来拥进墓园，警方只得用路障将如潮的人群挡在外面。今天是星期四，来参加葬礼的人不多，牧师让他们待在石墙另一边。

所以班尼特是唯一一位到场的记者，他拿着笔记本，身旁那位频频顿足的年轻摄影记者是博里霍尔姆的报社总部派来的，虽然班尼特说他自己可以拍照，但这毕竟是大新闻，说不定会上国家级的报纸，班尼特的简易相机和抓拍技术当然不够用。

他们派来的摄影记者刚到报社不久，是从斯莫兰省来的小伙子，和多年前遇害的小男孩同名，也叫延斯。估计他将《厄兰岛邮报》视为职业生涯中的第一块跳板——几年后就可跳槽到斯德哥尔摩的某家晚报社。他心怀大志，却十分无趣。不拍照时，他总喋喋不休地细数他想偷拍的人，或是想下注赢钱的马匹，班尼特对这两个话题都毫无兴趣。

延斯就是消停不下来。刚来到教区执事指定的这个墙外采访点，他就端着相机，开始寻觅更好的位置。

“我觉得可以溜进墓园，”他一边对班尼特说，一边急不可耐地朝石墙另一边张望，“如果我偷偷钻进去……”

班尼特摇着头，没动。

“就待在这儿，”他冷冷地说，“这里挺好。”

于是两人沐着阳光，在墙外守候。过了一会儿，参加葬礼的众人从教堂内走出，延斯的自动相机立刻忽闪起来。

跟着牧师慢慢走在小路上的是朱莉娅·戴维松，孩子的母亲。她身旁是孩子的外祖父耶尔洛夫。两人都穿着黑衣。他们身后是个和朱莉娅年龄相仿的高个男人，穿一件黑色外套。

“那是谁？”延斯放低相机，悄声问道。

“孩子的父亲。”班尼特说。

朱莉娅·戴维松挽着她父亲的手臂，耶尔洛夫一路都倚着她，一行人来到教堂钟塔南面的墓地。他们并肩而立，目送棺材落入墓穴。耶尔洛夫低下头，朱莉娅将一枝玫瑰抛到棺材顶上。

真相查明的感觉真好，班尼特心想。仅仅六个月间，发生了那么多可怕的事：恩斯特·阿多尔弗松去年秋天惨死于斯滕维克的采石场；约一个月后，冈纳·扬涅尔在警察局死于非命；警方搜查了他在朗维克的饭店，从他办公室的保险箱里找到了男孩的另一只凉鞋——和船东马丁·马尔姆寄给耶尔洛夫的那只是同一双。

案情至此乍看已经落幕，但伦纳特·亨里克松突然要求重新调查扬涅尔之死，结果是他因谋杀冈纳·扬涅尔和杀害延斯·戴维松两项罪名，在卡尔马被起诉。

最后，在一个寒冷的灰色冬日，尼尔斯·坎特的墓穴被挖开了。

为便于现场勘验，警方的技术专家在坟墓旁搭起一个帐篷，望去恰似大教堂旁一座由白布建成的小教堂。他们默默工作了几天，不时跑到有暖气的教堂门廊里取暖。开棺后发现，棺材里除了尼尔斯的尸体，还有另一个男人的尸体，身份不明，据推测是一个在南美洲生活了多年，并在那里遇害的瑞典人。

在尼尔斯·坎特的棺材下方的一个小坑里，警方终于发现了第三具尸体，比另两具小得多。至此，案情终于水落石出。

多家晚报、国家广播电台和电视台都派出记者赶到玛纳斯采访。对于当地的记者而言，身处事件的旋涡中心，难免令人兴奋得面红耳赤——但班尼特觉得，他很难和正在发生的这一切保持一名记者应有的距离。提笔撰文之际，一股深沉的悲戚涌上心来。他和伦纳特·亨里克松相识几十年，对于这充满戏剧性的真相，实在兴奋不起来。

然而，此刻阳光灿烂，厄兰岛迎来了新的一年。在地下长眠了二十多年后，那个男孩终于得到了体面的安葬。

墓园里的简短仪式结束了，朱莉娅和耶尔洛夫·戴维松慢慢走回教堂，延斯的父亲迈克尔走在他们身后几米处。

据石墙另一边的班尼特观察，朱莉娅和耶尔洛夫没有交谈。葬礼从头到尾，他没看见他们说过一句话。但他仍强烈地感受到，这对父女之间拥有亲人所能拥有的最亲密的纽带——他甚至有些嫉妒。

“看来是结束了，”摄影记者放下相机，“我们可以收工吗？”

“嗯，”班尼特说，“可以打道回府了。”

他的笔记本上一个字也没记。只要搭配着照片简单地写几句，登在报纸上，大概也就足够。

这就行了。不过，如果以后有谁问起那个男孩的葬礼是什么样子，班尼特·尼贝里可以这么回答：充满生机、庄严、祥和，就像——嗯，就像一个大结局。

图书在版编目（CIP）数据

死亡回声/（瑞典）希欧林（Theorin，J.）著；辛可加译.
—长沙：湖南文艺出版社，2012.4
书名原文：Echoes from the Dead
ISBN 978-7-5404-5415-9

Ⅰ.①死… Ⅱ.①希… ②辛… Ⅲ.①犯罪小说-瑞典-现代
Ⅳ.①I532.45

中国版本图书馆CIP数据核字（2012）第036902号

著作权合同登记号：图字18-2012-94

死亡回声

作　　者：［瑞典］约翰·希欧林
译　　者：辛可加
出 版 人：刘清华
责任编辑：丁丽丹　刘诗哲
监　　制：张应娜
策划编辑：马冬冬　朱桂林
版权支持：李彩萍
版式设计：李　洁
封面设计：韩　捷·SARTORI
出版发行：湖南文艺出版社
（长沙市雨花区东二环一段508号　邮编：410014）
网　　址：www.hnwy.net
印　　刷：北京盛兰兄弟印刷装订有限公司
经　　销：新华书店
开　　本：880mm×1230mm　1/32
字　　数：333千字
印　　张：12.5
版　　次：2012年4月第1版
印　　次：2012年4月第1次印刷
书　　号：ISBN 978-7-5404-5415-9
定　　价：29.80元
（若有质量问题，请致电质量监督电话：010-84409925）